ANNA LEVIN

Das Lied der Sturmvögel

Buch

Die erfolgreiche Journalistin Lisa Freiberg lebt in Berlin. Als sie beruflich einen herben Rückschlag einstecken muss und kurz darauf ihre beste Freundin stirbt, stellt sie ihr ganzes bisheriges Leben in Frage. In ihrer Verzweiflung flieht sie nach Madeira, wo sie sich eine Auszeit gönnen und zur Ruhe kommen will.
Dort lernt sie den blinden Hermigo kennen. Dank seines fotografischen Gedächtnisses kann der alte Mann Bilder der farbenprächtigen Natur Madeiras malen. Durch die Freundschaft mit Hermigo und umgeben von der Schönheit der Blumeninsel, fernab vom Trubel der Großstadt, fasst Lisa wieder neuen Lebensmut.
Als sie Hermigos Enkel Filipe kennenlernt, der als Ranger des Nationalparks um den Erhalt der Tierwelt kämpft, fühlt sich Lisa sofort zu ihm hingezogen. Doch Hermigo scheint etwas zu verbergen …

Autorin

Anna Levin schreibt Geschichten, seit sie denken kann. Bevor sie ihre Leidenschaft zum Beruf machte, war sie im medizinischen Bereich tätig. Seit vielen Jahren treiben sie ihre Neugier und Sehnsucht immer wieder in ferne Länder, wo sie sich besonders für andere Kulturen und deren prähistorische Vergangenheit interessiert. Außerdem schreibt sie unter einem anderen Pseudonym erfolgreich historische Romane. Sie lebt mit ihrer Familie im Norden Deutschlands.

Von der Autorin bereits erschienen:

Das Korallenhaus (38096)

Anna Levin

Das Lied der Sturmvögel

Roman

blanvalet

Besuchen Sie uns auch auf www.facebook.com/blanvalet und www.twitter.com/BlanvaletVerlag.

FSC
www.fsc.org
MIX
Papier aus verantwortungsvollen Quellen
FSC® C014496

Verlagsgruppe Random House FSC® N001967
Das FSC®-zertifizierte Papier *Holmen Book Cream*
für dieses Buch liefert Holmen Paper, Hallstavik, Schweden.

1. Auflage
Deutsche Originalausgabe Mai 2015 bei Blanvalet, einem Unternehmen der Verlagsgruppe Random House GmbH, München.

Umschlaggestaltung und -motiv: www.buerosued.de
Redaktion: Angela Troni
ED · Herstellung: sam
Satz: Buch-Werkstatt GmbH, Bad Aibling
Druck und Einband: GGP Media GmbH, Pößneck
Printed in Germany
ISBN: 978-3-442-38097-8

www.blanvalet.de

Der Julimorgen war windstill und warm. Draußen war es bereits taghell, als ich verschlafen ins Badezimmer wankte. Schon nach halb sieben, dabei musste ich pünktlich in der Redaktion sein. Meinem Spiegelbild warf ich einen finsteren Blick zu und hüpfte schnell unter die Dusche. Kurz darauf hörte ich meine Freundin Elda in der Küche hantieren.

Wir beide kennen uns, seit ich acht Jahre alt bin. Damals war Elda eines verregneten Herbstmorgens im Kinderheim »Haus zur Eiche« im Westen von Berlin aufgetaucht. Ich erinnerte mich lächelnd, wie ich das fremde, ganz in Schwarz gekleidete Mädchen angestarrt hatte, dessen grüne Haare ihr wie die Stacheln eines Igels vom Kopf abgestanden hatten. Auf Anhieb hatte ich die Neue cool gefunden, schillernd, wie aus einer anderen Welt. Aber das Schönste an Elda waren ihre leicht schräg stehenden Augen.

Obwohl wir beide total unterschiedlich waren, wurden wir unzertrennlich, Gefährtinnen gegen das dumpfe Gefühl des Alleinseins. Eine jede stand für die andere ein, das machte uns stark. Elda wurde für mich zu der großen Schwester, die ich mir immer gewünscht hatte. Wenn ich an unsere gemeinsame Kindheit zurückdachte, fragte ich mich, wer damals eigentlich wen gerettet hatte.

Ich schüttelte die Erinnerung ab, fuhr mir ein letztes Mal mit der Puderquaste über die Wangen und ging in die Küche.

Elda saß bereits am Frühstückstisch und begrüßte mich mit einem für sie typischen Zwinkern. »Der Tag, an dem du nicht zu spät dran bist, muss auch erst noch anbrechen, oder?« Sie schob mir einen Teller mit getoasteten Brotscheiben zu.

»Sehr witzig«, kommentierte ich genervt und trank hastig einen Schluck Espresso.

Elda lachte. »Nichts für ungut. Wann machst du heute Feierabend?«

»Keine Ahnung.« Ich biss in das Marmeladenbrot, das ich mir eilig geschmiert hatte. »Aber ich bin auf jeden Fall um sieben vor dem Theater.«

Wir beide hatten Karten für die Premiere eines Klassikers im Deutschen Theater und freuten uns schon seit Wochen darauf.

»Hast du nicht Lust, heute Abend das tolle rote Kostüm anzuziehen, das du dir neulich gekauft hast?«, fragte mich meine fünf Jahre ältere Freundin. »Aber wehe, du lässt mich wieder warten, Lissy!«

Ich wischte mir den Mund ab und unterdrückte ein Grinsen. »Nenn mich nicht immer Lissy! Außerdem weiß ich echt nicht, was du ständig an meinen Klamotten auszusetzen hast.«

Wir wechselten einen kampfeslustigen Blick. Es war ein altes Spiel zwischen uns. Seit Elda zur Oberschwester im städtischen Krankenhaus aufgestiegen war, kleidete sie sich mit unauffälliger Eleganz, während ich bunte, individuelle Kombinationen bevorzugte. Am liebsten trug ich kurze Röcke und Strumpfhosen, gern mit ausgefallenen Mustern. Wir lächelten einander zu.

Ich erhob mich. »Ciao, bis später.«

Wie jeden Morgen warf ich Elda noch eine Kusshand zu und verließ eiligen Schrittes die Wohnung.

KAPITEL 1

Es wurde Abend, und Lisa saß noch immer im Redaktionsbüro der Boulevardzeitschrift *Berliner Glam,* die sich im sechsten Stock eines hochmodernen Gebäudes in Tempelhof eingemietet hatte. Ein heftiges Gewitter hatte nach mehreren schwülen Tagen endlich Abkühlung gebracht. Draußen goss es in Strömen. Eigentlich hatte die junge Journalistin längst Feierabend. Aber sie wollte ihre Kolumne, die wöchentlich auf der zweiten Seite erschien, unbedingt noch fertig schreiben. *Die zehn besten Beauty-Tipps unserer In-Models,* lautete das Thema dieser Woche.

Auf den Straßen und Fußwegen wichen Eltern den Pfützen aus, während ihre Kinder mit den farbenfrohen Gummistiefeln begeistert hineinsprangen. Missmutig wandte sich Lisa wieder ihrem Computer zu. Als ob ihr nicht ein aufregenderes Thema für die Kolumne eingefallen wäre. Aber der Chefredakteur Jochen Gerlach hatte es nach einem heftigen Wortwechsel durchgesetzt und Lisas Vorschläge verworfen. Die Zielgruppe der Zeitschrift seien junge Frauen zwischen sechzehn und fünfundzwanzig, und die würden sich nun mal am Style und Look der Modebranche orientieren. Was interessierte die Leserinnen da schon die kritische Beleuchtung, warum es immer mehr Stars und Sternchen gab, die sich beim Schönheitschirurgen unters Messer legten. »Damit zerstören wir Illusionen«, hatte Jochen seine Entscheidung begründet. »Diskussion beendet!«

Lisa griff nach einem Stift und malte Fratzen mit schütteren Haaren und dünnem Zopf auf ihren Notizblock, das beste Mittel gegen Frust am Arbeitsplatz. Sie warf einen Blick auf ihre Armbanduhr: halb sieben.

Da steuerte ihr Kollege Tim mit gespielt strenger Miene auf sie zu. »Mädchen, es ist gleich sieben, beweg endlich deinen hübschen Hintern hier raus.«

»Gleich.« Lisa setzte ein affektiertes Gesicht auf. »Lest die zehn besten Beauty-Tipps. Eine Anti-Cellulitis-Paste, die unsere aktuelle Miss World zweitausendzehn ebenfalls für ihr zartes Dekolleté benutzt. Dann wäre da noch das nigerianische Topmodel Adanna, die früher ein Mann war und Amaru hieß. Adanna badet in Stutenmilch, um seinen … ähm … ihren verführerischen Körper …«

Tim brach in schallendes Gelächter aus. »Verstehe. Jochen und du hattet mal wieder euren üblichen Zoff?« Er stupste ihre Nasenspitze. »Kopf hoch. Unsere jungen Leserinnen brennen jede Woche auf deine Kolumne.« Er knöpfte seine Jeansjacke zu. »Was meinst du, habt ihr beiden am Wochenende Lust auf einen gemütlichen DVD-Abend?«

»Mit Chips und Rotwein? Klingt verlockend, aber ich glaube, Elda hat Spätdienst. Wir sagen noch Bescheid, okay?«

In diesem Moment klingelte das Telefon. Lisa grinste. »Warte kurz, das wird sie sein.« Sie nahm das Gespräch entgegen und sagte, ohne auf die Nummer zu achten: »Ja, ich weiß, Elda, ich bin wieder mal spät dran. Bin schon unterwegs.«

Doch am anderen Ende erklang eine fremde Männerstimme, deren sachlich formulierte Worte wie Messerstiche in ihr Herz drangen. Ungläubig schüttelte sie den Kopf. »Können Sie das bitte noch mal wiederholen?«, stammelte sie und lauschte. Ihr Puls hämmerte gegen die Schläfen, und die Konturen ihrer Umgebung verschwammen zu einem milchigen, undurchdringlichen Weiß. »Wo?«, krächzte sie nur.

Das Telefon fiel mit einem dumpfen Ton zu Boden.

»Lisa? Hey, was ist los?«

Sie hob die Lider, der vertrauten Stimme entgegen, aber es war, als hätte man sie mit einem Schlag von der Welt getrennt.

Tim umfasste ihre Schultern. »Sieh mich an, Kleines! Was ist passiert?«

»Elda. Sie hatte einen Unfall.«

Irgendwie gelang es ihm, ihr den Namen des Krankenhauses zu entlocken, in das ihre Freundin eingeliefert worden war.

»Komm, wir fahren hin«, hörte sie ihn wie von weit her sagen. Tim fuhr den Computer herunter, griff nach ihrer Handtasche und der Regenjacke an der Garderobe.

Bewusstlos, vermutlich innere Verletzungen. Intensivstation.

Elda war mit ihrem Motorrad auf regennasser Fahrbahn ins Schleudern geraten und mit einem entgegenkommenden Pkw zusammengeprallt. Mechanisch folgte Lisa ihrem Kollegen in die Tiefgarage zu ihrem

Wagen. Die Lichter der Großstadt blendeten, das Motorengeräusch erschien ihr viel zu laut. Tim gab Gas. Sie erlebte die Ankunft am Krankenhaus, als wäre sie durch eine gläserne Wand von allem getrennt. Eldas Züge waren durch einen Beatmungsschlauch kaum noch auszumachen. Sie lag so still da. Während Lisa automatisch auf die Fragen der Ärzte reagierte und den Blick nicht von dem vertrauten Gesicht der Freundin wenden konnte, begriff ihr Verstand kaum, was vor sich ging.

Als sie zwei Stunden später mit Tim das Krankenhausgebäude wieder verließ, war dieser betäubende Schmerz, der ihren ganzen Körper erfasst hatte, alles, was sie wahrzunehmen imstande war.

»Es tut mir ja so leid. Ich weiß echt nicht, was ich sagen soll.« Tims Arme schlossen sich um sie.

Wenig später stand sie in ihrer Wohnung. Sie machte kein Licht, als sie Eldas Wohnzimmer betrat. Ein Hauch ihres Parfums hing noch in der Luft, und das gerahmte Foto ihrer knallroten Motoguzzi über der Anrichte hinterließ einen schalen Geschmack in Lisas Mund. Regentropfen liefen in schmalen Rinnsalen an den Fensterscheiben herab.

Elda war nicht mehr aus der Bewusstlosigkeit erwacht, ihre Seele hatte sich einfach davongestohlen. Tränen benetzten Lisas Wangen, sie fror, weshalb sie sich aufs Sofa sinken ließ und das Gesicht in einem Kissen vergrub.

»Asche zu Asche, Staub zu Staub«, endete der Pastor und füllte eine Schaufel mit Sand, um ihn auf den Sarg hinabzuwerfen.

Fassungslos starrte Lisa auf die Tulpenpracht, deren halb geöffnete Blüten von der regenschweren Erde erdrückt wurden. Am liebsten hätte sie die Blumen von ihrer Last befreit, Elda hatte Blumen über alles geliebt. Wie angewachsen verfolgte Lisa, wie eine Handvoll Trauergäste vor dem Grab innehielt und der Verstorbenen die letzte Ehre erwies. Jemand strich ihr über den Arm und bat sie, sich ebenfalls zu verabschieden.

Abrupt drehte sie sich auf dem Absatz um und verließ fluchtartig den Friedhof. Erst als sie in ihrem Auto saß, glaubte sie, wieder freier atmen zu können. War es tatsächlich erst ein Vierteljahr her, seit sie mit ihrer besten Freundin ein unbeschwertes Weihnachtsfest an der Ostsee verbracht hatte? Sie sah Elda als Teenager vor sich, mit der grünen Punkfrisur, die sie später als Schwesternschülerin abgelegt hatte. Damals hatte Lisa es kaum erwarten können, das Waisenhaus endlich auch zu verlassen und mit Elda eine Wohngemeinschaft zu gründen. Seitdem waren sie nie länger als einige Tage getrennt gewesen. Daran hatten auch die Männer nichts ändern können, mit denen sie beide ausgegangen waren.

Lisas Gedanken schweiften zu ihren eigenen schmerzvollen Erfahrungen. Nach ein paar kurzen Beziehungen hatte sie einsehen müssen, dass sie nicht zur anschmiegsamen Partnerin taugte, die ihre eigenen Lebensträume für einen Mann zurückstellte. Wozu auch? Die wenigen Typen, mit denen sie sich eingelassen hatte, wollten keine Karrierefrau und verstanden nicht, was ihr der Beruf bedeutete. Viel zu lange hatte sie hart gearbeitet, um sich selbst zu beweisen, dass sie mehr war als nur ein armes, von der Kindheit traumatisiertes Mädchen aus dem Heim.

Mühsam rief sich Lisa in die Wirklichkeit zurück, startete mit zitternden Händen den Motor ihres Minis und fuhr nach Hause.

Eldas Zimmer befanden sich gleich links neben der Eingangstür, deshalb steuerte sie schnurstracks auf die Dachterrasse zu, weil sie den Anblick der mit vielen Blumen und Reiseandenken liebevoll dekorierten Räume ihrer Freundin nicht ertrug. Sie setzte sich in einen Gartenstuhl und hielt das Gesicht in den frischen Wind. Die schwarzen Pumps, die eigentlich Elda gehörten, kickte sie von sich und schlang den Kurzmantel enger um ihre Schultern.

Was sollte sie nun anfangen? Die Nächte vor der Beerdigung hatte sie schlaflos zugebracht. Manchmal meinte sie, die klappernden Geräusche von Eldas Stiefelabsätzen auf dem Parkettboden zu hören oder einen Luftzug zu spüren, als ob sie zur Tür hereinkäme. Neununddreißig Jahre war sie nur geworden, und ein einziger achtloser Moment hatte genügt, um ihre ansteckende, übersprühende Lebenslust für immer auszulöschen. Lisa schloss die Augen.

Unzählige Gedanken wirbelten ihr durch den Kopf, und jeder einzelne verstärkte den dumpfen Schmerz in ihrem Inneren, der sie seit dem furchtbaren Anruf an dem Abend vor sechs Tagen nicht mehr verlassen hatte.

Mit einer winzigen Dachgeschosswohnung hatte damals alles begonnen. Wie stolz Elda und sie waren, als sie die Räume endlich beziehen konnten. Jahre später wurde aus dem ersten kleinen Nest ein großzügiges

Penthouse mit vier Zimmern in Berlin-Steglitz. Jetzt erschien es Lisa viel zu groß, viel zu luxuriös – und viel zu leer. Sie warf einen Blick in die Wohnküche, die sie vor ein paar Jahren gemeinsam eingerichtet hatten, erhob sich steif und ging wieder hinein. Doch nur, um kurz darauf das Kostüm abzustreifen und ins Bad zu eilen. Wenig später verließ sie fluchtartig das Haus und fuhr in die Redaktion.

Im Büro empfing Lisa tröstliche Geschäftigkeit. Ein Telefon klingelte, Stimmengewirr lag in der Luft, und ihre Kollegin Josefine Anders kam ihr mit wiegenden Hüften entgegen. Die blonde Löwenmähne saß ebenso perfekt wie das Make-up. Aber der Eindruck täuschte: Hinter der puppenhaften Fassade verbarg sich eine ehrgeizige Journalistin mit einem messerscharfen Verstand. Josefine gehörte erst seit einigen Monaten zum Redaktionsteam und war unter anderem für die Rubrik Leserbriefe zuständig.

»Hallo, meine Liebe. Heute mit dem falschen Fuß aufgestanden?«

Lisa antwortete nicht und ließ die Kollegin einfach stehen.

Kaum saß sie an ihrem Schreibtisch, machte sie sich an die Arbeit. Die Ablenkung würde ihr guttun.

Da kam Tim mit besorgter Miene auf sie zu. »Hey, Lisa, hattest du dir nicht heute frei genommen? Was suchst du hier?«

»Ich halte es zu Hause einfach nicht aus.« Sie blätterte geschäftig in ihrem Terminkalender und hoffte, er würde sie endlich allein lassen.

»Hör zu, Kleines. Ich verstehe dich, aber …«

Sie blickte auf. »Mach dir keine Sorgen. Ich weiß,

du meinst es gut, aber lass mich bitte einfach in Ruhe arbeiten, okay?«

Er klopfte ihr auf die Schulter. »Du musst es ja wissen. Manou und ich wollen heute Abend ins Kino gehen. Hast du Lust, uns zu begleiten?«

»Mit deiner neuen Freundin? Nein, lieber nicht, danke.« In Gegenwart der frisch Verliebten würde sich das nagende Gefühl der Einsamkeit nur verstärken, etwas, das sie derzeit nicht ertragen konnte.

»Gut, melde dich, wenn ich etwas für dich tun kann.« Damit drehte er sich endlich um und ging wieder.

»Alles klar.« Lisa sah ihm nach und wendete sich ihren Aufgaben zu.

Der australische Tennisstar Timothy Wood, seit einem knappen Jahr mit der britischen Rocksängerin Holly March verheiratet, war mit dem in homosexuellen Kreisen einschlägig bekannten Künstler Damian Berg in einer Diskothek in New York gesichtet worden. Aber das war noch nicht alles – die beiden hatten den angesagten Nobelschuppen in den frühen Morgenstunden Arm in Arm verlassen. Bernd Ludwig, der als Fotograf für die Berliner Boulevardzeitschrift unterwegs war, hatte eine ganze Reihe Schnappschüsse von den beiden gemacht. Das letzte Foto, auf der die Männer gerade ein Hotel betraten, sollte im nächsten Heft besonders wirkungsvoll präsentiert werden. Wenn das an die Öffentlichkeit kam, würde ein Aufschrei durch die Republik gehen. Der smarte und äußerst männlich wirkende Tennisspieler in Begleitung des androgynen Freigeists, der sich auf Partys gern in Frauenkleider hüllte. Was wohl Timothys Frau Holly zu den Bildern sagen würde, die übermorgen erscheinen sollten?

Lisa war den beiden wenige Wochen nach der Hochzeit in London begegnet, wo die Sängerin ein umjubeltes Konzert gegeben hatte. Sie hatte das glückstrahlende Paar interviewt. Nachdenklich blickte sie auf das offizielle Hochzeitsbild der beiden, wählte Bernds Telefonnummer und wartete. Kurz darauf erklang seine Stimme mit dem unverkennbar norddeutschen Dialekt.

»Hi, Bernd. Du, sag mal, wegen der Fotos. Können wir die wirklich exklusiv verwenden, oder hat sonst jemand …? Und du bist dir ganz sicher, dass es wirklich *der* Damian Berg in Woods Begleitung war? Super, ich danke dir. Ciao, bis bald.«

Lisa massierte sich die Schläfen und vergrößerte dann die Aufnahmen auf ihrem PC-Monitor. Die Hand des Tennisspielers lag tatsächlich bedenklich nahe an Damians schmalem Hinterteil. Die Geschichte versprach, interessant zu werden. Eigentlich war das genau die Art von Story, die Lisa besonderen Spaß bereitete. Aber an diesem Tag tippte sie den Begleittext zu den Fotos lustlos in die Tastatur.

Jochen Gerlach, den obligatorischen roten Kaschmirschal locker um den Hals gewickelt, näherte sich ihr mit hochgezogenen Brauen.

»Lisa! Habe ich nicht gerade gelesen, dass du heute beurlaubt bist?« Der Mittvierziger musterte sie durch seine Ray-Ban-Brille und lächelte auf seine typische, immer leicht zynische Art.

»Ich habe es mir anders überlegt«, erwiderte Lisa betont sachlich und lenkte das Gespräch in eine andere

Richtung. Weder ihr Chef noch die anderen Kollegen wussten Näheres aus ihrem Privatleben, von Eldas tragischem Tod ganz zu schweigen. »Sollen wir diese Bilder hier wirklich veröffentlichen?«, fragte sie und deutete auf den Bildschirm.

Gerlach schüttelte verständnislos den Kopf. »Was soll die Frage, Lisa? Warum betreiben wir wohl den Aufwand mit der Geheimhaltung? Mensch, die Story wird der Wahnsinn! Die Presse und die Boulevardmagazine der Fernsehsender werden sich wie die Geier auf die beiden stürzen, und wir sind die Ersten, die die Nachricht bringen.«

»Was, wenn das alles gar nichts zu bedeuten hat? Wenn die Aufnahmen nur nach einem feuchtfröhlichen Abend zustande gekommen sind?«

Seine Stirnfalten vertieften sich. »Mach dich doch nicht lächerlich! Wir schreiben schließlich keine Tatsachenberichte, sondern stellen in dem Artikel bloß die berechtigte Frage, was Woods Hand am Hintern von diesem schrägen Typen zu suchen hatte.« Der Chefredakteur lehnte sich gegen eine Trennwand. »Hast du damit etwa ein Problem?«

Diesen Tonfall kannte sie nur zu gut. Lisa zwang sich innerlich zur Ruhe, konnte jedoch nicht verhindern, dass in ihrer Stimme ein Hauch Zorn mitschwang. Jochen verstand es nämlich ausgezeichnet, einem das Gefühl zu geben, stets der dumme Unterlegene zu sein.

»Ein Problem? Nein, Jochen. Aber meinst du nicht, wir sollten die Info noch mal absichern, bevor wir die Schlagzeile bringen?«

Er lächelte milde wie ein Pfarrer, der einem seiner

Schäfchen Absolution erteilt hatte, doch in den Augen des Chefredakteurs schimmerte etwas Lauerndes. »Ach so, jetzt begreife ich. Du hast Skrupel, nicht wahr?« Er tätschelte ihr die Wange, und Lisa zuckte zurück. »Wir sind weder eine Beratungsstelle für Ehe- und Familienfragen noch die Wohlfahrt. Unsere Zeitschrift ist für ihre brisanten und provokanten Themen bekannt. Wir können nicht warten, bis uns eine andere Zeitung die Nachricht vor der Nase wegschnappt. Außerdem sollten wir uns über die unerwarteten Bilder freuen, denn sie garantieren uns eine gute Auflage und einen Haufen Publicity.« Er legte den Kopf schief. »Ist alles in Ordnung mit dir? Du bist ziemlich blass um die Nase.«

»Mir geht's wunderbar, danke der Nachfrage.« Im Lügen war sie noch nie begabt gewesen, weshalb sie seinen Blick mied. Stattdessen drehte sie den Monitor ein Stück nach links, damit sich Gerlach den vorbereiteten Artikel ansehen konnte.

»Gut gemacht. Aber ich will die Überschrift in roten Lettern.«

»Okay, ich setze einen dementsprechenden Vermerk. Sonst noch was?«

»Vorerst nicht. Ich warte noch auf eine Antwort von Rosa Baumgarts Managerin, wegen der großen Reportage über ihr Leben und Wirken. Die Baumgart, ist wie du weißt, dafür bekannt, dass sie die Presse gerne hinhält.«

Lisa war wie elektrisiert, als sie den Namen der charismatischen Modeschöpferin und gebürtigen Berlinerin mit Wohnsitzen in Cannes und Los Angeles hörte. Sie hatte schon immer ein Faible für die zarte, introvertierte Frau gehabt, die nur selten Interviews gab. Seit zwei Jahren versuchte sie nun schon, die Baumgart, die für ihre fröhliche und unkonventionelle Mode bekannt war, vors Mikrofon zu bekommen. Lisa bewunderte sie, und wenn es ihr Geldbeutel erlaubte, kaufte sie sich das eine oder andere Teil aus ihren Kollektionen.

»Vielleicht zahlt sich deine Hartnäckigkeit endlich aus, Lisa. Frau Baumgart ist nächsten Monat angeblich eine ganze Woche lang in Berlin. Ihr Management wollte uns heute benachrichtigen, ob die Lady bereit ist, uns eine Stunde ihrer kostbaren Zeit zu gewähren.«

»Eine Stunde? Das ist viel zu wenig! Um eine gute Reportage zu schreiben, müsste ich sie eine Zeit lang begleiten, das weißt du genau.«

»Richtig. Aber wir können uns glücklich schätzen, wenn es überhaupt klappt. Nun mach nicht so ein Gesicht. Dann musst du eben versuchen, die Baumgart beim Interview zu einer großen Reportage zu überreden.«

»Na schön. Sag mir bitte gleich Bescheid, sobald du etwas erfährst.«

Nachdem Gerlach gegangen war, führte Lisa noch ein paar Telefonate. Sie wollte vorab unbedingt noch ein paar Details aus dem Leben von Rosa Baumgart recherchieren, um sie später – sollte es zu der Reportage kommen – in den Text einfließen zu lassen. Doch ihre Nachforschungen gestalteten sich mühsam. Was hauptsächlich daran lag, dass die Modeschöpferin ihr Privatleben streng geheim hielt und alle Versuche, über ehemalige Angestellte etwas in Erfahrung zu bringen, im Sande verliefen.

KAPITEL 2

Ein paar Tage später saß Lisa am frühen Morgen am Küchentresen, vor sich eine Tasse Kakao. Ihr Käsebrot lag noch immer unberührt auf dem Teller, daneben ein Stapel Briefe, adressiert an Elda. Bisher hatte Lisa nicht die Kraft gefunden, sie zu öffnen. Die Blumenarrangements in den Zimmern ihrer Freundin waren längst verblüht, im Kühlschrank befanden sich noch ihre Lieblingsjoghurts und ein paar Schokoriegel. Lisa schielte zu der Pinnwand neben der Küchentür hinüber, an der Fotos von ihren gemeinsamen Reisen hingen. Thailand, Paris, Sizilien. Auf allen Bildern Eldas ausdrucksvolles Gesicht mit dem strahlenden Lachen.

Lisa schob den Teller von sich. Wie hätte sie auch ahnen können, dass die Kusshand, die sie Elda zugeworfen hatte, ein Abschied für immer werden sollte?

Sie zitterte, wischte sich über die Wange und machte sich auf den Weg in die Redaktion.

Im Aufzug traf sie wie so oft Josefine, die in ihrem tief ausgeschnittenen Hosenanzug, mit dem sorgfältig geschminkten Gesicht und den hochgesteckten blonden Haaren wie eine Fleisch gewordene Barbiepuppe aussah. Kam es ihr nur so vor, oder war Josefines Lächeln heute besonders süß? Glücklicherweise ließ die Kollegin sie heute in Ruhe, daher war Lisa froh, als sich die Aufzugtür öffnete, und schlüpfte mit einem knappen Gruß nach draußen.

Ob es inzwischen schon erste Reaktionen auf die Story über Timothy Wood und den Paradiesvogel Damian Berg gab? Neugierig fuhr sie den Computer hoch. Ein paar Klicks, und sie stieß auf die ersten, zumeist erbosten Lesermeinungen zu dem Artikel, in dem sich die User über die skrupellosen Paparazzi echauffierten. Außerdem gab es diverse Berichte über die beiden Männer, und zwar selbst in den renommiertesten Tageszeitungen Europas. *Ist unser Tennisheld doch kein Saubermann?,* war da in dicken Lettern zu lesen. Es hieß, Wood und seine Frau hätten sich in ihrem Ferienhaus in den Bergen Kaliforniens verschanzt.

Energisch schob Lisa die Gedanken an den Tennisspieler beiseite. Sie brauchte dringend frische Ideen für die Kolumne, doch in ihrem Kopf herrschte nichts als dumpfe Leere. Wie lange war es her, seit sie zuletzt dieses angenehme Prickeln empfunden hatte, wenn sie an einer neuen Story mitwirken durfte? Jahrelang hatte sie alles dafür gegeben, um Jochen Gerlach zu beweisen, dass sie mehr konnte, als nur über Belanglosigkeiten zu schreiben. Dieses Ziel hatte sie schließlich erreicht, doch von dem alten Feuer war im Laufe der Zeit nur eine schwache Glut geblieben.

Es war schier zum Verzweifeln. Morgen erwartete Jochen neue Vorschläge. Lisa stöpselte sich die Kopfhörer ihres Handys ins Ohr und wählte eine ruhige Melodie. Das hatte sie noch immer inspiriert.

Bald darauf kritzelte sie die ersten Überschriften in ihr Notizheft. *Wie viel Hund verträgt ein Star?* Das versprach, interessant zu werden, aber ob es Jochen überzeugte? *Braucht die Modewelt wirklich Pelze?* Ja, das ginge sicher auch, außerdem wäre es endlich mal ein sinnvolles Thema, das auf den Tierschutz hinzielte und sie obendrein selbst beschäftigte. Lisa unterdrückte ein Seufzen. Jedes Jahr dasselbe. Außerdem: *Die neuen Prêt-à-porter-Shows in Paris. Wir zeigen euch, was auf dem Laufsteg angesagt ist!* Ein vierseitiger Artikel sollte es werden, den sie gemeinsam mit ihrer erfahrenen Kollegin Helga Brandl pünktlich zu den Modenschauen vorbereiten sollte.

Lisa machte sich daran, die erste Kolumne zu schreiben. Ihre Anspannung ließ allmählich nach, und sie tippte ihre Gedanken in die Tastatur. Es klappte besser als gedacht, und danach konnte sie sich dem weitaus interessanteren Thema Rosa Baumgart zuwenden. Kurz vor Feierabend war sie mit den Recherchen zu der Modeschöpferin und ihren Vorschlägen fertig. Ihre Mappe unter den Arm geklemmt, steuerte Lisa auf das Büro des Chefredakteurs zu. Durch die Glasscheibe konnte sie erkennen, dass er gerade telefonierte. Kaum war das Gespräch beendet, bemerkte er sie und gab ihr ein Zeichen einzutreten.

»Lisa, du kommst wie gerufen! Nimm Platz.«

»Danke, nicht nötig. Ich wollte dir nur schnell zwei Themen für die Kolumne vorschlagen. Sie werden dir gefallen«, begann sie und legte ihm die ausgedruckten Texte auf den Schreibtisch.

Sein Lächeln war gewinnend, als er die Mappe öffnete, eine Lesebrille aufsetzte und die beiden Artikel überflog. Lisa musterte ihn währenddessen gespannt.

Nachdem er fertig war, hielt sie es nicht länger aus,

ihre Neugier war einfach zu groß. »Was sagst du eigentlich zu den Reaktionen der Kollegen auf den Wood-Artikel?«

»Oh, das.« Er strahlte. »Die Presse überschlägt sich förmlich, Lisa. Das war wirklich gute Arbeit. Wenn wir da mal nicht ein Geheimnis aufgedeckt haben.« Er nippte an seinem Espresso. »Übrigens, am zweiten August zwischen neun und halb zehn triffst du dich mit Rosa Baumgart, und zwar hier im Büro. Herzlichen Glückwunsch.«

»Ehrlich? Na endlich!«, entschlüpfte es ihr, und ihr Herz hüpfte vor Freude, ehe sich Ernüchterung breitmachte. »Nur eine halbe Stunde? Sei's drum, ich werde tun, was ich kann. Was hältst du von dem Hundetext?«

Der Chefredakteur lehnte sich zurück. »Guter Ansatz, aber irgendwie zu *bissig.«* Er grinste über sein eigenes Wortspiel. »Nimm ein wenig die Schärfe raus, dann kann ich den Text vielleicht bringen.«

Lisa richtete sich kerzengerade auf. »Das ist jetzt nicht dein Ernst, oder? Gerade die kritische Auseinandersetzung mit dem Thema macht doch die Würze aus. Wenn ich das abschwäche …«

»Entscheide dich, so will ich den Artikel jedenfalls nicht«, erwiderte Gerlach scheinbar ungerührt. »Ach ja, wo wir gerade dabei sind, meine Liebe. Ab ersten August übernimmt Josefine die Kolumnen.«

Die Worte des Chefredakteurs trafen Lisa wie ein Keulenschlag. »Josefine«, echote sie nur. Ihre Hände wurden feucht. »Wieso?«

»Sie hat eine Menge innovative Ideen, was man von dir in letzter Zeit leider nicht gerade behaupten kann.«

Lisa konnte nicht umhin, sich zu fragen, in welchem privaten Umfeld Josefine ihre innovativen Ideen wohl präsentiert hatte.

Jochen setzte eine bedauernde Miene auf. Allein für seine Scheinheiligkeit hätte Lisa ihm am liebsten so einiges ins Gesicht geschleudert.

»Bitte, nimm mir die Kritik nicht übel, du bist eine gute Journalistin«, fuhr ihr Chef fort. »Deshalb wirst du dir zukünftig mit Helga Brandl die Rubrik Beauty und Mode teilen und mir außerdem für Enthüllungsstorys zur Verfügung stehen.«

Hitze schoss ihr unvermittelt durch die Adern, während er sie ruhig betrachtete. Mit bebendem Körper beugte sie sich vor und suchte seinen Blick. »Du … du gibst Josefine einfach so die Kolumne«, stieß sie zwischen den Zähnen hervor, »für die ich jahrelang hart geschuftet habe?« Lisa schnappte nach Luft, rang um Beherrschung. »Und jetzt willst du mich zu Beauty und Fashion abschieben, obwohl du genau weißt …«

Entspannt lehnte er sich in seinem Sessel zurück. »Sorry, aber für die Kolumnen taugst du leider nichts.«

Etwas in ihrem Inneren schien zu explodieren. Ruckartig fuhr sie hoch und umklammerte die Schreibtischkante. »Es reicht, Jochen! Ich bin kein zwanzigjähriges Dummchen mehr, das sich von dir nach Belieben herumschubsen lässt! Ich bin nicht auf den Job hier angewiesen. Meine Kündigung liegt morgen auf deinem Schreibtisch.«

Mit durchgestrecktem Rücken stürmte sie aus seinem Büro.

»Jetzt warte doch mal, Lisa. Lass uns in aller Ruhe

darüber reden«, rief er ihr hinterher, aber sie drehte sich nicht mehr um.

Ihre Knie fühlten sich auf einmal an wie geschmolzene Butter. Lisa atmete heftig. Ausgerechnet Josefine. Verwunderlich war das nicht, Jochens Vorliebe für Blondinen war hinreichend bekannt. Ihr selbst blieben Beauty und Fashion und ab und zu eine Sensationsgeschichte, um sie, die unbequeme und nicht annähernd so junge und biegsame Kollegin, bei der Stange zu halten. Schweiß trat ihr auf die Stirn, als sie sich auf ihren Schreibtischstuhl setzte. Ihre Finger zitterten so stark, dass sie Mühe hatte, den Computer herunterzufahren. Mit letzter Kraft erhob sie sich und nahm ihre Handtasche. Keinen Moment länger hielt sie es in diesem stickigen Büro aus.

Just als Lisa einen Fuß auf den Flur setzte, um den Fahrstuhl zu rufen, begann der Boden unter ihr zu schwanken. Sie spürte, wie ihr das Blut aus dem Kopf schoss. Wie aus weiter Ferne meinte sie, jemanden ihren Namen rufen zu hören. Sie öffnete den Mund, wollte um Hilfe bitten, aber ihre Stimme gehorchte ihr nicht mehr. Im nächsten Moment trübte ein Schleier ihre Wahrnehmung, und es wurde still um sie.

Der helle Ton in Lisas Ohren war unerträglich und übertönte sogar die Stimmen des Pflegepersonals, als sie Stunden später im Krankenhaus erwachte. Sie hatte einen Kreislaufkollaps erlitten, der zu einem Hörsturz geführt hatte. Angestrengt versuchte sie, einen klaren Gedanken zu fassen, doch es wollte ihr nicht gelingen, und sie dämmerte wieder weg.

Am Nachmittag kam Tim zu Besuch und stellte eine Vase mit Blumen auf den Nachttisch.

»Hallo, Kleines. Geht's dir schon besser?« Mit skeptischem Blick beäugte er sie. »Ich soll dich vom Chef grüßen. Er war sehr besorgt um dich.«

»Die netten Worte kann er sich getrost sparen«, antwortete sie mühsam beherrscht.

Tim strich ihr über die Wange. »Du solltest mal verreisen.«

»Wie stellst du dir das vor?«, warf Lisa ein. »Ich muss mich um so vieles kümmern. Außerdem steht demnächst das Interview mit der Baumgart an. Hast du eine Ahnung, wie lange ich auf diese Chance gewartet habe? So eine Gelegenheit bekomme ich nicht wieder.«

»Meine Güte, das ist doch alles nebensächlich. Die Baumgart ist nicht der Nabel der Welt. Nimm deinen Zusammenbruch ja nicht auf die leichte Schulter, Lisa.«

»Du meinst, ich soll mich einfach aus dem Staub machen? Vielleicht hast du recht. Kannst du mir bitte die Kündigung aufsetzen? Ich habe noch einige Wochen Urlaubsanspruch, die restlichen Tage soll Gerlach meinetwegen als unbezahlten Urlaub abrechnen. Die Redaktion sieht mich jedenfalls nicht wieder.«

»Klar, das ist die leichteste Übung für mich. Bist du dir wirklich sicher?«

»Hundertprozentig.«

»Okay. Das Schreiben bringe ich dir morgen vorbei. Warum erledigst du nicht das Notwendigste und nutzt deinen Jahresurlaub, um dich zu erholen?«

Plötzlich schoss Lisa ein Gedanke durch den Kopf.

Sie versuchte, den Kopf zu heben, ließ ihn aber gleich darauf mit einem Stöhnen aufs Kissen zurücksinken. »Ich habe da vielleicht eine Idee, Tim. Dafür brauche ich allerdings deine Hilfe. Im Gegenzug verspreche ich dir, dass ich so bald wie möglich verreise.«

Sein Blick wurde aufmerksam. »Schieß los.«

»Kannst du dich, solange sich Rosa Baumgart in Berlin aufhält, an ihre Fersen heften und sie für mich beschatten?«

Tims Augen weiteten sich. »Ich soll in meiner Freizeit für dich den Sherlock Holmes spielen?«

Sie lächelte leicht. »Ja, das wäre super.«

»Wie stellst du dir das vor?«

»Keine Ahnung. Lass dir was einfallen. Sonst bist du doch auch immer so kreativ.«

Er schnaubte. »Okay. Mach dir aber bitte keine großen Hoffnungen.«

»Danke. Lass dich bloß nicht erwischen. Ich glaube, mit ihren Bodyguards ist nicht zu spaßen. Sobald du etwas herausfindest oder dir etwas ungewöhnlich vorkommt, gibst du mir Bescheid, ja?«

»Geht klar.«

»Danke, ich mach's auch bestimmt wieder gut.«

Nachdem Tim gegangen war, lehnte sich Lisa entspannt zurück und schloss die Augen. Die Idee mit dem Urlaub gefiel ihr immer besser.

Als Lisa eine gute Woche später endlich das Krankenhaus verlassen durfte, hatte sich das durchdringende Piepen in ihren Ohren in einen leisen Ton gewandelt. Wenn sie die Ratschläge der Ärzte befolgte, standen die Chancen gut, dass auch das stete Geräusch eines

Tages vollends verschwand. Vor dem Hauptportal blickte sie sich unschlüssig um. Da ihr Auto noch in der Tiefgarage der Redaktion stand, beschloss sie, als Erstes mit dem Bus in ein Reisebüro zu fahren.

Dort angekommen, blickte Lisa grübelnd auf die bunten Auslagen im Schaufenster. Sofort waberten die Bilder ihrer letzten Urlaube mit Elda durch ihren Geist. Sie erinnerte sich an den Schwefelgeruch und die Hitze, als sie beide eine Wanderung zum Ätna gemacht hatten. An Eldas andächtige Miene beim Anblick des mächtigen Gipfelkraters, an ihre feuchten Augen angesichts der Schönheit und Gefährlichkeit des Ortes. Natürlich hatte sie später behauptet, ihre Augen hätten nur von dem stürmischen Wind getränt. Lisa atmete noch einmal tief durch und drückte die Türklinke herunter.

Als sie das Reisebüro wenig später verließ, lief sie wie auf Wolken. Zufrieden warf sie einen Blick auf den Umschlag mit den Reiseunterlagen in ihrer Hand. Madeira. Bevor sie ihr Studium begonnen hatte, war sie mit Elda ein Jahr lang mit dem Rucksack quer durch Portugal unterwegs gewesen. Die Sprache hatte es ihr damals schon angetan, und der Urlaub auf der Insel würde ihr Gelegenheit geben, ihr Portugiesisch aufzufrischen.

KAPITEL 3

Als die Maschine sanft auf dem Rollfeld von Funchal aufsetzte, hatte Lisa die meiste Zeit in tiefem Schlaf verbracht.

Der Flughafen glich einem emsigen Bienenstock, von allen Seiten strömten Menschen auf die Gepäckausgabe zu, während Lisa leicht benommen auf das Band zusteuerte, um ihren Koffer abzuholen.

Keine Stunde später steuerte sie einen robust wirkenden Allradwagen mit Navigationssystem in Richtung Ribeira Brava. Die Fahrt schien durch endlos viele Tunnel zu führen. Sie hielt sich auf der V1 und passierte bald einen Ort namens Camara de Lobos. Dort wurde sie auf die ER 104 gelotst, und ab da musste sie nur dem Wegweiser nach Serra de Água folgen.

Die Straße wurde zunehmend kurviger. Links und rechts von ihr türmten sich mächtige Berge auf. Mutige Einwohner hatten darauf Terrassenfelder angelegt und sie der Natur als Nutzfläche abgetrotzt. Während rund um Funchal noch Bananenplantagen und Zuckerrohrfelder das Bild beherrscht hatten, waren jetzt neben Wein auch immer häufiger ausgedehnte Flächen mit Feigen- und anderen Obstbäumen auszumachen, deren Äste sich sanft im Wind wiegten.

Schließlich erreichte Lisa den Ortseingang von Serra

de Água. Vor ihr erstreckte sich ein malerisch gelegenes Tal, dessen Mittelpunkt eine weiß getünchte Kirche inmitten eines kleinen Platzes darstellte. Vorsichtig lenkte sie den Wagen über das Kopfsteinpflaster durch die engen Gässchen, vorbei an einer Reihe von Häusern, an deren Mauern üppig blühende Gemüse- und Maracujapflanzen emporrankten.

Endlich hatte sie ihr Ziel erreicht. Vor einem zartrosa getünchten, zweistöckigen Gebäude zu ihrer Linken, das direkt an einem Abhang gebaut war, hielt sie an. Feigenbäume und ausladende Kakteen rahmten das Grundstück ein. Vor ihr wand sich eine Straße weiter hinauf. Entschlossen stieg Lisa aus und ließ den Blick schweifen. Der Wind trug einen leichten Blütenduft mit sich.

Eine zierliche, dunkelhaarige Person kam mit einem entschuldigenden Lächeln auf sie zu. »Hallo, ich bin Elvira Gomes«, eröffnete die Frau das Gespräch auf Englisch. »Herzlich Willkommen auf Madeira, Senhora Freiberg. Hatten Sie einen guten Flug?«

»Danke ja«, erwiderte Lisa mit unüberhörbarer Erleichterung, denn sie sehnte sich danach, ihre gestreifte Strumpfhose endlich ausziehen zu können.

»Nach Ihnen«, sagte die freundliche Vermieterin und bat ihren Gast mit einer einladenden Handbewegung hinein.

Die Ferienwohnung im ersten Stock war von liebevoller Hand eingerichtet worden. Das Wohnzimmer mit der angeschlossenen Küche strahlte mit seinen warmen Erdtönen Behaglichkeit aus. Auf dem Esstisch stand eine Vase mit ungewöhnlichen Blumen.

»Das sind Paradiesvogelblumen, auch Strelitzien genannt. Sie zählen neben unserem leckeren Madeirawein zu den beliebtesten Souvenirs hier auf unserer Insel. Gefallen sie Ihnen?«

Lisa strich über die schnabelartige Blüte. »Sie sind zauberhaft.«

»Ich mag sie auch sehr. Kommen Sie, ich zeige Ihnen noch den Balkon.«

Elvira Gomes zog die Schiebetür auf, und Lisa stockte der Atem. Unter ihr, nur über schmale Treppen erreichbar, drängten sich weitere Häuser aneinander, in deren Gärten Rebstöcke in Reih und Glied standen und Gemüse angebaut wurde. Die Wipfel zweier Feigenbäume berührten beinahe das Balkongeländer. Direkt vor ihr erstreckte sich ein wild romantisches, in sattem Grün erstrahlendes Bergpanorama. Unwirklich wie aus einem Märchenbuch wirkte die Landschaft auf sie. Die Sonnenstrahlen spielten mit den schroffen und zerklüfteten Felsen, warfen Schatten und hüllten im nächsten Moment die Terrassenfelder wieder in gleißendes Licht. Die Straßen und Wanderwege, die hinaufführten, glichen einem feinen Netz aus Adern. Über einem der höheren Berge bildeten sich Wolkenfelder.

»Hübsch, nicht wahr?« Elvira Gomes wies lächelnd auf eine Liege und einen runden Tisch. »Hier können Sie es sich gemütlich machen und entspannen.«

Lisa dankte ihr, und sie gingen wieder hinein. Das Schlafzimmer war mit einem Doppelbett und einem großen Kleiderschrank eingerichtet. In einer Nische am Fenster stand ein Schreibtisch.

Die Vermieterin bemerkte ihre Überraschung. »Falls Sie eine Internetverbindung benötigen, steht Ihnen hier alles kostenlos zur Verfügung.«

»Wunderbar!«, entschlüpfte es Lisa.

»Das Badezimmer ist zwar klein, verfügt aber über jeden Komfort«, fuhr Elvira Gomes fort und zeigte ihrem Neuankömmling den Rest der Ferienwohnung.

Anschließend händigte sie Lisa eine Liste mit Sehenswürdigkeiten und Restauranttipps aus, wünschte ihr einen erholsamen Aufenthalt und ließ sie alleine.

Auspacken kann ich später noch, dachte Lisa und schlüpfte als Erstes in Top und Shorts. Genau genommen war die Wohnung für zwei bis drei Personen gedacht. Elda, die eine Vorliebe für warme Farben und stilvolle Möbel gehabt hatte, hätte sich hier bestimmt wohlgefühlt. Energisch schluckte Lisa die aufsteigenden Tränen hinunter.

Im Kühlschrank befinde sich alles, was sie für ihren ersten Ferientag benötige, hatte Elvira Gomes ihr versichert. Als kleines Gastgeschenk stehe außerdem eine Flasche Madeira auf dem Küchentresen für sie bereit.

Lisa nahm die Flasche und ein Glas, setzte sich auf den Balkon, nippte an dem Madeira und beobachtete, wie die Sonne am Himmel den Kampf gegen die Wolken gewann.

Ihre Gedanken kreisten um die Redaktion und ihren unschönen Abgang. Josefine, die blöde Kuh, amüsierte sich sicher gerade köstlich über sie und ließ keine Gelegenheit aus, um sie bei Gerlach lächerlich zu machen. Egal, soll sie doch, sagte sie sich. Zwischen ihnen lagen vier Flugstunden Entfernung. Lisa suchte auf ihrem MP3-Player nach ihrem Lieblingssong von Snow Patrol. Mit einem wohligen Seufzen streckte sie sich wenig später auf dem Bett aus und schlief ein.

Im Traum stand Lisa an Eldas Totenbett, um Abschied zu nehmen. Das schöne Gesicht ihrer Freundin war fast bis zur Unkenntlichkeit entstellt und angeschwollen. Während sie fassungslos vor dem Leichnam stand und versuchte, Eldas Tod zu begreifen, zersetzten Maden bereits den zerschundenen Körper.

Schreiend und mit wild klopfendem Herzen erwachte Lisa gegen Morgen. Um die furchtbaren Bilder aus dem Kopf zu verbannen, ließ sie den Fernseher laufen.

Später sprang sie unter die Dusche, zog ein eng anliegendes weißes Shirt und eine Hose mit roten und grünen Streifen an und machte sich auf den Weg zum Supermarkt. Doch der Gedanke an laute, schwatzende Menschen schreckte sie ab. Nach einigem Suchen entdeckte sie am Ortsende ein etwas versteckt liegendes Geschäft, dessen rückwärtige Seite sich an einen der riesigen Felsen schmiegte.

Lisa betrat das Halbdunkel und blickte sich um. Nur eine Handvoll Leute schlenderte durch den leicht abschüssigen Gang, was sie erleichtert aufatmen ließ. Aus dem Radio erklang leise, schwungvolle Musik, zu der sich die dunklen Stimmen zweier Männer gesellten. Obwohl sie lange kein Portugiesisch mehr gesprochen hatte, verstand sie, worüber die beiden sich unterhielten.

Sicherer geworden, betrachtete sie die Auslagen und füllte ihren Korb. Besonders der Obststand mit seiner Vielfalt an einheimischen Früchten hatte es ihr angetan. Davon angezogen steuerte sie auf eine Kiste mit leuchtend roten Erdbeeren zu. Sie dufteten herrlich.

Lisa griff nach einem Schälchen – und geriet unversehens ins Schlittern. Wie in Trance bemerkte sie noch die ölige Spur auf dem Linoleumboden. Da spürte sie auch schon, wie sie den Halt verlor und ihr das Schälchen aus der Hand glitt. Der Einkaufskorb landete auf dem Boden, während sie mit Schwung auf ihre Kehrseite plumpste, zu ihrem Entsetzen genau vor den Füßen eines Unbekannten. Grobe Stiefel gerieten in ihr Sichtfeld, die langen Beine steckten in einer schmuddeligen Arbeitshose. Das Gesicht des Mannes war bis zur Nase von einem Strohhut verdeckt, doch in seine Mundwinkel hatte sich ein amüsiertes Grinsen gestohlen.

»Hoppla!«, entfuhr es ihm. Er streckte ihr die Hand entgegen, um ihr aufzuhelfen. »Haben Sie sich verletzt?«

Lisa schüttelte den Kopf und unterdrückte den Wunsch, sich das Hinterteil zu reiben. Der Fremde trug eine randlose Brille. Er war ungefähr in ihrem Alter, hatte den olivfarbenen Teint und den Akzent eines Einheimischen, doch aus dem Hut lugten ein paar blonde Strähnen hervor.

Lisa löste sich von seinem Anblick, sah an sich hinunter und schloss für einen Moment entsetzt die Augen. Mit so viel Grazie, wie es ihr angesichts ihrer misslichen Lage möglich war, ergriff sie seine Hand und stand auf. Hastig pickte sie sich ein paar Erdbeerstückchen von Shirt und Hose, murmelte einen Dank und machte sich mit glühenden Wangen daran, ihre verstreuten Habseligkeiten aufzuheben.

»Queira desculpar me. Bitte entschuldigen Sie«, hörte sie die wohlklingende Stimme des Fremden ne-

ben sich, in der jetzt ein leises Lachen mitschwang. »Darf ich?«

Bevor Lisa etwas erwidern konnte, fühlte sie, wie er ihr etwas aus dem Haar zupfte. Es waren ein paar Erdbeerblätter, die sich in ihrem Zopf verfangen hatten. Ganz deutlich konnte sie erkennen, wie er sich um Ernsthaftigkeit bemühte.

Das war eindeutig zu viel. Lisa nickte ihm zu, presste die Lippen aufeinander und fuhr herum, wobei sie den Blick des Fremden noch im Rücken spürte. Mist. Ihr weißes Shirt war mit rötlichen Flecken übersät. Wahrscheinlich sah ihr Gesicht nicht viel besser aus. Zwei junge, pausbäckige Mädchen, die ihr entgegenkamen, kicherten. Auf einmal hatte es Lisa eilig, das Geschäft zu verlassen, und während sie ihre Einkäufe an der Kasse aufs Laufband legte, zwang sie sich dazu, den Kopf nicht mehr umzudrehen.

Erst als sie in der Ferienwohnung ankam, verloren ihre Wangen allmählich die Hitze. Ausgerechnet hier im Dorf, wo sicher jeder jeden kannte, musste ihr so ein Missgeschick passieren. Sie mochte sich nicht vorstellen, was die Leute in dem Geschäft, den Fremden mit dem spöttischen Grinsen eingeschlossen, für einen Eindruck von ihr gewonnen hatten.

Wie gut, dass sie sich einen Wagen gemietet hatte und ihnen aus dem Weg gehen konnte. Der Gedanke wirkte beruhigend.

Mit einem Chai Latte machte es sich Lisa auf dem Balkon bequem. Inzwischen hatten sich die Wolken verzogen, und es versprach ein herrlich warmer Tag zu werden. Viel zu schade, um ihn ungenutzt verstreichen zu lassen. Sie warf einen nachdenklichen Blick auf ihre Kamera auf dem Tisch. Früher war das Fotografieren ihr liebstes Hobby gewesen, doch in den letzten Jahren hatte sie sich voll und ganz in die Arbeit gestürzt, und das Fotografieren war immer mehr in den Hintergrund getreten. Auf den zahlreichen Reisen mit Elda hatte sie noch viel Zeit mit ihrem Hobby verbracht. Manchmal hatte sie stundenlang auf irgendwelchen Feldern oder an Küstenabschnitten verharrt, um auf ein bestimmtes Licht oder die richtige Pose eines Tieres zu warten. Elda hatte sie deswegen mehr als einmal aufgezogen. »Warum genießt du nicht den Augenblick, statt ihn mit der Suche nach dem richtigen Blickwinkel oder einem passenden Objektiv zu vergeuden?«

Darauf hatte Lisa stets geantwortet, dass die Fotografie ihr in etwa das bedeute, was für die Freundin Meditation oder Yoga sei – pure Entspannung. Kurz entschlossen griff Lisa nach der Kamera und erhob sich. Der Chai blieb unangerührt auf dem Tisch zurück.

KAPITEL 4

Linker Hand von Lisas Feriendomizil wand sich die Straße träge aufwärts, während rechts hohe, mit Ginster und Efeu bewachsene Felsen vor ihr aufragten. Auf der den Bergen zugerichteten Seite thronte eine Reihe Kiefern, kerzengerade wie Zinnsoldaten, auf einer Anhöhe. Unter ihnen wuchs dichtes grünes Buschwerk. Bis auf ein paar freche Spatzen, die am Straßenrand nach Nahrung suchten, wirkte die Straße still und verlassen.

Die Kirche unten im Tal bildete mit ihrer leuchtend weißen Fassade einen anziehenden Kontrast zu den Grüntönen der Umgebung. Lisa stieg die Treppe hinunter, die direkt neben dem Haus abwärtsführte.

Bald darauf stand sie auf dem Kirchvorplatz und sah sich neugierig um. Gegenüber entdeckte sie eine mannshohe Mauer. Dort setzte sie sich auf eine Bank, denn die Mittagssonne brannte vom Himmel, und die Zypressen hinter ihr spendeten wohltuenden Schatten. Das Gotteshaus war hübsch anzusehen mit seinen dunklen Verzierungen und dem imposanten Portal. Eine buckelige alte Frau mit einer Kittelschürze und einem Korb am Arm trat gemächlich auf die Kirche zu, machte vor dem Portal einen angedeuteten Knicks, bekreuzigte sich und ging weiter ihres Weges.

Zur Linken befand sich ein schmaler, steil ansteigender Pfad mit einem Namensschild, das im Felsen angebracht, aber verwittert und kaum lesbar war. Von dort oben lassen sich bestimmt wunderbare Fotos machen, dachte Lisa und folgte dem Weg. Jetzt konnte sie erkennen, dass sich hinter der Mauer, an der sie eine Rast eingelegt hatte, der Friedhof befand. Um den Weg vor Erosion zu schützen, hatte man die üppig bewachsenen Felsvorsprünge mit einer Steinmauer befestigt. Bald darauf endete der Pfad, und sie schoss ein paar Fotos. Das Licht erschien ihr allerdings nicht ideal, deshalb blickte sie sich suchend nach einem besseren Ort um. An einem der Felsen entdeckte sie eine gewundene Treppe.

Argwöhnisch beäugte sie das ziemlich marode Geländer und beschloss, den Aufstieg dennoch zu versuchen. Die Stufen waren nicht nur ausgetreten, sondern auch ziemlich steil, weshalb Lisa schon nach kurzer Zeit innehielt, um zu verschnaufen. Der einzige Sport, den sie die letzten Jahre getrieben hatte, war ein gelegentlicher Sprint zum Auto, wenn sie mal wieder viel zu spät dran war. Was sich in diesem Moment jämmerlich rächte. Während ihrer Studienzeit, bevor Elda ihre Liebe zum Yoga entdeckte, hatten die beiden Freundinnen regelmäßig an einer Kletterwand trainiert. Mit großer Begeisterung war Lisa damals nicht gerade bei der Sache gewesen, aber bei ihren Kommilitonen war das Klettern damals schwer angesagt, und sie hatte keine Spielverderberin sein wollen. Seit sie als Journalistin arbeitete, hatten die vielen Reisen und Partys sie wohl verweichlicht.

Als sich ihr Puls wieder beruhigte, riskierte sie

einen kurzen Blick über die Schulter. Dabei fing das Geländer bedenklich an zu wackeln. Unter ihr, in gähnender Tiefe, tat sich ein wildes Durcheinander aus rankendem Gestrüpp und Nadelgehölz auf, das sich beharrlich ans Gestein klammerte.

Ehe der Schwindel übermächtig werden konnte, drehte sie sich wieder um und stapfte weiter. Bald darauf geriet eine Mauer in ihr Sichtfeld, an der die Treppe endete. Unschlüssig blieb Lisa auf einer der letzten Stufen stehen. Bei dem Gemäuer handelte es sich um ein verwittertes, verlassen wirkendes Steinhaus. Die einstigen Bewohner hatten sicher einen atemberaubenden Panoramablick genossen. Schade, dass das Häuschen allmählich verfiel. Lisa wollte bereits umkehren, da vernahm sie Geräusche. Vorsichtig bog sie ein paar Äste eines blühenden Strauchs beiseite und spähte hindurch.

Auf einem Vorhof saß ein alter Mann mit vollem schlohweißem Haar, das er zu einem Pferdeschwanz zusammengebunden hatte. Er war schmächtig, und seine wettergegerbten Züge erzählten von vielen im Freien verbrachten Jahrzehnten. Die Augen hielt er geschlossen, den Kopf geradeaus gerichtet, während er etwas notierte und dabei vor sich hin summte. Dabei huschte seine Hand unablässig übers Papier, mal hier und mal dorthin, als würde sie etwas beschreiben. Mit der anderen tastete er über etwas, das wie ein Zeichenblock aussah.

Mit wachsender Verwirrung sah Lisa ihm zu. Zuweilen verstummte er, hielt inne und legte den Kopf in den Nacken, wobei seine Miene einen entrückten Ausdruck annahm. Lauschte er? Aber da waren keine ungewöhnlichen Geräusche. Wie der Fremde immer wieder auf seinem Stuhl verharrte, erinnerte sie in gewisser Weise an Elda. So hatte ihre Freundin ausgesehen, wenn sie meditierte. Es war das Gesicht eines Menschen in tiefer Versunkenheit.

Bewegungslos verfolgte Lisa, wie der Mann nach geraumer Zeit fortfuhr, mit schwungvollen Bewegungen etwas zu Papier zu bringen. Er hob die linke Hand, die vorher auf dem Block gelegen hatte, ließ sie in der Luft tanzen und summte eine weitere Melodie dabei. Seine schlanken Finger wölbten sich, als würden sie Silhouetten nachzeichnen, die nur er zu sehen imstande war.

Ein Vogel flog kreischend über sie hinweg. Lisa erschrak und wäre wohl gestolpert, wenn sie nicht einen der dicken Äste umklammert hätte.

Abrupt wandte ihr der Mann das Gesicht zu. »Junge, bist du das?«

Lisa erstarrte.

»Hallo? Jorge, komm nur rauf.« Als sie stumm blieb, setzte der Alte erneut an. »Wer ist da? Lass den Unfug und gib Laut, du Schlingel.«

»Hallo. Bitte entschuldigen Sie«, stammelte Lisa verlegen. »Ich wollte Sie wirklich nicht stören. Einen schönen Tag noch.«

Sie hatte schon auf dem Absatz kehrtgemacht, da ertönte seine weiche Stimme und ließ sie innehalten.

»Sie haben sich wohl verlaufen, was?« Der Mann öffnete die Augen, die von einem ungewöhnlich hellen Grau waren. Sie wirkten seltsam starr, und sein Blick schien sich im Nichts zu verlieren.

Die Erkenntnis traf Lisa wie ein Schlag. Er war blind.

Wie kann ein Blinder derart abgelegen leben?, schoss es ihr durch den Sinn. Das ist doch gänzlich unmöglich! Sie wollte sich nicht anmerken lassen, wie betroffen sie die Erkenntnis machte. »Eigentlich nicht«, antwortete sie daher so unbefangen wie möglich.

»Treten Sie ruhig näher und leisten Sie einem alten Mann Gesellschaft. Geschieht nämlich nicht alle Tage, dass sich Fremde hierherverirren.« Er machte eine einladende Handbewegung, legte Block und Stift auf den Tisch neben sich und bedeckte die Utensilien mit einem hölzernen Deckel, der an die Form einer viereckigen Käseglocke erinnerte.

Beim Näherkommen fiel Lisa der Nutzgarten auf, der sich neben dem Vorhof ans Gestein schmiegte. Das schmucklose Haus, die beiden Holzschemel vor der Eingangstür sowie einige eiserne Werkzeuge, all das machte den Eindruck, als wäre sie ins vorige Jahrhundert zurückversetzt worden.

»Nehmen Sie sich einen Schemel und setzen Sie sich zu mir.« Als sie nicht sofort reagierte, vertieften sich die Furchen auf seinem Gesicht. »Was ist? Haben Sie etwa Angst vor mir?«

Lisa bemühte sich um ein Lächeln und fragte sich im nächsten Moment, warum. Er konnte es ohnehin nicht sehen. »Nein, natürlich nicht. Tut mir leid, ich wollte nicht unhöflich sein.« Damit trat sie näher und reichte ihm die Hand. »Ich heiße Lisa Freiberg.«

Sein Händedruck war fest. »Hermigo Santos. Jetzt haben Sie sich schon zum zweiten Mal entschuldigt. Ist das eine Art Hobby von Ihnen? Nun denn, bei mir ist es jedenfalls nicht vonnöten. In der Küche steht eine Karaffe mit Fruchtsaft. Wären Sie so freundlich, uns zwei Gläser zu holen? Sie sind bestimmt durstig.«

Lisa warf ihm einen verstörten Blick zu und tat, worum er sie gebeten hatte. Das Haus bestand offenbar nur aus zwei Räumen. Der erste war Wohn- und Schlafraum zugleich und verfügte außerdem über eine winzige Kochecke. Gegenüber vom Eingang befand sich eine zweite Tür. Die Möbel waren schlicht, aber von guter Qualität.

Lisa schüttelte den Kopf. Ein seltsamer Mann, dieser Hermigo. Mit den gefüllten Saftgläsern kehrte sie zu ihrer neuen Bekanntschaft zurück.

»Bitte stellen Sie mir das Glas auf drei Uhr vor meinen rechten Fuß.«

»Bitte was?«, erwiderte Lisa.

Der Mann mit den vielen Altersflecken auf der Nase streckte die Hand aus. »Ach, lassen Sie es gut sein. Woher sollen Sie sich auch damit auskennen?«

Lisa reichte ihm die Erfrischung und verfolgte, wie Hermigo trank und das Glas in einer bestimmten Position neben sich abstellte.

»Woher kommen Sie, Lisa Freiberg?«

Sein Versuch, ihren Namen auszusprechen, ließ sie unwillkürlich schmunzeln.

»Sie sprechen meine Sprache recht gut«, fuhr er fort, noch ehe sie zu einer Antwort ansetzen konnte. »Aber ich höre, dass Sie ein wenig aus der Übung sind. Sie haben wohl schon lange kein Portugiesisch mehr gesprochen?«

»Das stimmt.« Freimütig erzählte Lisa ihm von ihrem einjährigen Aufenthalt in Portugal. Hermigo hatte betont langsam mit ihr gesprochen, vermutlich damit sie ihn besser verstand, weshalb sie sich spontan zu ihm hingezogen fühlte. »Ich bin erst seit gestern auf Madeira und wollte mir ein wenig die Gegend ansehen.« Sie stockte. »Ehrlich gesagt, ist es ist mir ziemlich peinlich, dass Sie mich erwischt haben.«

»Menschen sind nun mal neugierig, das liegt in ihrer Natur. Ich finde es eher schmeichelhaft, von einer jungen und etwas leichtsinnigen Frau beobachtet zu werden.« Hermigo klatschte in die Hände und zeigte sein lückenhaftes Gebiss.

»Leichtsinnig?«

»Aber sicher!«, erklärte er im Brustton der Überzeugung. »Oder wie würden Sie jemanden bezeichnen, der mit Turnschuhen in bergigem Gelände herumstreift?«

Verblüfft beäugte Lisa ihre schwarzen Nikes. »Wo... woher wissen Sie das?«

»Ich kenne das Geräusch der Gummisohlen auf den Stufen nur zu gut. Mein kleiner Freund Jorge, er ist der jüngste Sohn vom Kioskbesitzer unten bei der Kirche, trägt die Dinger auch. Hab schon oft mit ihm geschimpft, aber er hört ja nicht auf mich.«

Darauf fiel Lisa keine vernünftige Antwort ein, und sie trank einen Schluck von dem Orangensaft.

»Sie sind also hier, um Urlaub zu machen?«, hakte er nach, wobei er seine hellen, leblos wirkenden Augen auf sie gerichtet hielt.

»Ja, obwohl ich zugeben muss, dass es weit mehr als ein Urlaub für mich ist. Ich musste einfach mal raus aus meinem Leben und durchatmen.«

Hermigo lehnte sich gegen die Hausmauer. »Nutzen

Sie jeden Augenblick, Lisa. Glauben Sie mir, je älter Sie werden, umso schneller verrinnt die Zeit.«

»Leben Sie schon lange in diesem Haus?«, wechselte sie das Thema.

»Fast fünfundzwanzig Jahre. Es war früher unser Sommerhaus. Seit vielen Generationen hat meine Familie in Camacha gelebt, das liegt im südöstlichen Teil der Insel. Wir sind Korbflechter.«

Unwillkürlich betrachtete Lisa seine knorrigen Hände, mit denen er beim Sprechen lebhaft gestikulierte.

»Sie sind plötzlich so still, Lisa. Sie fragen sich bestimmt, wie ein alter, blinder Mann allein in der Einsamkeit zurechtkommt, habe ich recht?«

»So in etwa«, räumte sie ein. »Tut mir leid, das war indiskret.«

Er stieß ein herzhaftes Lachen aus, das sie zutiefst verunsicherte. »Sie sind wirklich eine bezaubernde junge Frau. Aber gerade haben Sie sich zum dritten Mal entschuldigt. Was haben Sie getan, außer einem alten Knochen wie mir eine vergnügliche Stunde zu bescheren?« Gleich darauf wurde er wieder ernst. »Zurück zu Ihrer Frage. Ich hatte es satt, mich in jedem Augenblick wie ein Krüppel zu fühlen.«

Lisa schwieg betroffen.

»Verstehen Sie mich bitte nicht falsch«, fuhr er fort. »Alle waren rührend um mich bemüht. ›Pass auf, da sind Stufen!‹, hieß es dann. Oder: ›Vorsicht, verbrenn dich nicht!‹ Oder Ähnliches.«

»Ich verstehe. Das ist Ihnen bestimmt gehörig auf die Nerven gegangen.«

»Schlimmer noch, die anderen haben mich durch ihre Fürsorge ständig daran erinnert, dass ich auf sie angewiesen bin.« Schatten huschten über sein Gesicht, um seinen Mund grub sich ein harter, fast schon zorniger Zug ein.

Aufmerksam betrachtete Lisa sein Mienenspiel. Was auch immer damals vorgefallen war, die Heftigkeit seiner Reaktion bewies, dass die alten Wunden noch nicht verheilt waren. Sie wollte nicht weiter in ihn dringen, den Blick von diesem interessanten Mann abzuwenden gelang ihr allerdings auch nicht. Hermigo Santos legte den Kopf in den Nacken. Er schien den Vogelstimmen zu lauschen, denn sobald einer ihrer Gesänge endete, murmelte er lateinische Namen.

»Eines Tages«, fuhr er leise fort, »meine liebe Mutter war kurz vorher verstorben und meine Schwester ins Ausland gezogen, beschloss ich, hierher in unser Sommerhaus zu ziehen. Können Sie sich das Entsetzen der Nachbarn vorstellen?«

»Oh ja und wie!«, antwortete sie und fügte hinzu: »Noch ein Glas Saft?«

»Nein, danke. Alle haben sie damals an meine Vernunft appelliert. Aber was sich Hermigo Santos einmal in den Kopf gesetzt hat, das zieht er auch durch.«

»Das glaube ich Ihnen aufs Wort. Sie haben sicher jemanden, der Ihnen hin und wieder das eine oder andere abnimmt, oder?«

»Ganz ohne geht es leider nicht«, erwiderte er bedauernd. »Jorge und Filipe bringen mir die Weidenstöcke zum Flechten herauf und holen die fertigen Korbwaren wieder ab. Filipe ist für mich wie ein Sohn, wissen Sie? Wir haben uns kennengelernt, kurz nachdem ich ins Sommerhaus gezogen bin. Damals war er noch grün hinter den Ohren. Wenn es seine Zeit erlaubt, hilft er mir im Garten. Um den Rest kümmere ich mich selbst.«

An einer Halterung neben dem Eingang hing ein weißer Blindenstock. Lisa versuchte sich auszumalen, wie Hermigo damit den Alltag bewältigte.

»Wie sehen Sie aus, Lisa?«, riss er sie aus ihren Überlegungen.

»Wieso wollen Sie das wissen?«

»Nun ja, so anregend unser Gespräch auch ist, bleibt es dennoch ein wenig einseitig, finden Sie nicht? Sie können mich ansehen, während ich nur Ihre Stimme und den Geruch Ihres Parfums zur Verfügung habe. Ich würde mir gern ein inneres Bild von Ihnen machen.«

»Eins fünfundsiebzig groß, schulterlange braune Haare, blaue Augen, Kleidergröße achtunddreißig. Ach ja, Alter: vierunddreißig. Genügt Ihnen das?«

»Fürs Erste schon«, schmunzelte Hermigo. »Die Luft ist feucht geworden. Nicht mehr lange und der Abstieg über die Treppe entwickelt sich zur Rutschpartie.«

»Oje, es ist ja schon später Nachmittag!«, entfuhr es Lisa nach einem schnellen Blick auf die Uhr. Sie erhob sich.

»Wenn Sie mal wieder Lust auf ein nettes Plauderstündchen haben sollten, würde ich mich sehr über Ihren Besuch freuen«, sagte er und streckte ihr beide Hände entgegen.

»Sehr gerne, ich komme bestimmt noch mal vorbei.«

»Fein. Aber beim nächsten Mal bitte mit vernünftigem Schuhwerk.«

Lisa lachte. »Bis bald, Hermigo. Passen Sie auf sich auf.«

»Natürlich. *Até logo.*«

Über den Bergen hatten sich die Wolken verdichtet, stellte Lisa fest, als sie vorsichtig Stufe für Stufe hinunterstieg und schließlich in den Weg einbog, der sie zu ihrem Feriendomizil führte. Nachdenklich betrachtete sie die Kamera in ihrer Hand. Schlagartig wurde ihr bewusst, dass sie in Hermigos Nähe den eigentlichen Grund ihres Ausfluges völlig vergessen hatte.

In der Wohnung angekommen, wollte sie es sich mit guter Musik und einem Buch auf der Couch bequem machen. Ihre Gedanken schweiften jedoch immer wieder zu Hermigo ab. Dort oben war es abends bestimmt kühl und windig. Wie einsam musste es in seinem Haus sein, wenn der Wind, der um die Mauern heulte, das einzige Geräusch blieb? Lisa stellte das Radio lauter. Der alte Maler war offenbar aus einem anderen Holz geschnitzt. Er schien mit sich und seinem Leben im Einklang zu sein.

Ganz anders als ich, gestand sie sich ein, denn die Stille in der Wohnung erinnerte sie wieder daran, dass sie den wichtigsten Menschen in ihrem Leben verloren hatte.

KAPITEL 5

Die ersten Urlaubstage verbrachte Lisa auf dem Balkon. Von dort aus beobachtete sie, wie mit der Morgendämmerung das Leben in Serra de Água allmählich erwachte. Hunde kläfften, Leute eilten zur Bushaltestelle und unterhielten sich lebhaft. Von ihrem Lieblingsort aus entdeckte sie eine Schule mit einem angeschlossenen Sportplatz, auf dem die Jüngsten Fußball spielten. Männer mit knatternden Mofas wanden sich die kurvige Straße hinunter. Diese ganz alltäglichen Eindrücke aus der Ferne zu erleben, während sie sich abseits vom Trubel befand, gefiel ihr.

Vier Tage nach ihrer Ankunft klopfte es leise an der Tür, und Lisa, die sich eben die Haare zu einem lockeren Zopf band, erschrak und lugte hinaus. Draußen stand Elvira Gomes. Nachdem sie der Frau nicht öffnete, warf diese etwas in den Briefkasten. Als kurz darauf das Motorengeräusch eines sich rasch entfernenden Autos erklang, wagte Lisa sich hinaus. Die Vermieterin hatte ihr einige Prospekte von verschiedenen Attraktionen der Insel dagelassen. Eine nette Geste, aber nach Ausflügen war ihr momentan nicht zumute. Achtlos legte Lisa die Flyer daher drinnen auf den Tisch. Plötzlich beschlich sie das Gefühl, beobachtet zu werden, und sie blickte über die Schulter.

Auf dem Balkongeländer saß ein Turmfalke. Der böige Wind fuhr ihm durchs Gefieder und blähte den hellen Fleck auf seiner Brust. Mit seinen dunklen Augen schien das Tier sie zu fixieren. Keine drei Meter trennten sie mehr voneinander. Lisa war wie elektrisiert. Fieberhaft tastete sie nach ihrer Kamera, und mit unendlich langsamen Bewegungen gelang es ihr, sie dicht an die Augen zu führen. Davon völlig unbeeindruckt öffnete der Turmfalke den Schnabel, als ob er in der Wärme nach Luft hechelte. Dabei wich er ihr nicht aus. Schnell drückte Lisa auf den Auslöser und schoss gleich eine ganze Serie Fotos. Nun begann das Tier sich in aller Seelenruhe das Gefieder zu putzen. Mutiger geworden, zoomte sie den Falken näher heran und machte einige weitere Aufnahmen.

Ein lange vermisstes Hochgefühl stieg in ihr auf. Nie zuvor hatte sie einen Raubvogel so dicht vor die Linse bekommen. Ihre Fingerspitzen kribbelten vor Erregung, sie konnte es kaum erwarten, sich die Bilder anzusehen. Aber sie wollte den besonderen Moment nicht zerstören, in dem sich die Blicke von Mensch und Tier begegneten.

Dann startete jemand ein Auto. Der Turmfalke hob den Kopf, stieß einen schrillen Schrei aus, spreizte die Flügel und flog davon. Bedauernd verfolgte Lisa, wie er auf eine hohe Tanne zuhielt und sich schließlich ihrem Sichtfeld entzog.

Als sie kurze Zeit später die Fotos begutachtete, stahl sich ein zartes Lächeln auf ihre Züge, denn ihr waren ein paar richtig gute Aufnahmen gelungen. Besonders eine hatte es ihr angetan. Darauf hatte der Falke den Schnabel im Gefieder vergraben, während seine Gestalt von den zerklüfteten Bergen im Hintergrund eingerahmt wurde.

Nichts von alledem kann Hermigo wahrnehmen, dachte sie. Was blieb ihm, wenn nicht mal die kleinen, oft verborgenen Schönheiten offenbar wurden, wie der Anblick sich im Wind sanft wiegender Äste oder Wolken, die sich vor einem Unwetter zusammenbrauten. Hermigo hatte nicht nur seine Sehkraft verloren, bestimmt gab es eine ganze Reihe Menschen, die nicht wussten, wie sie mit einem alten blinden Mann umgehen sollten. Ob er wenigstens regelmäßig Besuch bekam?

Nachdenklich betrachtete sie die frischen Mürbeteigplätzchen, die noch auf dem Kuchenblech auskühlten. Sie hatte gebacken, so wie früher, wenn Elda und sie beide ein freies Wochenende hatten, was selten genug vorgekommen war. Wie Feiertage hatten sie diese gemeinsam verbrachten Sonntage zelebriert. Elda hatte alles geliebt, was süß und klebrig war. In der Zeit nach dem Tod der Freundin hatte sich Lisa wieder und wieder dabei ertappt, wie sie morgens schlaftrunken in die verlassene Küche geschlurft war, in der Erwartung, Elda dort vorzufinden. Doch kein gedeckter Frühstückstisch erwartete sie und auch kein schnell geschriebener Gruß neben ihrem Teller. Nur beklemmende Stille.

In Lisas Zusammenleben mit Elda hatten sich in all den Jahren so viele kleine Gesten eingeschlichen, die jetzt jede Bedeutung verloren hatten. Sie musste sie sich endlich abgewöhnen, sonst wurde der Schmerz bald unerträglich. Lisa starrte auf das Kuchenblech. Was sollte sie nur mit den Plätzchen anfangen?

Ein Lächeln huschte über ihr Gesicht, denn sie hatte eine spontane Idee. Schnell packte sie die Plätzchen ein, schlüpfte in ihre Schuhe und stürmte geradezu nach draußen in die Nachmittagshitze.

Der Wind rauschte über die Anhöhe und zerrte an ihrer Kleidung, als sie nur wenig später schwer atmend auf der letzten Treppenstufe stehen blieb.

»*Olá,* Hermigo. *Como está?*«

»*Olá,* Lisa. Danke, es geht mir gut.«

Wie schon bei ihrer ersten Begegnung saß der Maler vor dem Haus, diesmal jedoch lächelte er ihr warm entgegen. »Das ist ja mal eine schöne Überraschung, Lisa. Setzen Sie sich bitte.«

Zu seinen Füßen lagen einige Werkzeuge, auf dem Schoß hielt er einen zur Hälfte fertiggestellten Weidenkorb, während er unablässig und mit schlafwandlerischer Sicherheit die Ruten miteinander verflocht.

Fasziniert beobachtete Lisa das flinke Spiel seiner Hände. Er arbeitete mit einer Leichtigkeit, die täuschte. Bei ihrem ersten und einzigen Versuch im Schulunterricht hatte sie im Korbflechten eine Fünf bekommen. Sie schüttelte ihre Gedanken ab. »Wenn Sie mögen, Hermigo, ich habe uns selbst gebackene Kekse mitgebracht.« Sie öffnete die Dose und hielt sie ihm entgegen.

Sein Gesicht nahm einen erstaunten Ausdruck an, und er stellte den Korb beiseite. »Wie nett von Ihnen. Geschirr finden Sie im Küchenschrank über dem Herd. Aber mal im Ernst: Haben Sie im Urlaub nichts Besseres zu tun? Madeira ist ein Juwel, das Sie für sich entdecken sollten. Stattdessen backen Sie Kekse für einen alten Mann?«

»Ja«, erklärte Lisa. »Um ehrlich zu sein, stand mir bisher nicht der Sinn nach Entdeckungstouren.« Sie ging nach drinnen und füllte eine Schale mit Gebäck. »Ziemlich stürmisch heute«, sagte sie, als sie wieder herauskam.

»Ach was, das ist hier oben nichts Besonderes. Sie kommen wohl nicht aus den Bergen?«, fragte er sanft und drehte den Kopf in ihre Richtung.

Lisa fand es erstaunlich, dass er anders als die meisten Blinden keine Sonnenbrille trug. Wenngleich es ihr nicht leichtfiel, den Anblick seiner starren Augen zu ertragen, vermittelte Hermigo ihr doch das Gefühl, dass er seine Aufmerksamkeit ganz auf sie lenkte.

»Nein, ich bin ein echtes Großstadtkind und komme aus Berlin«, antwortete sie und schloss ebenfalls eine Frage an. »Wie haben Sie die letzten Tage verbracht?«

»Ich habe gearbeitet. Aber weil mir die Sonne so verlockend ins Gesicht geschienen hat, habe ich mir die Zeit lieber mit anderen Dingen vertrieben, deshalb muss ich heute noch ungefähr zwei Dutzend Körbe flechten. Morgen kommt nämlich Filipe, um sie abzuholen.«

Lisa verschluckte sich um ein Haar an dem Gebäck. »Zwei Dutzend? Um Himmels willen!«

»Nicht weiter schlimm, das sind nicht mehr als vier oder fünf Stunden Arbeit.«

Verstohlen betrachtete sie seine Züge. Demnach benötigte er nicht länger als ein paar Minuten für einen Korb. Unfassbar.

Wie alt mochte Hermigo sein? Um seine Augen hatten sich strahlenförmige Lachfalten eingegraben. Die hohe Stirn kräuselte sich, wenn er sprach, und seine knollenartige Nase wirkte in dem schmal geschnittenen Gesicht viel zu groß. Dabei bildeten seine hellgrauen Augen einen interessanten Kontrast zu dem tief gebräunten Teint.

Vor dem kleinen Garten entdeckte sie einen Akazienbaum, dessen ausladende Äste schwer an der Last ihrer sonnengelben Blüten trugen. Sie kannte diese Art von ihrem Portugaltrip, damals im Frühling hatten die Akazien gerade Knospen angesetzt. Offenkundig hatten sie hier das perfekte Klima, um mehrmals im Jahr zu blühen. Unter ihren tief hängenden Zweigen fand Hermigo jetzt im Hochsommer bestimmt ein schattiges Plätzchen. Mannshohe Hortensien rahmten den Hof ein und verwandelten ihn in ein leuchtend blaues Meer. Lisa geriet ins Staunen, denn die Blüten waren so groß wie Kürbisse. Auf den tiefer gelegenen Ebenen wuchsen Besenheide und Stechpalmen.

Unwillkürlich wanderte ihr Blick zu dem Tisch neben Hermigos Schemel. Diesmal suchte sie den abgedeckten Schreibblock vergebens.

»Als ich Sie hier oben entdeckt habe, waren Sie völlig versunken. Es hatte den Anschein, als ob Sie etwas geschrieben hätten.«

Hermigo hielt in der Bewegung inne, dann lächelte er. »Da sehen Sie, wie wunderlich ich bin, nicht wahr?« Er wirkte entrückt. »Nein, ich habe nicht geschrieben. Genau genommen bin ich vielmehr so etwas wie ein Hüter der Vergangenheit.« Der alte Mann kicherte. »Ich gebe zu, das klingt, als hätte ich den Verstand verloren. Möglicherweise ist sogar etwas Wahres daran.«

»Sie geben mir Rätsel auf, Hermigo. Wie soll das funktionieren? Niemand kann etwas beschützen oder festhalten, das vorbei ist.«

»Und wenn doch? Hören Sie, Lisa, Sie sind vielleicht noch zu jung, um das zu verstehen. Haben Sie sich schon mal gefragt, was von uns bleibt, wenn wir nicht mehr sind? Wenn es niemanden gibt, der die Erinnerungen an uns wachhält?« Er griff nach einem Plätzchen. »Dann, meine Liebe, sind wir wahrlich tot.«

Seine Worte berührten etwas in ihrem Inneren und spülten die Trauer wieder an die Oberfläche. »Das ist richtig. Aber wozu benötigen Sie Stift und Papier, um Erinnerungen am Leben zu erhalten?«

»Um sie zu malen.«

Lisa schnappte nach Luft. »Moment mal, Hermigo. Wie können Sie malen, obwohl Sie blind sind?«

Der Korbflechter hob das Gesicht dem Sonnenlicht entgegen. »Jetzt verstehe ich. Sie glauben, ich wäre von Geburt an blind. Aber so ist es nicht. Ich leide an *Amaurose,* einer Erbkrankheit. Wir Betroffenen kommen meist schon sehbehindert auf die Welt und erblinden im Laufe unseres Lebens.«

Den Gedanken, Hermigo könnte durch andere Umstände sein Augenlicht verloren haben, hatte sie nicht einen Moment in Betracht gezogen. Der Wind heulte auf, und als ganz in ihrer Nähe ein paar Äste bedrohlich knackten, fuhr sie zusammen.

»Machen Sie sich keine Sorgen«, fuhr er leichthin fort. »Ich habe mich mit meinem Schicksal längst ausgesöhnt.« An seiner Miene konnte sie erkennen, wie ihn die Geister der Vergangenheit wieder einholten.

»Jetzt, da ich alt bin, betrachte ich vieles aus einem anderen Blickwinkel, wenn ich es so ausdrücken darf. Wissen Sie, meine Eltern waren sehr klug und warmherzig. Sie haben nicht nur meine Wutanfälle ertragen, wenn ich mal wieder glaubte, das Leben wäre gemein und ich der größte Versager. Mit viel Geduld erklärten sie mir, dass es eine Chance ist, die Zukunft zu kennen und sie zu akzeptieren.«

Lisa sog hörbar die Luft ein und ließ sie wieder entweichen. Meist half der Trick, um sich zu beruhigen. Diesmal verfehlte er allerdings seine Wirkung. »Was ... was kann daran positiv sein?«

Der alte Maler griff nach einer Jacke, die neben seinem Blindenstock an einem Haken gleich bei der Tür hing, tastete nach Lisa und legte ihr das wollene Kleidungsstück um die Schultern.

Sie warf ihm einen verblüfften Blick zu. »Danke, aber woher wissen Sie ...?«

»Meine liebe Lisa, ich höre an Ihrer Stimme, dass Sie frieren.«

Das war komplett verrückt! Hermigo war der empfindsamste und feinsinnigste Mensch, dem sie je begegnet war. Dieser Mann hört selbst die Flöhe husten, dachte sie bei sich.

»Sie sind mir hoffentlich nicht böse, wenn ich nebenbei ein bisschen arbeite?«, fragte er.

Ein Kichern stieg in Lisa auf. »Jetzt haben *Sie* sich entschuldigt, Hermigo.«

»Scheint ansteckend zu sein«, gab er belustigt zurück und griff nach dem halb fertigen Korb zu seinen Füßen.

Bewundernd verfolgte Lisa, wie er mit gewohnter

Routine eine weitere Reihe flocht. Nachdem er die Enden durch die Schlaufen gezogen und den Rest abgeschnitten hatte, bat sie ihn, mit seiner Erzählung fortzufahren.

»Wissen Sie, unser kostbarstes Gut ist das Wissen über die Vergänglichkeit. Dadurch sind wir gezwungen, unsere Wünsche und Ziele zu hinterfragen. Würden wir das tun, wenn unsere Zeit auf Erden endlos wäre?«

»Nein, vermutlich nicht«, räumte Lisa ein.

»So ist es. Ich wusste bereits als Fünfjähriger, dass ich die Erbkrankheit in mir trage und eines Tages erblinden werde. Ich hatte also jede Menge Zeit, um mein Leben in völliger Dunkelheit zu überdenken und zu planen.«

»Wie viel Zeit ist Ihnen letztlich geblieben?«

»Immerhin fast fünfzehn Jahre. Wobei der Prozess schleichend verlief. Mit einem eingeschränkten Gesichtsfeld, das mit der Zeit immer enger wurde, fing alles an. Später wurde ich lichtanfälliger, deshalb trug ich als Halbwüchsiger stets eine Sonnenbrille. Mit achtzehn konnte ich nur noch Umrisse erkennen. Eines Morgens, kurz vor meinem zwanzigsten Geburtstag, wurde ich wach und musste feststellen, dass selbst der letzte Rest Sehfähigkeit verschwunden war.«

Lisa kuschelte sich enger in Hermigos Wolljacke und ließ seine letzten Worte auf sich wirken. »Wann haben Sie angefangen zu malen?«

»Ehrlich gesagt kann ich mich nicht genau erinnern. Das muss gewesen sein, lange bevor ich einen Fotoapparat bedienen konnte. Meine Mutter hat mir später berichtet, dass ich damals schon versucht habe, unser Haus, die Tiere, Bäume und Blumen meiner Umgebung zu zeichnen.«

»Warum?«, flüsterte sie. »Wieso haben Sie das getan, obwohl Sie wussten, dass Sie die Bilder bald nicht mehr erkennen würden?«

»Oh, aus verschiedenen Gründen: Erstens habe ich schon früh begriffen, dass ich mir Dinge am besten einpräge, wenn ich sie zeichne. Ich besitze nämlich ein fotografisches Gedächtnis. Was ich einmal gesehen habe, bleibt mir für immer vor meinem geistigen Auge erhalten. Letztlich ist es der Versuch, dem Vergessen zu entgehen. Ein weiterer Grund, warum ich male, hat mit unserem Eingangsthema zu tun, Sie erinnern sich? Ich habe Sie gefragt, was von uns bleibt, wenn eines Tages niemand mehr von uns spricht.«

Hermigo senkte die Stimme, und obwohl der Wind unverdrossen über die Anhöhe heulte, drangen seine Worte klar und deutlich zu ihr. Lisa hörte ihm gebannt zu.

»Leider habe ich nur wenige Jahre die vielen bunten Farben meiner Heimat in mich aufnehmen können. Dabei war es gleichgültig, wie sehr ich mich gegen die zunehmende Erblindung zur Wehr gesetzt habe, denn es gab vor der dumpfen Schwärze kein Entrinnen.« Ein wehmütiges Lächeln überzog sein Gesicht. »Ich entsinne mich noch gut, wie neugierig und wissensdurstig ich früher war. Vielleicht gibt es eines Tages jemanden, der diese Eigenschaft ebenfalls besitzt und wissen will, wer ich war und wie ich gelebt habe. Aus meiner Jugend existieren nur ein paar alte Alben mit verblichenen Fotos. Als ich später vollends erblindete, wollte ich nicht mehr fotografiert werden. Deshalb male ich, was ich liebe. Ich möchte den Menschen die Welt aus meinem Blickwinkel zeigen.«

»Ich verstehe«, flüsterte Lisa. »Ein schöner Gedanke, Hermigo. Aber ich bin mir sicher, wer Sie kennt, wird Sie sowieso niemals vergessen.« Sie wusste selbst nicht, warum sie das gesagt hatte, die Worte waren ihr spontan über die Lippen gekommen.

»Meinen Sie?« Seine Falten vertieften sich. Kauend tastete er nach der Keksschale auf dem Boden. »Grundgütiger! Jetzt habe ich sie alle aufgegessen. Meine Manieren lassen wirklich zu wünschen übrig.« Im nächsten Moment lag seine Hand an ihrer Wange. »Ich möchte mich gern irgendwann revanchieren. Statt Kekse gibt es dann allerdings *poncha.*«

Lisa beugte sich vor. »Was ist das?«

Hermigo machte eine abwehrende Bewegung. »Das, meine Liebe, werde ich Ihnen nicht verraten. Wieso haben Sie sich eigentlich für Madeira entschieden?«

»Weil ich mir vorgenommen habe, mich wieder meinem liebsten Hobby zu widmen. Dafür gibt es wohl kaum einen geeigneteren Ort als diese wunderschöne Insel.«

»Ach ja? Welches Hobby denn?«

»Das Fotografieren.«

Der alte Mann klatschte in die Hände. »Tatsächlich? Sehen Sie, zwischen uns gibt es Gemeinsamkeiten. Ich male die Natur, und Sie fotografieren sie.«

Seine Freude fand in ihr ein Echo. »Als ich hier heraufgekommen bin, war ich ursprünglich auf der Suche nach außergewöhnlichen Motiven …«

»Ha! Gefunden haben Sie stattdessen mich«, feixte er und zeigte seine große Zahnlücke zwischen den oberen Schneidezähnen. »Ich bin mir nur nicht sicher, ob das ein guter Tausch war.«

»Ein vielversprechendes Motiv bieten Sie auf jeden Fall, Hermigo.«

Auf seinen Zügen meinte sie etwas Gequältes entdecken zu können. Um seine Mundwinkel zeigten sich eine Vielzahl Fältchen, die von unterdrückten Emotionen flüsterten. Wie er so dasaß, mit leicht hängenden Schultern, die Hände ineinander gefaltet, sah er aus, als suche er Halt, den er sonst nirgends fand. Von einem Moment auf den anderen wirkte er wie eine völlig andere Person. Wie ein gebrechlicher, einsamer Mann, gefangen in den Schatten seiner Vergangenheit. Gleich darauf waren seine Züge wieder so heiter wie zuvor. Lisas Verwirrung wuchs. Vermutlich sah sie schon Gespenster.

»Spüren Sie es?« Auf Hermigos Gesicht lag ein sanftes Lächeln. »Der Wind hat sich gelegt, und die Vögel werden munterer. Bald werden die Heidelbeerbüsche blühen, die unter meinem Haus neben der Besenheide wachsen. Durch die Trockenheit der letzten Monate sind sie dieses Jahr spät dran. Die Knospen dürften sich bereits öffnen.«

Lisa reckte den Hals und entdeckte die meterhohen Pflanzen, die sich unbeirrt ans felsige Gestein klammerten. Hermigos Geruchssinn hatte ihn nicht getrogen, auf den Ästen schimmerte es zartweiß. Prüfend sog sie die Luft ein, konnte jedoch keinen Blütenduft ausmachen.

»Ich lasse Sie jetzt allein. Sie haben noch jede Menge Arbeit vor sich.« Mit diesen Worten stand sie auf und schüttelte ihm herzlich die Hand.

»*Até breve,* Lisa.«

»Bis bald, Hermigo.«

Lisa schwirrte der Kopf. Als sie den schmalen Pfad hinunterging, kamen ihr einige Männer und Frauen laut schwatzend im Festtagsstaat entgegen. Sie waren auf dem Weg zur Kirche, wo sich weitere Dorfbewohner eingefunden hatten. Drei kleine Mädchen mit blumengeschmückten Haaren drehten sich im Kreis, dass sich ihre Röcke nur so bauschten, während ihnen die Erwachsenen belustigt zusahen. Nachdenklich wandte sich Lisa von der fröhlichen Gesellschaft ab und strebte dem rosa getünchten Haus zu.

Die vielen Details und Informationen, die sie innerhalb der letzten Stunden erfahren hatte, waren überaus verwirrend. Lebte Hermigo in einer eigenen Traumwelt, die mit der Realität nicht viel gemein hatte? Dass er malte, war nicht zu bestreiten, schließlich hatte sie ihn dabei beobachtet. Die Natur ohne Sehkraft auf Papier oder Leinwand zu bannen war für sie schlicht unvorstellbar. Wie konnte er beispielsweise die Gestalt eines Tieres zeichnen, wenn er nicht sah, was er tat? Wie fand er die richtigen Farben und mischte sie an, wenn unzählig viele Schattierungen möglich waren? Wobei es am Ende völlig unwichtig war, welchen Wert seine Bilder darstellten, solange ihn das Malen nur glücklich machte. Zu gern würde sie einmal einen Blick auf seine Zeichnungen werfen. Doch ihn darum zu bitten, kam absolut nicht in Frage. Obendrein war Hermigo der rätselhafteste und interessanteste Mensch, dem sie je begegnet war, und er weckte ständig neue Fragen in ihr.

Als die Schatten allmählich länger wurden, hüllten sie die Berge in ihren dunklen Umhang. Von unten drangen eine Vielzahl Stimmen und Musik durch die geöffnete Balkontür zu Lisa herauf.

Obwohl sie Hermigo kaum kannte, hatte sie ihm mehr von sich offenbart als den meisten anderen Menschen. Er hatte etwas … ja, etwas Wahrhaftiges und zugleich Väterliches an sich. Vielleicht lag es an der Art, wie er mit ihr sprach und sie tätschelte, dass sie sich an ihren kindlichen Wunsch nach einem Vater erinnerte, der sich um sie sorgte, und sei es nur um ihr Schuhwerk. Lisa lächelte.

Die Familie des Malers konnte sich glücklich schätzen. Sie jedenfalls würde es tun, wenn sie einen Vater oder Großvater wie ihn hätte. Bisher hatte Hermigo nur von seiner Schwester und diesem Filipe erzählt. Einiges sprach also dafür, dass er schon lange allein lebte.

Die ersten Straßenlaternen hüllten das Tal in sanftes Licht.

Sie legte eine CD ihrer Lieblings-Indie-Rockband ein und griff nach dem aufgeschlagenen Buch auf dem Tisch. Kurz darauf klingelte ihr Telefon.

»Hi, Kleines«, hörte sie Tims Stimme am anderen Ende. »Alles klar bei dir?«

»Danke, mir geht's ganz gut. Was gibt's bei dir Neues?«

»Keine Chance, was den Terminplan der Baumgart betrifft«, redete er voller Elan drauflos. »Ich habe alles probiert, aber wahrscheinlich ist es leichter, beim

Papst eine Audienz zu bekommen, als ins Büro ihrer Manager und Pressesprecher vorgelassen zu werden. Dafür ist es mir immerhin gelungen, übermorgen, wenn die Dame in die Redaktion kommt, einen Tag Urlaub zu nehmen.«

»Ach!«, entwischte es ihr. »Du willst ihr also versuchen zu folgen?«

»Stell mir lieber keine Fragen nach dem Wie. In der Hinsicht bin ich abergläubisch. Wünsch mir einfach nur Glück.«

»Natürlich.«

»Du, ich muss dir unbedingt noch was erzählen. Stell dir vor, kurz vor der Sitzung heute Morgen habe ich unseren Schalträger getroffen. Ich glaube, er und Josefine haben was miteinander. Zumindest verhält sich unser Chef wie ein liebeskranker Gockel.«

Lisa schnaubte. »Wenn er es nötig hat. Mir ist das völlig schnuppe.«

»Warte es ab. Jedenfalls hat er sich auch nach dir erkundigt. Daraufhin habe ich ihn gefragt, wer denn übermorgen das Interview mit der Baumgart führt.«

»Tim, jetzt sag mir bitte nicht, Josefine macht das Interview.«

»Nein, der Chef höchstpersönlich.«

»Na, dann wünsche ich ihm viel Glück.« Lisa biss sich auf die Unterlippe. »Ich weiß, dass Frau Baumgart und ich uns gut verstanden hätten. Ich hätte sie vom Nutzen einer großen Reportage bestimmt überzeugen können. Aber egal, das ist nicht mehr meine Sache.«

»Genau. Denk endlich mal nur an dich. Wie geht es eigentlich dem blöden Tinnitus? Ich hoffe, er ist inzwischen verschwunden?«

»So schnell geht das leider nicht, aber die Ohrgeräusche sind erträglicher geworden.« Ein warmes Gefühl durchströmte Lisa. »Ehrlich gesagt fehlst du mir gerade ein bisschen. So ein Abend mit einer DVD und einem Glas Rotwein wäre jetzt schön.« Ihre Stimme versagte.

»Das holen wir bald nach.« Zwischen ihnen entstand eine kleine Pause, ehe er fortfuhr. »Weißt du, Lisa, es ist alles noch ziemlich frisch. Erwarte nicht zu viel von dir. Du fühlst dich einsam, aber mit der Zeit wird es leichter werden, glaub mir.«

»Welch kluge Worte aus deinem Mund. Wo hast du denn diese Weisheit her?«

Sie hörte ihn seufzen. »Mir fehlt Elda auch, Kleines. Sie war eine tolle Frau.«

Sofort schossen ihr Tränen in die Augen. »Oh ja. Obwohl sie mich manchmal mit ihrer Art fast zur Weißglut gebracht hat. Lissy, du isst zu wenig. Lissy, du arbeitest zu viel.«

Tim lachte. »Sie hat sich eben wie deine große Schwester gefühlt und wollte dich beschützen. Jedenfalls kannte ich niemanden, der so herzhaft lachen konnte wie sie. Elda hatte das Talent, aus jeder Situation etwas Positives zu ziehen.«

In Lisa stieg ein Schluchzen hoch.

»Wein ruhig, Kleines. Das befreit«, sagte Tim und schnäuzte sich verstohlen. Er versprach noch, sich wieder zu melden, sobald er etwas herausfinden sollte, und beendete das Gespräch.

Entschieden stellte Lisa die Musik lauter. Sie wünschte sich nichts sehnlicher, als in ihrer Lektüre zu versinken und alles, was sie beschäftigte, für eine

Weile auszublenden. Was ihr aber nur schwer gelang, da das Telefonat sie zu sehr aufgewühlt hatte. Dennoch tat es gut zu wissen, dass sie nicht die Einzige war, die um Elda trauerte. Dass zumindest Tim ihre Freundin ebenfalls vermisste.

KAPITEL 6

Lisas Blick fiel auf die Straßenkarte und dann zu dem Sonnenlicht, das die vom Morgentau noch feuchten Blätter der Feigenbäume glitzern ließ. Es war schon Mittag, und sie saß immer noch in ihrem Schlafshirt herum. Ich sollte wirklich auf Hermigo hören und die Insel erkunden, ermahnte sie sich. Auf der Karte las sie einen Namen, der ihr bekannt vorkam. Camacha. Wenn sie sich nicht täuschte, war das der Ort, in dem der Korbflechter einen Großteil seines Lebens verbracht hatte. Im Reiseführer fand sie einen Hinweis auf die Korbmacherstadt, die sogar über Madeira hinaus berühmt war.

Kurz entschlossen machte sie sich auf den Weg in den Südosten der Insel. Sie wählte die schnelle Tunnelstraße in Richtung Ribeira Brava und fuhr die Küste entlang, an dem hübschen Örtchen Camara de Lobos vorbei und weiter nach Funchal. Dort entdeckte sie einen Wegweiser nach Camacha und folgte ihm. Die Korbmacherstadt war überraschend klein. Den Mittelpunkt bildete ein parkähnlich angelegter Platz, der von verschwenderisch blühenden Pflanzen eingerahmt wurde. Lisa erkannte leuchtend blaue Natternköpfe und weiße Afrikanische Liebesblumen.

Genau gegenüber entdeckte sie ein schmuckloses,

aber großzügig gestaltetes Geschäft, in dem es auf drei Etagen alles zu kaufen gab, was aus Korbweide hergestellt werden konnte. Zielstrebig steuerte in diesem Moment eine Schar Touristen, die gerade aus einem Reisebus gestiegen war, auf ein Café zu, das zum Verweilen einlud. Lisa ging an einer kleinen Gruppe vorbei, die sich an einem Tisch niederließ, und betrachtete interessiert die Auslagen.

In den Verkaufsräumen gab es neben den üblichen Gebrauchsgegenständen auch kunstvoll gearbeitete und reich verzierte Gartenmöbel. Besonders angetan hatte es ihr jedoch eine Ansammlung lebensecht gefertigter Tiere jeder Gattung. Dann sah sie einen Wegweiser zur Werkstatt und stieg eine Treppe hinab. Wenn sie hier nichts Näheres über Hermigos Arbeit herausfand, wo dann?

Sie hatte Glück, in einer Ecke des großen Raumes saß eine zierliche Frau um die vierzig, den dunklen Haarschopf über einen Korb gebeugt. Den fertigen Objekten zu ihrer Rechten nach zu urteilen, stellte sie gerade hohe, schlanke Blumenübertöpfe her. Sie warf Lisa ein scheues Lächeln zu und machte eine einladende Handbewegung.

»Darf ich Ihnen eine Weile zusehen?«, fragte Lisa.

»Ah, Sie sprechen Portugiesisch«, entfuhr es der Einheimischen erfreut. »Selbstverständlich. Ich bin es gewohnt, dass man mir auf die Finger schaut.«

»Arbeiten Sie immer an diesem Platz?«

Die Madeirerin ließ ihr Werkstück sinken und schob sich eine Haarsträhne, die sich aus ihrem Zopf gelöst hatte, hinters Ohr. »Nein, nein, nur an zwei Tagen die Woche. Ich wechsele mich mit ein paar Kollegen ab.

Unsere Körbe entstehen üblicherweise in Heimarbeit. In dieser Werkstatt hier arbeiten wir lediglich für die Touristen, damit sie sich ein Bild davon machen können, wie in Camacha seit Hunderten von Jahren das alte Handwerk praktiziert wird.«

Lisa beobachtete, wie die Frau eine tiefbraune Rute aufnahm und sie in den halb fertigen Korb einarbeitete.

»Die dunkleren Ruten werden aus der Rinde der Weide gewonnen«, erläuterte die Korbflechterin, bevor Lisa nachfragen konnte. »Ich finde, durch die unterschiedlichen Farbtöne sehen die Körbe besonders hübsch aus.«

»Das ist wahr«, entgegnete Lisa, die nicht müde wurde, die anmutigen Handgriffe der Madeirerin zu verfolgen. Hermigo, der ihr Großvater sein könnte, arbeitete um einiges flinker als sie und mit ausholenden Bewegungen. Beinahe so, wie ein Musiker auf einem lange vertrauten Instrument spielt, überlegte Lisa. »Wie lange flechten Sie schon?«

»Oh, ich habe schon mit vier angefangen. Das Schauflechten mache ich allerdings erst seit ein paar Jahren.«

Lisa suchte den Blick der Älteren. »Sagen Sie, kennen Sie vielleicht Hermigo Santos? Er ist auch Korbflechter und stammt aus Camacha.«

Die Madeirerin kräuselte die Stirn. »Nein, ich glaube nicht. Aber fragen Sie doch mal Afonso, der kennt beinahe jeden hier.« Sie wies hinter sich. »Dort in der Nische hat er seinen Arbeitsplatz. Wahrscheinlich ist er gerade zu Tisch. Warum warten Sie nicht einfach auf ihn? Seine Pause müsste gleich beendet sein.«

»Gern, vielen Dank.« Lisa sah der Madeirerin zu, bis der Übertopf fertig war. Danach warf sie ihr ein paar Münzen in ein Körbchen.

Wenig später kam ein untersetzter Mann mittleren Alters herein und ging zu dem Nischenplatz. Er trug eine Schiebermütze und ein graues Hemd. Zwischen seine Beine schob er ein Werkstück und fing an zu arbeiten. Beim genaueren Betrachten bemerkte Lisa, dass es sich um einen Korbwagen in Miniformat handelte. Der Boden war über und über mit Spänen und den Resten der Ruten bedeckt.

Neben dem Korbflechter stand ein kleiner Holzschrank, übervoll mit einem Sammelsurium aus Schächtelchen, Werkzeugen und einer kleinen Flasche Madeirawein. Lisa schmunzelte. In einem Regal war eine Vielzahl Holzschablonen sorgsam gestapelt worden, von denen sie auch einige bei Hermigo gesehen hatte. Offenbar dienten sie dazu, eine angefangene Flechtarbeit zu stabilisieren und erleichterten somit die Formgebung.

Als der Mann ihre Blicke spürte, hob er den Kopf. Seine Augen weiteten sich, als er ihre bunten, etwas zu weit geratenen Jeansshorts und die passende selbst gehäkelte Mütze bemerkte. »Kann ich etwas für Sie tun, *Senhora?«,* fragte er in holprigem Englisch.

Da rief die Frau ihm vom anderen Ende der Werkstatt aus etwas zu. Leider sprachen sie zu schnell, weshalb Lisa dem Wortwechsel nicht folgen konnte.

»Ah, ich verstehe, Maria«, hörte sie den Mann erwidern. Dann wandte er sich ihr wieder zu und wies auf seine Brust. »Ich bin Afonso. Maria sagte mir gerade, Sie suchen jemanden?«

Lisa stellte sich ebenfalls vor. »Nein, nicht direkt. Ich habe nur eine Frage zu einer bestimmten Person. Ihre Kollegin hat mir erzählt, dass Sie die meisten Einwohner von Camacha kennen. Stimmt das?«

Als der Korbflechter ihr Portugiesisch hörte, hellte sich sein Gesicht auf. »Das will ich wohl meinen«, fiel er sofort in seine Heimatsprache zurück. »Um wen handelt es sich denn?«

»Der Mann heißt Hermigo Santos und lebt in Serra de Água.«

»Aber natürlich«, entfuhr es ihm. »Der blinde Hermigo. Ein komischer Kauz ist das. Ist vor bestimmt zwanzig oder fünfundzwanzig Jahren in die Berge gezogen. Wie geht es ihm?«

»Soweit ich das beurteilen kann, macht er einen gesunden und munteren Eindruck.«

»Das freut mich. Früher hat er sich ab und zu noch bei uns blicken lassen. Seit ein paar Jahren macht er sich allerdings ziemlich rar. Wahrscheinlich ist ihm die Fahrt zu beschwerlich geworden.«

Das glaubte Lisa zwar nicht, hielt sich aber mit einer Antwort zurück.

Afonso stellte den fertigen Korbwagen beiseite und befestigte eine neue Rute an der Schablone. »Wissen Sie, von Hermigo habe ich unser Handwerk gelernt.«

Lisa wagte sich etwas näher. Er bot ihr einen Platz an, doch sie lehnte dankend ab.

»Damals hatte er immer einen Haufen Kinder um sich geschart. Für mich war er sowieso der Größte, weil er eine Engelsgeduld mit uns Rabauken hatte und die spannendsten Geschichten zu erzählen wusste.«

Geradezu bildlich konnte sich Lisa vorstellen, wie

Hermigo die Kinder mit seiner warmen Stimme in den Bann zog.

»Er war ein extrem strenger Lehrer. War er jedoch mit uns zufrieden, schenkte er uns zur Belohnung Bonbons. Bald darauf zog er sich in sein Haus zurück, und wir bekamen ihn kaum noch zu Gesicht.«

Lisa nickte. »Warum glauben Sie, hat er das getan?«

»Als Kind habe ich sein Verhalten nicht begriffen«, fuhr Afonso fort, ohne von seiner Flechtarbeit aufzusehen. »Uns war es gleichgültig, dass er blind war. Wir hatten ihn einfach gern. Rückblickend betrachtet denke ich, Hermigo hat mit seinem Schicksal gehadert. Er lehnte jede Hilfe ab, und Dores hatte ihre liebe Not mit ihm. Ich erinnere mich noch gut daran, wie er jedes Mal fluchte, wenn ihm etwas zu Bruch ging oder er ins Stolpern geriet.«

»Dores?«

»Sie war seine Frau. Ich habe ihn mal gefragt, was er mit dem Rest des Tages anfängt.« Afonso hob den Blick. »Er sagte: Ich fange die Vergangenheit ein. Verstehen Sie das?«

»Vielleicht«, wich Lisa ihm aus. »Sie sagten, sie *war* seine Frau?«

»Bei uns im Ort haben die Leute damals schon länger gemunkelt, dass es mit der Ehe der beiden nicht zum Besten stünde. Die Nachbarn hörten sie oft streiten, oder sagen wir besser, Dores stritt mit Hermigo. Sie schimpfte ihn einen leichtsinnigen Dummkopf, weil er ständig davon sprach, eines Tage in die Berge ziehen zu wollen. Danach kam es uns so vor, als würden sie sich aus dem Wege gehen. Wir hörten sie nicht mehr zanken, und Dores verließ nur noch selten das Haus. Eines Tages sind die beiden dann tatsächlich nach Serra de Água gezogen. Bald darauf soll Dores allerdings ihre Sachen gepackt und ihn verlassen haben.«

Lisa befeuchtete ihre trocken gewordenen Lippen. »Das tut mir leid für ihn. Wissen Sie, was aus Dores geworden ist?«

Der Korbflechter schüttelte den Kopf. »Keine Ahnung. Ich habe sie nie wiedergesehen. Mehr kann ich Ihnen darüber leider nicht sagen, Senhora Lisa. Wieso wollen Sie das alles überhaupt wissen?«

Von Afonsos Worten nachdenklich geworden, blickte sie sich in der Werkstatt um und nahm den Geruch von frisch gebackenem Kuchen wahr, der aus dem Café zu ihnen herüberwehte, während sie nach den richtigen Worten suchte. »Ich habe Hermigo bei einem Spaziergang zufällig kennengelernt und finde ihn … sehr interessant.«

»Das ist er«, erwiderte Afonso grinsend. »Wenn Sie dem alten Kerl begegnen, richten Sie ihm bitte Grüße von mir aus.«

»Das mache ich gern«, antwortete Lisa warm. »Vielen Dank für Ihre Zeit.«

»Kein Problem. Eine so nette Abwechslung ist mir immer willkommen.«

Gedankenversunken verließ sie die Werkstatt. Auf dem Rückweg in Richtung Funchal fiel ihr auf, wie malerisch sich die Stadt an den im Sonnenschein schimmernden Atlantik schmiegte, und entschied, noch ins Zentrum zu fahren.

Vorsichtig schlängelte sich Lisa durch die engen und kurvigen Gassen, passierte eine Gruppe munterer japanischer Touristen mit Fotoapparaten in den Händen und blickte ihnen versonnen nach.

In der Nähe einer Seilbahnstation stellte sie den Wagen in einem Parkhaus ab und fand sich kurz darauf im emsigen Trubel der Hauptstadt wieder. Die Straße, die an der Seilbahn entlangführte, war von Afrikanischen Tulpenbäumen gesäumt, deren erste orangefarbene Blüten einen fröhlichen Farbtupfer ins dunkelgrüne Blattwerk setzten. Der salzige Duft des Atlantiks kitzelte lockend ihre Nase. Die Straßencafés, die das Bild der Uferstraße bestimmten, waren bis auf den letzten Platz besetzt.

Auf einer Bank saß ein alter Mann mit einer Mütze im Schatten und spielte inbrünstig auf seiner Gitarre. So mancher Passant blieb stehen und warf etwas Geld in seinen Instrumentenkoffer. Er war ungefähr in Hermigos Alter.

Um sich von ihren Grübeleien abzulenken, schlenderte Lisa auf die Promenade zu. Ein Kreuzfahrtschiff näherte sich der Anlegestelle, die Passagiere winkten ihr fröhlich zu, und sie winkte zurück.

Als sie an einem Restaurant vorbeikam, dessen weiß getünchten Mauern über und über mit üppig blühenden Bougainvillea überwuchert waren, blieb sie stehen und nahm den farbenprächtigen Anblick in sich auf. Der verführerische Duft von gegrilltem Fisch drang aus dem Restaurant zu ihr herüber und erinnerte sie daran, dass es längst Nachmittag geworden war und sie seit dem Frühstück nichts mehr gegessen hatte. Lisa betrat die Terrasse und ließ sich an einem freien, von der Straße aus uneinsehbaren Tisch nieder. Sie bestellte *peixe espada,* schwarzen gegrillten

Degenfisch mit gebratener Banane – eine Spezialität der Insel – und Mineralwasser. Das Klappern von Geschirr, die leisen Stimmen der anderen Gäste und die Blumenpracht taten ihrer aufgewühlten Seele gut. Das Essen war vorzüglich, und als sich Lisa viel später nach einem ausgiebigen Bummel durch die Geschäfte wieder auf den Heimweg machte, warf sie den Tüten mit ihren neuen Errungenschaften auf dem Beifahrersitz einen zufriedenen Blick zu.

KAPITEL 7

Die Haare zu einem Zopf gebunden und in einen flauschigen Bademantel gehüllt, saß Lisa am Schreibtisch im Schlafzimmer und warf einen Blick auf ihre Armbanduhr, es war kurz vor acht. *Guten Morgen, Tim,* schrieb sie an ihren Freund. *Wahrscheinlich wartest du gerade irgendwo in der Nähe der Redaktion auf Rosa Baumgart. Wie gern wäre ich jetzt bei dir. Ist sie schon da?*

Nein, bisher nicht, kam sofort die Antwort. *Aber alle sind in heller Aufregung. Gerlach trägt zur Feier des Tages einen neuen hellblauen Anzug. Habe vorhin gesehen, wie er das Gebäude betreten hat.*

Den hat bestimmt Josefine für ihn ausgesucht, antwortete sie. *Bitte melde dich, sobald es Neuigkeiten gibt.*

Klar. Bis später, Kleines.

Mit einem Seufzen stand sie auf und nutzte die Zeit für ein schnelles Frühstück. Danach trommelte sie ungeduldig mit den Fingerspitzen auf die Tischplatte und schielte immer wieder auf ihr Telefon. Um neun kam endlich die ersehnte neue Nachricht.

Unsere Modeschöpferin hat das Haus schon nach einer Viertelstunde wieder verlassen und ist wütend abgerauscht. Sie äußerte sich lediglich zu den neuen Kollektionen, hat sie ziemlich genervt gesagt. Dann hat sie noch was von Indiskretionen gefaselt und dass sie zukünftig keine Interviews mehr gibt. Ich sag dir,

Lisa, die Lady hat Stil. Sie sind gleich am Hinterausgang. Bis später.

Die Vorstellung, wie die Baumgart Jochen Gerlach abserviert hatte, löste Genugtuung in Lisa aus. Warum sonst hätte die Modeschöpferin den Termin nach einer Viertelstunde abbrechen sollen? Ihr Chef hielt sich gern für was Besseres, dabei besaß er weder das Geschick noch das nötige Feingefühl, damit sich eine introvertierte Frau im Interview öffnete.

Rosa Baumgart schien eine ebenso vielschichtige Persönlichkeit zu sein wie Hermigo, obwohl sich ihre Arbeit und ihr Leben um die Schöpfung von Äußerlichkeiten drehten. Langbeinige Models, die unter Blitzlichtgewitter und den kritischen Augen verwöhnter Damen aus der High Society die neuesten Kreationen ihres Labels präsentierten. Galadinners, bei denen sich die Promis und Vertreter der Königshäuser der ganzen Welt die Klinke in die Hand gaben.

Schöner, glitzernder, vergänglicher Schein.

Lisa dachte an ihr seidenes Blusenkleid mit dem Ethno-Muster von Rosa Baumgart, das sie sich vor ein paar Monaten geleistet und das beinahe ein ganzes Monatsgehalt verschlungen hatte. Aber sie hatte das extravagante Teil gesehen und sofort geliebt.

Gedankenversunken blickte sie in den nur von wenigen Schäfchenwolken bedeckten Himmel. Hatte sich nicht auch ihr Leben zu einem großen Teil in dieser Welt bewegt? Hatten Elda und sie nicht die letzten Jahre ebenfalls im Luxus gelebt? Regelmäßige Theaterbesuche, ein eigenes Penthouse, ihr Hang zu ausgefallener Mode, die gemeinsamen Fernreisen. Nicht zuletzt natürlich auch ihr Beruf, der sich fast ausschließlich im Dunstkreis der Schönen und Reichen bewegte.

Ganz anders Hermigo, dessen Leben von Bescheidenheit und Einfachheit geprägt war. Lisa könnte wetten, dass er auch zu der Zeit, als er noch nicht erblindet war, keinen Wert auf Äußerlichkeiten oder Reichtum gelegt hatte. Neugierig geworden, holte sie ihren Laptop aus dem Schlafzimmer und gab, einem inneren Gefühl folgend, das Stichwort »Amaurose« in die Suchmaschine ein. Sofort vertiefte sie sich in die Informationen, die das Internet hergab.

Das Bild des malenden Korbflechters tauchte wieder vor ihr auf. So ermutigend die Forschungsergebnisse auch sein mochten, für ihn kamen sie zu spät. Für alle weiteren Generationen hingegen durfte die Neuigkeit von immenser Bedeutung sein, dass der unheilvolle Verlauf der Krankheit mit etwas Glück und, sofern sie frühzeitig erkannt und behandelt wurde, unterbrochen werden konnte.

Lisa blickte auf. Der Artikel war kaum ein halbes Jahr alt. Ob sich die Nachricht schon bis zu Hermigo herumgesprochen hatte? Kurzerhand speicherte sie den Artikel ab und steckte ihren Laptop in den Rucksack.

Am Morgen war das Licht immer besonders schön. Der Tag war wirklich wie geschaffen dafür, ein paar Aufnahmen zu machen. Eilig baute sie die Ausrüstung an der Balkonbrüstung auf. Regungslos starrte sie durch den Sucher und wartete, während sie beobachtete, wie die Sonne die letzten Schatten über den rauen, zerklüfteten Bergen vertrieb und sich die Wolken über den Gipfeln verdichteten.

Das Wechselspiel der verschiedenen Grüntöne der Berge bot zusammen mit den weißen Wolken ein hübsches Motiv, doch irgendetwas drängte Lisa, noch zu warten.

Mehrere Minuten vergingen. Plötzlich trug der Wind leise, melodische Klänge zu ihr herüber. Blinzelnd versuchte Lisa, die kunstvollen Sänger auszumachen. Die Töne wurden lauter. Gebannt starrte sie durch den Sucher und lauschte.

Im nächsten Moment flog ein ungefähr dreißig Tiere zählender Schwarm schwarz-gelber Kanarienvögel direkt auf sie zu. Intuitiv drückte sie auf den Auslöser. Gleich darauf war der Schwarm über das Haus hinweggezogen, und die Geräusche verstummten. Auf einmal fühlte sich Lisa wie ein Kind, dem man ein Eis vor die Nase hielt, um es ihm schon im nächsten Moment wieder zu entreißen.

Wenig später verließ sie das Haus. Sie fotografierte einen Tautropfen, der sich eben von einem Feigenbaum löste. Am Wegesrand entdeckte sie einen Schmetterling auf einer Lilienblüte, dessen Saugrüssel übervoll war mit Blütenstaub. An einer Felswand fotografierte sie einen herzförmigen Stein auf einem Bett aus gelblichen Kiefernadeln, der über und über von Flechten und Moosen bewachsen war. Schließlich hielt sie noch den Anblick von wilden lilafarbenen Orchideen auf einer Anhöhe fest, die unter dem Blätterdach eines Baumes wuchsen und ihre Blüten der Sonne entgegenreckten.

Lisa vergaß Zeit und Raum. Als sie das Objektiv ihrer Kamera wechseln wollte, um das Schattenspiel eines tief hängenden Astes von einem Jacarandabaum einzufangen, nahm sie erstmalig ihre Umgebung wieder wahr. Sie befand sich bereits auf der Treppe, die zu Hermigos Haus führte.

»Hermigo! Sind Sie da?«, rief sie hinauf. »Ich bin's, Lisa.«

»*Olá*. Kommen Sie ruhig hoch«, antwortete er gleich darauf.

Als sie den kleinen Hof betrat, sah sie, dass er nicht alleine war. Hermigo hatte es sich unter dem Akazienbaum bequem gemacht. Neben ihm saß ein junger Mann mit einem Strohhut, unter dem halblange blonde Haare hervorlugten. Unwillkürlich streckte Lisa den Rücken durch. Das war doch der Typ aus dem Supermarkt. Bei der Erinnerung an sein amüsiertes Grinsen, als sie ihm direkt vor die Füße gefallen war, bekam sie feuchte Hände. Was suchte er hier? Für einen winzigen Moment wünschte sie sich nichts sehnlicher, als einfach auf dem Absatz umzudrehen und zu verschwinden. Nur hätte sie ihm damit einen neuen Grund gegeben, über sie zu lachen. Daher blieb ihr wohl oder übel nur die Flucht nach vorn.

Zu einem karierten Hemd, dessen Ärmel er hochgekrempelt hatte, trug er eine Arbeitshose mit vielen aufgenähten Taschen, die Füße steckten in schwarzen Stiefeln. Mit lässig übereinandergeschlagenen Beinen saß er da. Seine dunklen Augen musterten sie durch die randlose Brille und weiteten sich. Er hatte sie erkannt. Wobei sie ihm zugutehielt, dass auch er versuchte, sich nichts anmerken zu lassen.

Wie die beiden ungleichen Männer so beieinandersaßen, eingehüllt von einem Meer aus sonnengelben Blüten, durch die diffuses Licht fiel, gaben sie ein friedliches und idyllisches Bild ab, das Lisa gern festgehalten hätte.

»*Olá,* Hermigo. Ich wusste nicht, dass Sie Besuch haben. Ich komme besser ein anderes Mal wieder.«

»Papperlapapp«, kommentierte der Korbflechter leichthin, die starren Augen auf einen fernen Punkt gerichtet. »Ich finde es wunderbar, so viel Besuch zu bekommen. Filipe Carvalho, das ist Lisa Freiberg aus Berlin.«

Hermigos Gast lüftete seinen Hut, verbeugte sich und reichte ihr schmunzelnd die Hand. »Freut mich.«

Lisa bemerkte, wie Filipes Gesicht bei dem Anblick ihres tief ausgeschnittenen Overalls einen amüsierten Ausdruck annahm. Wer hätte denn ahnen können, dass ihr Äußeres heute noch einer Prüfung unterzogen wurde?

»Haben Sie inzwischen ein paar schöne Aufnahmen gemacht?«, wollte Hermigo wissen, nachdem sie sich zu den beiden Männern gesellt hatte.

»Ja, sehr schöne. Genau genommen haben mich die Motive sogar ganz in die Nähe geführt«, erwiderte Lisa.

Hermigo schmunzelte. »Siehst du«, er klopfte Filipe auf die Schulter, »ich bin ein wahrer Glückspilz.«

»Vor allem bist du ein unverbesserlicher Charmeur«, sagte Filipe.

»Ich soll Sie übrigens von Afonso grüßen, Hermigo. Ich habe gestern die Korbwerkstatt in Camacha besucht. Erinnern Sie sich noch an ihn? Er meinte, Sie hätten ihm als Kind das Korbflechten beigebracht.«

»Und ob ich mich an ihn erinnere. Er war mein lausigster Schüler, hatte tausend Flausen im Kopf, nur nicht die Arbeit.«

»Sie sind also Fotografin, Senhora Freiberg?«, mischte sich Hermigos Besucher in das Gespräch ein.

»Oh nein«, widersprach Lisa und schielte auf Filipes Hemdsärmel, unter denen sich kräftige Muskeln spannten. »Ich bin Journalistin.«

»Dann schreiben Sie vermutlich für ein Reisejournal?«

»Nein, ich arbeite für die *Berliner Glam.* Das ist ein Magazin für junge Leute.«

»Ach so«, presste Filipe mit einer Miene heraus, als hätte er gerade auf etwas Verdorbenes gebissen.

Sie konnte nicht umhin, ihn verstohlen zu mustern. Hermigos junger Freund war auf eine unauffällige Weise attraktiv. Die Linien auf seiner Stirn und der Ausdruck seiner Augen ließen ihn klug und nachdenklich wirken. Gleichzeitig verriet seine hochgewachsene, muskulöse Gestalt, dass er harte, kraftraubende Arbeit gewohnt war.

»Aber Junge«, rügte Hermigo. »Die Journalisten sind doch nicht alle gleich. Außerdem ist Lisa nicht der Arbeit wegen auf Madeira, sondern zur Erholung.«

»Das freut mich zu hören«, entgegnete Filipe steif und warf einen Blick auf seine Uhr. »Ich muss los. Bis nächste Woche dann.«

»Sei vorsichtig da oben, Filipe.«

»Worauf du dich verlassen kannst.«

Die Männer umarmten einander. Die Innigkeit, die aus jeder ihrer Gesten und Worte spürbar war, berührte einen Punkt tief in Lisas Innerem.

»*Adeus,* Senhora Freiberg«, rief Filipe ihr noch knapp zu, ohne sich umzudrehen.

Lisa blickte ihm nach, bis seine Gestalt vor der Umgebung verschwamm.

Hermigo fuchtelte mit den Händen, um ein lästiges Insekt zu vertreiben, das ihm um die Nase schwirrte. Jäh erinnerte sie sich daran, wie er bei ihrem letzten Besuch mit seinen empfindsamen, von lebenslanger Arbeit gezeichneten Fingern Bilder in der Luft beschrieben hatte. Wie ein Bildhauer, der gerade eine unsichtbare Skulptur modellierte. Lisa ließ den Blick schweifen, doch den Tisch, auf dem der Maler sonst seine Zeichenutensilien ablegte, suchte sie heute vergebens.

»Bitte, nehmen Sie dem Jungen sein Verhalten nicht übel«, unterbrach er das Schweigen. »Wissen Sie, er ist manchmal ein wenig schroff und zynisch. Aber er hat ein Herz aus Gold und ist immer für mich da, wenn ich ihn brauche.«

Da hatte Hermigo nicht ganz unrecht, immerhin war Filipe bei ihrer ersten Begegnung sehr höflich und zuvorkommend gewesen. Sein Grinsen neulich im Supermarkt war allein ihrer Tollpatschigkeit geschuldet.

»Ich wette, Sie sind eine tüchtige und hartnäckige Journalistin, die sich nichts aus Vorurteilen macht.«

»Mit der ersten Vermutung haben Sie recht. An der zweiten arbeite ich allerdings noch.«

Der Korbflechter schmunzelte. »Ihre Offenheit gefällt mir.«

Seine Worte machten sie verlegen, weshalb sie überlegte, wie sie dem Gespräch eine andere Wendung geben konnte. »Senhor Carvalho ist sicher Jäger?«

»Filipe … ein Jäger?« Der alte Mann lachte vergnügt. »Nein, er ist Ornithologe – Vogelkundler – und arbeitet als Ranger in den Bergen des *Parque Natural da Madeira.* Das ist eine sehr gefährliche Arbeit.«

»Ja, das glaube ich gerne.« Deshalb die kräftige Figur und die Stiefel, dachte Lisa. Dann fiel ihr der Artikel aus dem Internet wieder ein. »Es gibt noch einen weiteren Grund, warum ich hier bin.«

Hermigo beugte sich in seinem Stuhl vor. »Sie machen mich neugierig, meine Liebe.«

»Heute Morgen habe ich im Internet einen Artikel über Amaurose in einer Fachzeitschrift gelesen. Er dürfte Sie interessieren. Möchten Sie vielleicht hören, was da steht?«

»Sicher, nur zu.«

Lisa holte ihren Laptop aus der Tasche. Als sie wenig später zu lesen begann, legte der alte Mann den Kopf in den Nacken und lauschte angestrengt.

»Ich weiß, es geht mich eigentlich nichts an«, erklärte sie, nachdem sie geendet hatte. »Aber mich hat es die ganze Zeit über beschäftigt, was Sie mir neulich über diese Erbkrankheit erzählt haben.«

Der Korbflechter presste die Lippen aufeinander, während sich auf seinem Gesicht wechselnde Emotionen widerspiegelten. »Sie meinen, dass unsere Nachfahren eines Tages vielleicht die Chance bekommen, trotz der verflixten Erbkrankheit ihr Augenlicht zu behalten?«

»Ja, das glaube ich.«

»Heilige Jungfrau Maria, ich danke dir«, murmelte er undeutlich.

Eine Weile saß Hermigo völlig regungslos da, einzig seine Finger spielten unruhig mit seinem Hemdzipfel. Dann breitete sich eine so überschäumende Freude auf seinen Zügen aus, dass Lisas Herz ganz weit wurde.

»Das muss gefeiert werden!«, rief er aus und erhob sich mit überraschender Geschmeidigkeit. Er griff nach seinem Blindenstock, den er an den Baum gelehnt hatte, und tastete sich damit über die Türschwelle ins Haus.

Kurz darauf kehrte er mit einer schlanken Flasche und zwei Gläsern zurück, und Lisa übernahm auf seine Bitte hin das Einschenken.

»Saúde«, sagte Hermigo heiser und hielt sein Glas in die Höhe.

Lisa folgte seinem Beispiel, beäugte den trüben Inhalt jedoch argwöhnisch. »Was ist das?«

»Poncha, meine Liebe, Poncha. Der passende Augenblick, ihn zu genießen, wie ich finde.« Über sein Gesicht huschte ein spitzbübisches Lächeln, das ihn wie von Zauberhand um Jahre verjüngte. »Maracujasaft, Honig, Zitronensaft und ein guter Schuss weißer Rum. Also los, Lisa. Auf das Leben!«

Weil sie ihn nicht vor den Kopf stoßen wollte, trank sie einen winzigen Schluck.

»Ich brauche diese neumodischen Methoden nicht. Ohne meine Augen nehme ich die Welt um ein Vielfaches detaillierter wahr. Blindsein macht aufmerksamer. Um nichts in der Welt möchte ich mit einem Sehenden tauschen.«

Lisa schüttelte entschieden den Kopf. »Das kann ich mir nicht vorstellen.« Wahrscheinlich hatte sich das Hermigo in all den Jahren der Blindheit erfolgreich suggeriert.

»Glauben Sie es oder lassen Sie es. Vielleicht kommt einmal der Tag, an dem Sie mich verstehen.« Er holte tief Luft. »Trotzdem haben Sie mir mit dem Artikel eine große Last von den Schultern genommen. Zeit meines Lebens habe ich mich schuldig gefühlt, weil ich die Amaurose in mir trage. Sie ahnen ja nicht, was es damals für uns bedeutet hat, ständig mit der Angst leben zu müssen, einen Sohn in die Welt zu setzen.«

»Einen Sohn?«, entfuhr es Lisa.

»So ist es. Seit mehreren Generationen haben immer nur die Söhne der Familie die Krankheit geerbt. Ich habe keine Kinder, aber meine jüngere Schwester hat mir zwei Nichten geschenkt, und inzwischen sind ein paar Großnichten dazugekommen. Die Mädchen erfreuen sich alle bester Gesundheit. Leider sehe ich sie nicht oft, sie leben in Brasilien.« Er tastete nach der Flasche. »Möchten Sie noch einen?«

»Nein, danke.«

»In welchem Hotel wohnen Sie eigentlich, Lisa?«

»Ich habe eine Ferienwohnung von Senhora Gomes gemietet, unten an der Straße, die an der Kirche vorbeiführt.«

»Ah, Sie sind bei Elvira untergekommen. Ein quirliges Persönchen.«

»Den Eindruck hatte ich auch«, sagte Lisa, beäugte das Schnapsglas und ließ den Rest unauffällig im Sandboden hinter dem Akazienbaum versickern.

Hermigo war bestens gelaunt und sehr gesprächig, und die beiden verbrachten noch eine einträchtige halbe Stunde miteinander, ehe Lisa sich auf den Rückweg machte.

Doch selbst eine ganze Weile später, als sie längst wieder in ihrer Ferienwohnung saß und die Fotos vom Morgen begutachtete, wirkten die Erlebnisse des Tages noch in ihr nach.

KAPITEL 8

Lisa trank ihren Chai Latte aus und nahm erneut die Kamera zur Hand. Im Schnelldurchlauf klickte sie die Aufnahmen noch mal durch. Besonders das Bild, auf dem sich ein Tautropfen von einem Feigenbaumblatt löste, just als sie auf den Auslöser gedrückt hatte, hatte es ihr angetan. Das Licht fiel im perfekten Winkel auf den Tropfen, um den Schnappschuss wirkungsvoll in Szene zu setzen. Ihre Mundwinkel hoben sich zufrieden, als sie den Aufnahmen mit Hilfe eines Bildbearbeitungsprogramms den letzten Schliff verlieh. Der wolkenlose Himmel lud zu einem Spaziergang ein, und die üppig bewachsenen Berge zeichneten sich scharf gegen die Mittagssonne ab. Aus der Ferne hörte sie das Lachen und Rufen von Kindern, die auf dem Fußballplatz spielten.

Seit dem Gespräch mit Hermigo waren zwei Tage vergangen, an denen sie alles Mögliche versucht hatte, um sich abzulenken. Stundenlang war sie durch die Landschaft gestreift, ohne einer Menschenseele zu begegnen. Am ersten Tag hatte sie sich unsicher gefühlt, wenn nur der Wind und das Summen der Insekten die Stille unterbrachen. Doch bald wurde sie mutiger, denn sie stellte fest, dass sie sich auf ihren Orientierungssinn verlassen konnte.

Lisa betrachtete gerade das Foto mit dem herzförmigen Stein und machte es etwas kontrastreicher, da sah sie, dass sie eine E-Mail erhalten hatte.

Hallo Lisa,
ich sende dir die besten Wochenendgrüße aus dem stürmischen Berlin. Ich hoffe, du erholst dich gut und überlegst es dir noch anders. Nur ein Wort von dir, und ich zerreiße deine Kündigung. Du wirst hier nämlich schmerzlich vermisst.
Liebe Grüße
Jochen Gerlach

So ein Heuchler! Lisa schnitt dem Computer eine Grimasse und löschte die Nachricht mit einem Mausklick. In diesem Moment klingelte ihr Telefon.

»Hi, Tim. Wo bist du?«

»Hallo, Lisa. Ich sitze im Café. Mittagspause.«

»Gibt's Neuigkeiten?« Sie platzte fast vor Neugier.

»Und ob! Natürlich habe ich heute gleich die Kollegen ausgehorcht wegen der Baumgart. Stell dir vor, Gerlach hat sie doch tatsächlich nach ihrer Ehe gefragt und ob sie eine Familie gründen will.«

Lisa schnaubte. »Das überrascht mich nicht. Er kann es einfach nicht lassen, indiskrete Fragen zu stellen. Hast du sonst noch was herausgefunden?«

Tim senkte die Stimme. »Das war vielleicht eine Verfolgungsjagd. Leider haben sie mich unterwegs abgeschüttelt, tut mir leid. Die sind wirklich clever, kreuz und quer durch Berlin sind sie gedüst. Zwischendurch ist die Baumgart auch noch in einen anderen Wagen umgestiegen. Auf der Autobahn Richtung Tegel habe ich sie dann verloren. Dabei hab ich echt aufgepasst!«

»Sie hat das Fahrzeug gewechselt? Ist das dein Ernst?« In Lisas Innerem schrillte eine Alarmglocke.

»Sag ich doch. Gleich zweimal.«

»Das sieht nach einem ausgeklügelten Täuschungsmanöver aus, findest du nicht auch?«, fragte sie nachdenklich. »Warum tut sie das? Wenn sie wie viele ihrer Kollegen eine richtige Pressekonferenz geben würde, bei der man ihr Fragen stellen darf, wäre die Neugier der Leute befriedigt, und man würde sie vorerst in Ruhe lassen. Ich verstehe das alles nicht.«

Tims Stimme klang gedämpft, als er antwortete. »Wenn du mich fragst: Die Dame hat eindeutig was zu verbergen. Ich bleibe dran. Muss jetzt zurück ins Büro, Kleines.«

»Ja, danke. Bis bald.«

Lisa ging in die Küche und bereitete sich einen Espresso zu. Im Radio lief eine melancholische Melodie, die sie leise mitsang, während sie etwas Zucker in das Getränk gab.

Da klingelte es an der Tür, und Lisa kräuselte die Stirn.

Sie musste in die Sonne blinzeln und hatte Mühe, beim Anblick der hochgewachsenen Männergestalt in dem weißen Hemd und der eng anliegenden Hose ihre Überraschung zu verbergen.

Filipe Carvalho warf ihr ein vorsichtiges Lächeln zu. Die Arme hielt er auf dem Rücken verschränkt. *»Bom dia,* Senhora Freiberg. Ich hoffe, ich komme nicht ungelegen?«

»Nein. Was kann ich für Sie tun?«

Hinter seinem Rücken holte er einen Strauß gelber Lilien hervor und reichte sie ihr. »Ich bin hier, um Abbitte für mein unhöfliches Verhalten zu leisten. Immerhin haben Sie Ihre Freizeit geopfert, um sich über Hermigos Krankheit zu erkundigen. Er hat mir vorhin von den wunderbaren Neuigkeiten berichtet.«

Eine etwas müde Entschuldigung. Lisa dachte jedoch nicht daran, es ihm allzu leicht zu machen, und schwieg.

»Nun ja«, nahm er den Faden wieder auf und trat von einem Fuß auf den anderen, »offenbar habe ich vorschnell über Sie geurteilt.«

»Das kann man so sagen.« Lisa fand seine zerknirschte Miene äußerst befriedigend.

»Ich dachte, Sie gehören zu den Reportern, die Hermigo wie einen Exoten betrachten und ihn nur aushorchen wollen, um eine reißende Story daraus zu konstruieren.«

»Hat das etwa schon mal jemand getan?« Sie fühlte Unbehagen in sich aufsteigen.

»Oh ja, mehrfach. Hermigo ist hier eine kleine Berühmtheit, und auf unserer Insel geht es meist beschaulich zu. Deshalb suchen die Journalisten regelrecht nach ungewöhnlichen Menschen wie ihn. Als Sie uns dann erzählt haben, dass Sie ebenfalls Journalistin sind …«

Lisa legte den Kopf schief. »Schon gut.« Sie hielt seinen Blick fest.

»Die Blumen sind aus Hermigos Garten.«

»Sie sind hübsch, vielen Dank.«

»Ein schönes Wochenende noch.« Filipe wandte sich zum Gehen.

Plötzlich stand ihr wieder der peinliche Schreckmoment im Supermarkt vor Augen. Verlegen räusperte sie sich. »Übrigens fand ich es sehr rücksichtsvoll von Ihnen, dass Sie Hermigo nichts von unserer ersten Begegnung erzählt haben.«

»Gern geschehen.« Er zeigte eine Reihe ebenmäßiger Zähne. »Die Erdbeerblätter in Ihrem Haar waren wirklich dekorativ.«

»Sehr witzig«, sagte sie und hielt einer Eingebung folgend die Tür auf. »Möchten Sie vielleicht auf einen Espresso hereinkommen?«

Seine Augen bekamen einen seligen Schimmer, der den Ernst auf seinen Zügen für einen Moment verschwinden ließ. »Da sage ich nicht nein.«

Kurz darauf saßen sie sich im Wohnzimmer gegenüber, wobei Lisa ihn unauffällig beobachtete. Filipes blondes Haar stellte einen interessanten Kontrast zu dem Olivton seiner Haut dar.

»Sind Sie oft oben bei Hermigo?«, eröffnete sie das Gespräch.

»So oft es meine Zeit erlaubt. Ich bringe seine Korbwaren zum Verkauf nach Camacha. Außerdem erledige ich seine Einkäufe, nur ein paar Kleinigkeiten besorgt er sich selbst vom Kiosk um die Ecke. Unten, gleich neben dem kleinen Imbiss, wissen Sie?«

Lisa war schwer beeindruckt. »Bewundernswert«, murmelte sie.

Ungerührt griff Filipe nach einem Stück Zucker für den Espresso. »Versuchen Sie erst gar nicht, ihm ins Gewissen zu reden. Ist sowieso zum Scheitern verurteilt. Das ist sein letztes Stück Freiheit, das er sich so lange wie möglich erhalten möchte. Da ihn jeder im Ort kennt, halten alle nach ihm Ausschau, und wenn ihm jemand auf der Treppe begegnet, begleitet er ihn nach Hause. Wenn er sich ausnahmsweise mal helfen lässt.«

Lisa fröstelte plötzlich in ihren Shorts und der ärmellosen Bluse.

»Hermigos Sinne sind ungewöhnlich gut ausgeprägt, Senhora. Er kann die Gefahren abschätzen. Bisher ist ihm glücklicherweise nie etwas zugestoßen.« Filipe versuchte, ihre Sorge zu zerstreuen, was ihm unweigerlich einen Punkt auf der Sympathieskala einbrachte. »Sie respektieren also seine Entscheidung?«

Er beugte sich über den Tisch. »Was wäre denn die Alternative? Ihn in einem Altenheim unterzubringen, in dem er langsam vor die Hunde geht?«

»Stimmt auch wieder.« Sinnierend sah sie aus dem Fenster. »Wie lange kennen Sie Hermigo eigentlich schon?«

»Zwanzig Jahre.«

Lisa weitete die Augen. »So lange? Wo sind Sie einander zum ersten Mal begegnet?«

»Ich war fünfzehn. Damals habe ich mit meinen Eltern in Elviras Nachbarschaft gewohnt.«

»Sie meinen Elvira Gomes, meine Vermieterin?«

»Ja genau. Wir beide sind in dieselbe Klasse gegangen. Ich wohnte mit meinen Eltern zwei Häuser weiter. An jenem Tag hatten wir früher als sonst Schulschluss, und weil das Wetter so schön war, bummelten wir noch ein bisschen herum. Wir hatten zwar davon gehört, dass in der Nähe ein Einsiedler lebte, gesehen hatten wir ihn aber noch nie. Voller Abenteuerlust sind wir die Treppe hochgestiegen. Dann stand auf einmal Hermigo vor uns. Elvira ist derart erschrocken, dass sie wie von der Tarantel gestochen kehrtmachte. Weil ich kein Feigling sein wollte, blieb ich stehen. Aber ich hatte eine verfluchte Angst vor dem fremden Mann mit den merkwürdigen Augen.« Filipe schmunzelte. »Er brachte mich gleich wieder hinunter zur Straße. Kluge Kinder lassen ihre Eltern nicht warten, sagte er.«

Lisa entwich ein überraschter Laut. »Er hat Sie ein Stück nach Hause begleitet?«

»Ja, Hermigo hat mich gebeten, sich bei mir festhalten zu dürfen, weil er eine Hand für den Stock brauchte. Erst da begriff ich, dass er blind ist. Das hat mir imponiert. Als wir uns verabschiedeten, fragte ich ihn, ob ich ihn mal besuchen dürfe. Das war der Beginn unserer Freundschaft.«

Sie drehte die Espressotasse in den Händen. »Hermigo war früher mal verheiratet. Kennen Sie seine Frau Dores noch?«

»Nur vom Sehen. Aber ich kann mich kaum an sie erinnern.«

»Wie alt ist er eigentlich?«

Filipe lehnte sich zurück und bedachte sie mit einem unergründlichen Blick. »Er wird im Herbst siebzig. Aber mal im Ernst, wozu wollen Sie das alles wissen? Wollen Sie am Ende doch einen Bericht für Ihre Zeitschrift schreiben?«

»Nein, ich mag ihn einfach. Ich hätte gern einen Vater wie ihn gehabt.« Lisa versuchte, die leise Schärfe in Filipes Stimme nicht persönlich zu nehmen, was ihr allerdings schwerfiel. »Hermigo hat mir erzählt, dass Sie als Ranger im *Parque Natural* arbeiten, stimmt das?«

»Das ist richtig«, sagte er und bediente sich aus der Gebäckschale.

Sie nahm ihren ganzen Mut zusammen. »Dürfte ich Sie mal bei einem Ihrer Streifzüge begleiten? Ich werde Sie auch ganz bestimmt nicht bei der Arbeit stören. Sie wissen ja, dass ich auf der Suche nach schönen Fotomotiven bin. Da dachte ich …«

Für einen kurzen Moment spiegelte sich so etwas wie Verblüffung auf seiner Miene. Dann schüttelte er leicht den Kopf. »Das halte ich für keine gute Idee.«

Lisa streckte den Rücken. »Sie denken doch nicht etwa, ich wäre zum ersten Mal in einem Naturpark?«

Er musterte sie aufmerksam. »Wenn Sie glauben, das wäre nur ein schöner Spaziergang in der Natur, irren Sie. Das Gelände ist unwegsam und der Marsch anstrengend. Das erfordert ein hohes Maß an Kondition.«

»Kein Problem, ich bin fit«, entgegnete sie schnell.

»Na schön«, gab er schließlich nach. »Ziehen Sie sich bitte unbedingt regenfeste Kleidung an. Das Wetter dort oben schlägt oft von einer Sekunde auf die andere um.« Sein Blick wurde vielsagend. »Feste Schuhe brauchen Sie ebenfalls.«

Lisa schielte auf ihre Flipflops. »Okay. Wann treffen wir uns?«

»Übermorgen, also Samstag früh um halb sieben unten am Kiosk.«

Sie starrte ihn entgeistert an. »Zu der Zeit ist es doch noch dunkel.«

»Richtig.« Täuschte sie sich, oder hatte sich ein amüsierter Zug um seine Lippen gegraben? »Mein Dienst beginnt um acht. Wenn es Ihnen zu früh sein sollte …?«

»Nein, gar nicht.«

»Gut. Ich schlage vor, wir fahren mit zwei Autos, damit Sie nach Serra de Água zurückkehren können, wann immer Sie möchten. Sie werden sicher nicht bis zum Abend bleiben wollen, stimmt's?«

»Wieso denn nicht?« Lisa spürte Trotz in sich aufsteigen. Offensichtlich hielt er sie für verweichlicht und nicht in der Lage, einen mehrstündigen Marsch zu bewältigen. »Ich habe Zeit, Senhor Carvalho.«

»Mir soll es recht sein.«

Lisa brachte ihn zur Tür. Das zurückhaltende Lächeln, als er sich leicht vor ihr verbeugte, stand ihm ausgesprochen gut. »Vielen Dank für den Espresso. Bis übermorgen dann.«

Der Ranger stieg in seinen Jeep und fuhr in einer feinen Staubwolke davon. Der Samstag versprach interessant zu werden. Sie war nur heilfroh, dass sie auf Hermigos Rat gehört und sich bei ihrem Bummel in Funchal ein Paar Wanderschuhe gekauft hatte.

KAPITEL 9

Kurz entschlossen verließ Lisa das Haus. Der Geruch von Pfeifentabak und Bohnerwachs lag in der Luft, als sie den Imbiss betrat. Aus einem Radio erklangen volkstümliche Lieder. Auf einem Barhocker saß ein älterer Mann, den Kopf auf den Arm gestützt, und trank Mineralwasser. Spontan setzte sich Lisa neben ihn, doch er nahm keinerlei Notiz von ihr. Bei der grauhaarigen Wirtin mit den unzähligen Lachfalten bestellte sie etwas zu trinken. Lauthals und mit geschulter Stimme fiel die Frau in das Lied ein. Diese Fröhlichkeit und die Liebe zur Musik schienen den Madeirern in die Wiege gelegt zu sein. Arbeiter kamen und gingen, auch sie summten die Melodien mit.

Mit Elda hatte sie vor Jahren ganz ähnliche Lokale besucht. Jäh kehrten die Erinnerungen an ihre gemeinsame Portugalreise zurück. Wie unbekümmert sie damals waren! Einem Film gleich huschten die gemeinsamen Erlebnisse im Zeitraffer durch ihren Geist. Elda bei ihren Yogaübungen am Strand, während sie sich im feinen Sand ausgestreckt hatte. Sie beide an der wilden Küste der *Costa de Prata,* wie sie Zukunftspläne geschmiedet und die Wolkenfelder betrachtet hatten. Ihr heftiger Streit, als sich Elda unsterblich in einen portugiesischen Kellner verliebt und sogar geplant hatte, alle Zelte hinter sich abzubrechen, um in seiner Nähe zu sein. Ihre Tränen, als sie herausgefunden hatte, dass er verheiratet und sie nur ein unverbindlicher Flirt für ihn war.

Ein schrilles Klirren riss Lisa aus ihren Träumereien.

Der Kopf des Mannes neben ihr war mit einem Ruck auf den Tisch gesunken. Dabei hatte er sein Glas umgestoßen, dessen Inhalt sich jetzt über ihre Hose ergoss.

»Godinho!«, schimpfte die Wirtin und rüttelte ihn unsanft an der Schulter. »Geh nach Hause und schlaf dich aus. Sieh nur, was du angestellt hast!« Sie eilte auf Lisa zu. »Ist es schlimm, Senhora? Bitte verzeihen Sie.« Die Frau reichte ihr ein Tuch.

»Ach was, keine Sorge. Ist doch nur Wasser«, wiegelte Lisa ab.

Die Wirtin wies mit dem Kopf auf den alten Mann, der sich übers Gesicht rieb. »Der alte Sturkopf hilft beim Hausbau seines Enkels, und bei mir schläft er dann im Sitzen ein.« Die Madeirerin telefonierte kurz und legte dem Mann eine Hand auf die Schulter. »Dein Sohn holt dich gleich ab.«

Lisas und ihr Blick trafen sich.

»Sie sind gerade erst angekommen, nicht wahr? Ich habe Sie hier noch nie gesehen«, erkundigte sich die Wirtin unverblümt und lächelte. »Ich bin Mariana.«

»Lisa. Lisa Freiberg«, freute sie sich. »Ja, ich bin erst kurz hier.«

Geschickt verwickelte sie die Ältere in ein Gespräch über das angenehme Klima auf Madeira und die reizvolle Umgebung. Es war unübersehbar, wie sich bei ihren Worten Freude auf dem Gesicht der Wirtin widerspiegelte. Lisa bat sie außerdem um ein paar Tipps, welche Sehenswürdigkeiten sie unbedingt noch besuchen sollte, und die Frau gab ihr bereitwillig Auskunft.

»Vielen Dank. Bisher habe ich leider nur die nähere Umgebung erkundet. Besonders gut gefällt es mir oben bei Hermigo Santos. Sie kennen ihn doch sicher? Von seinem Haus aus hat man eine tolle Aussicht auf das Tal.«

»Hermigo? Oh, dann haben Sie ja gleich unseren ungewöhnlichsten Einwohner kennengelernt. Ein lieber Kerl, ein bisschen eigenwillig, aber wir haben ihn alle gern, Senhora.« Damit wandte sie sich ab, hantierte an der Kaffeemaschine herum und stellte Lisas Sitznachbar einen dampfenden Becher hin. »Hier, trink, damit du wieder munter wirst, Godinho.«

Dieser brummte etwas von einem Teufelsgebräu, tat jedoch, worum die Wirtin ihn gebeten hatte.

Lisa lächelte, die Frau war ihr auf Anhieb sympathisch. Ihr Blick fiel auf einen Ständer mit Flyern auf dem Tresen. Unter anderen entdeckte sie ein Informationsblatt von einem Fotowettbewerb, den das Tourismusbüro in Funchal ausgerufen hatte. Touristen wurden gebeten, ihre Fotos samt Begleittext bis Ende des Monats einzureichen. Zu gewinnen gab es mehrere Reisegutscheine, außerdem winkte die Veröffentlichung des Gewinnerfotos in einer einschlägigen Zeitschrift. Lisa steckte den Flyer ein. Bisher hatte sie ihre Fotos nicht entwickeln lassen, aber wenn bei dem Ausflug mit Filipe ein paar gute Bilder zustande kämen – warum nicht? Sie hatte sowieso keine Ahnung, ob sie langfristig weiter als Journalistin arbeiten wollte. Durch den Wettbewerb bekam sie zumindest die Chance, ihre Fotos einschätzen und beurteilen zu lassen. Vielleicht konnte sie eines Tages als Fotografin ihr Geld verdienen …

In diesem Moment betrat ein junger Mann mit einem kleinen Jungen an der Hand das kleine Lokal.

»Kann ich Ihnen noch etwas bringen?«, fragte die Wirtin Lisa. »Ich muss mich nämlich um die neuen Gäste kümmern.«

»Danke, ich möchte nichts mehr.«

Lisa beobachtete, wie die Frau um den Tresen herumging, mit dem Kleinkind sprach und ihr dabei den Rücken zudrehte. Als sie sich zum Gehen wendete, sah die Wirtin kurz auf und warf ihr einen entschuldigenden Blick zu.

»Wenn Sie Zeit haben, kommen Sie mich doch bald mal wieder besuchen«, sagte sie freundlich.

»Das mache ich bestimmt. Bis bald.«

Hermigo blickte nur flüchtig von seiner Flechtarbeit auf, als sich Lisa zu ihm gesellte. Eine kleine Schnittwunde, die er sich wahrscheinlich beim Rasieren zugezogen hatte, zierte sein Kinn. Er wirkte blass.

»Wie geht es Ihnen heute?«

Seine Hände arbeiteten unverdrossen weiter. »Alles in Ordnung. Ich habe mich nur an so viele Dinge und Ereignisse erinnert, von denen ich glaubte, sie längst vergessen zu haben.«

»Bestimmt hat der Artikel das bewirkt, den ich Ihnen neulich vorgelesen habe. Das war nicht meine Absicht.«

»Das ist doch nicht Ihre Schuld.« Hermigo ließ den

Korb sinken, an dem nur noch die Abschlussreihen fehlten, und wischte sich über die verschwitzte Stirn. »Puh, ziemlich warm heute.«

Aufmerksam musterte sie sein Gesicht. »Warten Sie, ich komme gleich wieder.« Aus der Küche holte sie zwei Gläser mit unterschiedlichem Inhalt. »Trinken Sie«, forderte sie ihn leise, aber bestimmt auf.

»Das ist doch nicht etwa Medizin?«, brummte er, und Lisa staunte, wie ungehalten der sonst so sanftmütige Mann werden konnte. »Ich will keine verflixten Medikamente, wenn Sie das im Sinn haben sollten.«

Sie schmunzelte. In diesem Moment unterschied sich Hermigo keinen Deut von anderen Menschen, die unleidlich wurden, sobald sie sich unwohl fühlten. »Keine Sorge. Das eine ist Mineralwasser, das andere Schnaps.«

Seine Miene hellte sich augenblicklich auf. »Ach so! Ja, dann her damit. Poncha heißt es, Mädchen.«

Widerspruchslos leerte der Korbmacher die Gläser. Seine Wangenknochen mahlten, als er sich zurücklehnte, die blinden Augen in die Ferne gerichtet.

»Wissen Sie, seit vielen Generationen hängt die Erbkrankheit wie ein Damoklesschwert über meiner Familie. Sie hat unser aller Leben verändert.«

»Wie lange ist die Amaurose in Ihrer Familie schon bekannt?«

»So genau lässt sich das leider nicht zurückverfolgen, weil die Medizin damals noch nicht imstande war, die erbliche Form nachzuweisen. Der erste Vorfahre, bei dem wir sie vermuten, ist mein Urgroßonkel Nuno.«

»War Nuno auch Maler und Korbflechter?«

»Weder noch. Er war ein Mensch, mit dem niemand etwas zu tun haben wollte.«

»Wieso? Was hatte er denn verbrochen?« Lisas Neugier war geweckt.

»Nuno verdankte dem unglücklichen Umstand sein Leben, als Bastard geboren zu sein. Er wurde achtzehnhundertsechsundfünfzig geboren. Mein Vater sagte, in jenem Jahr wären mehrere tausend Madeirer elendig an der Cholera zugrunde gegangen.«

In ihrer Vorstellung konnte Lisa eine ganze Reihe in weiße Tücher gehüllte Leichen vor sich sehen, die eine nach der anderen in eine Grube geworfen wurden. Tief sog sie die blütengeschwängerte Luft ein, um die entsetzlichen Bilder wieder zu verscheuchen. »Wie ist sein Leben verlaufen?«

Hermigo schloss die Lider und zog sie mit seiner Stimme in den Bann …

KAPITEL 10

»Ich war zehn, als mir mein Vater die Geschichte meiner Vorfahren erzählte. Mit kaum fünfzehn kam Constanza Santos als Dienstmädchen zu James Thompson. Dem feinen englischen *Senhorio* gehörte eine Zuckerrohrplantage bei Calheta im Südwesten der Insel. Ohne die Folgen zu bedenken, begann er mit ihr eine Affäre. Constanza war angeblich bis über beide Ohren verliebt in ihn. Als sie schwanger wurde, wies er ihr ein kleines Steinhaus am Rand seines Anwesens zu. Normalerweise wurden in Ungnade gefallene Dienerinnen sofort entlassen, aber James setzte sich über diese Regel hinweg, und sie durfte weiter für ihn arbeiten.

Mit sieben Jahren bemerkte ihr Sohn Nuno immer öfter kleinere dunkle Flecken vor seinen Augen. Constanza und Nuno führten ein einsames Leben. Dem Jungen war es verboten, das Anwesen zu betreten oder mit Thompsons Söhnen zu spielen, obwohl sie seine Brüder waren. Darunter hat Nuno zeit seines Lebens gelitten.« Hermigo hielt einen Moment inne. »Wissen Sie, mein Vater hat Thompsons Verhalten immer verurteilt. Er meinte, ein Großgrundbesitzer wie er hätte sich nie mit einer Untergebenen einlassen dürfen.«

»Damit hatte Ihr Vater sicher recht«, sinnierte Lisa.

»Halten wir es seiner Jugend zugute. James war kaum zwanzig, als er die Plantage von seinem Vater übernahm. Aber zurück zu Nuno: Er entwickelte sich zu einem wortkargen und verschlossenen Jungen. Als Constanza ihm Jahre später eine kleine Gitarre schenkte, entdeckte er seine Freude an der Musik. Wenn er auf seiner *braguinha* spielte, vergaß er seinen Kummer. Doch seine Sehkraft ließ zusehends nach, und James Thompson blieb Nunos Zustand natürlich nicht verborgen. Weil er sich für seinen Sohn verantwortlich fühlte, zog er einen angesehenen Arzt aus Funchal zurate. Im Grunde war Thompson kein schlechter Mensch, immerhin zahlte er die Arztrechnungen seiner Dienerschaft und versorgte sie zweimal im Jahr mit frischer Kleidung. Doktor Juvenal de Ornellas war Oberarzt in der Chirurgie des städtischen Krankenhauses. Er stellte fest, dass Nuno an Amaurose erkrankt war, man nennt sie auch den Schwarzen Star. Trotz aller Bemühungen konnte er Nunos Leiden nicht aufhalten. Dagegen war das Gehör des Jungen durch die Musik so herausragend geschult, dass er selbst die feinsten Klangunterschiede wahrnahm. Mit den Jahren wurde die Musik zu seinem Lebensinhalt, während ihm die Welt der Sehenden immer fremder wurde. Irgendwann bat James Thompson ihn, bei seinen Fiestas zu spielen. Die Leute waren von Nuno hingerissen, wobei ihn die Gerüchte, er sei der uneheliche Sohn des Gutsherren, umso interessanter machten. Kurzum – wenige Jahre später gehörte er zu den bekanntesten Gitarrenspielern der Insel.«

Vor Lisas Augen liefen noch die Bilder ab, die Hermigos Schilderung in ihr heraufbeschworen, als er innehielt und heftig die Luft aus der Lunge stieß.

»Genug mit den alten Geschichten«, sagte er und holte sie sanft in die Wirklichkeit zurück.

Lisa legte all ihren Charme in ihre Stimme. Sie wollte nicht, dass er aufhörte, sie hätte seinen Worten noch stundenlang lauschen können. »Nein, bitte, erzählen Sie weiter, Hermigo.«

Er ließ sich nicht lange bitten. »Wie Sie möchten. Doktor de Ornellas glaubte, dass Constanza die Erreger der Cholera in sich getragen und an ihren ungeborenen Sohn weitergegeben hatte. Er hielt die Amaurose für eine Folgeerscheinung der Cholera.«

»Oje, die arme Frau muss sich ja schuldig an Nunos Schicksal gefühlt haben.«

»Das hat sie, noch dazu völlig unnötig«, bestätigte er. »Bei unseren Familientreffen sprachen wir häufig über das Schicksal unserer Vorfahren und darüber, wie sie wohl ihren Alltag gemeistert haben. Dadurch ist mir früh bewusst geworden, wie viel leichter mein Leben trotz der Behinderung heute ist.«

Auf Hermigos Zügen lag eine Gelassenheit, die Lisa beschämte. Woher nahm er nur seine Zufriedenheit? Müsste sie nicht dasselbe empfinden, wenigstens hier, in sicherer Entfernung von all den Problemen, die sie in Berlin zurückgelassen hatte?

»Zwei Jahre später hatte Nuno genügend Geld gespart und ließ sein Elternhaus vergrößern«, fuhr Hermigo fort. »Seine Mutter sollte es bequem und warm haben. Bei einem seiner Konzerte lernte er seine Jovita kennen. Da muss er ungefähr zwanzig gewesen sein. Ein paar Jahre später erblindete er dann vollständig. Zu dem Zeitpunkt war er schon glücklicher Ehemann und Vater zweier Kinder. Mit der Gitarre war ihm also buchstäblich das Schicksal in die Hände gelegt worden.«

»Demzufolge hat Nuno ein glückliches und erfülltes Leben geführt«, warf sie lächelnd ein.

»Da bin ich mir nicht so sicher, Lisa, denn eines Tages verschwand er spurlos. Jovita fand ihn nach langer Suche zerschmettert am Fuß eines mächtigen Felsens. Die Gitarre hielt er noch im Tod umklammert. Damals waren seine Kinder vierzehn und zwölf Jahre alt. Seine Frau ist nie darüber hinweggekommen. Bis zu ihrem Lebensende hat sie beteuert, dass Nuno niemals allein auf einen Felsen gestiegen sei.«

»Jovita glaubte also nicht an einen Unfall?«

»Nein.« Auf Hermigos Gesicht zeichneten sich innere Kämpfe ab.

»Was wurde aus Constanza?«

»Als Nuno und Jovita nach Funchal zogen, begleitete sie die beiden. Dort fand sie eine Anstellung bei einer Kaufmannsfamilie. Nach seinem Tod wurde sie schwermütig und folgte ihrem Sohn nur wenige Jahre später.«

Von einem Moment auf den anderen wirkte Hermigo müde und erschöpft. Das Thema schien ihn mehr mitzunehmen, als ihm selbst bewusst war.

»Wahrscheinlich hat Constanza sogar geglaubt, dass sie mit Nunos Amaurose ihre sündhafte Begegnung mit Thompson büßen musste«, fügte er hinzu und verfiel sichtlich ins Grübeln.

»Ja, mag sein.« Besorgt musterte sie Hermigo, erhob sich und umarmte ihn. »Danke für Ihr Vertrauen, und dass Sie mir Ihre Geschichte erzählt haben. Ich werde jetzt gehen, Sie möchten sich bestimmt ein wenig ausruhen.«

»Gute Idee. Wir sehen uns bald wieder, nicht wahr?«

»Natürlich. Am Samstag darf ich Filipe übrigens bei der Arbeit begleiten und im *Parque Natural* fotografieren.«

»Tatsächlich?«, entfuhr es ihm. »Dann wünsche ich Ihnen viel Spaß. Passen Sie gut auf sich auf.«

»Sie auch.« Sie warf ihm noch einen letzten Blick zu und machte sich auf den Heimweg.

Lisa stand mit einem Becher Cappuccino in der Hand am Balkonfenster und blickte auf die still vor ihr liegenden Gärten unter ihr. Sie fühlte sich beschämt. Hatte sie wirklich das Recht, sich über ihr Schicksal zu beklagen? Wenngleich sie noch nicht wusste, wohin ihre Reise gehen sollte – sie war noch jung und gesund. Sie würde Möglichkeiten finden, die Leere in ihrem Inneren zu füllen. Sie konnte Entscheidungen treffen, um ihrem Leben einen neuen Sinn zu geben. Alles, was sie tun musste, um etwas zu verändern, war, einfach damit zu beginnen. Nur wo sollte sie anfangen?

Ihre Wut auf Jochen Gerlach war inzwischen verraucht, zurück war eine Empfindung geblieben, die sich am ehesten mit einem Schwimmversuch in einem schier unendlichen Meer vergleichen ließ, auf der Suche nach dem rettenden Ufer. Nicht mal der Gedanke an ihre Wohnung in Berlin konnte ihre widerstrebenden Gefühle besänftigen.

Ruckartig stand sie auf, während sie beinahe plastisch jeden einzelnen Raum des Penthouses vor ihrem geistigen Auge sehen konnte. Selbst wenn sie Eldas Habseligkeiten weggab, könnte sie dort wirklich zufrieden leben? Energisch wischte sich Lisa über die Augen. Unvorstellbar, gestand sie sich schließlich ein. Zu viele Erinnerungen verband sie mit ihrem Zuhause. Während sie dasaß und dem Gefühl nachspürte, begann ein Gedanke in ihr zu reifen. Sie musste das Penthouse verkaufen und irgendwo ganz neu anfangen.

Lisas Knie waren auf einmal weich wie geschmolzene Butter, weshalb sie sich aufs Bett sinken ließ und sich dem Schmerz hingab, der mit Macht von ihr Besitz ergriff.

Hinterher wusste sie nicht mehr, wie lange sie geweint hatte, bis es in ihrem Inneren still geworden und sie eingeschlafen war. Als sie erwachte, war der Himmel von unzähligen Sternen erleuchtet. Die Tragweite ihrer Entscheidung weckte augenblicklich Lisas Lebensgeister. Einem spontanen Impuls folgend rief sie Tim an.

Zum Glück war er noch wach und freute sich, ihre Stimme zu hören. Er begrüßte ihren Entschluss und bot ihr sogar an, zu ihm zu ziehen, bis sie eine neue Bleibe gefunden hatte.

»Konntest du inzwischen etwas über unsere Modeschöpferin herausfinden?«, fragte sie ihn, nachdem sie alles Nötige dazu besprochen hatten.

»Nicht direkt. Dafür war ich bei der Fashion Week auf Baumgarts Party und habe dort ein sehr nettes Mädchen kennengelernt, das die Eintrittskarten kontrolliert hat. Als ich zufällig mitbekommen habe, dass sie derzeit ein Praktikum im Büro von Baumgarts Sicherheitsfirma absolviert, dachte ich, ich könnte mich ein bisschen mit ihr anfreunden.«

Lisa schnappte nach Luft. »Soll das ein Scherz sein? Du willst dich mit ihr einlassen, um an die Baumgart heranzukommen? Das schaffst du nie!«

»Aber Kleines«, widersprach Tim, »denkst du, das weiß ich nicht? Keine Sorge, ich will bloß den Termin- oder Auftragsplan unserer Lady.«

In Lisas Ohren hörte sich sein Vorhaben an wie aus einem dieser amerikanischen Actionfilme. War das noch der unkomplizierte und grundehrliche Kollege, den sie so mochte? Ihr Fels in der Brandung? Der Gedanke erschreckte sie. »Was wird deine Freundin dazu sagen?«

Er schnaubte. »Wir sind nicht mehr zusammen. Außerdem ist der Flirt rein beruflich.«

»Okay, du musst wissen, was du tust. Aber ich möchte nicht in die Sache reingezogen werden.«

»Wie bitte?«, entrüstete sich ihr Freund. »Du warst doch immer ganz versessen darauf, die Modetante auszuhorchen. Und jetzt, wo wir so dicht dran sind, willst du nichts mehr davon wissen?« Sie hörte ihn heftig atmen. »Welche Laus ist dir denn bloß über die Leber gelaufen, Kleines?«

»Gar keine, Tim. Mir ist durchaus bewusst, dass manche Journalisten weit Schlimmeres anstellen, um an eine gute Story zu kommen. Aber wenn es darum geht, andere Menschen für die eigenen Zwecke zu benutzen, spiele ich nicht mit.«

»Was redest du denn da? Ich mag Jenny wirklich. Ich schlage doch nur zwei Fliegen mit …«

»Nein!«, unterbrach ihn Lisa energisch. »Tim, du machst dir selbst etwas vor. Schau dir nur an, was aus uns geworden ist. Haben wir uns nicht in unserer Anfangszeit bei Gerlach geschworen, anständiger zu arbeiten als die meisten Kollegen?« Sie sah Tims verblüffte Miene förmlich vor sich. »Wenn du dieses Mädchen um den Finger wickelst und es fallen lässt, sobald du die gewünschten Informationen hast, finde ich das ziemlich schäbig.«

Für eine Weile herrschte Stille in der Leitung.

»Lisa, du selbst hast mich beauftragt, die Baumgart zu beschatten. Schon vergessen?«

»Ich weiß, und ich bin dir wirklich dankbar für dein Engagement, aber nicht um jeden Preis. Ehrlich gesagt habe ich ein richtig schlechtes Gewissen. Bitte denk noch mal drüber nach, ob es nicht eine andere Möglichkeit gibt.«

Er lachte leise. »Versprochen. Und du grüble nicht so viel, sondern genieß deinen Urlaub. Bis bald.«

Zum Glück nahm Tim ihr die heftige Reaktion nicht übel. Manchmal tat es einfach gut auszusprechen, was einem auf der Seele brannte.

Den Rest des Abends verbrachte Lisa mit der Suche nach einer kleinen, zentral gelegenen Wohnung in Berlin, was sich jedoch schwierig gestaltete. Dennoch beflügelte es sie, endlich den Grundstein für ihr neues Leben gelegt zu haben. In dieser Nacht schlief sie tief und traumlos.

KAPITEL 11

Der Samstagmorgen war von samtener Schwärze und duftete nach taufeuchter Erde und Kiefernnadeln. Selbst abseits von Berlin, in einer der vielen Grünflächen oder an den Ufern der Spree, war die Luft nie von dieser Weichheit. Mit ihrer derben Jeans, den Wanderschuhen und der Wetterjacke fühlte sich Lisa gut für den Tag im *Parque Natural* gerüstet. Sogar an eine Taschenlampe hatte sie gedacht. Sie stellte ihren Rucksack mit der Kamera auf den Beifahrersitz und fuhr den kurzen Weg bis zum Kiosk die Straße hinunter. Kaum hatte sie den Motor abgestellt, hielt Filipes Jeep vor ihr.

»Olá a todas.«

Lisa erwiderte seinen Gruß. Der Ranger machte trotz der frühen Stunde einen erstaunlich munteren Eindruck. Im Gegensatz zu ihr, denn sie hatte sich nur mit Überwindung aus dem Bett geschält.

»Am besten bleiben Sie dicht hinter mir«, gab er ihr die letzten Anweisungen, ehe sie losfuhren. »Bis zu meinem heutigen Erkundungsort brauchen wir je nach den Witterungsbedingungen bis zu einer Stunde Fahrtzeit. An manchen Stellen kann es etwas abenteuerlich werden. Seien Sie also vorsichtig.«

Er sagte das mit einem Gleichmut, der sie aufhorchen ließ. Wahrscheinlich fuhr er die Strecken rund um den Naturpark mit schlafwandlerischer Sicherheit und kannte jeden Baum und jeden Stein.

»Okay.«

»Los geht's.« Der Ranger klopfte gegen ihre Windschutzscheibe und stieg wieder in seinen Wagen.

Kurz hinter dem Ortsausgang bogen sie auf einen schmalen, bewaldeten Weg ab, der augenblicklich alle Laute verschluckte. Tief hängende Äste streiften ihren Wagen, das Pflaster war holperig und die Kurven scharf. Lisas Nackenhaare stellten sich auf. Bald heulte der Motor auf, denn es ging spürbar bergan. Das wäre nicht weiter schlimm gewesen, wenn die Kurven nicht so uneinsehbar und die Straße nicht so eng gewesen wären. Lisas Finger begannen vor Anstrengung zu zittern. Wem hatte sie eigentlich etwas beweisen wollen, sich selbst oder diesem Mann, der ihr offensichtlich nicht allzu viel zutraute? Wie unendlich lang eine Stunde sein konnte. Mit zusammengepressten Lippen konzentrierte sie sich auf den dunklen Wagen vor ihr. Doch durch den Nebel, der nun wellengleich über die Serpentinen kroch, war der Jeep nur noch als Silhouette auszumachen.

Als sie endlich nahe einem Bergkamm auf einer kleinen Rasenfläche anhielten und ausstiegen, waren Lisas Hände klamm.

Ihr stockte der Atem, als sie den Blick schweifen ließ. Wo waren nur die Wolken und der Nebel geblieben? Unbegreiflich! Vor lauter Konzentration hatte sie gar nicht wahrgenommen, dass die Schwärze des Himmels einem Azurblau gewichen war, auf dem sich die ersten zartroten Streifen zeigten.

Filipe machte eine raumgreifende Handbewegung. »Gefällt es Ihnen?«

Auf einmal hatte Lisa das Gefühl, als ob ihr jemand eine Brille aufgesetzt hätte und sie ihre Umgebung endlich scharf und in aller Schönheit wahrnahm. Sie war nicht imstande zu antworten, zu sehr ergriff sie die Landschaft, die sich vor ihr auftat. Die Ausläufer der Berge strahlten in einem satten Grün. Sie befanden sich inmitten einer Heidelandschaft. An den von der Sonne verwöhnten Stellen glich die Heide einem Meer aus gelben und rosafarbenen Blüten. Dazwischen prangten langstielige Natternköpfe, Farne und einzelne Kiefern, die ihre dünnen Stämme dem stürmischen Wind entgegenreckten. Die Farben schmeichelten Lisas Augen. Tief saugte sie die frische Luft in die Lunge. Dabei konnte sie nicht ergründen, was genau es war, das sie derart ergriff. Sie hatte in ihrem Leben schon exotische Denkmäler bewundert und wilde Natur erlebt. Aber dieser Ort war mit keinem anderen vergleichbar. Wie albern, dass die Farben sie zum Weinen brachten.

»Zauberhaft«, sagte sie schließlich heiser. »So etwas habe ich noch nie gesehen.«

»Wollten Sie nicht fotografieren?«, erinnerte der Ranger sie schmunzelnd an ihr ursprüngliches Vorhaben.

»Oh ja«, murmelte Lisa und schoss gleich eine ganze Reihe Fotos. Vermutlich würden die Aufnahmen nicht annähernd wiedergeben, was sie eben bei ihrem Anblick empfunden hatte.

»Jetzt geht es hinauf zum Fuß des Pico de Arieiro.« Filipe nahm sie am Arm. »Kommen Sie?«

Lisa folgte ihm einen schmalen Pfad entlang, der sich an einen Bergkamm schmiegte. Gleich daneben entdeckte sie einen Wasserlauf, der munter ins Tal plätscherte.

»Der gehört zu einem unserer unzähligen *levadas.*«

»Was ist das?« Lisa konnte den Blick nicht von Filipe wenden, der stehen geblieben war. Dabei hob sich sein scharf geschnittenes Gesicht von dem blauen Himmel ab.

»Das sind alte Bewässerungskanäle, die das Wasser aus den Bergen in die tiefer gelegenen Ebenen transportieren.« Seine Stimme nahm einen weichen Klang an. »Vor Hunderten von Jahren haben die Menschen sie buchstäblich aus dem Gestein gemeißelt. Den klugen Köpfen, die sie einst erfunden haben, gehört nachträglich ein Orden verliehen. Bis heute versorgen die *levadas* die gesamte Insel mit Wasser. Außerdem gibt es entlang der Kanäle viele schöne Wanderwege.«

Lisa lauschte seinen Worten, denen der Stolz auf seine Heimat deutlich anzuhören war. Dann setzten sie ihren Weg fort. Eine stürmische Bö traf sie von der Seite, und sie stemmte die Füße in den steinigen Boden, um mit Filipe mithalten zu können. Ein unbefestigter Sandweg führte weiter hinauf, immer wieder streifte sie halbhohes Heidekraut. Im Nu war ihre Jeans bis zur Wade durchnässt. Unvermittelt blieb sie stehen. Der Himmel erstrahlte in einem kräftigen Rot, als würde er glühen und im nächsten Moment Feuer fangen. Nur schwer löste sie sich von dem Anblick.

»Hier wären wir bei unserer ersten Tierfalle angekommen«, unterbrach der Madeirer ihre Betrachtungen.

»Tierfalle?«

»Aber sicher«, bekräftigte er seine Worte. »Wir müssen die Nesthöhlen der weiter oben gelegenen *Freiras* vor ihren Räubern schützen, hauptsächlich Katzen und Ratten. Mit den Fallen stellen wir sicher, dass die Tiere in Ruhe ihre Nester bauen und brüten können. Wir brauchen jedes einzelne Ei, alles andere wäre eine pure Katastrophe.« Als er ihr verständnisloses Gesicht sah, hob er eine Braue. »Sie wissen nicht, wovon ich spreche, nicht wahr?«

»Nicht genau.«

»Mein Fehler. Die *Freiras da Madeira* gehören zur Gattung der Sturmvögel. Sie sind die seltensten Vögel Europas, gerade mal knapp sechzig Brutpaare gibt es derzeit noch, und zwar nur hier auf Madeira.« Mit ausgestreckten Fingern wies er nach oben. »Ihre Nesthöhlen befinden sich um einiges höher, in den Bergmassiven auf circa eintausendsechshundert Metern. Meine Kollegen und ich kämpfen um den Erhalt dieser Vögel. Aber es sieht nicht gut für sie aus. Deshalb ist jedes einzelne Küken für uns enorm wichtig, verstehen Sie?«

Lisa war seinem Blick gefolgt. »Aber Sie klettern doch nicht … da oben rauf, oder?«

Filipe streifte sich seine Arbeitshandschuhe über. »Doch, das tun wir, zuweilen sogar nachts.«

Sie riss die Augen auf. »Nachts?«

»Das erfordert natürlich einige Sicherheitsvorkehrungen. Lassen wir es fürs Erste damit bewenden. Wenn Sie möchten, werde ich Ihnen unterwegs alles Notwendige erklären.«

»Gern«, antwortete Lisa, abermals verunsichert von der Lässigkeit, mit der er ihr etwas beschrieb, das ihr bei der bloßen Vorstellung eine Gänsehaut bescherte.

Aufmerksam verfolgte sie, wie er bäuchlings in eine kaum zwei Meter breite Höhle griff, die vollständig von einem Ginsterbusch verdeckt war. Im nächsten Augenblick zog er den schwarz-weiß gefleckten Kadaver einer Katze aus der Höhle, deren blutige Vorderpfoten in einem Fangeisen steckten.

Bittere Galle füllte Lisas Mund. Hitze schoss ihr bei dem jämmerlichen Anblick in die Wangen. Sie richtete sich kerzengerade auf. »Senhor Carvalho, das Kätzchen ist elendig verreckt! Sie wollen Tierschützer sein und die *Freiras* retten, lassen es aber zu, dass andere Arten dabei draufgehen? Wie können Sie das mit Ihrem Gewissen vereinbaren?« Lisa lag noch einiges mehr auf der Zunge, aber da die Bemerkungen unsachlich waren und nicht dem Verhalten einer erwachsenen, vernünftigen Frau entsprachen, starrte sie nur auf den übel zugerichteten Kadaver zu ihren Füßen.

Zwischen ihnen wurde es still.

Als sie aufblickte, hob Filipe beschwichtigend die Hände. »Uns bleibt keine Wahl, Senhora Freiberg. Auch für uns ist es kein Vergnügen. Leider gibt es auf unserer Insel eine große Anzahl wilder Katzen, die sich – genauso wie die Ratten – ungehindert vermehren. Wenn wir verhindern wollen, dass sie sich über die Brut der *Freiras* hermachen, müssen wir handeln.«

Lisa rang um Beherrschung. Der Ranger schien sich tatsächlich unwohl in seiner Haut zu fühlen, denn er konnte die Katze nicht ansehen, während er sie in einen Sack steckte, den er eilig aus seinem Rucksack gezogen hatte.

Schweigend folgte sie ihm, wobei sie sich fragte,

warum eigentlich. Ebenso gut könnte sie an diesem unschönen Punkt umkehren und dabei jeden Gedanken an diesen rätselhaften Mann und seine fragwürdigen Arbeitsmethoden ausblenden.

Was natürlich unmöglich war, zumal sie den Ranger selbst darum gebeten hatte, ihn begleiten zu dürfen. Lisa warf seinem Rücken einen finsteren Blick zu, als sie erneut unwegsames Gelände erreichten. Diesmal gab es keine Stufen, und sie war gezwungen, sich einen Weg zwischen dem stacheligen Gestrüpp zu bahnen. Grimmig entfernte sie ein Dutzend Stacheln, die sich durch die Jeans in ihre Waden gebohrt hatten.

Filipe wendete den Kopf. »Brauchen Sie Hilfe?«

»Nein, danke«, stieß sie hervor und krempelte die Hosenbeine wieder herunter. Als wäre die Kletterpartie nicht schon anstrengend genug gewesen, war ausgerechnet heute der Himmel makellos blau, und die Sonne brannte trotz der frühen Stunde unbarmherzig. Wie dämlich, natürlich hatte sie weder an eine Schirmmütze noch an ihre Sonnenbrille gedacht. Dafür aber an die Taschenlampe, was einer gewissen Komik nicht entbehrte.

Weil ihr wahrlich nicht zum Lachen zumute war, bemühte sie sich um eine gelassene Miene.

Lisa verstaute ihre Jacke in dem Rucksack. Kühlend strich der Wind über ihre erhitzte Haut. Sie brauchte etwas Zeit zum Verschnaufen, denn sie hatte Seitenstechen, und atmete schwer. Die Hände in die Hüften gestemmt, hielt sie in der Bewegung inne und nahm den Anblick der sanft geschwungenen Bergausläufer in sich auf. Ob es ihr gelang, den Zauber des Augenblickes auf den Bildern festzuhalten? Das Blattwerk der Besenheide schimmerte noch leicht feucht vom Tau der letzten Nacht. Dort, wo die Hügelkette endete, war nur noch die Weite des Atlantiks zu erkennen, die sich bis zum Horizont erstreckte. Hier oben schien die Welt Ewigkeit zu atmen, und alle Sorgen wurden für einen kostbaren Moment bedeutungslos.

Der böige Wind zerrte an Lisas langen, zu einem Zopf gebundenen Haaren, während sie nach der besten Perspektive suchte. Bald darauf ließ sie die Kamera zufrieden sinken.

Filipe deutete auf einen Felsvorsprung vor ihnen. »Auf dem Fels dort oben habe ich eine weitere Falle aufgestellt. Möchten Sie mit mir kommen?«

Weit mehr als fünf Meter ragte der Fels aus vulkanischem Gestein schnurgerade in die Höhe. Lisa legte den Kopf in den Nacken und befeuchtete die Lippen.

»Um den Felsen hier zu erreichen, müssen wir zuerst auf den nächsthöheren klettern. Sehen Sie? Dort gibt es Möglichkeiten, sich festzuhalten. Wie wär's?«

Lisa zuckte mit keiner Wimper. Der Mann schwitzte nicht mal. »Danke für das freundliche Angebot«, erklärte sie schließlich so gelassen wie möglich. »Aber ich warte lieber hier.«

»Okay, dann bis gleich.«

Sie beobachtete, wie er mit dem Sack auf dem Rücken anscheinend mühelos an dem Nachbarfelsen emporkletterte. Dabei trug er weder einen Helm noch hatte er sich anderweitig gesichert. Dennoch wirkten seine geschmeidigen Bewegungen effektiv und zeugten davon, dass er jeden einzelnen Schritt selbst im Schlaf noch beherrschte.

Lisa sah sich um. Der Gedanke an eine Rast war verlockend. Um die schmerzenden Glieder ausstrecken zu können, ließ sie sich mit einem genüsslichen Seufzen auf ein winziges Fleckchen Grün zwischen einigen Sträuchern und Kiefern sinken. Und fühlte beim nächsten Atemzug, wie ihr die Feuchtigkeit der Pflanzen durch die Hose kroch. Sofort sprang sie auf, doch es war bereits zu spät. Ihre Jeans war bis zum Ansatz der Oberschenkel nass.

Filipe, der soeben die Felsspitze erreicht hatte, schenkte ihr keine Beachtung, weshalb sie schnell ihre Jacke aus dem Rucksack zerrte und sie sich um die Taille schlang. Sie konnte nur hoffen, dass der Ranger ihr Missgeschick nicht bemerkte. Warum mussten ihr derartige Peinlichkeiten nur immer in seiner Gegenwart geschehen? Ausgerechnet bei dem durchtrainierten Kraftpaket, das auf jede ihrer Fragen eine kluge Antwort wusste und offenbar nie aus der Puste geriet!

Wenig später sprang Filipe zurück auf den Weg. Lisa zwang sich, den Blick bewusst von dem Stoffsack fernzuhalten.

»Weiter geht's«, meinte er gut gelaunt und fügte hinzu: »Ist Ihnen etwa kalt?« Mit dem Kopf wies er auf die Jacke um ihre Hüfte.

»Nein, sie stört mich nur im Rucksack.«

Nachdenklich reichte er ihr seinen Strohhut. »Hier, nehmen Sie den hier, sonst bekommen Sie noch einen Sonnenbrand.«

Lisa wollte erst protestieren, besann sich dann jedoch eines Besseren, setzte den Hut auf und murmelte einen Dank.

Zügig schritten sie weiter, wobei sie darauf achtete, immer genügend Abstand zu ihrem Begleiter zu halten.

Der Ranger suchte noch zahlreiche weitere Verstecke auf, an denen er Fallen ausgelegt hatte. Inzwischen beulte sich der Stoffsack bedenklich aus, und Lisa wurde ganz übel bei der Vorstellung an die verendeten Tiere darin. Die letzten beiden Fallen waren jedoch unberührt, was ihr ein erleichtertes Seufzen entlockte. Mit grimmiger Entschlossenheit kontrollierte Filipe sie auf ihre Funktionsfähigkeit und stellte sie wieder scharf.

Sie sprachen nur wenig, während sie allmählich höher wanderten. Lisas Herz fing von der zunehmend dünner werdenden Luft an zu hämmern.

Was habe ich mir da bloß angetan?, dachte sie, als Filipe sich zu ihr umdrehte.

»Alles klar bei Ihnen?«, fragte er mit besorgtem Blick.

»Alles okay«, log sie und ignorierte den Schmerz.

KAPITEL 12

In einer kleinen Höhle, die sich unter einem Felsvorsprung befand, machten sie endlich Rast. Lisas Stirn brannte, und das schummrige Licht tat ihren Augen gut.

Nebeneinander lehnten sie sich gegen den kühlen Stein, schweigend. Etwas huschte in eine winzige Mauerspalte zurück, doch Lisa verdrängte den Gedanken an die Nagetiere oder Insekten, die vermutlich hier beheimatet waren. Zwischen dem Ranger und ihr blieb kaum ein halber Meter Platz, weshalb sie intuitiv nach ihrer Kamera griff und nahe dem Höhleneingang in die Hocke ging. Das Motiv reizte sie. Umrahmt von den im Dunkeln liegenden Felsmauern wurde der Blick von sonnenbeschienen Bergen und dem klaren Himmel angezogen, was der Perspektive Tiefe verlieh. Sie probierte verschiedene Einstellungen und knipste drauflos.

Mit halb geschlossenen Lidern verfolgte sie kurz darauf, wie Filipe in aller Seelenruhe ein in Folie eingewickeltes, großzügig belegtes Meterbrot auspackte. Bei dem appetitlichen Anblick lief ihr sofort das Wasser im Mund zusammen, und sie ärgerte sich, dass sie nur ein paar Müsliriegel mitgenommen hatte.

Er schnitt das Brot in der Mitte durch und reichte ihr eine Hälfte. »Ich hoffe, Sie mögen Ziegenkäse?«

Verblüfft bemerkte sie, wie sich in seine sonst so ernst dreinblickenden Augen ein Lächeln stahl, und sie nahm das Brot erfreut entgegen. »Danke, ja. Ich liebe Ziegenkäse.«

Filipe verschränkte die Arme vor der Brust, sein Gesicht lag dabei im Schatten. »Mein Job ist meist ziemlich einsam. Deshalb habe ich mich über Ihr Interesse an unserem Naturpark sehr gefreut.«

»Es hat also nichts damit zu tun, dass Sie sich Hermigo oder mir gegenüber verpflichtet fühlen?«

»Nicht im Geringsten. Warum entspannen Sie sich nicht einfach?«

Lisa ließ den Blick über die Berge schweifen. Sie meinte, den zarten Duft der Heide wahrnehmen zu können.

Faszinierend, wie wandlungsfähig Filipes Gesicht war. Mal wirkte es verschlossen, die Stirn umwölkt, die Lippen zu einer schmalen Linie verkniffen. Dann wieder, wenn ihm etwas gefiel oder er sich im Stillen freute, verschwand der harte Zug um Nase und Mund, und seine Miene wurde weich. In seine Augen trat dann ein verträumter Schimmer. So wie in diesem Moment, während er den grandiosen Ausblick auf seine Heimat genoss. Wahrscheinlich, durchfuhr es Lisa, kann man sein Gesicht, das seine Gefühle so deutlich offenbart, stundenlang betrachten, ohne seiner überdrüssig zu werden.

»Ihnen scheint das Entspannen jedenfalls mühelos zu gelingen, Senhor Carvalho.«

»Meinen Sie?« Sein Lachen klang rau. »Wenn wir Ranger durch den Naturpark streifen, hilft uns nur eine Menge Geduld. Oft genug müssen wir uns vor plötzlichen Unwettern schützen und stundenlang in einer der Höhlen ausharren.«

Sie schauderte. »Ich stelle es mir schrecklich vor, hier festzusitzen.«

»Man gewöhnt sich daran. Meine Kollegen und ich informieren uns laufend über die aktuelle Wetterlage. Sobald die Gefahr von Stürmen oder einem Erdrutsch besteht, gehen wir natürlich nur hoch, wenn es unbedingt sein muss, dann allerdings zu zweit, um das Risiko zu minimieren.« Er deutete auf das Brot. »Nun greifen Sie schon zu.«

Minutenlang herrschte Stille, während sie nebeneinandersaßen und kauten. Als sie mit dem Essen fertig waren, brach Lisa das Schweigen.

»Ein Wissenschaftler wie Sie ist sicher auf der ganzen Welt gefragt. Warum arbeiten Sie hier, wo Sie sich täglich allen möglichen Gefahren aussetzen?«

»Die Frage stelle ich mir auch manchmal, wenn wir trotz aller Bemühungen nichts als Rückschläge zu verzeichnen haben. Aber die allermeiste Zeit bin ich glücklich. Im letzten Jahr sind die Küken der *Freiras* ohne Verlust flügge geworden. Das war ein großer Erfolg.« Seiner Stimme war die Begeisterung für seinen Job anzuhören.

»Ich verstehe«, sagte Lisa.

Aber entsprach das wirklich der Wahrheit? Sie hatte immer gern im quirlig bunten und multikulturellen Berlin gelebt. Dort war sie geboren – zumindest nahm sie das an, da man ihre leibliche Mutter nie hatte ermitteln können. Die Wohnung in Steglitz war ihr Zuhause gewesen. Ein Nachmittag mit Elda, verständnisvolle Blicke, die keiner Worte bedurften, sich nicht verstellen zu müssen und trotzdem gemocht zu werden. Etwas in Lisas Innerem krampfte sich zusammen.

»Engagieren Sie sich auch für Ihre Heimat?«, riss sie der Ranger aus trüben Gedanken.

Lisa schüttelte den Kopf. »Wissen Sie, dass ich Sie beneide?«, sprudelte es im nächsten Moment aus ihr heraus. »Ja, wirklich! Sie fühlen etwas Besonderes für dieses schöne Fleckchen Erde und verbinden damit wahrscheinlich jede Menge Kindheitserinnerungen.«

»Ja, natürlich.« Er stutzte. »Geht es Ihnen etwa nicht so?«

»Nicht auf dieselbe Weise. Sagen Sie«, wechselte sie rasch das Thema, bevor er weiter in sie dringen konnte. »Halten sich die Madeira-Sturmvögel eigentlich das ganze Jahr über auf dem Pico de Arieiro auf?«

Sichtlich verwirrt furchte Filipe die Stirn, wahrscheinlich fand er sie ziemlich kompliziert und sprunghaft. Dann jedoch entspannten sich seine Züge wieder. »Nein, den Großteil des Jahres verbringen sie in ihren Jagdgründen am Meer. Wo genau sich die Vögel aufhalten, ist bisher nicht vollständig geklärt. Eins steht allerdings fest: Nur während der Brutzeit und der Aufzucht bleiben die Elternpaare auf dem Pico. Sind die Küken geschlüpft, fliegen sie nach Sonnenuntergang ihre Nisthöhlen an, um sie zu füttern.«

Lisas Augen weiteten sich. »Wenn Sie genau wissen wollen, wie viele *Freiras* und Küken sich in den Nesthöhlen aufhalten und ob die Kleinen gut gedeihen, müssen Sie demzufolge …«

»… nachts auf die Lauer gehen und auf ihr Geheul warten, mit dem sie sich bei ihren Küken ankündigen.«

Lisa beugte sich vor. »Geheul?«

»Oh ja. Ihr Heulen klingt richtig schaurig. Wissen Sie, warum wir Einheimischen sie *Freiras da Madeira* nennen?«

»Nein, keine Ahnung.«

»Sie heißen ›Die Nonnen von Madeira‹, weil manche Inselbewohner noch heute glauben, dass die unheimlichen Laute der Vögel von den Seelen der Ordensschwestern stammen, die bis heute keine Ruhe finden.«

Lisas Fantasie schuf beunruhigende Bilder von gespenstischen Schatten mit weit aufgerissenen Mündern, deren markerschütternde Schreie in den Schluchten und Tälern ein vielfaches Echo fanden. Mit wachsendem Unbehagen drückte sie sich enger an die Höhlenwand und hatte Mühe, die Spukbilder vor ihren inneren Augen zu verscheuchen. »Das ist doch Unsinn!«

»Sicher«, erwiderte Filipe, der ihre Unruhe mit einem feinen Grinsen quittierte. »Aber wie jede Legende enthält auch diese einen wahren Kern.«

»Was ist an den *Freiras* eigentlich so ungewöhnlich?«

»Aha, Sie sind neugierig geworden«, antwortete er sichtlich erfreut. »Sie sind geheimnisvolle Vögel. Beispielsweise sind bisher weder ihre Ausbreitung noch ihre Jagdgründe komplett erforscht. Die *Freiras* verbringen ihr halbes Leben am Meer und sind dort von den Kollegen nur schwer vor die Linse zu bekommen. Außerdem sind sie unglaublich sensibel, ein Geräusch, ein Blitzlicht oder der Schein einer Taschenlampe genügt, um sie zu vertreiben. Deshalb müssen wir uns mit Nachtsichtgeräten begnügen. Unser Kampf wird obendrein von der Tatsache erschwert, dass die *Freiras* erst mit fünf oder sechs Jahren geschlechtsreif werden. Haben sie einen Partner gefunden, bleiben sie ihm bis ans Lebensende treu. Doch selbst im günstigsten Fall legen sie nur ein Ei pro Jahr.«

»Das ist für ihren Fortbestand aber ziemlich ungünstig.«

»So ist es. Aus dem Grund ist es für uns so wichtig, ihre Brut zu bewachen. Warten Sie, ich müsste noch ein paar Fotos von den Nesthöhlen des vergangenen Jahres gespeichert haben.« Filipe kramte seine Kamera aus dem Rucksack.

Ein sitzender Sturmvogel blickte Lisa durch das Display entgegen, als er ihr die Kamera reichte. Den hellgrau gemusterten Kopf hielt er zierlich gesenkt, als würde er lauschen. Durch die weißen Flecken am Kopf und auf der Brust wirkte das Vogelgesicht mit dem dunklen, gekrümmten Schnabel besonders ausdrucksstark. Der Blick aus den runden schwarzen Augen war aufmerksam in die Kamera gerichtet. Sie betrachtete das samtige Gefieder und spürte ihr Herz schneller schlagen. Die Vorstellung, dass diese Tiere in wenigen Jahren ausgestorben sein könnten, bestürzte sie. »Sie sind wunderschön! Man möchte … sie einfach nur beschützen.«

Filipe nickte. »Schauen Sie ruhig weiter.«

Die nächsten Fotos zeigten Höhleneingänge, sicher einen Meter tief, in denen brütende Sturmvögel im Halbdunkel zu erkennen waren. Auf einer weiteren Aufnahme lugte ein Küken mit noch recht dünnem gräulichen Gefieder und schräg gelegtem Kopf in die Kamera.

Lisa lächelte. »Ich … ich hoffe, Ihr Vorhaben gelingt und Sie können diese Vögel retten.«

Seine Augen suchten ihre. »Danke. Wie lange bleiben Sie noch auf Madeira?«

»Mein Urlaub endet in gut drei Wochen.«

»Dann haben Sie ja noch genügend Zeit.« Er klopfte sich einige Brotkrumen von der Hose. »Ich hoffe, Sie nutzen jeden einzelnen Tag.« Damit räumte er die Überbleibsel ihres Picknicks und die Kamera in seinen Rucksack zurück.

»Besteht vielleicht die Möglichkeit, die *Freiras* tagsüber zu beobachten?«, wagte sie sich vorsichtig vor.

Er betrachtete sie aufmerksam. »Das wäre durchaus möglich. Die Fahrt hinaus zu ihren Jagdgründen dauert allerdings gut drei Stunden. Eine Garantie, einen der Vögel zu Gesicht zu bekommen, gibt es aber nicht. Sind Sie denn seefest?«

»Ich denke schon.« Eine gewagte Antwort, dachte Lisa bei sich. Dabei hatte sie nie mehr als eine kurze Fahrt mit einer Fähre unternommen.

»Mit einem Motorsegelboot könnten wir eine Vogelbeobachtungstour zu den drei *Ilhas Desertas* im Süden der Insel machen. Allerdings darf man die ›verlassenen Inseln‹ sowie die Parkstation nicht ohne Genehmigung betreten, als Naturpark stehen sie unter Schutz.« Filipe zwinkerte ihr zu. »Aber ich werde mal mit meinem Kollegen sprechen, der diese und nächste Woche dort als Parkwächter eingeteilt ist. Wir kennen uns seit Jahren. Vielleicht haben Sie ja Glück, Senhora, und er stellt Ihnen eine Erlaubnis aus.«

»Das wäre wunderbar! Ich würde mich sehr freuen.« Lisa strahlte vor Begeisterung.

»Das sehe ich«, sagte er mit einem Schmunzeln. »Kommen Sie?«

Nacheinander traten sie aus der Höhle. Lockere Wolken verdeckten die Sonne, wodurch das Licht sanfter erschien. Schnell wandte Lisa den Blick von ihrem Begleiter ab. Ihr Beruf hatte sie gelehrt, Menschen binnen Kurzem einzuschätzen. Bei Filipe Carvalho waren Pro und Kontra auf ihrer inneren Sympathieskala bisher ausgeglichen. Auf jeden Fall war es sicher spannend, mehr über ihn zu erfahren.

Sie folgten dem Sandweg, der sich wie eine ockerfarbene Schlange bergauf wand. Wortlos schritten sie zwischen den gedämpften Farben nebeneinander her, ein jeder versunken in seine Gedanken. Die Schatten tanzten auf den zerklüfteten Felsen, der Wind trug den heiseren Schrei eines Greifvogels mit sich.

Mit einem Stock erkundete Filipe das Innere eines Felsvorsprungs, den sie kaum bemerkt hatte. Den Mund zu einer dünnen Linie verkniffen, legte er kurz darauf einen weiteren Kadaver in den Sack. »Es ist zum Verrücktwerden«, stieß er zwischen den Zähnen hervor. »Bis in die sechziger Jahre dachte man, die Madeira-Sturmvögel seien ausgestorben. Was war das für eine Sensation, als ein einfacher Schafhirte die Tiere oben am Pico wiederentdeckte. Leider mussten unsere Kollegen damals feststellen, dass die Ratten mit Vorliebe die Eier der Vögel fraßen. Daraufhin entschied man, gezielt Katzen einzusetzen, um die Nager zu bekämpfen.«

»Das ist Ihnen offensichtlich gelungen«, warf Lisa ein.

»Oh ja, ganz prächtig«, erklärte Filipe, und sie erschrak über seine Bitterkeit. »Nur hat uns die tolle Idee bald darauf eine Katzenplage beschert, da sich die Tiere rasant vermehrt haben. Wobei die Katzen nur eine Bedrohung von vielen für das Überleben der *Freiras* sind.« Über sein Gesicht huschten Schatten. »Mein ganzes Leben lang haben mich die Stubentiger begleitet. Schon als Kind habe ich ihre Schönheit und Unabhängigkeit bewundert, und jetzt muss ich sie bekämpfen. Ist das nicht kurios?«

»Und ob.« Nur mit Mühe widerstand sie dem Drang, ihn zu trösten. »Wie hoch schätzen Sie die Chancen der Vögel ein?«

Als er sich zu ihr umdrehte, waren die Schatten auf seiner Miene verschwunden. »Derzeit ist der Bestand konstant, wir haben in dieser Saison immerhin achtunddreißig Küken.«

»Die Natur lässt sich ohnehin nicht ins Handwerk pfuschen«, gab sie zu bedenken. »Manche Tierarten sterben aus, andere wandern aus fremden Ländern ein …«

»… und bedrohen die einheimischen Lebewesen«, ergänzte der Ranger düster und wechselte den Sack auf die andere Seite. »Mehrere Kollegen von mir sind Tag für Tag damit beschäftigt, invasive Pflanzen auszugraben. Neben Wunderbaum, Ahorn und Tabak gehören auch Fuchsien dazu, ebenso der Besenginster, der besonders gern in der Nähe der Nisthöhlen der *Freiras* wuchert und ihnen den Zugang versperrt.« Er lächelte entschuldigend. »Jetzt aber genug davon, ich will Sie nicht mit Details meiner Arbeit langweilen.«

»Das tun Sie nicht, im Gegenteil«, widersprach sie.

Filipe verfiel in brütendes Schweigen. Ob ganze

Mannschaften von Naturschützern ausreichten, um die *Freiras* vor dem Aussterben zu bewahren? Grübelnd kickte sie einen Stein fort.

Inzwischen waren sie ein ganzes Stück höher gewandert, die Vegetation wurde zunehmend karger und in ihrer Schönheit wilder.

»Wie ist es bei Ihnen, Senhora? Sind Sie glücklich mit Ihrem Beruf?«

»Ich mochte ihn sehr«, antwortete sie nach kurzem Zögern. »Als ich nach dem Studium den Job bei der *Berliner Glam* bekam, ging für mich ein Mädchentraum in Erfüllung. Schließlich durfte ich auf Redaktionskosten zu den angesagtesten Partys und in die vornehmsten Villengegenden der Welt reisen, um Leute zu beobachten und zu interviewen.«

»Wieso sprechen Sie dann in der Vergangenheit?«, hakte er sichtlich verdutzt nach.

Sie wich seinem Blick aus. »Mit Mitte, Ende zwanzig fand ich den Job bei der Modezeitschrift noch total aufregend. Mittlerweile ist er mir zu oberflächlich geworden. Deshalb habe ich vor meiner Abreise gekündigt.«

»Ich verstehe. Sie sind also auf Madeira, um Abstand zu gewinnen.«

Lisa blinzelte zu ihm hinüber. »Das stimmt. Wie kommen Sie darauf?«

Filipe grinste wie ein kleiner Junge, den man beim Naschen ertappt hatte. »Wenn Sie sich unbeobachtet fühlen, sehen Sie ein bisschen verloren aus.«

Der Himmel war azurblau, die Wolken hatten sich über den höchsten Berggipfeln verdichtet. Filipe musste nicht sehen, wie ihre Augen feucht wurden.

»Ach so. Ist das nicht logisch?« Sie versuchte sich an einem schelmischen Gesichtsausdruck. »Seit wir heute Morgen hier angekommen sind, ist uns nicht eine Menschenseele begegnet. Da kann man sich schon mal verloren fühlen, meinen Sie nicht auch?«

Im ersten Moment schien ihn ihre Antwort zu verwirren, doch dann lachte er, und die klaren, tiefen Töne, die ihm so unvermittelt über die Lippen kamen, fuhren wie ein Blitz durch ihren Körper. Lisa fiel in sein Lachen ein, und etwas, das ihre Seele seit langer Zeit umklammert hielt, löste sich mit einem Mal. Wie befreiend es war, mit jemandem zu lachen und zu sehen, wie die Maske der Unverbindlichkeit für einen Atemzug zwischen ihnen gelüftet wurde. Ihr Lachen hallte zwischen den Bergmassiven wider. Dann war der Augenblick der Nähe zwischen ihnen vorbei.

»Zwei Fallen muss ich noch kontrollieren. Danach habe ich Feierabend«, beendete er die angespannte Stille.

»Ich wüsste gern mehr über die Sturmvögel«, bekannte Lisa. »Ich finde sie total faszinierend.«

Er lächelte und reichte ihr die Hand. »Das freut mich. Ich heiße übrigens Filipe.«

»Lisa.« Sie schlug ein. Hektisch kramte sie in ihrem Rucksack herum und reichte ihm ihre Visitenkarte. »Rufst du mich an, sobald du mit deinem Kollegen gesprochen hast?«

»Klar. Komm mich doch einfach mal besuchen. Ich wohne in dem Holzhaus, das an den Wald grenzt, durch den wir heute Morgen gefahren sind. Es ist dir bestimmt aufgefallen.«

»Filipe, ich musste mich auf den Weg konzentrieren.«

»Wie auch immer. Zu Hause habe ich mehr als genug Dokumentationsmaterial über die Sturmvögel.«

Sie atmete hastig ein. Der Gedanke, mit ihm allein in seinem Haus zu sein, löste ein beunruhigendes Kribbeln in ihr aus. »Danke für das nette Angebot«, sagte sie möglichst beiläufig, »aber ich möchte dir keine Mühe machen.«

Er blieb ruckartig stehen und lehnte sich gegen einen Felsen, der aussah, als wäre er von einem Riesen glatt geschliffen worden. »Warum zweifelst du eigentlich an meinen Beweggründen?«

»Wie meinst du das?«

»Wenn du mir zu anstrengend wärst, würde ich es nicht tun. Warum bist du so misstrauisch?«

Vielleicht, weil ich dich kaum kenne. Oder weil es nicht wenige Menschen gibt, die mich freundlich anlächeln, obwohl ich ihnen ganz genau ansehe, dass sie es nicht ehrlich meinen, schoss es ihr durch den Kopf. Vielleicht aber auch, weil ich in einem Umfeld lebe, in dem Offenheit und klare Worte so selten zu finden sind wie Regen in der Wüste.

Filipe legte den Kopf schief. »Ich glaube, es liegt in deinem Wesen, alles in Frage zu stellen.«

Wie von einem Keulenschlag getroffen, stand Lisa da und hielt nur mit äußerster Willenskraft seiner Musterung stand. Erst als die erste Schrecksekunde vorüber war, löste sich ihre Starre. »Findest du es nicht ein wenig unverfroren, mich schon bei unserem dritten Treffen analysieren zu wollen?«

Sein Blick hielt ihren fest. »Das bist du nicht gewohnt, stimmt's? Vermutlich packen die Leute, mit denen du sonst zu tun hast, ihre Worte gern in blumige Kleider.« Er verzog das Gesicht. »Damit kann ich leider nicht dienen. Unser Leben hier in den Bergen ist hart, wir sind manchmal raubeinig und verlieren nur so viele Worte wie nötig. Dafür kann man jederzeit auf uns zählen.« Filipe stieß sich von der Felsenwand ab und machte Anstalten weiterzulaufen. »Aber du hast natürlich recht. Dein Leben geht mich überhaupt nichts an.«

Lisa starrte auf seinen breiten Rücken. »Wann hast du denn mal Zeit für einen Besuch?«

Er drehte sich zu ihr um. »Passt es dir morgen Nachmittag um vier?«

Lag ihm tatsächlich etwas an einer Verabredung? Sie forschte in seiner Miene, konnte jedoch beim besten Willen nicht ergründen, was in ihm vorging.

»Gern«, erwiderte sie eine Spur zu schnell und ärgerte sich im nächsten Moment, dass sie ihm ihre Freude über das unerwartete Angebot so deutlich gezeigt hatte.

Er lächelte nur.

Bald darauf hatte Filipe die letzte Falle inspiziert, und sie machten sich auf den Rückweg. Lisa hatte nicht geahnt, dass der Abstieg kraftraubender werden sollte als der Aufstieg, und kämpfte mit ihren schwindenden Kräften.

Ihre Waden rebellierten und schrien förmlich nach Ruhe, als sie endlich den Parkplatz erreichten. Filipe nahm ihre Hand in seine und hielt sie einen Moment länger fest als nötig. Seine Finger waren trotz ihrer Feingliedrigkeit stark – und unberingt, wie ihr auffiel.

»Ich freue mich schon auf morgen, Lisa«, sagte er und stand dabei so dicht vor ihr, dass ihr ganz mulmig wurde.

Sie entzog sich ihm. Hatte sie, wenn auch nur einen Wimpernschlag lang, Trauer und gleich darauf Hoffnung in seinen Augen aufblitzen sehen? Doch mit dem nächsten Atemzug war der Eindruck schon wieder verschwunden und ließ sie seltsam berührt zurück. Was für ein merkwürdiger Mann! Als sie schließlich die Kraft fand, einen Schritt zurückzutreten, spürte sie die Erschöpfung wie Blei in den Gliedern.

»Danke für den aufschlussreichen Tag, Filipe. Bis dann.«

Lisa drehte sich auf dem Absatz um, stieg wortlos in ihren Wagen und wartete, bis sich auch Filipes Jeep in Bewegung setzte. Doch sosehr sie auch versuchte, sich auf den Fahrtweg zu konzentrieren, ihre Gedanken wurden immer wieder von der hochgewachsenen Gestalt vor ihr angezogen.

Energisch rief sich Lisa aus den Betrachtungen zurück. Gerade noch rechtzeitig, denn sie passierten das Waldstück mit den engen Kurven. Sie fuhr das Fenster herunter. Ein ganz eigener Duft lag in der Luft, den sie tief inhalierte. Was war das nur? Es roch vertraut, trotzdem wusste sie es nicht einzuordnen. Da gab ihr Filipe ein Zeichen und fuhr in eine Einfahrt, die zu einem Holzhaus mit auffällig bunten Fenstern führte. Sie parkte direkt hinter ihm und stieg kurz aus.

»Das ist mein Zuhause, Lisa.« Er wies hinter sich.

Lisa blickte sich überrascht um. Abermals trug ein Windzug den unbekannten und dennoch vertrauten Duft zu ihr herüber. »Filipe, was ist das für ein Geruch?« Schließlich blieb sie vor einer größeren Anzahl silbrig grün schimmernder Pflanzen stehen. Eben war sie im Begriff, ein Blatt abzureißen, um daran zu schnuppern, als der Ranger sie am Arm festhielt.

»Tu es nicht, Lisa. Das ist Eukalyptus, er steht wie der gesamte Wald hier unter strengem Schutz.«

Eukalyptus … Das weckte Kindheitserinnerungen an Tage in ihr, an denen sie mit Husten im Bett gelegen hatte. Sie ließ die Hand sinken.

»Okay, tut mir leid. Das wusste ich nicht. Es ist schon spät, ich fahre jetzt zurück, bevor ich … noch mehr Blödsinn anrichte.«

Plötzlich stand er vor ihr und nahm ihr Gesicht in seine Hände. »Wenn du verlegen bist, hast du echt süße Grübchen. Ich mag sie.« Um seine Worte zu bekräftigen, strich er ihr sanft über die Wangen und hauchte ihr einen Kuss auf die Stirn. »Mach's gut.«

Damit drehte er sich um, ging ins Haus und ließ Lisa, die ihm wie vom Donner gerührt nachsah, verstört zurück.

KAPITEL 13

Was machte es schon, wenn sie den halben Tag im Bett blieb?

Am vergangenen Abend war Lisa früh schlafen gegangen, in der Hoffnung, die widersprüchlichen Eindrücke und Empfindungen des Tages zu verdrängen. Doch es war ihr nicht gelungen. Mit geschlossenen Lidern konzentrierte sie sich auf die Laute in der Umgebung. Aber da war nichts, außer dem sanften Rauschen des Windes, das durch das geöffnete Schlafzimmerfenster hereindrang. Stille konnte so laut sein.

Früher hatte sie es genossen, wenn im ganzen Haus nichts als ihre Atemzüge zu hören gewesen war. Süßes Nichtstun, ein willkommener Ausgleich für die Hektik des Alltags, den Lärm der Großstadt und den Zwang, stets für jeden erreichbar zu sein. Ein wunderbarer Zustand, denn in ihm wohnte die Gewissheit, dass Elda und sie sich spätestens am Abend wiedertrafen. Doch jetzt würde bald ein neues Kapitel in ihrem Leben beginnen. Zu der leisen Freude, eine Entscheidung gefällt zu haben, gesellte sich nun auch Angst, denn Lisa hatte noch nie allein gelebt.

Immerhin waren die Ohrgeräusche verschwunden. Warum war ihr das nicht schon vorher aufgefallen?

Sie waren zum Glück ebenso schnell verstummt, wie sie aufgetaucht waren.

Lisa starrte an die Zimmerdecke. Erinnerungen zogen an ihr vorüber. Die Oscar-Verleihung im letzten Jahr, die sie zusammen mit Jochen besucht hatte, um über den neuesten Klatsch zu berichten. Wie viele Kollegen, Regisseure und Stars hatte sie dort getroffen, die sie mit einem strahlenden Lächeln oder einer überschwänglichen Umarmung begrüßten. Wie viele Leute hatten ihr in den vergangenen Jahren das Gefühl gegeben, sie nicht nur als Journalistin zu schätzen. Lisa schnaubte verächtlich. In ihrer Branche sprachen sich Neuigkeiten wie Lauffeuer herum. Sie ging jede Wette ein, dass inzwischen jeder von ihrem Zusammenbruch und dem Krankenhausaufenthalt wusste. Trotzdem gab es niemanden außer Tim, der sich um sie sorgte. Die Menschen, mit denen sie zum Teil täglich zu tun gehabt hatte, waren nichts als flüchtige Bekanntschaften oder Geschäftspartner, die nur so lange ein liebenswürdiges Gesicht aufsetzten, wie sie sich Vorteile davon versprachen.

Lisa befeuchtete ihre trockenen Lippen. Zugegebenermaßen hatte es außer Elda und Tim niemanden gegeben, an dessen Freundschaft ihr je etwas gelegen hatte. Bis jetzt. Ausgerechnet hier auf Madeira war sie Hermigo und Filipe begegnet, die ihrem Herzen bereits so nah waren, dass der Gedanke, sie bald wieder verlassen zu müssen, Lisa mit Wehmut erfüllte. Filipes Berührung ging ihr nicht mehr aus dem Sinn. In seiner Geste hatte etwas Behutsames gelegen, eine Zärtlichkeit, die nichts mit Leidenschaft gemein hatte und die sie genau deshalb noch immer völlig aus dem Konzept brachte. Mit einem Seufzen schlüpfte sie aus dem Bett. Bevor sie zu Filipe aufbrechen musste, blieb ihr noch genügend Zeit, um dem alten Maler einen kleinen Besuch abzustatten.

War es wirklich möglich, dass Hermigos Augen strahlten, oder waren es nur die Sonnenstrahlen, die sich darin spiegelten?

Sein Lächeln war warm. »Meine junge Freundin. Darf ich Ihnen einen Tee anbieten? Habe gerade frisch aufgebrüht.«

»Ja, das ist eine gute Idee.«

Er schien zu lauschen. »Ein bisschen Sport würde Ihnen guttun, Lisa. Sie sind ja mächtig außer Atem.«

Ihre Wangen wurden heiß. »Stimmt. Ich bin wohl etwas zu schnell die Treppe hochgestiegen.«

Hermigo zwinkerte. »Immerhin tragen Sie heute vernünftige Schuhe.« Damit ging er mit seinem Stock ins Haus und kehrte mit Teegläsern und einem Töpfchen Kandis zurück. »Bitte bedienen Sie sich.«

Einträchtig saßen sie nebeneinander und tranken.

»Sie sind so still heute. Bedrückt Sie etwas?«, zerschnitt seine Stimme die friedvolle Stille zwischen ihnen.

»Nicht direkt. Mir gehen nur eine Menge Gedanken durch den Kopf.«

»Zum Beispiel?«

Filipes Gesicht tauchte wieder vor ihr auf, schon seit dem Erwachen musste sie immerzu an ihn denken. Lisa schob die Erinnerung an den vergangenen Tag energisch beiseite. »Zum Beispiel muss ich mir eine neue Bleibe und einen neuen Arbeitsplatz suchen, wenn ich zurück in Berlin bin.«

»Das tut mir leid. Was ist denn passiert?«

Wie auf ein lautloses Kommando spürte Lisa, dass ihr bei Hermigos Worten leichter ums Herz wurde. Zunächst stockend, dann zunehmend sicherer begann sie ihrem neuen Freund alles zu erzählen. Von den Jahren im Kinderheim, der Freundschaft zu Elda und ihrem Unfalltod. Von ihrem Job bei der *Berliner Glam* sowie den Ereignissen, die sie nach Serra de Água geführt hatten. »Die vielen Veränderungen machen mir Angst. Ich habe keine Ahnung, was ich mit meinem neuen Leben anfangen soll.«

»Mädchen, Mädchen«, Hermigo schnalzte mit der Zunge, »da hatten Sie die letzte Zeit wirklich eine Menge zu verkraften. Der Tod Ihrer Freundin muss ein großer Verlust für Sie sein. Zu Ihrer Kündigung kann ich Ihnen nur gratulieren. Wenn der Augenblick gekommen ist, an dem man Gefahr läuft, seine Würde zu verlieren, ist es Zeit für einen Wechsel.«

Lisa blickte sich in seinem Garten um, doch anders als sonst konnte die bunte Blütenpracht sie heute nicht aufheitern. Erst in diesem Moment wurde ihr bewusst, dass Hermigo ihre Hand ergriffen hatte und sie in stummem Verständnis drückte. Seine zarte Geste berührte einen Punkt in ihrem Inneren.

»Was würden Sie mir raten?«

Ein wissendes Lächeln vertiefte die Furchen auf seinem Gesicht. »Schau nach oben, Lisa«, wechselte er unvermittelt in die vertraute Anrede. »Der Himmel über dir stürzt nicht ein, egal, wie du dein Leben gestaltest. Heute, morgen, an jedem neuen Tag werden abends die Sterne und der Mond den Himmel erhellen, um am nächsten Morgen der Sonne ihren Platz zu überlassen. Wir alle haben die Wahl zwischen verschiedenen Wegen. Manche führen schnurgeradeaus, andere sind gewunden und uneinsehbar. Darüber hinaus gibt es noch jene Pfade, die du erst unterwegs entdeckst. Letztlich werden sie dich alle zu deinem dir vorbestimmten Ziel führen.«

Lisa schwirrte der Kopf. Seine Worte klangen wie die eines Philosophen, und sie konnte sich ihrer Eindrücklichkeit nicht entziehen.

»Was ich damit sagen will«, setzte Hermigo erneut an. »Es gibt kein Richtig oder Falsch. Jede Entscheidung zieht eine Konsequenz nach sich, mit der du zu leben hast. Aber sie alle geben dir die Chance zu lernen. Ein kluger Mann hat mal gesagt: Der schlimmste Tag in deinem Leben ist der beste, um etwas zu verändern.« Er rückte etwas näher. »Wenn ich dir einen Rat geben darf: Hör auf dein Herz. Der Verstand ist oft ein schlechter Ratgeber, er blendet gerne und animiert dich zu Vernunftentscheidungen, die dich letztlich nur unglücklich machen.«

»Danke, Hermigo.«

»Alles kommt zur rechten Zeit. Ich glaube, du brauchst eine Aufgabe, die dich erfüllt, der Rest findet sich. Gibt es noch mehr zu grübeln, Mädchen?«

»So einiges«, erklärte sie ausweichend. »Zum Beispiel ist mir eben bewusst geworden, wie schnell die Tage verfliegen. Deshalb hatte ich auch das Bedürfnis, Sie zu besuchen.«

»Du«, verbesserte er sie. »Mach mir die Freude, vergiss mein Alter und nenn mich beim Vornamen. Dass die Zeit viel zu schnell vergeht, ist eine wichtige Erkenntnis. Umso erfreulicher für mich, dass du mir ein wenig von deiner Zeit schenkst.« Er drehte den Kopf in ihre Richtung, und zum ersten Mal verunsicherte sie der Anblick seiner hellen, starren Augen nicht. »Wie war dein Ausflug mit Filipe?«

Auf Hermigos Kinn erkannte sie einige Bartstoppeln, die ihm das Aussehen eines in die Jahre gekommenen Piraten verliehen. Ein Lächeln schlich sich auf ihre Lippen, als sie sich an Filipes Verabschiedung erinnerte.

»Es war ein langer und interessanter Tag.«

»Oha, du warst also den ganzen Tag mit ihm unterwegs? Respekt!« Er beugte sich zu ihr hinüber. »Übrigens ist es mir gestern gelungen, mein neues Werk fast fertigzustellen.«

Lisa betrachtete die vom Alter gezeichneten Hände und danach seine Züge, auf denen eine stille Freude lag. Zu gern hätte sie einen Blick auf das Bild geworfen. Gezeichnet von einem Blinden. Für Jochen Gerlach und seine Josefine wäre diese Aussage sicher ein willkommener Anlass für eine mehrseitige Reportage. Allerdings nur, wenn es sonst keine aktuellen Sensationen zu vermelden gab. Wie erbärmlich!

»Möchtest du mein Bild sehen? Ich könnte nämlich deine Hilfe gebrauchen«, holte sie der Korbflechter in die Wirklichkeit zurück.

»Ja, liebend gern.«

»Dachte ich es mir doch.« Er hielt sich an ihr fest und erhob sich. »Kannst du bitte den Tisch vor uns hinstellen? Du findest ihn unter dem großen Akazienbaum. Ich hole derweil das Bild.«

»Klar.« Lisa blickte ihm verwundert nach.

Als Hermigo zurückkehrte, balancierte er geschickt mit einem Holzkasten, dessen Deckel sie sofort wiedererkannte. Es war das ungewöhnliche Teil, das sie an eine Käseglocke erinnerte.

Lisa schnappte nach Luft. Farbrückstände aller Schattierungen zierten den Kasten, die lange Zeit der Nutzung hatte den Griff blank poliert.

Sie zögerte. »Wie soll das funktionieren? Wie wählst du die passenden Farben aus?«

Grüblerisch kratzte er sich am Nacken. »Am besten siehst du mir einfach zu, dann wirst du es verstehen.«

Sie hob den Deckel.

»An den Seitenwänden sind kleine Scharniere angebracht«, erläuterte Hermigo. »Damit kannst du die Seiten zurückklappen. Ich habe mir die Vorrichtung bauen lassen, damit ich die frischen Farben nicht beschädige.«

Doch Lisa hörte kaum, was der alte Mann sagte, zu unbegreiflich, zu aufrührend war das, was sie vor sich sah.

»Tag am Meer«, vernahm sie wie aus weiter Ferne seine Stimme.

»Wie? Was?«

»Tag am Meer«, wiederholte Hermigo geduldig. »So habe ich das Bild genannt.«

Entgeistert starrte Lisa auf sein Werk und ließ den Anblick der sanften und zugleich fröhlichen Farben auf sich wirken. Der Großteil des Bildes war abstrakt gehalten, die Figuren hingegen wirkten erstaunlich realistisch. Am oberen Rand entdeckte sie einen Vogel, der auf sie zuzufliegen schien. Schützend spannte er die Flügel über zwei abgewandte Gestalten in Festtagskleidern, die auf einem Felsen saßen, unter ihnen das tosende Meer. Ein dünner Schleier bedeckte den Oberkörper der Frau bis zur Hüfte, der Mann trug einen ähnlichen Strohhut wie Filipe bei ihrer ersten Begegnung. Die beiden machten einen vertrauten Eindruck, obwohl sie einander nicht berührten, was vermutlich am leicht dem Mann zugeneigten Kopf der Frau lag. Sie sahen hinaus aufs Meer, und in ihrer Körperhaltung lag etwas Sehnsüchtiges, Verträumtes. Lisa fiel auf, dass Hermigo den Vogel ebenso wie den Schauplatz in kraftvollen Tönen gemalt hatte, während die beiden Figuren zart, ja beinahe durchscheinend wirkten.

Lisa war wie gebannt, denn das Bild war nicht einfach nur gezeichnet, wie sie sich das vorgestellt hatte. Es hatte mehrere sehr unterschiedliche Strukturen und musste aus ebenso vielen Materialien gefertigt sein.

»Siehst du«, unterbrach Hermigo ihre Überlegungen, »ich habe die Umrisse mit einem Grafitstift vorgezeichnet. Dadurch ist es mir möglich, auf dem Papier zuerst so etwas wie eine Skizze mit Struktur anzufertigen, die ich später ertasten kann. Ich teile das Bild in verschiedene Abschnitte ein, die ich dann nach und nach bearbeite.«

»Ich verstehe«, murmelte sie und konnte nur schwer an sich halten, nicht über das Bild zu streichen. »Hermigo, das ist … einfach fantastisch! Du erschaffst gerade ein kleines Kunstwerk. Es zu betrachten wird sein, wie auf eine Abenteuerreise zu gehen.«

»Das hast du schön ausgedrückt, Mädchen. Vor allem aber soll ein Bild entstehen, das von Sehenden und Blinden gleichermaßen *betrachtet* werden kann.«

Lisa konnte den Blick nicht von den beiden Figuren in der Bildmitte abwenden. »Sind die beiden echt? Ich meine, stellen sie reale Menschen dar, oder entspringen sie deiner Fantasie?«

Hermigo nahm eine steife Haltung ein. War ihm die Frage etwa unangenehm? »Wie man das Bild interpretieren möchte«, erwiderte er endlich, »bleibt selbstverständlich jedem selbst überlassen.«

»Natürlich«, antwortete sie mit einer Spur Ungeduld in der Stimme. »Aber das war nicht meine Frage, sondern: Ist das Paar für *dich* real oder nicht?«

Der Freund schwieg eine Weile und fuhr mit den Fingern die Ränder der Leinwand nach. »Das Paar ist real, oder sagen wir besser, es hat die beiden vor vielen Jahren gegeben. Sie sind eine Erinnerung.«

Betroffen starrte sie auf seine bebenden Lippen und wartete, doch Hermigo blieb stumm. »Der Mann auf dem Bild bist du, nicht wahr?«, begann sie vorsichtig. »Und die Frau neben dir scheint jemand zu sein, der dir nahesteht.«

»Willst du mir nun beim Malen helfen oder neugierige Fragen stellen?«

Erschreckt von seiner unwirschen Antwort, strich sie ihm entschuldigend über den Arm. Warum machte er aus seiner Vergangenheit ein solches Geheimnis? »Schon gut. Wie kann ich dir helfen?«

»Siehst du das aufgewühlte Meer im oberen Drittel?«, fragte er, und seine Stimme nahm wieder einen sanften Klang an.

»Ja.«

»Gut. Ich habe drei verschiedene Farbtöne verwendet. Beschreib mir bitte, wie sie aussehen. Sind sie gräulich, ähnlich wie Schiefer, blau wie die Blüten der Glockenblume und grünblau mit einem Grauschimmer?«

Lisa beugte sich tiefer über den Tisch. »Richtig, schiefergrau und grünblau, fast smaragdfarben. Aber der dritte Blauton sieht eher wie der von einer Hortensienblüte aus, mit einem Hauch von Flieder. Jedenfalls wirkt die Farbe im Sonnenlicht leicht violett.« Sie stellte sich auf die andere Tischseite. »Im Schatten hingegen sieht der Ton fast schon dunkelblau aus.«

Hermigo seufzte. »Die Farbe stimmt noch nicht. Trägst du mir den Kasten mit der Leinwand bitte zurück ins Haus?«

Lisa folgte ihm mit ihrer Fracht nach drinnen bis zu der Tür, die sich gegenüber vom Eingang befand, und staunte. Der Raum maß höchstens sieben Quadratmeter. Auf der linken Seite befand sich ein langer, schmaler Tisch, auf dem in Reih und Glied eine große Menge Behälter angebracht waren, alle mit demselben Umfang. Darin bewahrte Hermigo etliche Dosen auf, sorgfältig nach Farben sortiert. Zur Rechten Glasbehälter aller Größen, deren Inhalt Lisa aber kaum erkennen konnte. Davor lagen Pinsel, Spachteln, Holzstöckchen und vieles mehr. Sie stellte den Holzkasten auf den Tisch.

»Das hier sind meine Materialien und Werkzeuge«, erläuterte Hermigo. »Die Acrylfarbpalette beginnt links mit dem hellsten und endet rechts mit dem dunkelsten Ton.«

Beim genaueren Betrachten entdeckte Lisa, dass die Dosen unterschiedlich gekennzeichnet waren. Manche hatte der Maler mit Gummibändern umwickelt, anderen kleine Zeichen eingeritzt oder Symbole aufgeklebt.

»Wichtig ist, dass man die zugehörigen Deckel mit denselben Symbolen versieht«, erläuterte er. »Hast du eine Ahnung, wie schnell ich die einzelnen Dosen sonst falsch verschließen würde?«

Sie warf ihm einen schnellen Seitenblick zu. »Das glaube ich dir gern.« Ihre Bewunderung für den alten Mann wuchs von Tag zu Tag. Niemals hatte sie auch nur einen einzigen Gedanken daran verschwendet, wie ein blinder Mensch seinen Alltag bewältigte oder welche Hilfsmittel er dafür benötigte. In diesem Moment stellte sie fest, dass es noch weitaus komplizierter war als gedacht. Verwirrung machte sich in ihr breit. »Wenn du neue Farben bekommst, haben die ja noch gar keine Kennzeichnung?«

»Genau, Lisa. Dann brauche ich die Hilfe eines Sehenden.«

»Was, wenn du doch mal zwei Farben miteinander vertauschst?«

Hermigo wies zum Tisch. »Das passiert leider trotz aller Vorsicht hin und wieder. Früher habe ich mich dann immer fürchterlich geärgert. Aber weißt du was? Manchmal werden meine Bilder dadurch interessanter, das sagt zumindest Filipe. Öffne bitte mal ein paar Dosen, Lisa.«

Sie gehorchte und traute ihren Augen kaum. »Da sind ja kleine Steine in der hellgelben Farbe!«

»Schmuckperlen«, korrigierte er sie sanft.

Voller Verblüffung entdeckte sie in dem strahlenden Rot einige dünne Bänder und in dem dunkleren Ton etwas dickere.

»Im Grasgrün wirst du Kiesel mittlerer Körnung finden und im Kobaltblau kleine Muscheln«, fuhr Hermigo fort. »Während ich die Farbe auftrage, kann ich die Beigaben zwar nicht ertasten, wohl aber, wenn sie getrocknet ist.«

»Ja, aber ist es dann nicht bereits zu spät?«

»Nein, Acryl lässt sich problemlos mit einem Spachtel wieder von der Leinwand kratzen. Oder ich trage einfach eine weitere Farbschicht auf. So wie jetzt.« Er tastete sich über die Dosenreihe. »Gelbgrau, das enthält grobe Sandkörner und ist mit GeGr gekennzeichnet. Das hier ist Steingrau, StGr, mit einem kreisrunden Punkt.«

»Ich bin beeindruckt, Hermigo«, stieß sie hervor. »Was hast du denn der steingrauen Farbe beigefügt?«

»Teilchen, die aussehen wie kleine Quadrate. Ich finde, die passen gut zu dem Farbton.« Er blickte in ihre Richtung.

Kurz darauf beobachtete Lisa, wie er sich anschickte, mit einem kleinen Stöckchen die Farbe nach seinen Wünschen zu verändern.

»Ich suche die Stellen, an denen sich das Licht in den brechenden Wellen fängt. Wo genau muss ich ansetzen, Mädchen? Hier ungefähr?«

»Ein wenig tiefer und einen halben Zentimeter weiter nach rechts.« Lisa führte ihm die Hand und verfolgte fasziniert, wie das Bild durch die veränderte Farbgebung an Dramatik gewann. Zum Schluss strich Hermigo noch einmal mit den bloßen Fingern über die frischen Farbkleckse, um sie mit der Schicht darunter zu verbinden.

»Jetzt müssten die Farben stimmen«, brummte er und wischte sich die Hände an einem Tuch ab. »Was sagst du dazu?«

Für einen Sehenden ist sein Werk ganz sicher nicht perfekt, dachte Lisa. Betrachter könnten einwenden, der Vogelkopf sei im Vergleich zum Körper etwas zu groß geraten. Sie könnten zu bedenken geben, dass der Himmel zu wolkenlos für einen derart aufgewühlten Ozean sei. Auch wirkten die Übergänge der verschiedenen Oberflächenstrukturen an manchen Stellen etwas zu abrupt. Doch wem ein Herz in der Brust schlug, wer dieses Bild mit allen Sinnen wahrnahm, der musste von denselben Gefühlen überwältigt werden wie sie. Die Farben leuchteten, die unterschiedlich dicken Oberflächen verliehen dem Werk Tiefe. Und das Paar im Mittelpunkt der Szene strahlte eine Zartheit aus, die Lisa tief berührte.

»Es ist wundervoll, Hermigo«, antwortete Lisa endlich mit belegter Stimme.

Über sein Gesicht huschte ein Strahlen. »Dann ist es gut, wie es ist.« Er tastete nach dem Deckel und schloss die Kiste mit Lisas Hilfe wieder. »Hast du noch Zeit, mir beim Arbeiten ein bisschen Gesellschaft zu leisten? Das Wetter ist heute so schön, wir könnten es uns unter dem Akazienbaum gemütlich machen.«

Lisa warf einen Blick auf die Uhr und erschrak. »Das würde ich liebend gern, aber ich bin nachher noch mit Filipe verabredet. Die *Freiras* haben es mir angetan, ich will unbedingt mehr über sie erfahren. Dein Freund hat angeboten, mir Filme über seine Arbeit zu zeigen.«

Hermigos Miene nahm einen verblüfften Ausdruck an. »Oh ja, das solltest du dir keinesfalls entgehen lassen. Dann beeil dich mal, Lisa.« Er stellte sich auf die Zehenspitzen, um sie aufs Haar zu küssen. »Einen schönen Nachmittag. Richte Filipe bitte Grüße von mir aus.«

»Das mache ich. Danke, dass ich dein Bild sehen durfte.«

KAPITEL 14

Unschlüssig stand Lisa wenig später vor dem geöffneten Kleiderschrank. Schließlich entschied sie sich für das wadenlange Blümchenkleid im Hippie-Look, das sie in einem Second-Hand-Laden in New York erstanden hatte, und ein Paar Sandalen. Das lange Haar steckte sie hoch, und nach einem letzten prüfenden Blick in den Spiegel machte sie sich auf den Weg zu dem Haus am Waldrand.

Vor Filipes Tür wurden ihre Handflächen feucht.

»Hallo, Lisa.«

Für einen kurzen Moment weiteten sich seine Augen, als er an ihr herabsah, doch dann empfing er sie mit gewohnter Lässigkeit. Er trug Jeans, die er bis zu den Waden hochgekrempelt hatte, und ein eng anliegendes schwarzes Shirt, das seine Figur gut zur Geltung brachte.

»Komm rein. Fühl dich bitte wie zu Hause.«

Der Ranger gab den Weg zu einem offenen, mit hellem Holz getäfelten Wohnraum frei, dessen Mittelpunkt ein Klavier darstellte. Ein aufgeschlagenes Notenbuch war in einer Halterung befestigt.

»Du spielst Klavier?« Nichts hätte Lisa mehr überraschen können, als sich den durchtrainierten Madeirer mit Arbeitshose und Strohhut am Piano vorzustellen.

»Ja, seit meiner Jugend. Leider bleibt mir nur selten Zeit dafür«, erklärte er. »Nimm Platz. Kann ich dir etwas anbieten? Saft, *chinesa?«*

»Ein *chinesa* wäre toll, danke.«

Lisa blickte sich im Wohnzimmer um, in dem ein liebenswürdiges Chaos herrschte, und setzte sich in einen gemütlich aussehenden Sessel. Neben dem Tisch stapelten sich wissenschaftliche Zeitungen neben Autozeitschriften, und die Pflanzen auf der Fensterbank ließen die Blätter traurig hängen. Der Raum erinnerte sie an ihre frühere Studentenbude, was ihr ein Grinsen entlockte. Nebenan hörte sie Filipe hantieren.

»Was spielst du eigentlich?«, fragte sie ihn, nachdem er sich ihr gegenüber aufs Sofa gesetzt hatte.

»Was glaubst du denn so?«

»Keine Ahnung. Jazz?«

Er kreuzte die Beine. »Ganz falsch, ich kann Jazz überhaupt nichts abgewinnen. Am liebsten spiele ich Chopin und Schubert.«

Lisa nippte an ihrem Milchkaffee und betrachtete ihn aus halb gesenkten Lidern. Erstaunlich, was sich hinter der Fassade eines Naturburschen so alles verbergen konnte.

»Meine Kollegen und ich dokumentieren all unsere Kontrollgänge. Wenn du möchtest, zeige ich dir ein paar Videos vom letzten Jahr.«

»Wunderbar.«

Im Laufe der nächsten Stunde wurde Lisa überdeutlich bewusst, mit welchen Widrigkeiten es die Wissenschaftler hier auf Madeira bei ihrer täglichen Arbeit zu tun bekamen. Da die Sturmvögel ihre Nester hoch in den Bergen bauten, reichte oft ein heftiger Regenschauer, um den Boden weich und rutschig werden zu lassen, wodurch die kunstvollen Bauten oftmals zerstört wurden.

»Vergangenes Jahr war es besonders schlimm«, kommentierte Filipe eines der Videos. »Da hatten wir ausgerechnet im April extrem viel Regen. Das ist der Monat, in dem wir die Brutplätze kontrollieren und reparieren müssen. Mein Kollege Pablo und ich haben auf dem weichen Boden keinen Halt gefunden und wären beinahe gegen einen Felsen geprallt.«

Lisa vermochte ihm nicht zu antworten, sondern starrte völlig fasziniert auf den Bildschirm. Offensichtlich trugen die Ranger Infrarotkameras an der Stirn, denn es war zu sehen, wie jemand in eine der Nisthöhlen hineinleuchtete. Das Heulen des Windes und das Klackern der Kletterausrüstung waren zu hören, für Bruchteile von Sekunden erhaschte sie den Blick auf einen gähnenden, mehrere hundert Meter tiefen Abgrund. Lisa verfolgte gebannt, wie sich der Ranger an dem steilen Basaltfelsen abzuseilen versuchte. Dann ertönte Filipes Stimme, der laut fluchte, weil der Zugang zum Nest aufgrund der Erosion mit Steinen und Wurzelwerk versperrt war. Gleich darauf beobachtete Lisa, wie er den Unrat in mühsamer Kleinarbeit entfernte. Als der Höhleneingang wieder frei lag, leuchtete Filipe tief in den dunklen Schlund hinein. »Alles klar, zieh mich wieder hoch, Pablo«, sagte er keuchend.

Gefesselt von den schwindelerregenden Bildern, zitterte ihre Stimme leicht, als sie fragte: »Was macht ihr, wenn einige der Nistplätze nicht mehr zu reparieren sind, Filipe? Bauen die Sturmvögel dann neue?«

»Das kommt ganz darauf an, Lisa. Wenn die *Freiras* spüren, dass der richtige Zeitpunkt für die Eiablage gekommen ist und sie keine geeignete Bruthöhle finden, verlassen sie ihren angestammten Platz am Pico. Das müssen wir auf jeden Fall verhindern, deshalb legen wir rechtzeitig künstliche Nisthöhlen für sie an.«

Sie nickte und schwieg. Am Ende der Dokumentation folgte ein sachlich gesprochener Bericht, in dem die Ergebnisse der Beobachtungen, die Fundorte der Nisthöhlen und deren Beschaffenheit zusammengefasst wurden. Als vor allem Zahlen und Statistiken folgten, schweifte Lisas Aufmerksamkeit ab. Filipe hatte sich zurückgelehnt und schien völlig versunken. Seine Brille war ihm auf die Nasenspitze gerutscht, zwischen den dunklen Augenbrauen hatte sich eine schmale Falte gegraben, die ihm wieder den typischen sorgenvollen Ausdruck verlieh, den sie bereits mehrfach an ihm beobachtet hatte. Und doch umgab ihn etwas Weiches, wenn er sich so wie in diesem Moment auf seine Schützlinge konzentrierte.

Wenn du verlegen bist, hast du echt süße Grübchen. Ich mag sie, hatte er gesagt und ihr Gesicht in seine Hände genommen. Lisas Finger prickelten, und sie befeuchtete ihre trockenen Lippen. Was wäre, wenn sie die Distanz zwischen ihnen einfach überwand, wenn sie ihrem Impuls folgte und sich zu ihm setzte? Würde Filipe von ihr abrücken oder es aus Höflichkeit zulassen? Lisa konnte sich nicht daran erinnern, wann sie zum letzten Mal ein derart tiefes Bedürfnis danach empfunden hatte, einem Menschen nahe zu sein. Nur still neben ihm verharren wollte sie, seinen

Erklärungen lauschen – und ab und zu einen verstohlenen Blick in seine ungewöhnlichen Augen werfen. Nicht mehr allein sein. Tränen stiegen in ihr hoch. Sie schluckte sie schnell hinunter. Was bin ich nur für eine sentimentale Närrin!, schalt sie sich und atmete tief durch.

»Alles okay, Lisa?«

Filipe stand plötzlich vor ihr. Langsam hob sie den Kopf und hielt seinem eindringlichen Blick stand.

»Alles klar«, stammelte sie. »Ich war wohl in Gedanken.«

»Allerdings«, erwiderte er belustigt. »Du hast jetzt alles gesehen, was ich an Material zu Hause habe.«

»Danke, die Informationen reichen mir für den Anfang«, antwortete sie, ohne ihn anzusehen. »Die Sturmvögel berühren mich, weißt du? Sie sind … so frei, entziehen sich weitgehend unserem Einfluss und stehen dabei so kurz vor der Ausrottung. Ich bewundere sie für ihre Unabhängigkeit.« Lisa erhob sich und strich ihr Kleid glatt.

Ein schwacher männlicher Duft umwehte sie, und blitzartig wurde ihr bewusst, dass sie kaum zwanzig Zentimeter voneinander trennten.

»Ich danke dir für die interessanten Stunden. Sag mir bitte Bescheid, wenn sich dein Kollege …«

»Warte.« Er senkte seine Augen in ihre.

Lisa traute sich kaum zu atmen. Es schien Ewigkeiten her zu sein, seit sie einem Mann so nahe gewesen war. Könnte sie doch nur für immer in diesem Blick versinken, dessen Wärme sie in einen schützenden Umhang hüllte, ohne Fragen oder Zweifel. Aber was war schon für immer?

»Hast du schon gegessen?«, fragte er direkt. »Ich könnte uns was kochen. Magst du Penne all'arrabbiata?«

»Zu Frage eins: Nein, habe ich nicht. Zu Nummer zwei: Ja, die mag ich sehr. Aber nur, wenn ich dir helfen darf.«

Wortlos zog er sie mit sich in die kleine Küche. Lisa deckte den Tisch und beobachtete, wie er mit routinierten Bewegungen eine Chilischote, Zwiebeln und Speck klein schnitt.

Bald darauf saßen sie sich gegenüber, und Lisa leckte sich genießerisch etwas Tomatensoße von den Lippen. »Von wem hast du kochen gelernt, Filipe?«

Der Ranger machte einen zerknirschten Eindruck. »In Wahrheit sind Nudeln mit Soße das Einzige, was ich zubereiten kann. Na ja, bis auf Tortillas vielleicht.«

Er zwinkerte und stand auf, um ihnen etwas zu trinken zu besorgen, und Lisa ließ den Blick durch die Küche schweifen. Wie magisch angezogen blieb er an einem Bild hängen, das die Wand zu ihrer Rechten dominierte. Es hing über einem Sideboard und war in allerlei Braun- und Gelbtönen gehalten. Beim genaueren Betrachten entdeckte sie einige strahlend weiße Flecken im oberen Drittel. Lisa trat näher, und augenblicklich wusste sie, wer es erschaffen hatte. Hermigo war der Einzige, den sie kannte, der imstande war, mehrdimensional zu malen. Ihr Herz wurde weit, als sie das Werk auf sich wirken ließ. Es stellte drei Sturmvögel dar, die über eine Berglandschaft flogen, in der vereinzelt gelb blühende Büsche einen farblichen Akzent setzten.

Filipe reichte ihr eine Flasche Bier. »Hermigo hat es mir vor ein paar Jahren geschenkt. Hat er dir erzählt, dass er malt?«

»Ja, wir haben uns darüber unterhalten. Heute Vormittag hat er mir sein neuestes Bild gezeigt. Er ist ein wahrer Künstler. Weißt du, was mich am meisten beeindruckt? Von Weitem sieht es lediglich wie ein abstraktes Gemälde aus, doch wenn man sich nähert, tritt das eigentliche Motiv zutage.« Andächtig strich sie über die raue Oberfläche. »Hermigo könnte mit seinen Werken eine Menge Geld verdienen. Ich bin sicher, dass der eine oder andere Galerist die Bilder mit Kusshand nehmen und ausstellen würde.«

Filipe trank einen Schluck, ohne sie dabei aus den Augen zu lassen. »Das sehe ich ebenso. Manchmal verschenkt er eins, aber verkaufen will er sie nicht, obwohl er mit dem Erlös endlich sein Haus instand setzen könnte. Ich habe immer mal wieder versucht, auf ihn einzuwirken, bin jedoch jedes Mal auf taube Ohren gestoßen.«

»Ich verstehe ihn«, wandte sie nachdenklich ein. »In den Bildern steckt viel von ihm selbst. Sie bieten ihm eine Möglichkeit, sich auszudrücken, und wenn er sie weggibt, ist es für ihn vermutlich, als ob er seine Empfindungen einem Fremden preisgibt.«

Filipe hielt in der Bewegung inne. Seine Augen schienen sich zu verdunkeln. »Ihr zwei kommt mir manchmal vor wie verwandte Seelen. Ihr versteht euch auch ohne viele Worte, stimmt's?« Er rückte etwas von ihr ab, drehte sich von ihr weg, um das Bild an der Wand eingehend zu betrachten. Was Lisa eigenartig fand, immerhin besaß er es seit Längerem.

»Hast du Hermigos neuestes Werk auch schon gesehen?«, fragte sie.

»Nein, als er es mir gezeigt hat, war er noch ganz am Anfang und hat an den Figuren gearbeitet.«

Warum ging Filipe plötzlich auf Distanz und wich ihr aus? Der Gedanke löste ein schmerzhaftes Ziehen in ihr aus. Dabei erschien ihr sein Verhalten angesichts der Situation nur klug zu sein.

Mühsam nahm Lisa den Gesprächsfaden wieder auf. »Ich glaube, Hermigo hat auf dem neuesten Bild die Erinnerung an seine Frau Dores festgehalten.« Sie beschrieb ihm kurz das Motiv und fügte hinzu: »Als ich ihm sagte, dass die beiden Figuren in der Mitte sehr vertraut wirken, wurde er ziemlich ungehalten.«

Der Ranger drehte sich zu ihr um und nickte gedankenversunken. »Das kenne ich. Dieses Thema behagt ihm ganz und gar nicht.«

Lisa legte den Kopf schief. »Hast du jemals ein Foto oder ein anderes Andenken an Dores bei Hermigo gesehen?«

Da war sie wieder, die schmale, steile Falte zwischen seinen Augenbrauen. »Wenn ich so drüber nachdenke – nein. Wobei ich auch nie besonders darauf geachtet habe.«

»Findest du das nicht irgendwie komisch?«

Sanft umfasste er ihre Schultern. »Nein, Lisa. Weil ich es verstehe und akzeptiere, wenn Hermigo nicht an diese Zeit erinnert werden möchte.« Sein Griff wurde fester. »Er liebt sein Leben in der freien Natur und hat seinen Frieden gefunden. Warum rüttelst du an Ereignissen, die seit Jahrzehnten der Vergangenheit angehören?«

Aufmerksam forschte sie in seinen Zügen. Auf den ersten Blick konnte sie keine Veränderung feststellen. Dennoch kam es ihr vor, als ob jene Nähe, die sie gerade noch füreinander empfunden hatten, auf einmal wie weggeblasen wäre. Lag es an seiner Haltung oder seinem sachlichen Tonfall? Ganz deutlich spürte sie, wie er sich innerlich von ihr zurückzog.

»Weil er mich interessiert, weil er genauso ist, wie ich mir meinen Vater immer vorgestellt habe. Das ist alles.«

Er ließ sie los. »Was denkst du dir eigentlich? Du tauchst hier auf und mischst dich in Privatangelegenheiten ein, die dich nichts angehen. Bring doch erst mal dein eigenes Leben in Ordnung!«

Für einen winzigen Moment hörte die Welt auf, sich für sie zu drehen. Jedes einzelne Wort traf sie bis ins Mark. »So … so siehst du mich also?«, stieß sie heiser hervor. Er konnte nicht ernsthaft meinen, was er ihr da vorwarf.

Filipes Brauen zogen sich wieder zu einer schmalen Linie zusammen. Seine Züge verloren jede Weichheit. »Sag endlich die Wahrheit!« Seine Stimme klang schneidend. »Kann es sein, dass du hier doch nur auf der Jagd nach guten Storys bist? Dass du Hermigos und meine Freundschaft für deine Zwecke nutzen willst? Oder brauchst du Ablenkung von deinen eigenen Problemen?«

Lisa spürte, wie ihr jeder Blutstropfen aus dem Kopf wich. »Nein, natürlich nicht! Was soll das, Filipe? Du denkst, ich nutze euch aus?« Mist, mussten ausgerechnet in diesem Moment ihre Augen feucht werden?

»Wundert es dich, dass ich diesen Eindruck gewinne? Jeder Mensch hat ein Recht auf seine Geheimnisse. Oder spricht aus dir die sensationshungrige Journalistin?«

Fassungslos starrte sie ihm ins Gesicht. Wie konnte dieser Mann, der gerade noch Wärme ausgestrahlt hatte und bei dem sie sich so wohlgefühlt hatte wie bisher bei keinem anderen, von jetzt auf gleich mit ein paar Worten alles zwischen ihnen zerstören, was eben im Entstehen begriffen war? Verzweifelt um Haltung bemüht, streckte sie den Rücken durch. »Wenn du meinst, Filipe. Denk, was du willst!«

Den Kopf hoch erhoben, stürmte sie an ihm vorbei ins Wohnzimmer und griff nach ihrer Handtasche, die sie aufs Sofa gelegt hatte. Hoffentlich bemerkte er nicht, wie sehr ihre Hände zitterten.

»Ich will deine kostbare Zeit nicht länger in Anspruch nehmen. Vielen Dank und alles Gute.« Damit wirbelte sie herum und ging. Das Herz klopfte ihr bis zum Hals, doch sie blickte sich nicht mehr um.

Aus den Augenwinkeln sah sie, wie Filipe ihr zum Ausgang folgte.

»Nun warte doch, Lisa!«, rief er ihr hinterher.

Den Rest nahm sie nur noch wie durch Watte wahr, während sie tränenblind sein Haus verließ.

KAPITEL 15

Filipe hatte sie tiefer verletzt, als sie es für möglich gehalten hatte, gestand sich Lisa irgendwann in der Nacht ein. Sie hatte bisher kein Auge zugetan, sich nur von einer Seite auf die andere gewälzt. Am meisten ärgerte sie sich über sich selbst. Sie hätte sich gar nicht erst auf ein Treffen mit ihm einlassen dürfen. Filipe war zu interessant, zu attraktiv und sie viel zu einsam, um der Versuchung widerstehen zu können, ihm tief in seine ausdrucksvollen Augen zu sehen. Zu tief offensichtlich.

Am nächsten Tag ging es ihr kaum besser. Beim Frühstück brachte sie keinen Bissen hinunter, und alle Versuche, sich irgendwie abzulenken, scheiterten. Von einer unerklärlichen Unruhe getrieben wanderte sie durch die Wohnung. Sie musste raus, irgendwohin.

Vor der Haustür entdeckte Lisa ihre Vermieterin im Garten, neben sich eine Schubkarre mit Unkraut.

Die junge Frau hob den Kopf, blinzelte in die Mittagssonne und erkundigte sich, ob Lisa etwas brauche.

»Danke, nein. Aber haben Sie vielleicht einen Tipp für mich, wo ich einen so schönen Tag wie diesen verbringen kann?«

»Ah, und ob ich den habe.« Die Vermieterin wischte sich den Schweiß von der Stirn und entblößte eine Reihe ebenmäßiger Zähne. »Allerdings müssen Sie etwa eine Stunde Fahrtzeit einkalkulieren.«

»Das macht nichts. Ich habe sonst nichts vor.«

»Haben Sie eine Straßenkarte?«

»Ja, natürlich. Kommen Sie bitte herein.«

In der Küche breitete Elvira Gomes die Straßenkarte vor ihnen aus. »Schauen Sie, Senhora Freiberg.« Sie wies auf die Nordspitze der Insel. »In Porto Moniz gibt es Meeresschwimmbecken, unsere *piscinas naturals*. Wenn Sie in die Stadt hineinfahren, können Sie sie gar nicht verfehlen. Jetzt in der Ferienzeit gehen wir dort oft mit den Kindern baden. Die *piscinas* werden Ihnen gefallen. Sie können übrigens zwischen zwei Routen wählen. Die eine, die etwas schwierigere, führt durch die Berge, aber dafür ist die Aussicht wirklich spektakulär.« Elvira Gomes zeigte auf die Strecke, die sich quer durchs Landesinnere schlängelte.

Die Vorstellung, derart viele Serpentinen zu bewältigen, löste Unbehagen in Lisa aus. »Danke, aber ich denke, für den Anfang nehme ich lieber die leichtere Route.«

»Verständlich.« Die Vermieterin kennzeichnete ihr den Weg auf der Karte und wünschte ihr viel Vergnügen.

Wenig später brach Lisa auf. Am Ortsausgang von Serra de Água folgte sie dem Wegweiser in Richtung São Vicente. Ein mehr als drei Kilometer langer Tunnel kürzte die mühsame Fahrt über die Serpentinen ab. Porto Moniz war tatsächlich gut ausgeschildert. Während sie an verschwiegenen Ortschaften vorbeifuhr, die wirkten, als wären sie einem früheren Jahrhundert entsprungen, huschten die Gesichter von Filipe und Hermigo immer wieder durch ihren Geist.

Bald darauf erreichte sie die kleine Stadt im Norden. Es war nicht nötig, nach dem Weg zum Meer zu fragen, sie brauchte lediglich seinen tiefen, grollenden Tönen zu folgen.

»Seien Sie vorsichtig, Senhora«, ermahnte sie die Kassiererin ernst und reichte ihr die Eintrittskarte. »Die See ist heute ziemlich rau, der Wind treibt die Wellen sehr weit ins Land.«

Lisa versprach, achtsam zu sein, und fand sich kurz darauf vor mehreren von der Natur geformten Becken wieder, die von kantigen Felsbrocken eingerahmt wurden. Dazwischen waren von liebevoller Hand Rondelle errichtet worden, die als Liegeflächen dienten. Die Wolken zogen mit großer Geschwindigkeit über den Himmel, was Lisa gemeinsam mit dem donnernden Meeresrauschen einen wohligen Schauer über den Rücken laufen ließ. Schon immer hatte ihr Herz höher geschlagen, wenn sie Zeugin wurde, wie Naturgewalten ihre einzigartige und zugleich oft gefährliche Macht eindrücklich demonstrierten. Vom offenen Meer her türmten sich Wellen auf, um kurz darauf schäumend am Ufer zu brechen. Ein paar jugendliche Badegäste, die sich nahe der Schutzmauer aufhielten, kreischten vor Vergnügen, während die älteren es vorzogen, in sicherem Abstand ihre Runden zu drehen. Die Luft trug feine Wassertröpfchen mit sich, sie benetzten Lisas Haut, ihre Haare.

Hingerissen suchte sie sich einen Liegeplatz, von dem aus sie das wiederkehrende Spiel von Wind und

Wellen gut verfolgen konnte. Sie schoss eine Reihe von Fotos, danach lag sie mit geschlossenen Lidern da und lauschte. Der Atlantik war kein sanfter Ozean, dessen Laute gestressten Menschen Erholung schenkten. Mehr noch, beinahe kam es ihr vor, als würde er ihre eigene Stimmung widerspiegeln. Aufgewühlt, grollend.

Lag Filipe mit seiner Andeutung etwa richtig? Wollte sie sich mit ihrer Neugier tatsächlich nur von ihren eigenen Problemen ablenken?

Lisa stützte den Kopf auf die Arme und betrachtete das Naturschauspiel. Zugegeben, es war nicht besonders ladylike gewesen, Filipe im Streit stehen zu lassen und das Weite zu suchen. Wobei seine Art, ihr unverblümt seine Meinung an den Kopf zu werfen, ebenso wenig zu einem guten Verhältnis beitrug.

Nachdenklich geworden genoss sie den kühlenden Wind auf ihrer Haut. Wenn es ihr gelang, das Berliner Penthouse zu einem guten Preis zu verkaufen, konnte sie ein paar Monate überbrücken. Um jedoch ein zufriedenes und erfülltes Leben zu führen, brauchte sie einen Job, der ihr Spaß machte.

Als Lisa mit einem letzten bedauernden Blick auf die Badebuchten von Porto Moniz aufbrach, fühlte sie sich gestärkt von Sonne und Wind. Kurzerhand beschloss sie, noch nach Funchal zu fahren, um einige Fotos ausdrucken zu lassen. Erst auf Papier würde sie beurteilen können, ob die Bilder jene Wirkung erzielten, die sie beabsichtigte.

Auf dem Rückweg summte Lisa zufrieden vor sich hin, während sie sich durch den Verkehr schlängelte. Dann lag das Tal von Serra de Água vor ihr. Kiosk und

Imbiss hatten geöffnet, und sie verlangsamte ihr Tempo, als sie vorbeifuhr. Zu ihrer Verwunderung gab die weit geöffnete Imbisstür den Blick auf einen Hinterhof frei, in dem mehrere Tische zum Verweilen einluden. Von dem blumenumrankten Anblick verzaubert, stellte Lisa den Wagen ab und trat ein.

»*Olá*, wie schön, dich zu sehen«, begrüßte Mariana sie fröhlich. »Heute Nachmittag ist es bei uns wie ausgestorben. Möchtest du dich vielleicht in den Garten setzen? Wir haben ihn renoviert, er ist gerade fertig geworden.« Mit einer einladenden Geste wies sie nach draußen. »Du hast ihn ganz für dich, wenn du magst.«

»Gern.« Bewundernd betrachtete Lisa die von blühenden Kletterpflanzen bewachsene Mauer. Sie entdeckte rankende Passionsblumen mit prächtigen rosafarbenen Blüten. An den sonnenverwöhnten Stellen reiften bereits die Früchte. Außerdem Madeira-Jasmin, bei dem sich die ersten Knospen öffneten. Eine Wand war über und über mit Blauregen umwuchert.

»Es ist zauberhaft hier, Mariana«, sagte sie begeistert und nahm an einem im Halbschatten liegenden Tisch nahe der Tür Platz.

Die Wirtin lächelte. »Freut mich, dass es dir gefällt. Was darf ich dir bringen? Heute gibt es verschiedene hausgemachte Tortillas.«

»Das hört sich toll an.« Lisa bestellte die Variante mit Käse und Schinken und dazu ein Mineralwasser.

Nachdem Mariana ihr das Getränk gebracht und sich wieder zurückgezogen hatte, begutachtete Lisa aufmerksam ihre Fotos. Einige wirkten im größeren Format völlig anders, reizvolle Details wurden erkennbar. Vielleicht sollte sie tatsächlich ein paar der

Aufnahmen bei dem Wettbewerb einreichen. In sich versunken sah sie erst auf, als die Wirtin einen dampfenden Teller vor ihr abstellte.

Die Türglöckchen am Eingang klingelten, und eine hochgewachsene Gestalt schob sich ins Innere.

»*Olá,* mein Junge. Was kann ich für dich tun?«, begrüßte Mariana den Neuankömmling.

Lisa spähte in den Imbiss und entdeckte einen schlanken Mann mit einem Strohhut und groben, kniehohen Stiefeln. Hitze schoss ihr jäh in die Wangen. Filipe! Schnell tat sie, als ob sie völlig in ihre Fotos vertieft sei, ließ ihn aber währenddessen nicht aus den Augen.

Der Park Ranger setzte sich auf einen Barhocker. »Hast du noch ein bisschen Tortillateig übrig? Ich kauf dir was ab.«

Mariana stemmte die Hände in die fülligen Hüften. »Ich höre ja wohl nicht richtig«, wies sie ihn kopfschüttelnd, aber gutmütig zurecht. »Kannst du etwa immer noch nicht kochen? Es ist ein Kreuz mit euch Männern!«

»Ach, komm schon, Mariana«, seine Stimme wurde einschmeichelnd. »Ich habe den ganzen Tag in über tausend Metern Höhe verbracht, da kannst du einem erschöpften und hungrigen Kerl doch deine Hilfe nicht verweigern. Du machst den besten Tortillateig in der ganzen Umgebung. Kannst du nicht eine klitzekleine Kelle entbehren?«

In gespielter Verzweiflung wandte sich die Wirtin ab und eilte in die Küche. Filipe pfiff eine Melodie und klopfte mit den Fingerspitzen auf den Tresen.

Sollte Lisa zu ihm hineingehen und so tun, als ob

nichts gewesen wäre? Sie könnte ihn in ein unverfängliches Gespräch verwickeln und hoffen, dass er ihr die Flucht aus seiner Wohnung nicht übel nahm. In Gedanken legte sie sich die Worte bereits zurecht.

Filipe drehte sich um. Ihre Blicke begegneten sich, wahrscheinlich hatte er gespürt, dass er beobachtet wurde.

»Hallo, Lisa.« Er nickte knapp und wandte ihr wieder den Rücken zu.

»Hallo«, sagte sie, viel zu leise, doch ihre Kehle war wie zugeschnürt. Seine abweisende Reaktion hinterließ einen faden Geschmack in ihrem Mund. Er war also nachtragend. Angestrengt starrte sie auf den Boden, wo sich zwei Spatzen um einen Brotkrumen stritten.

Eine unangenehme Stille breitete sich zwischen ihnen aus.

In diesem Moment kehrte Mariana mit einem Plastikgefäß zurück. Ihr Blick wanderte zwischen dem Ranger und Lisa hin und her. »So, Filipe. Weil du es bist. Lisa, kann ich dir noch etwas bringen?«

»Einen Kaffee, bitte«, kam es heiser über ihre Lippen.

»Darf ich dir unseren neuen Gast vorstellen?«, fragte Mariana den Ranger und wies auf sie. »Das ist Lisa. Filipe ist Botaniker und streift den ganzen Tag im Naturpark herum.«

»Vogelkundler«, verbesserte er. »Danke, Mariana, aber wir hatten bereits das Vergnügen miteinander. *Até breve.*«

»Bis bald. Grüß mir den alten Hermigo«, murmelte die Wirtin.

Filipe schien es plötzlich eilig zu haben, denn er nahm das Gefäß und verließ den Imbiss, ohne sich noch einmal umzudrehen. Betreten sah Lisa ihm nach.

Mariana folgte ihrem Blick, kam mit zwei Tassen Milchkaffee nach draußen und setzte sich zu ihr. »Ihr kennt euch?«

»Flüchtig.«

»Aha.« Die Ältere grinste. »Ihr scheint ja nicht gerade die besten Freunde zu sein.« Als ihr Gast den gutmütigen Spott nicht kommentierte, wagte sie einen zweiten Anlauf. »Ihr habt euch wahrscheinlich bei Hermigo getroffen, oder?«

»Stimmt«, erklärte Lisa, während sie verzweifelt nach einer Möglichkeit suchte, dem Gespräch eine neue Wendung zu geben. »Die beiden verbindet eine ziemlich ungewöhnliche Freundschaft, findest du nicht auch?«, warf sie schließlich ein. »Wer weiß, wie Hermigos Leben verlaufen wäre, wenn er Filipe damals schon gekannt hätte.«

»Du spielst auf seine ersten Jahre in Serra de Água an, nicht wahr?«, erwiderte Mariana. Sie seufzte. »Ja, wer weiß. Aber solche Gedanken führen zu nichts, wir können die Vergangenheit nicht mehr ändern. Übrigens ist die Freundschaft der beiden auch für Filipe ein Glücksfall. Seit seine Eltern aufs Festland gezogen sind, hat er keine Verwandtschaft mehr auf der Insel.«

»Wieso haben sie Madeira verlassen?«, fragte Lisa verblüfft. »Es gibt doch kaum einen schöneren Flecken Erde, an dem man seinen Lebensabend verbringen kann.«

»Es hat sich einfach anders ergeben«, wehrte Mariana ab. »Die beiden haben Filipe damals begleitet, als er sein Studium in Lissabon aufgenommen hat, und sind anschließend dort geblieben.«

»Wahrscheinlich haben seine Eltern nicht im Traum damit gerechnet, dass er als Ornithologe eines Tages nach Madeira zurückkehrt«, antwortete Lisa.

»Richtig. Normalerweise verlassen die jungen Leute die Insel, weil sie in der Großstadt bessere Zukunftsaussichten haben, und bleiben dort hängen. Filipe hat sich anders entschieden. Dass er sich als Wissenschaftler für seine Heimat einsetzt, haben wir vermutlich dem alten Korbflechter zu verdanken.«

Gedankenverloren wanderte Lisas Aufmerksamkeit zu den prächtig blühenden Rankpflanzen auf der schattigen Seite, auf deren Blättern sie bei genauerem Hinsehen schon etwas Abendtau ausmachen konnte. »Hermigo hat in ihm die Liebe zur Natur geweckt.«

»So ist es. Filipe ist ein erstaunlicher junger Mann, wenn auch fast ebenso eigenbrötlerisch wie sein alter Freund.« Mariana lehnte sich zurück, und ihr Gesicht nahm einen heiteren Ausdruck an. »Für uns ist es immer ein Segen, wenn unsere klugen Köpfe ihr Wissen für die Erhaltung ihrer Heimat einsetzen.«

Eine Horde Schulkinder stürmte in den Imbiss. »Du entschuldigst mich?«, fragte Mariana und zwinkerte ihr zu.

»Natürlich.« Der einsetzende Redeschwall der Kinder hallte schmerzhaft in Lisas Ohren, und sie beschloss zu gehen. Sie zahlte und verabschiedete sich rasch von der netten Wirtin.

Zurück in der Wohnung, wählte sie drei Fotos für den Wettbewerb aus und machte sich mit Feuereifer ans Werk.

Gegen Abend hatte sie die Texte fertig und verschickte die geforderten Unterlagen online. Müde von den Stunden am Strand und den darauf folgenden Ereignissen beobachtete sie, wie die Sonne allmählich hinter den Bergen versank. Ihre Gedanken schweiften zu Tim und ihrem letzten Gespräch. Mit dem Freund auf dem Balkon zu sitzen und einen guten Rotwein zu trinken, während sich die Nacht einem Schleier gleich über das malerisch gelegene Tal senkte, wäre jetzt genau das Richtige für ihre zerrissene Seele. Wie schön es wäre, ihm von den bezaubernden Farben und dem Duft im Lorbeerwald erzählen zu können. Von diesem besonderen Moment am Fuß des Pico, an dem sie sich zum ersten Mal seit Eldas Tod wieder lebendig gefühlt hatte. Bestimmt würde es ihr dadurch gelingen, die Sache mit Filipe für eine Weile aus ihren Gedanken zu verbannen.

Lisa seufzte und vertrieb sich die Zeit, indem sie ein bisschen im Internet surfte und diverse Ordner für ihre Fotos anlegte. Es war bereits nach zehn, als eine neue E-Mail aufblinkte. Sie war von Tim.

Schau dir mal die Fotos an.

Fotos? Sie öffnete die Anhänge. Augenblicklich war sie hellwach. Das Telefon klingelte.

»Hallo, Lisa«, hörte sie Tims triumphierende Stimme am anderen Ende. »Was sagst du nun?«

»Woher hast du die Auftragslisten?«

»Mensch, hast du zu viel Sonne getankt, oder warum bist du so schwer von Begriff? Du weißt schon … die Praktikantin!«

»Du hast tatsächlich deine neueste Flamme bezirzt, damit sie dir die Auftragslisten der Security-Firma zeigt?«

»Ganz so war es nicht«, protestierte Tim gutmütig. »Ich habe sie lediglich von der Arbeit abgeholt. Sie hat sich über mein Interesse an ihrem Job unheimlich gefreut.«

»Das glaube ich gern«, war alles, was sie zu erwidern imstande war.

»Na ja, ich habe sie unter einem Vorwand kurz aus dem Büro gelockt. Lange genug jedenfalls, um ein paar Fotos zu schießen.«

Tims Unverfrorenheit ließ sie sprachlos zurück. »Das interessiert mich nicht mehr. Du kennst meine Einstellung dazu.«

Am anderen Ende wurde es still, Lisa hörte, wie er heftig ausatmete. »Du meinst es also wirklich ernst? Jahrelang hast du auf eine solche Chance gewartet, nur um sie jetzt ungenutzt verstreichen zu lassen?«

»Ja«, erklärte sie schlicht und wunderte sich, wie leicht ihr die Worte über die Lippen kamen und wie gut sie taten. »Mein Leben hat sich verändert. *Ich* habe mich verändert. So einfach ist das.«

»Ist schon in Ordnung. Hättest du etwas dagegen, wenn ich weiterhin die Fühler nach der Story ausstrecke?«

Lisa lächelte, als sie den zerknirschten Unterton in seiner Stimme wahrnahm. »Nein, ganz und gar nicht. Ich hoffe, du bist mir nicht böse.«

»Quatsch. Ich muss jetzt los, habe heute Abend nämlich noch etwas vor.«

»Viel Spaß, Tim. Pass auf dich auf.« Damit beendete sie die Verbindung und löschte endgültig den Mail-Anhang.

KAPITEL 16

Als Lisa am späten Vormittag des nächsten Tages erwachte, war sie wie betäubt. Ihr fehlte Ablenkung. Bald nach dem Frühstück verließ sie das Haus, sie hielt es drinnen einfach nicht mehr aus. Ein paar einzelne Schäfchenwolken zogen träge über den Himmel. Die Sommerluft roch nach exotischen Blumen. Auf der Bank vor der Kirche saß ein schlicht gekleideter Mann und sprach leise mit seinem Hund. Kein Glockengeläut, keine tanzenden Kinder oder festlich gekleideten Erwachsenen zerstörten den Frieden.

Urzeiten schien es her zu sein, seit Lisa zuletzt eine Kirche betreten hatte. Angenehme Kühle empfing sie, als sich die schwere, mit Intarsien geschmückte Tür lautlos hinter ihr schloss. Ihrem Gefühl folgend zündete sie eine Kerze an und murmelte ein Gebet für Elda. Als sie eine zweite Kerze entzündete, schlich sich Filipes Bild vor ihr geistiges Auge, seine Wärme, aber auch sein Zorn und seine letzten Worte. Die Gedanken brachten abermals das dumpfe Gefühl von Leere zu ihr zurück.

Lisa setzte sich auf eine der dunklen Kirchenbänke. Der Duft der unzähligen Blüten war betörend. Nicht die kunstvoll arrangierten Blumensträuße neben dem Altar erregten ihre Aufmerksamkeit, sondern jene, die

die Menschen aus ihren Gärten geschnitten hatten, um sie den Heiligen als Zeichen ihrer Dankbarkeit und Verehrung darzubringen. Die Erkenntnis, wie fest der Glaube bei der einheimischen Bevölkerung verankert war und im Alltag gelebt wurde, berührte sie.

Das Rascheln von Stoff holte Lisa in die Wirklichkeit zurück. Eine vom Alter gebeugte Frau mit einer Schürze um die Hüften schritt leise den Gang entlang, knickste vor einer Marienfigur und bekreuzigte sich. Danach lächelte sie Lisa zu und nahm neben ihr Platz.

Sie erkannte in der Einheimischen die Frau wieder, die sie vor einigen Tagen bei der Kirche getroffen hatte. Die Alte mit dem stramm gebundenen Kopftuch erinnerte sich offenbar ebenfalls, denn sie drückte kurz Lisas Hand.

Es tat gut, jemanden neben sich zu spüren und dennoch mit sich allein zu sein.

Schweigend verließen die beiden Frauen eine Weile später das Gotteshaus. Als Lisa sah, dass ihre Begleiterin beim Gehen vor Schmerz das Gesicht verzog, sagte sie: »Ich begleite Sie gern nach Hause, dann können Sie sich bei mir einhängen.«

Das Gesicht der Alten hellte sich auf. »Das ist nett von Ihnen. Ich wohne ein Stück unterhalb der Hauptstraße. Sehen Sie? Gleich neben dem gelben Haus führt die Treppe hinab.«

»Kein Problem.«

»Sie sind die junge Freundin von Hermigo, nicht wahr?«, warf die Frau ein, während sie die Straße überquerten.

»Woher wissen Sie das?«

Ein wissender Blick traf Lisa. »Weil ich Marianas

Mutter und Jorges Urgroßmutter bin. Hermigo hat den Jungen bestimmt schon mal erwähnt.«

Der Junge mit den Turnschuhen, dachte Lisa.

Die Alte hob ihre Stimme. »Um auf Ihre Frage zurückzukommen: In Serra de Água sprechen sich Neuigkeiten immer in Windeseile herum. Ich bin übrigens Maria.«

»Ich heiße Lisa.«

Dann standen sie vor einem schlichten Holzhaus.

»Kommen Sie doch noch mit hinein«, bat Maria und wies ins Innere. »Mögen Sie heißen Kakao?«

»Und wie!«, entschlüpfte es Lisa erfreut.

Kurz darauf betrat sie ein winziges, mit altmodischen Möbeln eingerichtetes Wohnzimmer. Gegenüber von ihrer Gastgeberin nahm sie auf einem Sessel Platz.

»Der Kakao ist wunderbar. Vielen Dank.«

»Gern geschehen. Hermigo kenne ich übrigens schon lange.« Maria faltete die Hände im Schoß und lehnte sich in ihrem Schaukelstuhl zurück.

Lisa war ganz angetan von dem feinen Humor und der Lebendigkeit, die die Madeirerin trotz ihrer Gebrechlichkeit ausstrahlte.

»Ich habe ihn vor vielen Jahren beobachtet, wie er die Treppe ohne fremde Hilfe herunterkam«, fuhr Maria fort. »Später habe ich ihm geholfen, seinen Garten neu anzulegen. Der Gute mag ein geschickter Korbflechter sein, aber von der Gartenpflege hatte er anfangs keine Ahnung. Darum hat sich früher wohl seine Frau gekümmert. Schade eigentlich, dass sie ihn im Stich gelassen hat. Aber das hat sich der alte Kauz nun mal selbst zuzuschreiben.«

»Was meinen Sie damit?«, hakte Lisa nach.

Maria schnaubte. »Was angelt er sich auch so ein junges Ding? Als reifer Mann hätte er voraussehen müssen, dass die Ehe nicht gut gehen kann.«

Lisa hielt in der Bewegung inne. Junges Ding, echote es in ihrem Kopf.

»Ach, das wussten Sie nicht? Dores ist mindestens zwanzig Jahre jünger als Hermigo, ein fröhliches und lebenslustiges Mädel. Kurz bevor sie ihn verlassen hat, war sie nur noch ein Schatten ihrer selbst. Kein Wunder! Die beiden haben ein Leben ohne Partys oder Kinobesuche geführt. Das hält eine junge Frau doch nicht aus.« Marias Blick wanderte unstet durch den Raum.

Die Beharrlichkeit, mit der die alte Frau ihre Meinung vertrat, sowie ihre plötzliche Nervosität lösten das unbestimmte Gefühl in Lisa aus, dass ihre Gastgeberin ihr auswich.

»Wie eigenartig«, wandte sie deshalb ein. »Dores hat doch bestimmt gewusst, worauf sie sich mit ihm einlässt.«

Auf dem Gesicht der Alten zeichnete sich Verwunderung ab. »Natürlich, aber ihr jungen Leute wollt immer alles ganz genau wissen. Dabei gibt es Dinge«, sie senkte die Stimme zu einem Flüstern, »die besser unangetastet bleiben.«

Lisa spürte, wie sich die feinen Härchen auf ihren Armen aufstellten. Was hatten diese warnenden Worte zu bedeuten?

Mit abwesend wirkender Miene wies Maria zu der Porzellankanne auf dem Tisch. »Möchten Sie noch einen Kakao?«

Wieso zitterten Marias Hände auf einmal?

»Danke, nein«, erwiderte Lisa und erhob sich.

»Ich bringe Sie hinaus.«

Nach der kurzen, aber freundlichen Verabschiedung spürte Lisa noch die Blicke der Madeirerin im Rücken, während sie den kurzen Fußweg bis zu ihrer Wohnung entlangschlenderte. Ihre Gedanken überschlugen sich, und sie beschleunigte ihre Schritte.

Zielstrebig lief sie ins Schlafzimmer und fuhr den Laptop hoch. Es wäre doch gelacht, wenn sie nicht auch ohne die Hilfe der Dorfbewohner an Informationen käme. Auf der Insel gab es bestimmt Onlinezeitungen. Vielleicht entdeckte sie darin noch alte Familienanzeigen. Flugs hämmerte sie einige Befehle in die Tastatur. Ihre Begeisterung bekam jedoch schon bald den ersten Dämpfer, denn unter den Rubriken der verschiedenen Magazine waren keine Familienanzeigen zu finden. Daraufhin rief sie die örtliche Tageszeitung an.

»Tut mir leid. Unsere Annoncen werden nur für den Zeitraum von drei Monaten gespeichert«, antwortete man ihr dort. »Versuchen Sie es doch mal beim Standesamt.«

Lisa bedankte sich. Der Vorschlag war nur leider von vornherein zum Scheitern verurteilt, denn um dort Auskünfte zu erhalten, musste sie entweder eine Verwandtschaft zu Hermigo oder Dores nachweisen oder ein anderes berechtigtes Interesse belegen können. Da half ihr selbst ihr deutscher Presseausweis nicht weiter. Aber vielleicht war er ihr anderweitig von Nutzen. Tief in Gedanken versunken stand Lisa auf und fing an, durchs Zimmer zu wandern. Zumindest konnte sie davon ausgehen, dass ein Großteil der Madeirer ihren Presseausweis nicht lesen konnte – was ohne Frage von Vorteil war. Es musste einen Weg geben …

Ruckartig hielt sie inne. Die Kirchenbücher! Darin wurden sämtliche Eheschließungen mit den persönlichen Angaben vermerkt. Erfüllt von neuem Elan suchte sich Lisa die Kontaktdaten der zuständigen Pfarrei heraus. Die Kirche trug den Namen *Igreja Matriz,* das Pfarrhaus war in einem Nebengebäude untergebracht. Lisa kramte in ihrer Handtasche nach den Ausweispapieren, nickte zufrieden und begutachtete anschließend kopfschüttelnd ihre viel zu lässige Kleidung.

In einem hellen Leinenkleid, die langen Haare mit einem modischen Tuch gebändigt, klingelte sie wenig später im Pfarrbüro.

Eine hagere Frau mittleren Alters öffnete die Tür. Mit ihren kleinen Augen blinzelte sie ins Sonnenlicht. »Gott mit Ihnen. Sie sind sicher Senhora Rodriguez. Es geht um die Taufe ihres Kleinsten, nicht wahr?«

»Nein. Mein Name ist Lisa Freiberg, und ich komme im Auftrag einer renommierten deutschen Zeitung.« Sie hielt der Frau ihren Ausweis entgegen. »Ich recherchiere für eine große Reportage zum Thema Altersforschung.«

»Ach so.« Die Dame wirkte unschlüssig. »Bitte warten Sie einen Moment. Ich frage Dom Tiago.«

Lisa wurde in den Flur gebeten, wo eine Figur der Madonna an der gegenüberliegenden Wand vorwurfsvoll auf sie herunterzublicken schien. Ungeduldig trat sie von einem Fuß auf den anderen.

Minuten vergingen, bis endlich ein untersetzter

Mann im Talar und mit Hausschuhen den Raum betrat. Er musterte sie aus einer tief sitzenden Lesebrille. »Willkommen. Tiago Cardoso. Ich bin der zuständige Pfarrer der Gemeinde. Was kann ich für Sie tun? Meine Sekretärin sagte, Sie kommen von der Presse?

»So ist es.« Lisa straffte den Rücken und wiederholte, was sie der Frau bereits erzählt hatte. »Wir von der Zeitung finden, dass es höchste Zeit wird, das Thema Altersforschung aufzugreifen. Dürfte ich zu diesem Zweck kurz Einsicht in Ihre Kirchenbücher nehmen? Interessant wären für mich die Jahrgänge ab neunzehnhundertfünfundachtzig.«

Dom Tiago rückte seine Halsbinde gerade und warf ihr einen forschenden Blick zu. »Verzeihen Sie meinen Einwand, Senhora Freiberg, aber wieso recherchieren Sie nicht in Ihrer Heimat statt auf Madeira?«

Lisas Handflächen wurden feucht. Fieberhaft suchte sie in ihrem Geist nach einer rettenden Erklärung. »Wir recherchieren parallel, wissen Sie? Auf diese Weise können wir die Daten aus unterschiedlichen Ländern sammeln und Vergleiche anstellen.«

»Ah ja, ich verstehe«, erwiderte Cardoso. »Wenn Sie mir bitte noch Ihren Presseausweis zeigen würden.«

Der Mann war wirklich ein harter Brocken. Trotz ihrer Aufregung gelang es ihr, jene freundliche, gleichmütige Miene aufzusetzen, die sie sich in der alltäglichen Arbeit als Journalistin antrainiert hatte. Abermals zückte sie ihren Ausweis. Wenn nur ja nicht ihr Lächeln jetzt gefror.

»Gut. Bitte folgen Sie mir.«

Vor Erleichterung wurden ihr die Knie weich, während sie dem Pfarrer nacheilte, der mit schleppenden Schritten sein Büro durchmaß. »Hier entlang, die Treppe hinunter. Wir bewahren unsere Bücher im Keller auf, wegen der Wärme und der Feuchtigkeit.«

»Natürlich.«

Kaum hatten sie die ersten Stufen der steilen Stiege bewältigt, wurden jedes Licht und jeder Laut von den alten Mauern verschluckt. Der Geistliche knipste eine Taschenlampe an, die er offenbar immer in der Hosentasche trug. Beklemmung stieg in Lisa auf, während sie die niedrigen Decken beäugte.

»Ziehen Sie den Kopf ein, Senhora. In unserem Archiv ist die Decke wieder höher.«

Eine Katze fauchte, und Lisa wäre vor Schreck hingefallen, hätte der Pfarrer sie nicht am Arm festgehalten.

»Verschwinde, du Streuner«, schimpfte er und verscheuchte das rot gefleckte Tier. »Das ist mein Kater, entschuldigen Sie. Er liebt nichts mehr, als im Keller Mäuse zu jagen.«

Vorsichtig stieg sie hinter dem Theologen die Treppe hinab. Dann standen sie vor einer eisernen Gittertür, die Lisa flüchtig an eine Gefängniszelle erinnerte. Der übergroße, geschwungene Schlüssel quietschte im Schloss.

Gleich darauf erhellte grelles Neonlicht den Raum. Der typische, leicht muffige Kellergeruch stieg ihr in die Nase. Als die Gittertür hinter ihnen zufiel, fuhr Lisa zusammen. Schon als Kind hatte sie sich in Kellerräumen und uneinsehbaren Ecken gefürchtet, und auch jetzt spürte sie wieder das Bedürfnis, den fensterlosen Raum so schnell wie möglich zu verlassen.

»Da wären wir«, erklärte Dom Tiago.

Auf der linken Seite entdeckte sie einen kleinen Holztisch sowie zwei Stühle. Darüber hing ein Regal, auf dem fein säuberlich Gesangbücher und Bibeln gestapelt waren. Zur Rechten befanden sich mannshohe Metallschränke.

»Schauen Sie«, fuhr der Pfarrer fort und wies auf einige Schubladen. »Hier finden Sie die Jahrgänge ab neunzehnhundertachtzig. Wie Sie sehen, sind die Eheschließungen, Taufen, Kommunionen, Geburten und Todesfälle je einem Fach vorbehalten. Zudem haben wir jedes Jahrzehnt mit einer anderen Farbe beschriftet. Das erleichtert uns das Suchen.« Damit öffnete er einige der Schubfächer. »Wenn Sie etwas Interessantes finden, dürfen Sie die Informationen selbstverständlich abschreiben. Fotografieren ist hier allerdings verboten.« Er lächelte verbindlich. »Kann ich Ihnen sonst noch irgendwie behilflich sein?«

»Danke, nein.«

»Wunderbar.« Er blickte auf seine Armbanduhr. »Sie haben eine Stunde, dann habe ich leider einen Termin außer Haus. Sollte Ihnen die Zeit nicht ausreichen, zögern Sie bitte nicht, an einem anderen Tag wieder bei mir vorzusprechen.«

»Haben Sie vielen Dank.«

»Viel Erfolg.« Mit diesen Worten wandte sich der Pfarrer um und ließ sie allein.

Als Lisa hörte, wie die Holzdielen oben in seinem Büro quietschten, zog sie die erste Schublade auf. Filipe hatte Hermigo vor über zwanzig Jahren kennengelernt, das musste im Jahr 1990 gewesen sein. Allerdings gab ihr das noch keine Auskunft darüber, wie lange Hermigo und Dores damals bereits verheiratet gewesen waren. Der Korbflechter Afonso aus Camacha hatte behauptet, Dores habe ihre liebe Not mit ihrem Mann gehabt. Bei seinem Bericht hatte er geklungen, als ob er sie zu dem Zeitpunkt bereits eine Weile gekannt hätte. Deshalb entschied sich Lisa, mit dem Ordner für Eheschließungen ab 1985 zu beginnen.

Die Zeit verstrich. Kaum hatte sie sich das Fach für 1986 vorgenommen, stutzte sie. Da war der Eintrag: Hermigo und Dores Santos, geborene Fernandez, geboren am 02.06.1962 in São Martinho, wohnhaft in Camacha, darunter eine Adresse. Eheschließung am 05.03.1986.

Wie gebannt nahm Lisa die Urkunde heraus, um sie am Tisch näher zu betrachten. Noch einmal horchte sie auf Schritte aus der oberen Etage, dann holte sie kurz entschlossen ihre kleine Digitalkamera aus der Handtasche. Nachdem sie einige Fotos geschossen hatte, schrieb sie die Daten ab, nur für den Fall, dass sie auf den Fotos schlecht zu erkennen waren. Was war das nur für ein Vermerk, der neben dem Namen von Dores verzeichnet war? COS1988M. In Gedanken suchte sie nach Abkürzungen, irgendwelchen Kombinationen, doch nichts davon ließ sich sinnvoll mit dem Vermerk verbinden. Unschlüssig ließ sie den Blick über die Metallschränke schweifen.

Im nächsten Moment blieb er an dem letzten Fach hängen, dem sie zuvor keine Beachtung geschenkt hatte. CO1986 stand dort. Lisa zog es auf. Nur mit Mühe unterdrückte sie ein Keuchen. *Certidão de óbito,* stand dort, COS1988M. Sterbeurkunde Santos 1988, schlussfolgerte sie und spürte, wie ihre Kehle eng wurde. Das musste ein Irrtum sein! Aber was bedeutete das M am Ende des Codes? Ihre Finger zitterten, als sie die betreffende Schublade durchsuchte. Ein Mädchen im Kleinkindalter, ein sechzehnjähriges Unfallopfer, die restlichen Personen waren hochbetagt verstorben. Lisa nahm die betreffenden Karteikarten an sich und eilte die Treppe hinauf.

Die Bürotür war nur angelehnt, und sie klopfte zaghaft.

»Treten Sie näher«, bat Dom Tiago, der an seinem Schreibtisch saß und ein Buch zuklappte. Er wies auf einen Stuhl. »Wie ich sehe, sind Sie fündig geworden.«

»Oh ja«, antwortete sie um Fassung bemüht und setzte sich. »Wobei mir bei einem Fall ein Vermerk nicht ganz klar ist.« Sie reichte ihm die Karteikarte über die Eheschließung. »Könnten Sie mir da vielleicht weiterhelfen? Was bedeutet COS1988M?«

Der Pfarrer rückte seine Lesebrille zurecht und studierte die Karte. »Ah ja, ich verstehe, was Sie meinen. Das heißt: Sterbeurkunde Fall Santos aus dem Jahr neunzehnhundertachtundachtzig, Gemeinde Machico.« Er hielt das Dokument näher an die Augen. »Ich gebe zu, dass ich bisher selbst nicht über den Vermerk gestolpert bin. Meine Sekretärin muss ihn nachträglich eingefügt haben.« Dom Tiago stutzte. »Aber das ist doch die Frau von Hermigo Santos!« Er wurde blass um die Nase. »Damals hatte ich die Gemeinde gerade erst übernommen. Ich erinnere mich noch genau daran, wie ich die beiden in unserer Kirche getraut habe. Sie haben in unserer Regionaltracht geheiratet und sahen großartig aus. Der stolze Hermigo in einem bestickten Faltenhemd und seine Frau in einem gestreiften Seidenrock mit hüftlangem Schleier. Sie war eine wunderschöne Braut mit ihren langen blonden Haaren. Ich habe es mir gemerkt, weil es heutzutage immer weniger Brautleute gibt, die unsere Tracht tragen. Ich dachte, die beiden hätten sich getrennt. Herrje, und bereits zwei Jahre später … Wie furchtbar! Sie war erst sechsundzwanzig.« Sichtlich betroffen fuhr er sich übers Gesicht. Dann blickte er auf. »Schauen Sie. Laut diesem Dokument ist sie innerhalb der Gemeinde von Machico gestorben. Wahrscheinlich wurde sie dort auch beigesetzt.«

»Eigenartig«, flüsterte Lisa.

»In der Tat. Zumal mir hier früher oder später alles zu Ohren kommt. Ich verstehe das nicht. Hermigo hat mir mal erzählt, seine Frau sei nach Camacha zurückgekehrt.«

Laut dem Korbflechter Afonso ist sie dort aber nie angekommen, durchfuhr es Lisa. »Gut. Ich danke Ihnen sehr für Ihre Auskünfte, Dom Tiago.«

Als sie kurz darauf auf die Straße trat, hatten sich die Wolken verzogen, und der Wind vertrieb den muffigen Kellergeruch, der ihr immer noch um die Nase zu wehen schien. Lisa setzte sich auf die Bank nahe der Kirche und beobachtete, wie sich zwei Eidechsen um ein Stück Banane stritten, das jemand achtlos weggeworfen hatte. Wenn Dores also nicht nach Camacha zurückgekehrt war, musste sie es sich anders überlegt haben. Aber wieso Machico? Die kleine Stadt lag an der Ostküste, mindestens eine Stunde Autofahrt von Camacha entfernt. War sie bei einem Unfall ums Leben gekommen? Lisa versuchte, sich zu sammeln. Wenn sie nur ein Heilmittel gegen die widersprüchlichen Gefühle wüsste, die sie nach den letzten Neuigkeiten überfluteten. Also hatte sie ihr Instinkt, dass Hermigo ihr etwas verheimlichte, doch nicht getrogen. Er tat, als hätte es seine Frau nie gegeben, was neue Rätsel aufwarf. Wobei ihr der Maler freimütig die persönliche Geschichte seiner Vorfahren erzählt hatte. Aber sein Vertrauen war offenbar nicht groß genug, um mit ihr über Dores zu sprechen. Natürlich stand es ihr nicht zu, sein Verhalten in Frage zu stellen, dennoch verletzte es sie.

So schnell wollte sich Lisa allerdings nicht geschlagen geben. Was ist mit dem örtlichen Archiv?, überlegte sie. Dort konnte man sich ins Intranet einwählen. In der Datenbank gab es sicher auch die Möglichkeit, Familienbücher einzusehen. Immerhin hatte sie die Registrierungsnummer von Dores' Sterbeurkunde.

Nur wenige Momente später hatte sie mit ihrem Smartphone die Adresse des Archivs in Funchal herausgefunden und machte sich sofort auf den Weg. Zum Glück herrschte nur wenig Verkehr, und sie fand das Archiv auf Anhieb. Mit gezücktem Presseausweis erzählte sie der Dame am Eingang dieselbe Geschichte wie schon Dom Tiago.

»Ich verstehe. Sie hätten sich anmelden müssen, Senhora Freiberg«, tadelte die Archivarin sie. »Aber da es bei uns derzeit ruhig ist, will ich eine Ausnahme machen. Kommen Sie bitte herein.«

Nachdem Lisa die Formalitäten erledigt hatte, führte die Frau sie in den Lesesaal, wo sie ihr ein Lesegerät zur Verfügung stellte, mit dem sie die Mikrofilme durchsehen konnte. Außer ihr war nur noch ein älterer Mann anwesend, der jedoch keine Notiz von ihr nahm. Lisa vertiefte sich in die Aufzeichnungen. Doch alles, was sie im Kirchenbuch von Machico unter der Nummer von Dores' Sterbeurkunde fand, war der knappe Hinweis, dass zu dem Fall keine weiteren Informationen verfügbar waren. Sie blickte auf. Das war unmöglich! Lisa scrollte abermals zurück. Im Jahre 1988 waren rund sechshundert Sterbefälle verzeichnet. Aber Dores Santos schien der einzige Fall zu sein, bei dem keine weiteren Angaben vermerkt waren.

Niedergeschlagen verließ Lisa das Archiv. Gedankenversunken betrachtete sie den Zettel, auf dem sie die Adresse und Telefonnummer von Geovane Pinto notiert hatte, dem Pfarrer der Gemeinde Machico. Wahrscheinlich erinnerte sich Dom Geovane ohnehin nicht mehr an Dores Santos, zumal sie einer anderen Gemeinde angehört hatte. Wenn sie nur mit Filipe über alles reden und ihren Zwist bereinigen könnte. Niemand stand Hermigo näher als der Ranger. Nach ihrem letzten Zusammentreffen musste sie jedoch damit rechnen, dass er sie abwies. Lisas Mund wurde trocken. Allein wegen der vielen Neuigkeiten, die auch ihn interessieren mussten, sollte sie es wenigstens versuchen.

KAPITEL 17

Zweimal war sie nun schon an Filipes Haus vorbeigefahren, ohne anzuhalten, weil sie jedes Mal der Mut verlassen hatte. Lisa registrierte den einladenden Schein einer Lampe auf der Fensterbank, die den Vorplatz erhellte, erspähte sogar die Umrisse seiner Gestalt durch die Wohnzimmergardinen. Als sie sich dabei ertappte, wie sie auch beim dritten Versuch Ausflüchte suchte, um endgültig umzukehren, schüttelte sie über sich selbst den Kopf, stieg entschlossen aus dem Wagen und klingelte.

Filipe war barfuß, trug ein kurzärmeliges Hemd, Shorts – und eine überraschte Miene im Gesicht, als er sie erkannte. Er schob sich eine Haarsträhne aus der Stirn. »Hallo, Lisa. Was führt dich hierher?«

Sie rang um Gelassenheit. »Hallo. Ich möchte etwas mit dir besprechen. Darf ich einen Moment hereinkommen?«

Seine Haltung drückte Vorsicht aus. »Wozu?«

Herrje, warum machte er es ihr nur so schwer? Sie hatte plötzlich das Gefühl, keine Luft mehr zu bekommen. Zumindest gelang es ihr, seinem Blick fest zu begegnen. »Um mich zu entschuldigen zum Beispiel.«

»Ach so«, war Filipes ganzer Kommentar, doch

sie konnte beobachten, wie seine unnahbare Maske bröckelte.

Wortlos hielt er ihr die Tür auf, und Lisa steuerte direkt auf das Wohnzimmer zu.

Gerade als sie ansetzen wollte, hob er die Hand. »Kannst du es bitte kurz machen? Ich habe heute nämlich keine Lust mehr auf lange Debatten.«

»Ich auch nicht«, gestand sie leise. Um sich trotz seiner Nähe auf das Wesentliche konzentrieren zu können, fixierte sie sein Klavier. Der Deckel war aufgeklappt, Notenblätter lagen wild verstreut herum. Offensichtlich hatte sie ihn beim Spiel unterbrochen. »Es tut mir leid«, eröffnete sie das Gespräch. »Ich habe mich neulich wie ein bockiges Kind verhalten. Können wir unseren dämlichen Streit nicht einfach vergessen?« Jetzt war es heraus.

»Mal überlegen.« Um Filipes Mundwinkel zuckte ein verlegenes Lächeln. »Noch nie hat mich jemand im Streit einfach stehen lassen. Selbst dann nicht, wenn mein Gegenüber im Recht war.«

»Wie meinst du das?«

Filipe umfasste ihre Schultern. »Ich bin derjenige, der sich zu entschuldigen hat, Lisa. Es steht mir nicht zu, deine guten Absichten in Frage zu stellen und dich zu beschimpfen.«

»Stimmt«, erwiderte Lisa unverblümt. »Das war unfair, und wenn ich eins nicht ertrage, dann ist es Ungerechtigkeit. Erinnerst du dich noch an unser Gespräch bei dem Ausflug zum Pico? Du hast behauptet, ich stelle deine Beweggründe in Zweifel.« Lisa suchte seinen Blick. »Genau dasselbe hast du bei mir getan.«

»Ziemlich gut auf den Punkt gebracht«, räumte Filipe nach einer kurzen Pause ein.

Sie nahmen auf der Couch Platz.

»Vergiss es einfach«, fuhr Lisa schließlich fort. In seinem Gesicht arbeitete es unentwegt. »Wahrscheinlich hast du nur deshalb so heftig reagiert, weil du Hermigo beschützen willst.«

»Himmel, ich habe gar nicht gewusst, dass ich derart leicht zu durchschauen bin«, entgegnete er mit einem schiefen Grinsen. »Das gefällt mir gar nicht, Lisa. Aber ich finde es nett von dir, dass du trotz allem noch eine Entschuldigung für mein Verhalten suchst.«

Lisa lächelte. »Weißt du auch, warum, Filipe? Weil du mit deiner Bemerkung einen wunden Punkt bei mir getroffen hast. Es stimmt, ich wollte mich ablenken, wobei mir das lange Zeit nicht bewusst war. Ich konnte die Wahrheit in dem Moment einfach nicht ertragen.« Unschlüssig blickte sie auf ihre Finger. »Aber ich muss dir noch etwas erzählen.«

»Ich bin ganz Ohr.« Seine Züge wirkten entspannt, während er sie abwartend musterte.

»Die Sache mit Dores hat mir keine Ruhe gelassen.«

In seinen Augen funkelte es amüsiert. »Klar, wie könnte es auch anders sein. Und?«

»Sie ist neunzehnhundertachtundachtzig gestorben.«

Filipe fuhr hoch. »Was? Das kann nicht sein!«

»Oh doch, ich habe die Heiratsurkunde der beiden gesehen. Neben dem Geburtsdatum von Dores ist ein Vermerk mit dem Hinweis auf ihren Tod.« So sachlich wie möglich gab Lisa wieder, was sie bei Dom Tiago in Erfahrung gebracht hatte. Aus ihrer Tasche holte sie die Kamera. »Sieh selbst. Ich habe die Dokumente fotografiert.«

»Ist das überhaupt erlaubt, Lisa?«

»Nein, natürlich nicht«, gab sie unumwunden zu. »Aber wenn du es für dich behältst, wird es niemand erfahren.«

Filipe kniff die Augen zusammen. »Du setzt dich einfach über ein Verbot hinweg?«

»Nun hab dich nicht so! Ich habe doch kein Verbrechen begangen. Die Fotos sind ein bisschen zu dunkel, weil ich kein Blitzlicht benutzen wollte, aber sie erfüllen ihren Zweck.«

Mit gefurchter Stirn betrachtete er die Bilder eingehend. Als er aufsah, war er bleich. »Warum sollte Hermigo den Tod von Dores verschweigen? Außerdem liebt er sein Haus in den Bergen. Weshalb hat er sie denn nicht auf unserem Friedhof bestatten lassen? Das ergibt alles keinen Sinn!«

»Eben. Wie ich die Sache sehe, hat es auch keinen Zweck, ihn darauf anzusprechen.«

Filipe war ebenso erschüttert wie sie, und zum ersten Mal seit Tagen verflog das Gefühl der Einsamkeit, das sie auf Schritt und Tritt begleitet hatte.

»Ich habe die Kontaktdaten von dem Pfarrer aus Machico herausgefunden«, sagte Lisa, um die Stille zu durchbrechen.

»Gut. Ich schlage vor, wir fahren zu zweit. Ich könnte mir vorstellen, dass du eher ins Pfarrhaus gebeten wirst, wenn ein Einheimischer dabei ist. Wir nehmen meinen Wagen. Den kennen die meisten in der näheren Umgebung, während deiner eher auffällt.«

Sie weitete die Augen. »Du willst mit nach Machico

kommen?« Wärme stieg in ihr auf, als sie ihn von der Seite betrachtete. »Danke. Wann?«

Seine Züge wurden weich. »Ich hole dich morgen nach Feierabend ab.«

Am liebsten hätte Lisa ihn in diesem Moment umarmt, um ihm zu zeigen, wie sehr sie sich über sein Angebot freute. Sie beschränkte sich jedoch auf ein Lächeln. »Okay, Filipe.«

Er betrachtete sie nachdenklich und rückte näher. »Selbst wenn du lächelst, bleibt ein trauriger Zug auf deinem Gesicht. Was quält dich? Weshalb brauchst du Ablenkung, wovor hast du Angst?«

Lisa seufzte leise. Sie könnte ihm jetzt gestehen, dass ihre Geschichten einander ähnelten und dass das Schicksal Hermigo, Filipe und sie ihrer romantischen Vorstellung nach zusammengeführt hatte. Doch nichts davon brachte sie über die Lippen. Sie sahen einander nur an, Sekunden, Minuten.

Dann – wie von Zauberhand gelenkt – verschränkten sich ihre Finger ineinander. Geistesabwesend blickte Lisa an ihm vorbei aus dem Fenster; inzwischen waren die ersten Sterne am Abendhimmel zu erkennen.

Filipe folgte ihrem Blick. »Du hast meine Frage noch nicht beantwortet.«

»Ich weiß.« Lisas Herzschlag beschleunigte sich unwillkürlich. »Aber es fällt mir schwer, darüber zu sprechen.«

»Versuch es.«

Sie sollte sich seinen Berührungen entziehen. Je eher sie wieder Distanz schuf, umso besser. Wie perfekt sich ihre Hände ineinanderschmiegten. Filipes

Wärme und den sanften, aber festen Druck seiner Finger zu spüren, diese Empfindung auszukosten war einfach unwiderstehlich. »Mein Urlaub ist bald vorbei, mir bleibt nur noch eine gute Woche. Wozu also das Ganze?«

»Weil ich dich besser kennenlernen möchte.«

Er meinte es ernst, daran bestand kein Zweifel. Aber wie wappnete man sich gegen einen alten Schmerz? Lisa versuchte es, in dem sie sich um einen neutralen Tonfall bemühte, während sie ihm die letzten Jahre und ihre derzeitige Situation schilderte. Zuweilen hielt sie inne, um sich zu sammeln, und zum Glück gelang es ihr, vor Filipe die Fassung zu bewahren.

»Ich will die Vergangenheit hinter mir lassen und meinem Leben einen neuen Sinn geben«, schloss sie mit einem unüberhörbaren Vibrieren in der Stimme.

»Das wirst du, Lisa. Es braucht alles seine Zeit. In Berlin hast du sicher einen Freund, der dir dabei hilft.«

»Einen Freund?« Sie lächelte leicht. »Ja, ich habe einen guten Freund. Falls du jemanden meinen solltest, der mehr für mich ist, muss ich passen. Aber erzähl du mir lieber von deiner Arbeit bei den *Freiras.*«

Lisa war erleichtert, denn er ließ sich tatsächlich auf den Themenwechsel ein.

»Mein Kollege und ich haben heute in einigen Nestern neue Eier entdeckt. Das ist ein sehr gutes Zeichen und macht uns Hoffnung, dass ihr Bestand langsam, aber stetig steigt.«

Fasziniert musterte sie seine Züge, und seine Freude übertrug sich auf sie. Da schoss ihr ein Gedanke durch den Kopf. Das war es! Warum war sie nicht schon früher darauf gekommen? »Ich habe eine Idee«, sprudelte sie hervor. »Eine, die für uns beide von Vorteil ist. Eine, die mir vielleicht eine neue berufliche Chance gibt und für euch Ranger ein Schritt auf einem neuen Weg zu mehr Aufmerksamkeit sein könnte.«

»Da bin ich aber neugierig.« Filipe beugte sich vor.

»Wärst du bereit, mir Rede und Antwort für eine Reportage über die Park Ranger und ihre tägliche Arbeit zu stehen? Ich bin sicher, wenn wir die Aufmerksamkeit auf eure Arbeit lenken, können wir einiges für die *Freiras* bewirken.« Neue Energie durchströmte Lisa. Beinahe unmerklich rückte sie näher. »Wir verbreiten die Informationen im Internet. Außerdem werde ich versuchen, die Reportage einigen Regionalzeitungen anzubieten, wenn du mir bei der Übersetzung hilfst. Andere Zeitungen oder sogar Fernsehsender würden im Idealfall auf die Problematik aufmerksam und berichten dann ebenfalls über euch. Das spricht sich herum, Filipe!«

»Lisa, ich freue mich wirklich über die Begeisterung, mit der du auf die Rettung unserer Sturmvögel aufmerksam machen willst.« Er strich ihr über den Handrücken. »Unsere bisherigen Versuche in Fachblättern hatten zwar eine gewisse Resonanz, aber leider nur bei Wissenschaftlern. Sei bitte realistisch: Wir Insulaner haben eine Menge anderer Probleme. Glaubst du ernsthaft, du kannst sie für einen Zeitungsartikel über eine weitere Vogelart interessieren, die auf Madeira ausstirbt?«

»Oh ja, davon bin ich sogar fest überzeugt, Filipe«, erklärte sie leidenschaftlich und mit Nachdruck. »Ich habe mehrfach gehört, mit wie viel Hochachtung und

Dankbarkeit die Bevölkerung von dir und deiner Arbeit spricht, und was es ihnen bedeutet, dass du für den Erhalt eurer Natur kämpfst. Bitte, lass es mich wenigstens versuchen.«

Verloren in dem längst vergessen geglaubten Gefühl, Filipes Körper so nahe bei sich zu wissen, sah sie ihn an. »Ich werde Hermigo mit keinem Wort erwähnen. Glaub mir, ich würde nie etwas tun, das euch schadet.« Woher kamen nur die Worte, die aus ihr heraussprudelten, als hätten sie schon längst ausgesprochen werden wollen? »Im Gegenteil, es macht mich traurig, dass ich euch so bald wieder verlassen muss.«

Er erstarrte in der Bewegung, während sein Blick ihr tiefstes Inneres zu ergründen schien. »Tut mir leid, Lisa«, sagte er nach einem Moment betretenen Schweigens. »Ich wollte dich neulich nicht verletzen.«

»Ich weiß.«

»Okay, ich bin einverstanden. Versuchen wir es. Wenn du ein Interview brauchst, stehe ich dir zur Verfügung. Aber du musst mir versprechen, Hermigo aus dem Spiel zu lassen.«

Sie hauchte ihm einen Kuss auf die Wange. Wo sollte sie nur hin mit ihrer überschäumenden Freude? Es war Lisa, als würde sie endlich einen Lichtstreif am Horizont entdecken. »Geht klar, Filipe. Kein Wort über deinen alten Freund. Danke, du wirst es nicht bereuen!«

KAPITEL 18

Lange bevor Filipe Feierabend hatte, lief Lisa, von innerer Unruhe getrieben, mal wieder in ihrer Ferienwohnung umher. Sie hatte den Tag über im Internet gesurft, mit Tim ein paar Mails gewechselt und eine Reihe Fotos mit Bergmotiven geschossen. Zeit genug, um ein wenig mit Hermigo zu plaudern, hätte sie zwar gehabt, aber angesichts der Situation fühlte sie sich einem lockeren Gespräch nicht gewachsen.

Als Filipe gegen vier endlich vor dem Haus von Senhora Gomes hielt, waren ihre Hände feucht. Noch einmal rief sie sich das Gespräch mit Tiago Cardoso ins Gedächtnis. Sie durfte sich auf keinen Fall verplappern, immerhin war es gut möglich, dass die beiden Pfarrer inzwischen miteinander gesprochen hatten.

»Alles klar, Lisa?«, begrüßte Filipe sie.

»Natürlich«, erwiderte sie eine Spur zu schnell. »Wieso auch nicht?«

Mit einem unverschämten Grinsen musterte er sie von oben bis unten. »Du kennst dich in Modeangelegenheiten sicher besser aus als ich. Vermutlich gehören die Hausschuhe zu deinem Outfit?«

Lisa begutachtete ihren Overall im Oriental Look, die weiße Handtasche und ließ den Blick tiefer wandern. Blitzartig schoss ihr das Blut in den Kopf. »Ich komme gleich wieder«, stammelte sie und lief zurück ins Haus.

Filipe lächelte anerkennend, als sie wenig später auf dem Beifahrersitz Platz nahm. »Hübsche Schuhe.«

Spielerisch stieß sie ihn in die Seite. »Trotzdem danke. Um ein Haar hätte ich mich blamiert.«

Er sah sie forschend an. »Du machst heute einen ziemlich nervösen Eindruck, wenn ich das mal so sagen darf.«

»Ich fühle mich nicht ganz wohl in meiner Haut, Filipe«, gab sie zu. »Es fällt mir schwer, Menschen, die es gut mit mir meinen, zu belügen. Wenn du einen besseren Vorschlag hast, um die Wahrheit herauszufinden, wäre ich dir sehr dankbar. Trotzdem habe ich das Gefühl, es tun zu müssen, verstehst du?«

»Na sicher«, erklärte er warm. »Wäre ich sonst hier?«

Bald darauf fädelte sich Filipe routiniert auf die Schnellstraße in Richtung Funchal Aeroporto ein. Lisa erkannte in seiner Miene die gleiche Anspannung, die auch sie ergriffen hatte. Die Route führte sie durch zahlreiche Tunnel, dazwischen konnte sie immer wieder kurze Blicke auf schwindelerregende Schluchten und liebliche Täler werfen, die helle Lichtpunkte in die sattgrüne Landschaft setzten. Eine Stunde später nahm Filipe den Abzweig nach Machico Sul, und einige Kreisverkehre später hatten sie den Küstenort im Südwesten der Insel erreicht.

Lisa nannte Filipe die Adresse, und bald darauf hielten sie nahe einem Vorplatz, auf dem sich die weiße Kirche mit ihrem backsteinernen Glockenturm scharf vor dem azurblauen Himmel abzeichnete. Das Pfarrhaus schmiegte sich von hinten an das Gotteshaus.

Filipe und Lisa nickten einander zu. Es dauerte eine gefühlte Ewigkeit, bis ihnen jemand die Tür öffnete.

»Bom dia. Was kann ich für Sie tun?«, begrüßte sie ein drahtiger Mann mit schütterem Haar und heiteren Zügen, den Lisa eher für einen Ausdauersportler gehalten hätte als für einen Pfarrer.

»Bom dia, Dom Geovane«, eröffnete Filipe mit einer respektvollen Verbeugung das Gespräch und stellte sich vor. »Das hier ist meine gute Freundin Lisa Freiberg aus Berlin. Sie ist Journalistin und recherchiert für eine große Reportage über Altersforschung auf unserer Insel. Statistiken sollen später Auskunft darüber geben, wie alt die Menschen hier im Vergleich zu anderen europäischen Ländern werden. Ob Sie wohl einen Augenblick Zeit für uns hätten?«

Der Pfarrer grüßte Lisa mit ausgesuchter Höflichkeit, während sie wiederholte, was sie Tiago Cardoso bereits erzählt hatte. »An einem Todesfall von neunzehnhundertachtundachtzig bin ich besonders interessiert.«

»Treten Sie bitte näher.« Geovane Pinto wies zu einer Tür, die in einen hübsch angelegten Hinterhof führte. Auf der schattigen Seite befand sich eine rustikale Sitzgruppe, an der eine zierliche Person mit einer Schürze und einem straff gebundenen Kopftuch Süßkartoffeln schnitt. »Meine Haushälterin Sofia Costa.«

Die Frau lächelte kurz in ihre Richtung, ohne die Arbeit zu unterbrechen.

»Um welchen Fall handelt es sich genau, Senhora Freiberg?«, begann der Pfarrer.

»Es dreht sich um den Tod einer gewissen Dores Santos aus Serra de Água. Sie soll hier im Ort gestorben und beigesetzt worden sein. Erinnern Sie sich vielleicht noch, was ihr damals zugestoßen ist?«

Pintos vorher so heiterer Ausdruck verschwand. »Dores Santos. Ja, ich entsinne mich. Allerdings bedaure ich, dass ich Ihnen keine Auskunft geben kann.« Er hob die Schultern.

»Wieso denn nicht, Dom Geovane?«, warf Lisa frustriert ein.

In einer bittenden Geste legte der Pfarrer die Hände aneinander. »Weil ich mich zum Stillschweigen verpflichtet habe. Ein Hinterbliebener hat seinerzeit den ausdrücklichen Wunsch geäußert, und ich habe ihm entsprochen. An das Versprechen fühle ich mich gebunden, Senhora Freiberg.«

Lisa und Filipe wechselten einen entsetzten Blick.

»War es vielleicht der Witwer, der Sie darum gebeten hat?«, hakte Filipe nach.

»So ist es. Mehr darf ich Ihnen leider nicht sagen, Senhor Carvalho.«

Die Haushälterin eilte mit den Kartoffeln ins Haus.

»Warum interessiert Sie ausgerechnet dieser Fall? Im Laufe meiner Dienstzeit hat es eine ganze Reihe tragischer Todesfälle gegeben.«

»Das glauben wir Ihnen gerne. Nur ist der Fall von Dores Santos der einzige, der laut Akte bis heute ungeklärt ist«, antwortete Lisa wahrheitsgemäß.

»Ja, das ist gut möglich«, wich Dom Geovane ihnen aus. »Wobei dieser eine Fall in Ihren Statistiken wohl kaum eine Rolle spielen wird. Ich hätte da übrigens noch eine kleine Bitte.«

»Gern. Was ist es denn?«, fragte Filipe.

»Könnten Sie mir bitte die Reportage zuschicken,

wenn sie in der deutschen Presse veröffentlicht wurde?«

Lisa wendete sich ab, um Pintos Blick zu entgehen, und richtete ihre Aufmerksamkeit auf die beiden Katzen, die ihr um die Beine strichen. Obendrein gab es ihr die Gelegenheit, sich einen Moment zu sammeln, damit sie sich nicht am Ende noch unglaubwürdig machte.

Filipe schien ihr Manöver sofort zu durchschauen, versicherte dem Pfarrer, ihm ein Exemplar zuzuschicken, und verwickelte ihn geschickt in ein Gespräch über ein Festival, das im September im Westen der Insel stattfinden sollte. In einem unbeobachteten Augenblick zwinkerte er ihr zu, und Lisas Herz machte einen Satz.

Kurze Zeit später brachen sie auf, die Verabschiedung fiel herzlich aus.

»Sofia wird Sie hinausbegleiten«, sagte Dom Geovane. »Alles Gute für Ihre Arbeit, Senhora Freiberg.«

»Vielen Dank.« Sie nahm eine Visitenkarte aus der Tasche und notierte auf der Rückseite ihre aktuelle Adresse. »In der nächsten Woche bin ich noch auf Madeira. Danach erreichen Sie mich jederzeit telefonisch.«

Auf dem Weg zum Wagen verließ Lisa der Mut. »Was machen wir denn jetzt, Filipe?«, fragte sie und konnte ihre Enttäuschung kaum verbergen.

»Was meinst du?«

»Wie es aussieht, wird der Rest der Geschichte für immer im Dunkeln bleiben. Die Sensationsreporterin Lisa Freiberg ist zum ersten Mal gescheitert. Dabei war ich der Wahrheit so nahe.«

»Hermigo hat es so gewollt, Lisa. Auch wenn es schwerfällt, du musst … wir müssen es akzeptieren. Nur im Fernsehen werden alle Kriminalfälle gelöst.«

»Ach komm, Filipe, das weiß ich doch!«, entfuhr es ihr. »Trotzdem haben sich einige Einwohner ziemlich merkwürdig verhalten. Vielleicht handelt es sich auch nur um Gerüchte, aber sie wissen mehr. Leider bin ich vermutlich die Letzte, der sie etwas darüber erzählen.« Lisa seufzte.

Filipe zog sie wortlos mit sich. Während der Fahrt starrte sie stumm auf die vorbeihuschende Landschaft, wobei sie ein Gedanke einfach nicht loslassen wollte: Wieso scheiterte ihre Recherche ausgerechnet an Hermigo, ihrem Freund? Eigentümlicherweise kränkte sie diese Tatsache besonders. Aber hatte sie dazu ein Recht?

Als sie an einer Ampel warten mussten und Lisa die Wegweiser las, stutzte sie. »Hätten wir nicht die andere Abfahrt nehmen müssen?«

»Wir fahren noch nicht nach Serra de Água«, entgegnete Filipe ruhig.

»Was hast du vor?«

Er lächelte. »Wart's ab.«

Kurz darauf wechselte er auf die VE 1, und die ersten Häuser der Stadt Santana tauchten vor ihnen auf. Lisa warf ihm einen fragenden Blick zu.

Gleich hinter einem Parkplatz am Stadtrand befand sich ein schmaler Pfad, der mit einem Hinweisschild zu einem Wanderweg gekennzeichnet war.

Filipe wies geradeaus. »Da wären wir. Der Nachmittag ist die beste Tageszeit, um den Lorbeerwald zu besichtigen. Diesen Ort wollte ich dir unbedingt noch zeigen. Ich fahre gern hierher, vor allem wenn ich meine Gedanken ordnen muss oder zur Ruhe kommen will.«

Abrupt und mit angehaltenem Atem blieb Lisa stehen. Wie in einer Allee öffnete sich der Wald vor ihr. Die ausladenden Äste von knorrigen Stämmen taten sich torgleich vor ihr auf. Zu ihrer Linken erhoben sich Felsen, die über und über mit Farnen bewuchert waren, welche bestimmt zwei Meter im Durchmesser maßen. Die Geräusche der nahen Straße wurden von dem friedlichen Rauschen der Bäume verschluckt. Die Strahlen der Sonne warfen Lichtstreifen auf den von Moos bedeckten Boden, und von irgendwoher drang das Plätschern von Wasser zu ihnen herüber.

Zwischen Büschen und Bäumen in jungem, frischem Grün entdeckte sie ein schmales Rinnsal Wasser, das sich seinen Weg aus den Bergen bahnte und in einen der Kanäle mündete.

»Die Levadas werden das ganze Jahr über sorgfältig von Unrat und Pflanzenresten frei gehalten, damit das Wasser ungehindert in den trockenen Süden fließen kann«, erläuterte Filipe.

Lisas Blick wurde von fliederfarbenen Blüten angezogen, die zwischen Schösslingen und Schattengewächsen unter dem dichten Blätterdach wuchsen. Es waren wilde Orchideen, die ihre langen Triebe dem Licht entgegenreckten. In der Luft hing der würzige Duft von Lorbeer; das Zusammenspiel von Wärme und Feuchtigkeit brachte ihn wohl hervor.

Filipe trat an ihre Seite. »Genauso habe ich auch gestaunt, als ich zum ersten Mal hier war. Der *Laurisilva* bedeckt ungefähr zwanzig Prozent unserer Insel. Hermigo hat ihn mir nicht nur gezeigt, sondern auch einen Großteil der Pflanzen erklärt, die hier wachsen.«

In ihrer Vorstellung sah Lisa die beiden vor sich: den Maler, der sich mit einem Blindenstock vorsichtig über den Waldboden tastete – und den Teenager neben ihm, der mit aufgesperrtem Mund den Ausführungen des Älteren folgte.

»Kann Hermigo die Pflanzen überhaupt voneinander unterscheiden?«

Filipe hob die Schultern. »Ja. Er sagt, jedes Lebewesen hätte einen ureigenen Geruch, jedes Blatt und jede Blüte eine unverwechselbare Haut. Ähneln sich bestimmte Pflanzenarten, erspürt er die Unterschiede in den Verästelungen der Blätter. Sollte er trotzdem mal unsicher sein, kaut er auf einem Blatt herum. Natürlich nur, wenn es zu den ungiftigen Sorten gehört. Er sagt, sie unterscheiden sich auch im Geschmack.«

Lisa betrachtete Filipe von der Seite. »Er lebt in einer Welt, zu der nur wenige Menschen Zutritt haben«, antwortete sie gedankenversunken. »Insofern ähnelt er den *Freiras,* findest du nicht? Auch von ihrem Leben wisst ihr längst noch nicht alles.«

Über Filipes Miene huschte ein Ausdruck von Verblüffung. »Ein interessanter Vergleich, Lisa. Darüber habe ich noch nie nachgedacht, aber du hast recht.«

Der Blick, den er ihr zuwarf, brachte etwas in ihr zum Schwingen. Im letzten Moment wich sie einer Baumwurzel aus. Aus einem der Baumwipfel hörte sie den Gesang einer Schar Kanarienvögel.

Ein älteres Paar mit Sonnenhüten, Westen und Wanderstöcken kam ihnen entgegen, grüßte freundlich und setzte seinen Weg in erstaunlichem Tempo fort. Lisa sah ihnen nach. Vor einer Eukalyptuspflanze, die im Licht der Sonne silbrig grün schimmerte, blieb sie stehen.

»Danke, dass du mir den Lorbeerwald zeigst. Er ist wunderschön.«

»Ja, er hat etwas Mystisches. Ich war selbst schon seit einigen Wochen nicht mehr hier«, erwiderte er.

Hinter einer Biegung bemerkte sie zwischen dem dichten Blattwerk den gähnenden Abgrund und wich zurück. Vor ihr tat sich eine üppig bewachsene Schlucht auf, an deren Vielfalt sie sich kaum sattsehen konnte.

»Setz dich«, forderte Filipe sie mit einem Wink auf ihren dünnen Overall auf, holte zwei Alu-Sitzkissen aus seiner Jacke und breitete sie auf einem umgestürzten Baumstamm aus. »Die Luftfeuchtigkeit im *Laurisilva* ist sehr hoch.«

Lisa nahm Platz, und er legte ihr seine Jacke um die Schultern.

Wie grün, wie einsam, wie unwirklich der Anblick war, der sich ihr eröffnete. Im Sonnenlicht tanzten winzige Wassertropfen. Äste wiegten sich kaum merklich, ansonsten hätte Lisa meinen können, sie betrachte ein besonders farbintensives Landschaftsbild. Zwischen den unterschiedlichen Grüntönen schimmerten immer wieder gräuliche Felsnasen hervor. Eine davon hatte die Umrisse einer Kathedrale mit spitzzackigen Türmchen und einem Portal.

Völlig versunken in den Anblick, bemerkte sie kaum, wie sich Filipes und ihre Finger ineinander verschränkten. Kaum zu glauben, dass dies kein Traum, sondern tatsächlich Wirklichkeit war. Dass sie noch tiefe Freude und Ehrfurcht empfinden konnte.

»Du siehst hübsch aus, wenn du so entspannt bist«, sagte Filipe weich. »Wie ein junges, staunendes Mädchen.«

Lisa staunte über die Flut der Empfindungen, die seine Bemerkung in ihr auslöste.

»Weißt du, was ich eben gedacht habe?«, fragte sie irgendwann.

»Erzähl es mir.«

Die Wärme seiner Hände wirkte beunruhigend und wohltuend zugleich.

»Mir ist klar geworden, wie viele unnütze Gedanken mir ständig durch den Kopf gehen. Hier werden sie auf einmal bedeutungslos.«

Filipe nickte. »Genauso ergeht es mir auch. An einem Ort wie diesem vergesse ich meine Sorgen für eine Weile.«

So ähnlich hatte Elda damals vom Yoga gesprochen. Lisa setzte bereits an, um ihm von ihrer Freundin zu erzählen, als sie das Geräusch von Flügelschwingen innehalten ließ.

Direkt über ihren Köpfen flog ein schlanker Vogel mit grauen Flügeln und heller Brust über sie hinweg.

Lisa schnappte nach Luft, zupfte Filipe am Ärmel und wies in die Höhe. Er riss die Augen auf und bedeutete ihr zu schweigen. Ihr Herz klopfte so laut, dass sie meinte, der Sturmvogel, der sich auf einen Felsvorsprung in kaum zwanzig Meter Entfernung setzte, müsse es hören. Das ausgewachsene Tier spreizte die Flügel, als wolle es sein Gefieder trocknen. Der Vogel schien zu lauschen und reckte den Hals, weshalb sich Lisa kaum zu atmen traute.

»Beweg dich nicht«, flüsterte Filipe.

Was nicht nötig gewesen wäre. Verzaubert von dem Augenblick, verfolgte sie jede einzelne anmutige Bewegung des Sturmvogels. Er war weitaus schöner gezeichnet als das Exemplar, das sie von Filipes Fotos kannte. Das Gesicht des Tieres wirkte fast kindlich, was vermutlich von den dunkleren Federn um die Augenpartie herrührte. Der schwarze Schnabel bildete einen scharfen Kontrast zu den reinweißen Brustfedern. Einen sentimentalen Moment lang war sich Lisa sicher, dass der *Freira* sie wahrgenommen hatte. Dann stieß er sich von der Felskante ab und war kurz darauf aus ihrem Sichtfeld verschwunden. Bedauern erfüllte sie, während sie noch immer auf die Stelle starrte, an der sich der Sturmvogel die Sonne aufs Gefieder hatte scheinen lassen.

Filipe legte ihr den Arm um die Schultern. »Er hat auf dem Felsen gerastet.«

Lisa schluckte ihre Rührung hinunter. »Sein Magen ist mit Fischen gut gefüllt, und jetzt fliegt er weiter zum Pico, um sein hungriges Küken zu füttern.«

»So wird es sein, Lisa.«

Die Vorstellung zauberte ein Lächeln in ihre Mundwinkel. Sie blieben noch eine Weile sitzen, dann spazierten sie nebeneinander zu einigen Bäumen, deren Stämme moosbedeckt waren. Das Sonnenlicht brachte das intensive Grün ihrer Blätter zum Leuchten. Von den Zweigen hingen Flechten, die bis auf den Boden reichten.

»Die Bäume sind mehrere Jahrhunderte alt, und die Vermutung liegt nahe, dass sie einst Zeugen waren, als Madeira vierzehnhundertneunzehn entdeckt wurde«, erklärte Filipe.

Das Grün schmeichelte Lisas Augen. Es brauchte nicht viel Fantasie, um sich vorzustellen, wie Feen und Irrlichter durch den Wald huschten, mal hierhin und mal dorthin, um sich vor den Blicken der Menschen zu verbergen. Die Rinde des uralten Lorbeerbaumes fühlte sich durch das Moos watteweich an.

Nebelschwaden zogen wabernd heran.

»Sieh nur«, riss Filipe sie aus der träumerischen Stimmung. »In wenigen Minuten können wir nicht mehr die Hand vor Augen erkennen. Es wird Zeit zu gehen.«

Eine Weile später waren sie wieder bei seinem Wagen angekommen. Lisas Finger prickelten noch immer von seiner Berührung. Vor allem seine Vielschichtigkeit faszinierte sie mehr und mehr. Aber eine Affäre würde nur Kummer bedeuten, und davon hatte sie ohnehin schon genug. Zwei Jahre war ihre letzte Beziehung her, seitdem war sie jedem Mann aus dem Weg gegangen. Ihre Gedanken verharrten in der Vergangenheit. Schon immer hatte sie sich zu Männern vom Typ Abenteurer hingezogen gefühlt, die erst erobert werden wollten. Nur leider waren genau diese Typen für eine feste Beziehung völlig ungeeignet. Lisa warf Filipe einen nachdenklichen Seitenblick zu, während er den Wagen durch den zähen Feierabendverkehr lenkte. Als Filipe sie eine Stunde später an ihrer Ferienwohnung absetzte, küsste er sie zum Abschied auf die Stirn und winkte ihr im Davonfahren zu, dann war er hinter der Kurve ihrem Blickfeld entschwunden.

Lisa fühlte sich plötzlich wie gerädert. Reizüberflutung? Zu viele Informationen? Vor allem die Begegnung mit dem *Freira* und ihre widersprüchlichen Gefühle hatten sie durch den Tag begleitet. Ihre Haut brannte von der Sonne, und ihr Haar war von dem Besuch im Lorbeerwald noch nebelfeucht. Kurz überlegte sie, ob sie später noch in einem Restaurant zu Abend essen sollte, entschied sich jedoch dagegen und schob eine Tiefkühlpizza in den Ofen.

Im Fernsehen lief ein Krimi mit Al Pacino, doch schon bald verschwammen die wechselnden Bilder zu einem eintönigen Grau, und Lisa schlief auf dem Sofa ein.

KAPITEL 19

Lisa hatte die Morgendämmerung genutzt, um beim Fotografieren ein wenig mit Licht zu experimentieren. Inzwischen war es fast Mittag. Gerade wollte sie sich einen Cappuccino zubereiten, als ein schrilles Klingeln sie in der Bewegung innehalten ließ. Die Telefonnummer des Anrufers war ihr unbekannt.

»Spreche ich mit Frau Lisa Freiberg?«, fragte eine sonore Männerstimme in einwandfreiem Deutsch.

»Ja, am Apparat.«

»Wunderbar. Mein Name ist Michael Hollmann, ich lebe seit vielen Jahren auf Madeira und bin eines der Jurymitglieder für den Fotowettbewerb, den die Tourismuszentrale in Funchal ausgerufen hat. Ich wollte mich erkundigen, ob unser Schreiben inzwischen bei Ihnen eingetroffen ist.«

Sie verneinte.

»Das dachte ich mir schon. Dann darf ich Ihnen hiermit mitteilen, dass Sie bei unserem Fotowettbewerb den zweiten Platz belegt haben. Meinen herzlichen Glückwunsch!«

Lisas Hände zitterten, während sie den Wasserkocher abstellte. »Das … das ist ja fantastisch!«

»Ihre Aufnahme von dem fallenden Tautropfen und der dazugehörige Text haben uns überzeugt. Spätestens übermorgen sollten Sie Ihren Preis in Händen halten. Aber das ist nicht der einzige Grund für meinen Anruf.« Er legte eine kurze Pause ein. »Ich betreibe in der Hauptstadt ein Fotostudio und möchte Sie gern einladen, mich dort aufzusuchen. Hätten Sie vielleicht noch weitere Bilder anzubieten?«

Lisa jubelte innerlich. »Eine ganze Mappe unterschiedlicher Motive, Herr Hollmann.«

»Sehr gut. Passt es Ihnen heute Abend um neunzehn Uhr?«

»Ja, gern.«

Er nannte ihr noch seine Adresse, und Lisa dankte ihm. Als sie aufgelegt hatte, starrte sie ungläubig auf das Telefon. Wenn das kein Grund zur Freude war! Freude, die sie unbedingt teilen musste.

Lisa entdeckte Hermigo im Garten, vor den Füßen einen großen Korb.

»Wie schön, dass du da bist.« Er umarmte sie herzlich. »Du kommst gerade recht. Hast du Lust, mir ein bisschen zu helfen?«

»Was kann ich tun?«

»Mir beim Ernten der Maracujas zur Hand gehen. Eine Leiter findest du im Haus. Siehst du die Kletterpflanze an der Mauer auf neun Uhr?«, fragte er.

»Klar«, entgegnete Lisa. »Sie muss mindestens vier Meter hoch sein und überwuchert allmählich den Stamm von dem Baum gleich daneben.«

»Du meinst die Papaya«, klärte er sie auf. »Das ist nicht weiter schlimm, die Früchte reifen am oberen Ende.«

Kritisch beäugte Lisa die Kletterpflanze, die schwer

an ihren dunkelvioletten Früchten trug. »Was willst du mit der Unmenge anfangen? Die kannst du doch nie im Leben selbst verbrauchen.«

Zielsicher steuerte er mit seinem Stock auf die *passiflora* zu und kicherte. »Natürlich nicht. Zum Teil verschenke ich sie, der Rest wird auf dem Markt verkauft.«

Gemeinsam machten sie sich ans Werk. Während eine Maracuja nach der anderen im Korb landete, berichtete Lisa ihrem väterlichen Freund von dem Wettbewerb und dem Anruf des Fotografen.

»Mädchen, das freut mich aber für dich! Gratuliere!« Hermigo strahlte übers ganze Gesicht. »Du musst mich unbedingt auf dem Laufenden halten. Ich bin ja so gespannt, was Senhor Hollmann von dir will.«

»Und ich erst.«

Danach arbeiteten sie stumm weiter. Lisa kletterte bis auf die oberste Sprosse, um die reifen Früchte zu ernten, während sich Hermigo an den unteren Zweigen zu schaffen machte, bis der Korb randvoll gefüllt war.

»Schluss fürs Erste«, sagte der Maler bald darauf. Er nahm den Korb und lehnte rigoros ab, als Lisa anbot, ihn ins Haus zu tragen.

Anschließend ruhten sich die beiden unter dem ausladenden Blätterdach der Akazie aus, und als Lisa den Blick schweifen ließ, entdeckte sie einen Stapel Weidenruten neben dem Haus.

»War Filipe heute bei dir?«, fragte sie wie nebenbei. Immer und überall nur er. Wäre sie nur schon zurück in Berlin. Doch kaum hatte sie den Gedanken zu Ende geführt, erkannte sie, dass auch der bevorstehende Abschied nichts an ihren Gefühlen änderte.

»Ja, du hast ihn nur knapp verpasst. Aber er lässt dir Grüße ausrichten«, meinte Hermigo und kreuzte die mageren Beine.

Lisa warf ihm einen vorsichtigen Seitenblick zu. Obgleich er einen zufriedenen und ausgeglichenen Eindruck machte, wusste sie, dass eine kleine Andeutung genügte, um die Geister der Vergangenheit in ihm wieder zum Leben zu erwecken. »Hast du dein Bild fertig?«, erkundigte sie sich deshalb behutsam.

»Ja, ich habe längst ein neues begonnen, zum Gedenken an Armando, Nunos Sohn. Ich male ihn bei der Arbeit.«

»Du weißt, wie er ausgesehen hat?«, fragte Lisa erstaunt.

»Als ich noch ein kleiner Junge war, hat mir meine Mutter ein Foto von ihm gezeigt, das sie in einem Kästchen aufbewahrte. Es war damals zwar schon etwas verblichen, aber sein Bild hat sich mir eingeprägt. Da ich sein einziger malender Nachfahre bin, möchte ich ihn auf Leinwand verewigen, solange mein Gedächtnis noch funktioniert.«

»Aber Hermigo, so etwas darfst du nicht sagen«, protestierte Lisa liebevoll.

Er nickte bekräftigend. »Oh doch. Wir müssen realistisch sein. Eines Tages werde ich möglicherweise vergesslich.«

»Studien besagen, dass im Alter das Kurzzeitgedächtnis nachlässt, während sich das Langzeitgedächtnis schärft.«

Hermigos Züge wurden weich. »Wir werden sehen, nicht wahr?«

»Dein Vorfahr«, lenkte sie das Gespräch zurück,

»Armando, nicht wahr? Was war er für ein Mensch? Warum ist es dir wichtig, sein Andenken in Ehren zu halten?«

Wenn Hermigo sinnierte und sich sein Gesicht in ein Meer aus Fältchen legte, war ihm sein wahres Alter anzusehen. »Er war einer der ersten Blinden, der die Korbmacherei auf Madeira beherrschte, obendrein der erste, der aus unserem rohen Handwerk ein Kunstwerk machte. Dadurch ist er für meine Familie bis heute ein Vorbild geblieben.«

»Armando hat also Tag für Tag miterlebt, was die Amaurose für seinen Vater bedeutete«, sagte sie.

»Für ihn ebenfalls, Mädchen.«

Hermigo begann zu erzählen.

»Nuno schimpfte manchmal mit seiner Frau, wenn sie den kleinen Armando an einen Baum gebunden hatte. Aber der Kleine mochte es nicht, an die Hand genommen zu werden, wenn sie auf den Markt musste und niemand zu Hause war, der auf ihn achten konnte. Er war sechs, als ein Arzt die Amaurose bei ihm diagnostizierte. Aber Nuno wollte nicht, dass sein Sohn hilflos blieb oder auf der Straße herumlungerte wie andere Blinde. Er wusste selbst nur zu gut, wie nutzlos er sich damals gefühlt hatte. Darum war es ihm wichtig, Armando zur Selbständigkeit zu erziehen. Natürlich hatte Jovita Sorge, dass der Junge sich ohne sie verirrte, hinfiel oder von anderen ausgelacht wurde.«

»Das klingt ziemlich hart, Hermigo«, wandte Lisa ein.

»Sicher. Trotzdem finde ich Nunos Strategie richtig. Armando musste lernen, sich mit Hilfe seiner Sinneseindrücke zu orientieren. Er sollte durch Erfahrungen lernen und stark werden. Seine Schwester Pilar war ihm dabei eine große Stütze, die beiden hatten ein sehr inniges Verhältnis. Aber als ein paar Jahre später sein Vater unter ungeklärten Umständen starb, soll er sich schuldig gefühlt haben.«

»Wieso denn, Hermigo?«

»Weil Armando denselben Weg gegangen ist wie er und Nuno nichts daran ändern konnte.«

»Das verstehe ich gut«, antwortete Lisa. »Er wusste, was seinen Sohn erwartete.«

»Eben. Nuno war vierzehn, als er Besuch von Doktor Ludwig Stein bekam. Es stellte sich heraus, dass der Herr ein Arzt aus dem fernen Deutschland war, der vor Kurzem in Monte nahe Funchal eine Lehrwerkstatt für Blinde eröffnet hatte. Er war der Ansicht, dass Blinde durchaus Großes zu leisten imstande waren, wenn sie nur gefördert wurden. So lernte Armando bei Doktor Stein das Korbflechten. Der Unterricht und die Unterbringung in dem Wohnheim waren kostenlos. Er bekam sogar sein eigenes Zimmer und fühlte sich wohl dort. Dann starb seine Mutter an Schwermut. Jedenfalls konnte Armando mit siebzehn Jahren bereits so gut von seiner Kunst leben, dass er sich mit Pilar ein kleines Haus mit einer angeschlossenen Werkstatt am Rande von Camacha leisten konnte. Auf Doktor Steins Anraten erlernte er sogar die Blindenschrift.«

»Ich kann ihn nur bewundern, Hermigo.«

»Ja, er war ein talentierter Bursche. Aber bald darauf heiratete Pilar ihre Jugendliebe und zog aus.«

Lisa überlief ein Schauer. »Damit war Armando wieder allein.«

»Ja, so ist das Leben, nicht wahr?«, erwiderte Hermigo leise. »Wann immer wir uns sicher und wohl fühlen in unserem Leben, wird die neue Ordnung durch den nächsten Sturm zerstört.«

»Was passierte dann?«

Der Korbflechter seufzte. »Auch Armando lernte eines Tages ein Mädchen kennen, in das er sich Hals über Kopf verliebte. Doch sie wollte keinen blinden Ehemann. Spätestens wenn die jungen Frauen einem gesunden Verehrer begegnen, sind sie weg.« Über seine Züge huschte tiefe Traurigkeit. »Kann man es ihnen verdenken?«

»Ja, ich verstehe sie nämlich nicht, Hermigo«, ereiferte sich Lisa. »Armando war ein guter und einfühlsamer Mann, ein Künstler, der seiner Familie ein schönes Zuhause hätte bieten können.«

»Das sagst du, Lisa! Aber der Alltag wird von uns Blinden bestimmt. Ständig müssen wir um Hilfe bitten. Das zermürbt – und macht uns manchmal launisch oder ungerecht.«

Er schloss die Lider, als ob er die Erinnerungen auf diese Weise aus seinem Geist verbannen könnte. Nachdenklich musterte sie sein Gesicht. Könnte sie ihn doch nur unverblümt fragen, warum er alles, was mit Dores zu tun hatte, in sich verschloss. Aber etwas in ihr mahnte sie, nicht weiter in ihn zu dringen, wenn sie seine Freundschaft nicht verlieren wollte.

Da erhob sich Hermigo und tastete nach seinem Stock. »Komme gleich wieder.«

Lisa verfolgte, wie er auf sein Haus zusteuerte und nach wenigen Minuten mit einer Holzschatulle zurückkehrte, die er ihr in den Schoß legte.

»Willst du Armando mal sehen?« Es gelang ihm immer wieder, das Gespräch unauffällig in eine andere Richtung zu lenken.

»Natürlich«, antwortete sie dennoch und öffnete das Kästchen.

Darin lag ein altes, verblichenes Foto. Hermigos Vorfahr saß auf einem hölzernen Stuhl, zwischen den Beinen hielt er einen hohen, runden Korb; nur wenige Weidenruten ragten noch kerzengerade aus dem Flechtwerk empor und warteten darauf, verarbeitet zu werden. Der Junge hatte ein schmal geschnittenes Gesicht, die Lider unter den schwungvoll gezeichneten Brauen hielt er geschlossen. In dem weiten Hemd und der wadenlangen Schürze wirkte er, als müsse er erst noch in die Kleidung hineinwachsen. Den Kopf leicht zur Seite geneigt lauschte Armando offenbar den Anweisungen eines älteren Mannes in einem dunklen Anzug und mit einem Monokel vor dem linken Auge.

»Das ist wirklich ein schönes und aussagekräftiges Foto. Armando war ein hübscher Junge«, entfuhr es Lisa.

»Wie du siehst, nagt der Zahn der Zeit an der Fotografie. Es ist höchste Zeit, Armando vor dem Vergessen zu bewahren.«

»Eine schöne Idee, Hermigo. Das wird bestimmt ein wundervolles Bild. Aber du hast mir sein Leben noch nicht zu Ende erzählt.«

Der alte Korbflechter nickte gedankenverloren. »Das ist mir bewusst.« Er blickte in ihre Richtung und strich über das Kästchen. »Armando wurde achtzehn, und bald bekam er mehr Aufträge, als er annehmen konnte. Dennoch war er einsam. Eines Tages wollte Pilar ihren Bruder mit den beiden Kindern besuchen. Sie fand ihn zusammengesunken auf dem Boden. Er war tot.«

»Woran ist er gestorben?«, presste Lisa nach einer Schreckenspause hervor.

»Wer weiß das schon?« Er schüttelte betrübt den Kopf. »Vielleicht hat er zu viel gearbeitet, möglicherweise ist er auch an einem gebrochenen Herzen gestorben.«

Lisa studierte das Jungengesicht, das noch deutlich kindliche Spuren aufwies. Neunzehn Jahre war Armando nur geworden. Lisa ließ den Blick über Hermigos farbenprächtigen Garten schweifen. Da Armando keine Kinder hatte, mussten seine Nachkommen von Pilars Seite stammen.

Sie schwiegen.

»Kennt Filipe eigentlich deine Geschichte?«, fragte Lisa geradeheraus.

»Natürlich. Warum willst du das wissen?«

»Weil er nie ein Wort darüber verloren hat.«

»Das wird er auch nicht. Der Bursche ist eben verschwiegen.«

»Verstehe.«

Lisa betrachtete den Freund aufmerksam. Die Geschichte wurde immer mysteriöser. Wenn er sich Filipe in allen anderen Dingen anvertraute, wieso nicht auch wegen Dores? Wie auch immer, für sie war die Spurensuche hiermit endgültig beendet, wenn sie nicht ihr Leben lang Phantome jagen wollte. Sie hätte nie gedacht, dass es ihr so schwerfallen würde, die Angelegenheit auf sich beruhen zu lassen.

»Nach Armando hat die Krankheit meinen Vater Diogo getroffen. Da es bei uns in jeder Generation

Blinde gegeben hat, war es für ihn nichts Ungewöhnliches.«

»Ein schwacher Trost«, erwiderte Lisa nachdenklich.

»Da sagt du was! Was glaubst du, warum ich nie eigene Kinder wollte?«

»Das verstehe ich, Hermigo.«

»Mein Vater liebte es zu malen und zu fotografieren, so wie wir beide.« Er tätschelte ihre Hand. »Ein paar Jahre ging er noch zur Schule, lernte lesen, schreiben und rechnen – und malte seine Heimat. Mit elf verschlechterte sich seine Sehfähigkeit drastisch, und seine Wissenslücken wurden immer größer. Schließlich wechselte er auf die Blindenschule. Dort war er unter seinesgleichen und lernte andere Kinder kennen, denen das Schicksal noch übler mitgespielt hatte als ihm. Mein Vater meinte, diese Zeit sei die wichtigste und lehrreichste für ihn gewesen.«

»Wurde er Korbmacher, so wie Armando?«

»Du hast es erraten«, lächelte Hermigo verschmitzt. »Er wurde ebenfalls Korbmacher, wie damals wohl die meisten Blinden. Als junger Erwachsener setzte er sich für eine Reform der Blindenbildung ein und gründete in Camacha den ersten Blindenverein. Außerdem war er der erste Betroffene in unserer Familie, der ein vollkommen eigenständiges Leben geführt hat. Erinnere dich, Armando war lange Zeit noch auf seine Schwester Pilar angewiesen.« Ein wehmütiger Zug umspielte seine Lippen. »Ich habe ihn für seine positive Lebenseinstellung grenzenlos bewundert.«

»Demzufolge war dein Vater ein zufriedener Mensch?«

»Ja, und ein geselliger dazu. Er und meine Mutter Leonor haben früh geheiratet. Sie war die Tochter seines Lehrers. Später sagte er irgendwann zu mir, der schönste Moment seines Lebens sei gewesen, dass er seine Frau noch erkennen konnte, als sie sich zum ersten Mal begegneten. Mein Vater wurde fünfundsiebzig.«

»Danke für diese wunderbaren Geschichten, Hermigo. Ich weiß dein Vertrauen sehr zu schätzen. Das neue Bild von Armando werde ich vor meiner Abreise wohl nicht mehr zu sehen bekommen, was?«

»Der Abschied ist doch nicht für immer, Lisa. Sei nicht traurig. Du musst zu Hause dein Leben neu ordnen. Wir alle brauchen ein Heim und einen Plan, wie wir unsere Zukunft gestalten wollen. Wenn du alles geregelt hast, das weiß ich, sehen wir uns wieder. Ich freue mich schon jetzt auf den Tag und bin gespannt, was du Filipe und mir zu berichten hast.« Er tätschelte ihre Hand. »Ich habe dem Jungen übrigens aufgetragen, mir ein Sprachhandy zu besorgen. Ich habe diesen neumodischen Dingern zwar nie über den Weg getraut, aber man hat mir versichert, dass sie gut funktionieren.«

Rührung erfasste Lisa, während sie ihm zuhörte. »Du schaffst dir meinetwegen ein Sprachhandy an?«

»Ja, dann können wir in Kontakt bleiben. Es sei denn, du hast keine Lust auf Gespräche mit einem alten, wunderlichen Kerl?«

Lisa lachte und küsste ihn auf die Wange.

»Fein«, schmunzelte er. »Du erzählst mir hoffentlich noch vor deiner Abreise, wie dein Besuch beim Fotografen in Funchal gelaufen ist?«

»Auf jeden Fall.« Tapfer wischte sie sich ein paar Tränen aus dem Gesicht. »Aber bevor ich noch sentimentaler werde, gehe ich jetzt besser.« Damit sprang sie auf und hatte es auf einmal sehr eilig.

Als Lisa eine Weile später auf das Ferienhaus zusteuerte, wuchs ihre Nervosität. Was würde ihr der Abend bringen?

KAPITEL 20

Als sich Lisa gegen halb neun von Michael Hollmann und seinem Geschäftspartner Bruno Sousa verabschiedete, war sie in Hochstimmung und musste sich zusammenreißen, um nicht auf offener Straße ihr Glück herauszuschreien. Wie sich herausgestellt hatte, war Hollmann auf der Suche nach geeigneten Bildern für einen Fotokalender über Madeira und von einigen ihrer Motive derart angetan, dass er ihr sofort ein Vertragsangebot unterbreitet hatte. Bruno Sousa, der einen kleinen regionalen Verlag auf Madeira betrieb, hatte sich an ihren Kurztexten zu den Bildern interessiert gezeigt und um weitere Textproben gebeten. Zudem waren ihr die beiden Männer auf den ersten Blick sympathisch gewesen. Lisa klopfte den Takt der Melodie aus dem Radio mit, während sie durch die belebten Straßen von Funchal fuhr.

Sie brauchte jetzt Trubel. Menschen. Musik.

Schließlich fand sich Lisa an der Marina von Funchal wieder. Der mit hohen Palmen gesäumte Weg zum Jachthafen war einladend beleuchtet. Wie von selbst führten sie ihre Schritte zu einem Straßencafé, in dem ein paar junge Leute saßen und zu den Klängen einer Gitarre sangen. Die Promenade war trotz der späten Stunde noch gut gefüllt, und Lisa ließ sich einfach mit dem Strom treiben. Unweit vom Hafen entdeckte sie einen Klub. Dröhnende Beats und bunte Spotlights empfingen sie, schlossen die Wirklichkeit für eine Weile aus.

Als Lisa nach Mitternacht die Diskothek verließ, fühlte sie sich wie berauscht von den mitreißenden Rhythmen. Mit einem Lied auf den Lippen fuhr sie zurück in ihre Wohnung. Kaum hatte sie sich auf dem Bett ausgestreckt, nickte sie ein.

Ein Geräusch schlich sich in ihren Traum. Es kehrte wieder, diesmal lauter, anhaltender, doch im nächsten Moment sank Lisa in den Schlaf zurück. Gleich darauf brüllte jemand ihren Namen und hämmerte gegen die Tür. Sie fuhr hoch, lauschte.

»Lisa! Mach endlich auf!«

Das Klopfen dröhnte ihr in den Ohren. Benommen schwang sie die Beine aus dem Bett. »Wer ist da?«, rief sie auf halbem Weg.

»Filipe!«

Kaum hatte sie ihm geöffnet, riss er ihre Jacke von der Garderobe. »Hier, zieh dich an. Es brennt! Wir müssen zu Hermigo!«

»Was? Um Himmels willen!«

Von seinen Worten augenblicklich hellwach, nahm sie in der tiefschwarzen Nacht hastende Schritte wahr, von irgendwoher wurden Stimmen mit dem Wind zu ihr getragen. Zitternd fuhr sie sich mit den Fingern durchs Haar. Schon fiel die Tür krachend ins Schloss. Der Motor des Jeeps heulte auf, kaum dass sie eingestiegen war.

»Wo brennt es, Filipe?«, schrie sie gegen das Motorengeräusch an. »Sag doch was!«

Sein Gesicht zeichnete sich scharf gegen das Mondlicht ab. Seine Kieferknochen mahlten. »Im Zentralmassiv sind mehrere Feuer ausgebrochen. Die starken Winde treiben sie in unsere Richtung.«

Kaum hatte er es ausgesprochen, vernahm sie auch schon das Sirenengeheul der Feuerwehr. Vier, fünf Wagen mussten es sein, die über die Schnellstraße rasten, die sich am Rand von Serra de Água durch die Landschaft zog. Lisa überlief ein Schauer.

»Meinst du, sie können die Feuer rechtzeitig …?«

Er blieb ihr die Antwort schuldig.

Inzwischen hatten sie den Parkplatz neben der Kirche erreicht. Er war voller Menschen, ähnlich wie Lisa in Nachthemd oder Morgenmantel gekleidet. Übermüdete Kinder klammerten sich an ihre Mütter, die mit schreckgeweiteten Augen beieinanderstanden, während ihre Männer das Nötigste aus den Häusern holten. In der Menge machte sie auch die Wirtin Mariana aus, die ihre Mutter stützte. Außerdem den Mann, der immer mit seinem Hund sprach.

»Mein Gott«, flüsterte Lisa, denn trotz der Menschenansammlung war es bis auf ein gelegentliches Hundefiepen gespenstisch still.

Filipe knipste eine Taschenlampe an und drückte Lisa ebenfalls eine in die Hand. Ohne Zögern rannten sie auf den Pfad zu und die Treppen hoch.

»Vorsicht!«, brüllte er gegen den Wind an, der ihnen auf dem Hügel entgegenpeitschte. »Ein Ast!«

Buchstäblich im letzten Moment wich sie dem Hindernis aus und stürmte weiter die Stufen hinauf. Keuchend erreichten die beiden das Haus des Malers.

»Hermigo, hörst du mich?«, rief Filipe und beleuchtete ihren Weg.

Gerade wollte Lisa ins Haus stürzen, da stand der Korbflechter vor ihr. Die vollen Haare standen ihm zu Berge, die Augen waren noch vom Schlaf geschwollen. Er blinzelte.

»Was macht ihr mitten in der Nacht für einen Krach?«

Lisa nahm seine Hände. »Nicht erschrecken bitte. Drüben in den Bergen brennt es. Du bist hier nicht mehr sicher.«

Verwirrt blickte der alte Mann von einem zum anderen, und Filipe fasste die Situation mit ein paar Sätzen zusammen. »Wir holen jetzt aus dem Haus, was du brauchst, und dann müssen wir von hier verschwinden.«

»Nein! Ich gehe nirgendwohin, Junge. Das Feuer wird uns schon nicht erreichen. Lass uns das vorerst beobachten …«

»Wir haben keine Zeit zu verlieren, Hermigo«, wehrte Filipe entschieden ab. »Anweisung der Polizei! Es tut mir leid.«

Der alte Mann schüttelte verzweifelt den Kopf.

Lisa umarmte ihn. »Komm, ich helfe dir. Du ziehst dir schnell etwas über und sagst mir, wo deine Papiere sind.«

»Heilige Jungfrau.« Er sank förmlich in sich zusammen, ließ sich jedoch ohne weiteren Protest von Lisa ins Haus führen.

Besorgt beobachtete sie, wie er sich eine Hose anzog, während sie seine Habseligkeiten in einen Rucksack stopfte.

»Warte, Mädchen.« Hermigo zog unterm Bett eine Ledertasche hervor, die er ihr in die Hand drückte. »Bitte trag du sie, die muss unbedingt mit. Mein Holzkasten auch.« Hermigo umklammerte ihre Schultern. »Bitte!«

Filipe trat ins Innere. »Wir müssen uns beeilen.« Er wandte sich Lisa zu. »Habt ihr alles?«

»Meine Gemälde, Junge!« Hermigos Stimme nahm einen beschwörenden Ton an. »Helft mir!«

Filipe lief in die Malkammer und kehrte kurz darauf schwer beladen zurück. »Du wirst sie nicht tragen, Hermigo«, erwiderte er bestimmt. »Du hast schon genug damit zu tun, die Treppe heil herunterzukommen.«

»Hast du auch alle Bilder beisammen?«, fragte der alte Mann heiser. »Ich … ich kann sie doch nicht hier im Haus lassen.«

Zehn, maximal zwölf Bilder mochten es sein, die Filipe ins Freie schaffte. Lisas Brust wurde eng. »Wir nehmen mit, was wir tragen können, Hermigo. Komm!«

Den Rucksack auf dem Rücken, die Ledertasche sowie zwei Bilder in der Hand, die in Bettlaken gewickelt waren, nahm sie den Korbflechter am Arm. Filipe folgte ihnen. Mit ruhiger Stimme sprach er dem Freund Mut zu, während sie vorsichtig Schritt um Schritt die Treppe hinunterstiegen. Die Hälfte der Stufen hatten sie bewältigt, da verlor Lisa Hermigos Ledertasche. Hektisch leuchtete sie den Boden ab, richtete den Lichtstrahl sogar auf das Buschwerk hinter dem Geländer, konnte sie jedoch nirgends erkennen.

»Was ist, Lisa?«, fragte Hermigo neben ihr.

Sie wollte ihm antworten, als Filipe sie unterbrach. »Beeilt euch!«

Als die drei endlich beim Wagen des Rangers angelangten, war Lisa schweißgebadet. Auf der Fahrt herrschte eine bedrückende Stille. Lisa saß mit Hermigo auf der Rückbank. Trotz einer Wolldecke um die schmalen Schultern zitterte er am ganzen Leib.

»Nach neuesten Mitteilungen gibt es ein weiteres Feuer am *Curral das Freiras* zu vermelden. Es scheint ebenfalls noch außer Kontrolle zu sein«, tönte es aus dem Radio. »Laut Pressemitteilung soll ein Hubschrauber angefordert werden, um die *bombeiros* bei der Bekämpfung der Flammen zu unterstützen. Die Anwohner der angrenzenden Gebiete werden aufgrund der Witterungsbedingungen aufgefordert, ihre Häuser zu verlassen und möglichst auf die Küstengebiete auszuweichen. In den Schulen und Turnhallen werden derzeit Notunterkünfte eingerichtet.«

Ausgerechnet im *Curral das Freiras,* im Nonnental, schoss es Lisa blitzartig durch den Sinn, und sie presste die Lippen fest aufeinander, um nicht aufzustöhnen. Mein Gott. Die Sturmvögel, der *Parque Natural,* die unbeschreiblich schöne Berglandschaft.

»Ich vermute, die meisten Leute werden sich in Richtung Hauptstadt orientieren, deshalb nehmen wir die andere Route und fahren nach Ribeira Brava«, entschied Filipe. »Dort werde ich schon eine Unterkunft für uns finden.« Sein Gesicht wirkte wie in Stein gemeißelt, doch in seinem Blick sah Lisa nackte Angst aufflackern.

Auf der Schnellstraße kamen ihnen weitere Fahrzeuge entgegen, viele bis zum Dach beladen mit Decken und Reisebetten. In diesem Moment empfand Lisa es fast als Segen, dass Hermigo blind war. Ihm würde das Herz brechen, könnte er beobachten, wie seine Landsleute vor dem Feuer flohen. Sie warf ihm einen raschen Seitenblick zu, doch er stellte zu ihrer Erleichterung keine Fragen. Nur seine fliegenden Finger, die den Blindenstock hin- und herdrehten, verrieten seine Empfindungen.

Da die Straße völlig überfüllt war, ging es nur schleppend voran. Hermigo war besorgniserregend blass. Tatsächlich schienen die meisten Fahrzeuge nach Funchal unterwegs zu sein. Als das Ortsschild von Ribeira Brava schließlich vor ihnen auftauchte und Filipe abbog, schickte Lisa ein Stoßgebet zum Himmel. Zielsicher steuerte er das Auto zu einer Tankstelle am Ortseingang. Ohne ein Wort zu verlieren, stieg er aus und lief auf den Kiosk zu.

»Wo ist er hin, Mädchen?«, wollte Hermigo wissen.

Lisa zwang sich zu einer gelassenen Antwort.

Es dauerte nicht lange, und Filipe kehrte mit finsterer Miene zurück. »Eine ehemalige Nachbarin von mir betreibt diese Tankstelle hier. Ihr gehört eine Einliegerwohnung ganz in der Nähe, leider ist sie schon vermietet«, erklärte er ihnen schnell.

Daraufhin telefonierte er mit einem Hotel, das aber durch eine größere Touristengruppe ausgebucht war. Fluchend folgte der Ranger dem Weg zur Küste. Als sie eine Weile später abbogen, lag eine sich aufwärtswindende Straße verlassen und schwach beleuchtet vor ihnen. Schließlich hielten sie vor einem Gebäudekomplex mit heller Fassade und ausladenden Blumenkübeln vor dem Eingang.

»Ist das ein Hotel?«, fragte Lisa, als Filipe Anstalten machte, abermals wortlos auszusteigen.

»Eine Jugendherberge«, korrigierte er sie und eilte hinein.

Hermigo wandte sich ihr fragend zu, und sie erzählte ihm, wo sie sich befanden.

»Es ist nur noch ein Einzelzimmer frei«, berichtete Filipe ihnen wenig später. »Aber der Wirt hat mir angeboten, zwei weitere Betten hineinzustellen.«

»Gut, mein Junge«, flüsterte Hermigo sichtlich erleichtert. Lisa schloss gequält die Augen, allein die Vorstellung, mit Filipe das Zimmer teilen zu müssen, löste Unruhe in ihr aus.

Der Wirt war ebenfalls von den jüngsten Ereignissen beunruhigt, und Filipe tauschte mit ihm die neuesten Nachrichten aus, während sie gemeinsam die Klappbetten in das Zimmer trugen. Nachdem er sich zurückgezogen hatte, murmelte Lisa eine kurze Entschuldigung und ging noch mal nach unten.

Sie fand den Wirt an der Rezeption.

»Kann ich noch etwas für Sie tun, Senhora?«

»Ja, das können Sie.« Sie senkte die Stimme. »Ist es wirklich nicht möglich, ein zusätzliches Zimmer zu bekommen? Es muss nicht groß sein, ich stelle keine Ansprüche.«

»Bedaure, aber wie Sie wissen, sind wir komplett belegt«, erklärte er mit einem Achselzucken. »Ich verstehe, dass Sie lieber für sich wären, aber ich fürchte …«

Lisa hob bittend die Hände. »Sie haben doch bestimmt irgendwo ein Ersatzbett stehen oder wenigstens eine Liege.«

»Selbstverständlich, in der Abstellkammer.« Er musterte sie lange. »Na ja, ich hätte da ein Zimmer, das wir vor Kurzem erst angebaut haben. Das Bad ist zwar fertig, aber der Raum ist noch nicht eingerichtet. Den kann ich Ihnen unmöglich anbieten, Senhora.«

»Es macht mir nichts aus«, erwiderte sie schnell.

»Sind Sie sicher? Gut, dann bringe ich das Bett mit Ihrem Bekannten hinein.«

»Vielen Dank«, entfuhr es Lisa.

Als sie den beiden Männern von ihrem Erfolg erzählte, nickte Hermigo. »Du hast offenbar Talent zum Organisieren. Gut gemacht, nicht wahr, mein Junge?«

Filipe brummte etwas Unverständliches. Schweigend half sie ihm, Hermigos Bettstatt herzurichten. Während Lisa seine Kleidung auspackte, streifte Filipe zufällig ihren bloßen Arm, und für einen Moment fühlte sie die Wärme seines Körpers. Sein Blick drang in ihren, und sie konnte etwas darin lesen, das ihr Hitzewellen durch die Adern jagte.

»Ich bin im Aufenthaltsraum«, erklärte er hastig. »Vielleicht gibt es ja inzwischen neue Informationen.«

Als sich die Tür hinter Filipe schloss, spürte Lisa die Erschöpfung in allen Gliedern. Könnte sie sich nur aus dem Netz befreien, das er durch seine Nähe jedes Mal um sie zu weben schien. Sie musste wirklich besser auf sich aufpassen, ihn von sich fernhalten, bevor der Gedanke an den nahen Abschied sie innerlich zerriss.

»Hilfst du mir mal bitte? Ich bekomme den verflixten Reißverschluss nicht auf«, riss Hermigos Stimme sie aus dem Gefühl von Betäubung.

»Ja, natürlich«, erwiderte sie und machte sich an seiner Jacke zu schaffen. »Am besten, du ruhst dich ein wenig aus.«

Er hielt sie am Ärmel fest. »Dem Hubschrauberpiloten wird es gelingen, die Feuer zu löschen, nicht wahr, Mädchen?«

»Aus der Luft lassen sich die Flammen sicher besser bekämpfen«, erklärte sie ausweichend.

»Mein Haus ist sowieso renovierungsbedürftig. Notfalls lasse ich es neu aufbauen. Wenn nur meinen Bildern nichts passiert.« Er drückte ihre Hand, bis es schmerzte, doch sie entzog sich ihm nicht.

»Hermigo, selbst wenn ein Teil deiner Bilder verloren gehen sollte, dann malst du sie eben noch mal. Wichtig sind deine Erinnerungen, die kann dir kein Feuer nehmen.«

»Wohl aber Vaters Bilder. Vier Werke habe ich von ihm.« Tapfer versuchte er zu lächeln. »Macht es dir etwas aus, mich ein wenig allein zu lassen?«

»Nein, ganz und gar nicht.« Er sah mitgenommen aus, auf seiner Miene wechselten sich Furcht und Hoffnung ab, und Lisa fragte sich bange, wie viel Leid er noch verkraften konnte.

Leise ging sie hinaus und machte sich auf die Suche nach dem Wirt. Wenig später hielt sie den Schlüssel für ihr Zimmer in der Hand. Der Mann hatte sich alle Mühe gegeben, den Raum auf die Schnelle gemütlich zu gestalten. Ein kleiner Tisch stand am Fenster, eine Kommode neben dem Bett, und im Badezimmer lag frische Wäsche. Dankbar blickte sie sich um. Nachdem sie sich frisch gemacht hatte, beschloss sie, sich ins Freie zu setzen. Vielleicht würde sie an der frischen Luft auf andere Gedanken kommen.

Die Tür des Aufenthaltsraums war nur angelehnt, Filipe saß kerzengerade auf einem Sessel und verfolgte ein Interview mit dem portugiesischen Sprecher vom Katastrophenschutz. Hoch konzentriert hörte er zu und bemerkte nicht, wie sie auf Zehenspitzen davonschlich.

KAPITEL 21

Draußen setzte sich Lisa auf eine Bank vor dem Eingangsportal. Jetzt, da der Nachthimmel heller wurde und der Tag erwachte, entdeckte sie, dass man von der Jugendherberge einen direkten Blick aufs Meer hatte. Der Wind war frisch, Lisa zog ihre dünne Jacke enger um sich. Es war Samstagmorgen, der Tag, an dem sie ursprünglich die *Ilhas Desertas* besuchen wollten, um die *Freiras* zu beobachten.

Wie friedlich der Sonnenaufgang wirkte, unvorstellbar, dass nur fünfzig Kilometer entfernt Feuer und Zerstörung wüteten. In ihrer Erinnerung tauchten die Fotos von den Sturmvögeln und ihren Küken auf, die Filipe ihr in der Höhle gezeigt hatte. Ihr wurde eiskalt, während sie blicklos auf die schmale Linie am Horizont starrte und gegen die aufkommende Panik ankämpfte.

Tim hatte bestimmt inzwischen von dem Brand erfahren. Besser, sie sagte ihm kurz Bescheid, damit er sich keine Sorgen machte. Schnell tippte sie eine SMS und schickte sie ab.

Sie wusste nicht, wie lange sie ins Nichts geblickt hatte, bis die Tür quietschte. Der Ranger setzte sich wortlos neben sie und reichte ihr einen dampfenden Becher.

Um ihn nicht ansehen zu müssen, nippte sie an dem Kaffee. Er war viel zu stark, vertrieb aber die bleierne Schwäche in ihren Gliedern.

»Hermigo liegt wach«, zerschnitt er die Stille. »Ich habe eben nach ihm gesehen, er betet einen Rosenkranz.«

Lisas Augen wurden feucht. »Gibt es etwas Neues?«

»Der Wind treibt die Flammen tiefer in die Täler. Die ersten Ortschaften brennen schon lichterloh. Der nächtliche Tau reicht nicht, die trockenen Gräser und Tannennadeln brennen wie Zunder.«

»Was ist mit dem *Parque?«*

»Pablo meinte, derzeit sei alles ruhig, weil der Wind die Feuer vom Pico fernhält. Aber herumfliegende Funken können jederzeit neue Brandherde entfachen.« Er drehte sie zu sich herum und zwang ihr seinen Blick auf. »Ich muss zurück, Lisa. Meine Kollegen brauchen mich.«

»Nein! Das kannst du nicht tun!« Ohne darüber nachzudenken, umfasste sie sein Gesicht. »Bitte bring dich nicht in Gefahr.«

»Hör zu. Ich habe euch hierher in Sicherheit gebracht.« Seine Stimme nahm einen beschwörenden Klang an. »Aber jetzt muss ich gehen. Meine Kollegen befreien den Boden an den zugänglichen Stellen von Tannennadeln und Zweigen, um einem möglichen Feuer keine zusätzliche Nahrung zu bieten. Wenn wir wenigstens verhindern können, dass die Flammen den Pico erreichen.« Filipe holte tief Luft.

Ihn so verzweifelt zu erleben tat weh, weshalb sie nur schwer der Versuchung widerstehen konnte, ihn zu küssen. Das Meer aus Heidekraut und Ginster tauchte vor ihrem geistigen Auge auf, die unendliche Weite der Berglandschaft.

»Das Gelände ist riesig, Filipe.«

»Ich weiß, aber wir dürfen nichts unversucht lassen. Unsere Ausrüstung und das restliche Equipment müssen auch noch in Sicherheit gebracht werden«, fuhr er heiser fort.

Lisa biss sich auf die Unterlippe. »Verstehe. Aber bitte pass auf dich auf.«

Er nickte. »Ein Trupp Spezialisten der *bombeiros* ist bereits unterwegs, um zusätzliche Feuerschneisen zu legen und die Ausbreitung auf den *Parque,* den Pico und den Lorbeerwald zu verhindern.« Als er sich erhob, war er mit seinen Gedanken bereits weit fort. »Ich kann dich doch mit Hermigo allein lassen?«

»Sicher.«

»Danke.« Ein flüchtiger Kuss auf ihre Stirn, dann war er auch schon weg.

Kurze Zeit später hörte sie ihn davonfahren.

Mit fliegenden Fingern holte sie ihr Smartphone aus der Jacke und informierte sich über die aktuelle Lage. In der vergangenen Nacht waren einige Feuerwehrleute durch herumfliegende brennende Äste leicht verletzt worden. Im Internet fand sie Bilder von weinenden Menschen, die um ihr Hab und Gut fürchteten. Haustiere, die verbrannt waren, weil ihre Besitzer sie in der Eile nicht aus den Ställen befreit hatten. Übelkeit wallte in ihr auf, diese Details sollte sie Hermigo besser verschweigen.

Lisa entdeckte den Maler in einer windgeschützten Ecke auf der Frühstücksterrasse. Er hielt das Kästchen, in dem er Armandos Foto aufbewahrte, fest umklammert.

»Da bist du ja. Ich habe dich schon gesucht«, begrüßte sie ihn.

Sein Gesicht war fahl, als er sich ihr zuwandte. »Das beruht auf Gegenseitigkeit, Mädchen.«

Sie setzte sich neben ihn. »Möchtest du etwas essen? Ich habe gesehen, wie die Wirtin ein kleines Frühstücksbuffet aufgebaut hat.«

»Danke. Ich habe keinen Hunger.« Er schauderte in der Sonne. »Filipe wird bestimmt ein paar Tage fort sein.«

»Ja, das glaube ich auch.« Das Rauschen der Bäume im Wind schien von Unheil und Tod zu flüstern. »Ich habe Angst, Hermigo.«

»Ich auch. Aber das dürfen wir ihm nicht zeigen. Er hat recht, er gehört jetzt zu den anderen Rangern.«

»Was, wenn ihm etwas passiert ...?« Lisa brach ab. Den Gedanken durfte sie gar nicht erst zulassen, doch er spukte in ihrem Kopf herum und ließ sich nicht vertreiben.

»Du liebst ihn, nicht wahr?«

Wie vom Blitz getroffen hob sie den Kopf. »Nein, Filipe ist nur ein guter Freund.«

Hermigo winkte ab. »Du brauchst es nicht zu leugnen, liebe Lisa. Ich weiß es schon länger. Bei all den klugen Argumenten vergessen wir Menschen oft eins«, sagte er, während seine starren Augen durch sie hindurchblickten. »Gefühle lassen sich mit Vernunft nicht überlisten. Gleichgültig, wie viele Kilometer uns trennen, wie unterschiedlich unsere Leben oder Ansichten sein mögen, die Liebe nehmen wir mit. Sie ist ein Teil von uns, ein ziemlich hartnäckiger sogar. Glaub mir, was immer wir auch versuchen, um uns von diesem Gefühl zu lösen, wir werden scheitern. Im Gegenteil, Liebe ist wie Feuer: Je mehr Nahrung du ihr gibst, umso heller wird sie lodern.«

»Das sehe ich aber anders«, widersprach sie, wenngleich mit zittriger Stimme. »Liebeskummer vergeht nach einer Weile, und irgendwann lernen wir einen anderen Menschen kennen, mit dem wir glücklich sein können.«

»Meinst du?« Hermigo beugte sich zu ihr herüber. »Vielleicht ist an der Behauptung sogar etwas Wahres dran, Lisa.« Über seine Züge huschte Traurigkeit. »Ich für meinen Teil kann nur sagen, dass Liebe etwas ist, das mich für immer und auf einzigartige Weise mit dem einen Menschen verbindet.«

»Wie … wie war es denn bei dir?«, traute sie sich zu fragen.

Er blieb lange still. »Das Gefühl zu lieben und geliebt zu werden ist meine kostbarste Erinnerung«, gestand er schließlich.

Lisa warf ihm einen aufmerksamen Seitenblick zu. Er sprach von Dores, das fühlte sie mit Bestimmtheit. Dabei verklärte Hermigos wehmütiges Lächeln seine Züge auf wundersame Weise. Der alte Mann legte ihr einen Arm um die Schultern.

»Ich muss dir noch etwas gestehen, was mir ziemlich unangenehm ist, Hermigo.«

»Was denn?«

»Ich habe heute Nacht deine Tasche verloren. Hast du etwas Wichtiges darin aufbewahrt?«

Hermigos Züge erstarrten. »Nicht … die Tasche«,

murmelte er kaum verständlich, ohne auf ihre Frage einzugehen.

»Es tut mir schrecklich leid. Ich schätze, sie ist den Abhang heruntergefallen.«

Er wandte das Gesicht ab und schwieg so lange, dass Lisa schon aufstehen und ihn allein lassen wollte. »Dann soll es so sein.« Seine Stimme klang gepresst, und Lisas schlechtes Gewissen wuchs.

»Beschreibst du mir bitte die Aussicht, mein Mädchen? Ich war als Kind zuletzt hier.«

Nie war es ihr schwerergefallen, die Ruhe zu bewahren. Lisa ließ den Blick schweifen. »Vor uns schließt das Grundstück mit einer Hortensienhecke ab, dahinter befindet sich wahrscheinlich nur noch der Abgrund. Hinter der Hecke ragen mit Kiefern bewachsene Felsen auf, über denen dichte Nebelschwaden hängen. Der Himmel ist dunstig. Rechts von uns, zum Eingang hin, hat man einen freien Blick auf den Atlantik und die Berge in der Ferne.«

»Ich höre die Wellen, wie sie sich an der Küste brechen«, warf der alte Korbmacher ein.

»Ja, weiter draußen sind Schaumkronen zu erkennen.«

Lisas Handy vibrierte, und sie überflog die Eilmeldung der örtlichen Onlinezeitung.

Mit einem dumpfen Ton fiel das Telefon zu Boden.

»Alles in Ordnung, Mädchen?«

Plötzlich meinte sie, das Geräusch züngelnder Flammen wahrzunehmen, dazu den Geruch von brennendem Lorbeer, vermischt mit Stimmen, die einander Befehle zuwarfen. »Wir haben es seit heute früh mit drehenden Winden zu tun«, flüsterte sie schließlich.

»Heilige Madonna! Heißt das, der Junge ist in Gefahr?«

»Ich weiß es nicht«, stieß sie schluchzend hervor und hob das Telefon auf. Sie versuchte mehrmals, Filipe zu erreichen: nichts.

»Wird etwas über Serra de Água berichtet?«, fragte der Maler kaum vernehmbar.

»Nein, tut mir leid.«

Sie spürte, wie er zitterte.

Während die Sonne allmählich höher stieg, verharrten die beiden schweigend im Freien. Die Stimmen der anderen Gäste drangen zu ihnen herüber, ein Baby weinte. Irgendwann konnte Lisa ihren Freund überreden, etwas zu sich zu nehmen, doch sie selbst schmeckte kaum, was sie aß.

Die Stunden verstrichen quälend langsam. Hermigo war aschfahl, weshalb sie in der Mittagszeit auf ihn einredete, damit er sich wenigstens auf einer der Sonnenliegen ausstreckte. Eine Weile später schlief er tatsächlich ein. Wie er dalag, mit dem Sonnenhut auf der Stirn und den entspannten Gesichtszügen, wünschte sie sich, ihn vor weiterem Kummer beschützen zu können.

Um ihn nicht zu wecken, verfolgte Lisa im Aufenthaltszimmer mit einigen anderen Gästen die aktuelle Berichterstattung. Es gab jedoch keine Neuigkeiten zu vermelden, da die Reporter unter erschwerten Bedingungen arbeiteten und die Fachleute nicht für Interviews zur Verfügung standen. Lange hielt es Lisa nicht auf ihrem Platz. Während sie im Raum auf und ab ging, versuchte sie noch einmal, Filipe zu erreichen. Sein Handy war ausgeschaltet.

Irgendwann kam der Wirt herein, brachte eine Kanne Kaffee und Gebäck und redete beruhigend auf sie ein, aber seine Worte rauschten mit einem misstönenden Klang an ihr vorbei.

Gerade hatte sie sich davon überzeugt, dass Hermigo noch schlief, und wollte sich in ihr Zimmer zurückziehen, da kam ihr eine dunkel gekleidete Gestalt mit langen Schritten entgegen. Filipes Gesicht war rußverschmiert, seiner Kleidung entströmte beißender Rauchgeruch. Ohne ein weiteres Wort riss er sie in die Arme. Er weinte, und sie glaubte, ihr Herz müsse ihr auf der Stelle stehenbleiben. Lisa blickte zu ihm auf und küsste ihn. Diesmal zog er sich nicht von ihr zurück, sondern erwiderte den Kuss mit einer Verzweiflung, dass ihre Knie weich wurden.

»Was ist passiert?«, fragte sie ihn schließlich atemlos.

»Der *Parque* steht in Flammen. Der Pico sieht aus wie ein rauchender Vulkan. Wegen des starken Funkenflugs und des Ascheregens wurden wir aufgefordert, den *Parque* sofort zu verlassen.« Er hustete. »Wie eine Walze ist das Feuer auf uns zugerollt. Wir konnten im letzten Moment fliehen …«

Lisa rüttelte ihn an der Schulter. »Oh mein Gott! Bist du verletzt, Filipe?«

»Nein, bitte beruhige dich, ich bin okay und meine Kollegen ebenfalls.« Mit einer Spur Verlegenheit wollte er sich von ihr lösen, aber sie wehrte ab und forschte in seinem Gesicht.

»Hast du etwas von … von deinem und Hermigos Haus gehört? Und was ist mit dem Pico?«

»Ich habe keine Ahnung, die Straßen rund um

Serra de Água und die hoch zum Pico sind weiträumig gesperrt.« Er befeuchtete seine Lippen. »Wo ist Hermigo?«

»Draußen im Garten, er schläft.«

Filipes Tränen hinterließen eine helle Spur auf seinen Wangen. Lisa wollte die Linien nachzeichnen, ihn trösten, doch sie verschränkte die Hände hinter dem Rücken, um nicht in Versuchung zu geraten.

»Hermigo ist am Ende seiner Kräfte. Wir müssen es ihm schonend beibringen«, sagte sie stattdessen.

»Wenn ich nur wüsste, wie«, raunte Filipe.

Ihre Blicke begegneten sich.

Plötzlich lagen seine Lippen wieder auf ihren, fragend, bittend. Lisa seufzte, verblüfft von der Heftigkeit seiner Reaktion, und schlang die Arme um seinen Hals. Jeder Widerstand war zwecklos. Diesmal war sie es, die genüsslich seinen Mund erforschte. Sein unterdrücktes Stöhnen ging ihr durch Mark und Bein, während er sich wie ein Ertrinkender an sie klammerte.

Lisa wusste kaum, wie es geschehen war, dass sie sich auf einmal vor der Tür zu ihrem Zimmer befanden. Hatte sie Filipe tatsächlich dorthin geführt? Kaum waren sie allein, drückte er sie gegen die Wand und vergrub die Hände in ihren Haaren. Doch sie entwand sich ihm, lächelte und zog ihn ins Badezimmer.

»Keine gute Idee«, brummte Filipe. »Ich mache hier bloß alles schmutzig.«

Lisa trat ganz dicht an ihn heran. »Genau, deshalb werden wir das jetzt ändern«, erklärte sie, ohne zu wissen, woher sie den Mut dazu nahm.

Sie war schon im Begriff, die Knöpfe seiner Jacke zu öffnen, da hielt er sie fest, und sein Atem streifte ihren

Nacken. »Du forderst mich also heraus, Lisa Freiberg? Na schön, du hast es so gewollt.« Mit einer einzigen Handbewegung zog er ihr das T-Shirt über den Kopf, im nächsten Moment fiel ihr Büstenhalter zu Boden.

»Ziemlich geschickt, Herr Ranger«, murmelte sie, weil ihre Stimme ihr nicht mehr gehorchte. Gleich darauf warf sie seine Jacke achtlos beiseite, was sie mit einem triumphierenden Lächeln quittierte.

Lisas Herz raste, als er sie an sich presste und seine Hände über ihre Brüste wandern ließ. Sein Kuss wurde fordernder, und sie gab sich seiner Führung hin. Hastig nestelte er an dem Reißverschluss ihrer Shorts. Dann stand sie vor ihm, mit nichts außer ihrem Fußkettchen. Filipe betrachtete sie lange und aus zusammengekniffenen Augen. Mit entschlossener Miene hob er sie hoch.

»He, was machst du da?«

»Wonach sieht es denn aus, mein Herz?« Ihrem Protest zum Trotz stellte er sie unter die Dusche, drehte den Wasserhahn auf und beobachtete mit sichtlicher Genugtuung, wie das warme Wasser an ihr herabfloss.

»Wer fordert hier gerade wen heraus?«, fragte er, als er wie in Zeitlupe auf sie zutrat.

Seine Bauch- und Rückenmuskeln zeichneten sich scharf unter der nackten Haut ab. Wie ein Krieger sah er mit dem von Rauch und Ruß verfärbten Haar aus, in dem nur noch wenige helle Spitzen auszumachen waren. Am Hals und an den Armen entdeckte sie Abschürfungen und kleinere Verbrennungen, die von seinem Kampf gegen die Flammen erzählten.

Lisa schauderte, als er zu ihr in die Dusche trat. »Warte«, sagte sie nur, nahm ein Stück Seife und verteilte den duftenden Schaum auf seinem Hals, den Schultern und ließ dann die Hände tiefer zu seinem festen Bauch wandern. Rinnsale von dunklem Wasser liefen an seinen Beinen hinab, während er mit einem unergründlichen Blick jeden Zentimeter ihrer Nacktheit eroberte.

Lisa vergrub das Gesicht in seinem Nacken und sog den Duft seiner Haut ein. Könnte sie die Zeit doch nur anhalten. Träumerisch überließ sie sich ihrer Trägheit. Filipes Wärme weckte unbekannte Sehnsüchte in ihr. Regungslos lag sie da, eng an ihn geschmiegt, und traute sich kaum, sich zu bewegen, um den Zauber, der sie noch immer gefangen hielt, nicht zu zerstören. Sein Atem ging ebenso heftig wie ihrer. Wie hatte es nur dazu kommen können, dass sie sich ihm so bereitwillig hingegeben hatte? Wo war nur ihre Vernunft geblieben?

Ihre Lippen prickelten von seinen Küssen, ihr Körper glühte noch von seinen Berührungen. Die Gefühle, die er in ihr auslöste, glichen einer nicht enden wollenden Achterbahnfahrt. Wie sollte sie je aufhören, sich nach ihm zu sehnen, wenn die Luft schon knisterte, sobald er sich ihr auch nur näherte? Wenn es ihr jetzt nicht gelang, einen gewissen Abstand zu ihm aufzubauen, wusste sie nicht, wie sie ihr altes Leben wieder aufnehmen sollte.

Als sie die Lider öffnete, fühlte sie Filipes Blick auf sich ruhen. Mit den Fingerspitzen fuhr er die Konturen ihres Gesichts nach und küsste sie mit einer Zärtlichkeit, die für sie schon nach Abschied schmeckte.

»Bereust du, was zwischen uns geschehen ist,

Lisa?«, fragte er nach einer gefühlten Ewigkeit und stützte sich auf die Ellenbogen.

»Nein. Ja. Ach, ich weiß nicht«, erwiderte sie und setzte sich auf. »Auf jeden Fall macht es alles nur komplizierter.«

Auf seiner Miene spiegelten sich seine wechselnden Gefühle wider. »Ja, vielleicht.« Er wickelte sich eine Haarsträhne um den Finger, die Lisa in die Stirn gefallen war. »Aber ich habe noch nie eine Frau so sehr begehrt wie dich. Egal, wie es mit uns weitergeht, das hier werde ich nie vergessen. Trotzdem möchte ich mich bei dir entschuldigen.«

Lisa blinzelte ins helle Sonnenlicht, das durch das Fenster hereinfiel. »Wofür, Filipe?«

Sein Mund wurde zu einer schmalen Linie. »Ich … habe die Kontrolle verloren. Ich hätte die Situation nicht ausnutzen dürfen. Das war egoistisch von mir. Es tut mir leid. Aber du hast so schön ausgesehen, und wir waren allein. Ich konnte sehen, dass du Angst um mich hattest. Das passiert mir höchst selten.«

Nachdenklich betrachtete sie seinen braun gebrannten Körper, die angestrengte Falte zwischen den Augenbrauen, die schuldbewusste Miene und küsste eine verletzte Stelle auf seinem Schulterblatt.

»Dasselbe gilt auch für mich, Filipe.« Bedauernd machte sie sich von ihm frei, und auf einmal fühlte sie sich wieder schrecklich allein. »Ich muss mich um Hermigo kümmern, er ist bestimmt längst wach und wundert sich, wo ich bleibe.«

Filipe nickte. »Richtig. Ich werde dann mal gehen. Sehen wir uns später noch?«

»Natürlich, nachher bei Hermigo.«

Er zwang ihr seinen Blick auf. »Du weißt genau, was ich meine, Lisa. Ich will dich wiedersehen. Was ist mit dir?«

Statt einer Antwort schlüpfte sie aus dem Bett und eilte ins Badezimmer. »Bis später«, wich sie ihm aus und schloss schnell die Tür hinter sich.

KAPITEL 22

Hermigo fuhr von der Liege hoch, als sie ihn leise ansprach. »Was ist, Mädchen?« Er rieb sich übers Gesicht. »Habe ich lange geschlafen?«

Sie nahm sich einen Stuhl und setzte sich zu ihm. »Ein paar Stunden, was dir bestimmt gutgetan hat. Mach dir keine Sorgen. Auf drei Uhr habe ich dir ein Glas Saft hingestellt.«

»Danke, du lernst schnell«, erwiderte er mit einem schiefen Lächeln. Vorsichtig tastete er nach dem Getränk. »Gibt es etwas Neues?«

Lisa suchte fieberhaft nach Worten, da sah sie, wie sich Filipe mit schleppendem Gang der Terrasse näherte und nach ihnen Ausschau hielt. Sie atmete auf. Er trug jetzt Freizeitkleidung und seinen Strohhut, den er tief ins Gesicht gezogen hatte.

Hermigo lauschte. »Bist du das, mein Junge?«

Filipe warf ihr einen ernsten Blick zu und ergriff ihre Hand. »Ja, ich bin's.«

»So schnell bist zu zurück? Was ist passiert? Komm näher und erzähl mir alles.«

Lisa machte Filipe Platz und beobachtete, wie er den alten Mann tätschelte.

»Deine Haare riechen verbrannt.« Hermigos Stimme schwoll an. »Sag mir auf der Stelle, was los ist.«

Hermigo fluchte leise. Lisas Herz wurde schwer, während er den Oberkörper seines jungen Freundes hastig abtastete.

»Wir Ranger mussten den *Parque* aus Sicherheitsgründen verlassen«, eröffnete Filipe schließlich zögernd. Obwohl er sich um einen ruhigen Tonfall bemühte, konnte Lisa das leichte Zittern darin wahrnehmen.

Der Korbflechter legte den Kopf schief und lauschte aufmerksam Filipes Ausführungen.

»Das Feuer am *Curral das Freiras* ist inzwischen eingedämmt, aber bis die Bewohner heimkehren dürfen, wird noch einige Zeit vergehen. Derzeit wird dort aufgeräumt, und die Häuser, die von den Flammen verschont wurden, werden auf ihre Sicherheit überprüft.« Der Ranger stockte.

»Komm endlich auf den Punkt!«, unterbrach ihn Hermigo ungeduldig. »Das ist alles sehr tragisch und bedauerlich, aber ich will wissen, wie es in Serra de Água aussieht, vor allem in deinem und meinem Haus. Ich kann es nicht ausstehen, wenn du um den heißen Brei herumredest.«

Filipe rang nach Worten, in seinem Blick stand pure Verzweiflung. Als Lisa ihm zunickte, räusperte er sich. »Der *Parque* steht in Flammen. Niemand kann derzeit mit Gewissheit sagen, ob der Lorbeerwald und Serra de Água ebenfalls brennen werden.«

Minutenlang war nur noch das Meeresrauschen im Hintergrund zu hören. Lisa ertrug den Schmerz in den Gesichtern der beiden Freunde nicht länger. Übelkeit wallte jäh in ihr auf. Eine Hand vor den Mund gepresst, lief sie in die Herberge. Im letzten Moment erreichte sie das Badezimmer, dann erbrach sie sich krampfartig.

Anschließend ließ sie sich schwer aufs Bett sinken und wartete, bis sich ihr rebellierender Magen wieder beruhigt hatte. Als sie eine Weile später zu den Freunden zurückkehrte, kippte Hermigo gerade in einem Zug einen Schnaps hinunter. Seinen roten Wangen nach zu urteilen, war es nicht sein erster.

Filipe musterte sie eingehend, stellte aber glücklicherweise keine Fragen, die den alten Mann nur zusätzlich beunruhigt hätten. Stattdessen strich er ihr mit einem warmen Blick über die Wangen.

»Da bist du ja wieder, Lisa. Hermigo wollte gerade wissen, welche Malutensilien wir mitgenommen haben.«

Sie setzte sich an die Seite ihres betagten Freundes. »Deine Acrylfarben musste ich leider im Haus lassen. Die Zeit war zu knapp. Wenigstens konnte ich deine Leinwände, den Holzkasten und die Grafitstifte einpacken.«

»Gutes Mädchen.« Hermigos Stimme klang leicht verschwommen. »Würdest du sie mir bitte holen?«

Filipe warf Lisa einen verwirrten Blick zu.

»Geht nur, ihr wollt mir bestimmt nicht die ganze Zeit auf die Finger schauen«, meinte Hermigo, nachdem Lisa ihm die Sachen gebracht hatte. »Ich werde jetzt ein bisschen malen.«

Ob er spürte, was zwischen Filipe und ihr vor sich ging?

Sie erhoben sich gleichzeitig.

»Komm, ich zeige dir die Küste«, ergriff der Ranger die Initiative und legte den Arm um Lisas Taille. »Wir lassen dich jetzt allein.«

»Geht nur«, antwortete Hermigo und widmete sich seinem neuen Werk.

Schweigend erreichten Filipe und Lisa wenige Fahrminuten später den Kieselstrand von Ribeira Brava.

»Die meisten Touristen bevorzugen feinkörnigen Sand. Da es ihn auf unserer Insel nicht gibt, wird er an manchen Küstenabschnitten aufgeschüttet. Wir Einheimischen hingegen mögen unsere natürlichen Strände.« Filipe warf ihr einen schnellen Seitenblick zu. »Geht es dir wieder besser, mein Herz?«

»Ja, wahrscheinlich war vorhin einfach alles zu viel«, antwortete Lisa, während sie ihm über den verlassenen Strand folgte. »Seit Eldas Tod bin ich empfindlicher geworden.«

Filipe nahm sie an die Hand und führte sie eine Treppe hinauf zu einem Gartenrestaurant, eingerahmt von hohen Pinien, die wohltuenden Schatten spendeten.

Lisa sah zu ihm hoch. »Du wolltest also gar nicht mit mir am Strand spazieren?«

»Ich habe nur gesagt, dass ich ihn dir zeige. In Wahrheit knurrt mir der Magen, ich habe seit gestern früh kaum etwas gegessen. So, wie du aussiehst, wird es bei dir ähnlich sein.«

Er wartete ihre Antwort gar nicht ab, sondern lenkte sie entschlossen auf einen Tisch zu, der durch einen üppig bepflanzten Paravent von den anderen Sitzplätzen getrennt war. Was Lisa mit Dankbarkeit erfüllte, denn das Restaurant war gut besucht.

»Wie hat Hermigo die Nachricht verkraftet?«, fragte sie, nachdem der Kellner die Bestellung aufgenommen hatte.

»Er hat geschwiegen, bis er um seine Malsachen gebeten hat. Das fand ich ein wenig unheimlich, ehrlich gesagt. Darum hatte ich Bedenken, ob wir ihn allein lassen können.«

Gedankenverloren verfolgte Lisa, wie eine Frau im Rollstuhl von ihrem Ehemann aus dem Lokal gerollt wurde. »Das ist nicht nötig, Filipe. Es ist alles in Ordnung.«

»Was macht dich so sicher?«

»Hermigo wird entweder ein Motiv aus der Vergangenheit malen oder seine Furcht vor der Zukunft ausdrücken. Beides hilft ihm, sich abzulenken oder sein inneres Gleichgewicht wiederzufinden.«

»Wie bei dir, wenn du fotografierst?«

Sein Vergleich ließ sie schmunzeln. »Ja, genau.

Wenn ich wieder zu Hause in Berlin bin, bewerbe ich mich bei einigen seriösen Redaktionen, am liebsten bei Zeitschriften oder Magazinen, die sich dem Thema Natur verschrieben haben.«

»Das hört sich nach einem guten Plan an«, gab er zurück. Dann wanderte sein Blick in die Ferne. Er war mit seinen Gedanken wieder auf dem Pico, bei den Sturmvögeln und ihren Nestern, das konnte sie deutlich von seiner Miene ablesen. »Ich hoffe mit dir, dass der Pico vom Feuer verschont bleibt«, erwiderte sie leise.

Für einen kurzen Moment wirkte Filipe überrascht, dann nickte er. »Stehen mir meine Gedanken etwa auf die Stirn geschrieben?«

»Für mich schon«, erklärte Lisa schlicht. Es hatte etwas zutiefst Berührendes zu erkennen, dass sie beide dieselben Sorgen teilten.

In diesem Augenblick brachte der Kellner die Bestellung, und sie aßen schweigend.

»Gib uns beiden eine Chance«, bat Filipe, nachdem der Ober den Tisch abgeräumt hatte und sich außer Hörweite befand.

»Wieso auf einmal?«, antwortete Lisa gepresst. »In ein paar Tagen fliege ich zurück nach Berlin.«

Sein Blick drang bis in ihr Innerstes. »Ja, ich weiß, Lisa. Aber zwischen uns hat sich alles verändert. Das mit uns ist mehr als ein nettes Spielchen, viel mehr. Dennoch verschließt du dich vor mir.« Zärtlich zeichnete er die Linien ihrer Hand nach. »Warum baust du dir dein neues Leben nicht hier auf Madeira auf? Du tust, als hättest du keine andere Wahl. Aber das stimmt nicht. Wir haben immer Alternativen, wenn wir sie nur zulassen.«

Hitze schoss Lisa unvermittelt durch den Körper. »Sag mal, was denkst du dir eigentlich, Filipe? Wir kennen uns erst seit ein paar Wochen, trotzdem soll ich meine Zelte in Berlin abbrechen? Ich bin weder naiv noch besonders risikobereit. Mein Leben ist auch so schon chaotisch genug!«

»Moment mal, beruhige dich. So habe ich das überhaupt nicht gemeint«, unterbrach sie Filipe, der die Farbe der weiß getünchten Wand hinter ihm angenommen hatte. »Du fühlst dich doch auf Madeira wohl.«

»Mein Lebensmittelpunkt ist in Deutschland, Filipe. Dort habe ich mein ganzes Leben verbracht.«

Seine Miene nahm einen zweifelnden Ausdruck an. »Du hast deinen Job gekündigt. Was hält dich noch dort?«

»Mein Penthouse zum Beispiel.«

»Engagiere einen Makler und suche dir auf Madeira ein neues Zuhause.«

Lisa schnaubte. »Das sagt ein heimatverbundener Mensch wie du, der nicht mal im Traum auch nur einen einzigen Gedanken daran verschwenden würde, nach Berlin umzusiedeln«, entwischte es ihr heftiger als beabsichtigt. Als sie bemerkte, dass sich einige der anderen Gäste nach ihr umdrehten, senkte sie die Stimme. »Warum sollte ich dir … uns … nach so kurzer Zeit vertrauen und alles aufgeben?«

Die Stille zwischen ihnen wurde schneidend und hinterließ ein Frösteln auf ihren Armen. Die Veränderung, die sich auf Filipes Gesicht vollzog, fuhr ihr schmerzhaft durch den Körper.

»Ja, warum solltest du?«, konterte er scharf. »Vergiss es einfach. War eine dumme Idee.« Er winkte dem Kellner.

Auf dem Rückweg sprachen sie kein Wort, und Lisa hatte es eilig, aus dem Auto zu steigen.

Hermigo saß noch immer im Freien und malte. Bis auf eine Person mit einem streng gebundenen Kopftuch, die abgewandt in einem Buch las, war die Terrasse verlassen. Versunken in sein Werk reagierte er nicht, als Lisa ihn ansprach, weshalb sie sich auf ihr Zimmer zurückzog. Ein schwacher Rauchgeruch hing noch in der Luft, und sie riss das Fenster auf, um ihn zu vertreiben. Die Erinnerung an die letzten Stunden ließen sich jedoch nicht so einfach verbannen. Ob sie es sich nun eingestand oder nicht, die Sache mit Filipe war ein nicht wiedergutzumachender Fehler, deren Konsequenz sie bereits zu spüren bekam.

Sie machte sich frisch und ging wieder hinunter, wo sie die beiden Männer im spärlich beleuchteten Aufenthaltsraum fand. Ein paar Jugendliche spielten in einer Nische Tischfußball. Filipe würdigte Lisa keines Blickes, als sie sich zu Hermigo setzte.

»Wir warten auf die Nachrichten«, erklärte der Maler.

Zwar lag eine Hälfte seines Gesichts im Schatten, dennoch konnte Lisa seine rot geäderten Augen deutlich erkennen. Hermigo hatte geweint, was ihre mühsam aufrecht erhaltene Fassung auf eine harte Prüfung stellte. Sie nahm seine Hand in ihre und verfolgte ungeduldig die Werbung.

Filipes Handy klingelte. *»Olá.* Was gibt's, Pablo?« Er lauschte und erhob sich ruckartig. »Ja, klar. Wann?« Seine Wangen nahmen Farbe an. »Was? So lange noch? Ja, in Ordnung. Danke, bis dann.«

»Was ist?«, fragten Lisa und Hermigo wie aus einem Mund.

»Sie haben die Feuer auf dem Pico unter Kontrolle. Wenn alles nach Plan läuft, wird der *Parque* morgen Mittag für uns freigegeben.«

Lisa hielt es nicht mehr an ihrem Platz. »Das ist ja wunderbar! Oh, ich freue mich so sehr! Aber wieso könnt ihr erst morgen Mittag zum Pico hoch?«

»Noch sind die Feuer nicht alle gelöscht, und sie wollen sicherstellen, dass sich keine neuen Brandherde bilden.«

»Was hat dein Kollege noch erzählt?«, fragte Hermigo.

»Nichts«, antwortete Filipe und seufzte. »Alles Weitere werden wir vor Ort erfahren.« Wie ein Tiger im

Käfig lief er durch den Raum, die Hände auf dem Rücken verschränkt, das Gesicht zu einer Maske erstarrt.

»Schau mal!«, rief Lisa, die angestrengt auf den Fernseher starrte. »Da sind Bilder von Serra de Água.«

Filipe fuhr herum.

»Was seht ihr?« Hermigos Stimme kippte vor Erregung.

»Da ist der Kiosk«, sagte Lisa. »Das Dach ist beschädigt, und der hübsche Garten …«

»Von dem scheint nichts mehr übrig zu sein«, vollendete Filipe, ohne den Blick vom Fernseher abzuwenden. »Die Kirche hat offenbar nichts abbekommen.«

Danach flimmerten Bilder von anderen verwaisten Ortschaften über den Schirm. »Wie durch ein Wunder hat das Feuer unseren Lorbeerwald nicht erreicht«, kommentierte der Nachrichtensprecher. »Genaueres wird aller Voraussicht nach erst in den folgenden Tagen bekannt gegeben.«

Lisas Blick wanderte unwillkürlich zu Hermigo. Er hütete sein Geheimnis schon seit so vielen Jahren. Auf ein paar Tage mehr kam es sicher nicht an.

Filipe blieb stehen. »Ich fahre gleich morgen früh los. Dann bleibt mir noch genügend Zeit, um nach unseren Häusern zu sehen.«

»Ich komme mit!«, stieß Lisa aus.

Die vier Jungs, die eben noch Tischfußball gespielt hatten, warfen ihnen neugierige Blicke zu und verließen dann den Raum.

Filipe betrachtete Lisa finster. Offenbar hatte er beschlossen, ihren Einwurf unkommentiert zu lassen, denn er ging vor Hermigo in die Hocke. »Mein

Freund, ich kann mich doch auf dein Verständnis verlassen? Auch wenn es euch beiden schwerfällt, ihr wartet bitte hier, bis ich euch abhole. Alles andere wäre leichtsinnig.«

»Du verlangst viel, mein Junge. Soll ich etwa die Hände schicksalsergeben in den Schoß legen, oder was?«

»Genau so ist es«, erklärte Filipe ruhig. »Sei vernünftig.«

Lisa baute sich vor ihm auf. Er wollte ihr ausweichen, aber diesmal ließ sie es nicht zu. »Nimmst du mich nun mit, oder soll ich mir morgen ein Taxi rufen?«

Sie starrten einander an.

»Was?« Filipe machte einen fassungslosen Eindruck.

»Du hast ganz richtig verstanden. Ich werde rechtzeitig am Pico sein und dir und den anderen Rangern helfen.«

»Mädchen, komm zur Besinnung«, mischte sich der Korbflechter in das Gespräch ein. »Du hast keine Vorstellung, was dich dort erwartet.«

»Und wenn schon! Ihr werdet jede helfende Hand benötigen.«

Filipe nickte grimmig. »Bist du geübt im Klettern?«

»Ja, ist zwar schon einige Jahre her, aber …«

»Jetzt hörst du mir mal zu«, unterbrach er sie. Er war ihr so nah, dass die feinen blonden Haare auf seinen Unterarmen Lisa kitzelten. Auf einmal wusste sie nicht, womit sie ihre Hände beschäftigen sollte.

»Jeder Ranger absolviert regelmäßig Prüfungen im Klettern«, fuhr er ungerührt fort. »Wir erhalten Sicherheitsanweisungen, trainieren den korrekten Umgang mit den Gerätschaften und üben die Instandsetzung der Ausrüstung. Ohne diese Einweisung wird dir jeder verbieten, uns zu begleiten. Nichts ist schlimmer, als im Ernstfall auf einen Anfänger achten zu müssen.«

»Verstehe.« Sie reckte das Kinn. »Dann trainiere mit mir!«

Filipe holte tief Luft. »Das Wichtigste sind Trittfestigkeit und Schwindelfreiheit. Das lässt sich nicht üben.«

Einen Moment war es so still im Raum, dass nur der Atem der drei zu hören war. Flüchtig beschlichen Lisa Zweifel, ob sie den Mund vielleicht zu voll genommen hatte. Ihre Schwindelfreiheit hatte sie nie ernsthaft getestet. Und eine Kletterwand in einer Berliner Halle war mit echten Bergen wohl kaum zu vergleichen.

Hermigo schmunzelte. »Du bist ziemlich hartnäckig, Lisa.«

»Das muss ich wohl oder übel sein, dein Freund traut mir nämlich nichts zu, was von Mode und Kosmetik abweicht«, antwortete sie dem alten Mann, ohne Filipe aus den Augen zu lassen. »Gib dir einen Ruck.« Sie spürte selbst, wie sich ihr Tonfall veränderte. »Ich liebe eure Insel und fühle mich ihr verbunden. Bitte verlange nicht von mir, dass ich tatenlos zusehe. Ich … ich will wissen, wie es den *Freiras* geht.« Die letzten Worte hatten beinahe flehentlich geklungen, und Lisa blinzelte eisern ihren Tränenschleier weg.

Filipe musterte sie reglos.

»Wenn ich etwas dazu sagen darf …«, warf Hermigo

vorsichtig ein. Als der Ranger nicht antwortete, fuhr er fort. »Ich verstehe Lisa. Sie muss doch nicht unbedingt klettern, bestimmt kann sie sich auch anderweitig nützlich machen.«

»Nein! Denkt ihr beiden etwa, eine Frau wie ich kann das nicht?« Ungeachtet seiner steifen Haltung umklammerte sie Filipes Unterarme. »Du hast mir versprochen, dass ich eine Reportage über die *Freiras* und deine Arbeit schreiben darf. Dazu muss ich aber vor Ort sein und fotografieren.«

»Okay«, brummte er. »Wir werden ja sehen, wie du dich anstellst. Die Entscheidung, ob ich dich mit zum Pico nehme, behalte ich mir allerdings bis zum Trainingsende vor. Morgen früh um sechs am Parkplatz.«

»Einverstanden.«

Filipe nickte und rauschte hinaus, während Lisas Blick zu dem Korbflechter wanderte, um dessen Lippen sich ein Lächeln kräuselte.

»Machst du dich etwa über mich lustig?«, entfuhr es ihr.

Hermigo winkte ab. »Nein, Gott bewahre. Es ist bloß amüsant, euch zuzuhören. Offen gestanden tut es dem Jungen ganz gut, ein wenig Gegenwind zu spüren. Ich bin sicher, du wirst morgen dein Bestes geben.«

Das war nicht die Antwort, die sich Lisa wünschte, wenngleich sie damit gerechnet hatte, dass er Filipes Meinung teilte. »Worauf du dich verlassen kannst«, erklärte sie deshalb trotzig. »Brauchst du heute Abend meine Hilfe, Hermigo?«

»Danke, Mädchen, aber das wird nicht nötig sein. Ich komme schon zurecht. Geh nur rechtzeitig ins Bett, morgen wird sicher ein anstrengender Tag.«

Bald darauf zog sich Lisa in ihr Zimmer zurück, und fragte sich bange, wie sie sich auf den morgigen Tag vorbereiten sollte. Niemand konnte vorhersagen, welche Schäden der *Parque Natural* und der Pico davongetragen hatten. Doch eines wusste sie mit Sicherheit: Niemals könnte sie die Rückreise antreten, ohne zu wissen, was geschehen war. Und ohne den Einheimischen zu helfen. Sie musste es zumindest versuchen. Trotz aller Entschlossenheit spürte sie Wellen von Nervosität in sich aufwallen, wenn sie nur an das vor ihr liegende Training dachte. Um sich abzulenken, stellte sie sich vor, Filipe läge jetzt neben ihr, und seine tröstende Wärme würde ihr helfen, in den Schlaf zu finden.

KAPITEL 23

»Wo habt ihr eure Ausrüstung eigentlich untergebracht?«, fragte Lisa, als sie sich noch vor Sonnenaufgang am Parkplatz der Jugendherberge einfanden. Einzig die Küchenfenster waren erleuchtet, der Rest lag noch in tiefem Schlaf. Über den Hügeln und Bergen zog Nebel auf, der der Landschaft etwas Mystisches verlieh.

»Im Kofferraum«, unterbrach er ihre Betrachtungen.

»In deinem Wagen? Wieso?«

»Weil es der sicherste Platz ist. Niemand hält sich so weit von den gefährdeten Gebieten auf wie ich«, erwiderte er noch leicht schlaftrunken, was sie ihm nicht verdenken konnte. Vermutlich hatte er die Nacht ebenso unruhig verbracht wie sie. Mehrmals waren sie sich auf dem Flur begegnet, beide darauf bedacht, so zu tun, als bemerkten sie einander nicht. Natürlich war ihr Verhalten total kindisch, aber Lisa wusste genau: Ein Blick von Filipe genügte, und die Leidenschaft, mit der sie sich nach ihm sehnte, hätte mit einem Schlag jede Vernunft in ihr ausgelöscht.

Der Ranger holte eine Anzahl Klettergurte unterschiedlicher Farben und Größen aus dem Wagen. »Probier bitte mal den da an.«

»Jetzt? Hier?«, entwich es ihr.

»Wo sonst?«

Lisa fügte sich. Der blaue Klettergurt mit den gelben Ösen saß wie angegossen.

Mit gefurchter Stirn musterte Filipe ihre Schuhe und schüttelte den Kopf. Dann holte er ein Paar aus dem Kofferraum. »Sie sind zwar alt, aber versuch mal, ob sie dir passen.«

Nachdem sich die Schuhe als tauglich erwiesen, machten sie sich auf den Weg.

Je weiter sie sich Serra de Água näherten, umso angespannter wurde die Stimmung zwischen ihnen. Filipes Wangenknochen zeichneten sich scharf gegen das schwächer werdende Mondlicht ab, während er den Wagen über die gewundenen Straßen und durch die Tunnel lenkte.

Ohne weitere Erklärung parkte Filipe an der Kirche und knipste die Taschenlampe an. Lisa begriff, und nur Sekunden später eilten sie die Treppen zu Hermigos Haus hoch. Als ein Tier mit lautlosen Schwingen direkt über ihren Kopf hinwegflog, stieß Lisa einen spitzen Schrei aus. Dann erst erkannte sie die Silhouette einer Eule, die mit ihrem nächsten Herzschlag in der Dämmerung verschwand.

Über dem Haus und dem Garten hing ein brandiger Geruch. Schon auf dem ersten Blick erkannte Lisa, dass ein Großteil von Hermigos liebevoll angelegtem Garten nicht mehr existierte. Nur der Akazienbaum, der zur Hälfte rußgeschwärzt war, hatte den Flammen getrotzt. Die verkohlten Zweige fielen sicher in den nächsten Tagen ab, aber nicht mehr lange, und es würden sich neue bilden und die alten ersetzen.

Ihr Blick wanderte zur Tür, die schief in den Angeln

hing und aussah, als ob sie bei der nächsten Berührung auseinanderbrechen würde.

Filipe war ihrem Blick gefolgt und schob die Tür vorsichtig auf. Lisa schlüpfte hinein.

»Warte kurz«, bat er sie und betrat hinter ihr das Haus.

Sie hörte ihn husten, ein Fenster quietschte, als er es aufriss. Auf dem Steinfußboden entdeckte sie überall Pfützen vom Löschwasser. Dichter Qualm hing noch im Raum und verflüchtigte sich nur langsam. Dennoch war Lisa erleichtert, denn Hermigos Einrichtung schien bis auf die Feuchtigkeit durch das Löschwasser keinen Schaden genommen zu haben. Allerdings entdeckte sie einige undichte Stellen im Dach, die wahrscheinlich durch herumfliegende Äste entstanden waren, die wie Fackeln gewirkt haben mussten. Wären sie auf die Möbel getroffen, hätte der ganze Raum in Flammen gestanden.

»Kommst du mal in das kleine Zimmer?«, rief Filipe mit einer Stimme, die Lisa blitzartig alarmierte.

»Oh mein Gott!«, entfuhr es Lisa schrill, als sie das Ausmaß der Zerstörung erfasste.

Das Fenster in Hermigos Malzimmer war zersprungen, unzählige Splitter bedeckten die verhüllten Bilder, manche hatten sich sogar in die Leinwände gebohrt. Das Licht ihrer Taschenlampen ließ die winzigen Glasscherben auf dem Boden funkeln. Lisas Mund war staubtrocken. Der Vorhang, der die Bilder vor der Sonneneinstrahlung schützen sollte, bestand nur noch aus kümmerlichen, verkohlten Fetzen.

Sie entdeckten es gleichzeitig: Auch einige der Leinentücher, in die Hermigo seine Bilder einschlug, hatten Feuer gefangen. Es waren jene, die er nahe dem Fenster aufbewahrte.

Filipe und Lisa warfen sich einen bestürzten Blick zu. Mit spitzen Fingern versuchte sie, den Stoff von einer Leinwand zu lösen, aber er zerfiel. Was auch immer dieses Bild einst dargestellt hatte – ein Großteil davon war den Flammen zum Opfer gefallen.

Lisa schloss die Augen, da sie den Anblick der klumpigen, Blasen schlagenden Acrylmasse auf den Leinwänden nicht länger ertrug. Den Bildern entströmte ein widerlicher Gestank. Wenn sie einst aus bunten Farben bestanden hatten, war jetzt nur noch ein stumpfes Grau zu erkennen. Mein Gott, wie sollten sie Hermigo das nur beibringen? Mit wachsendem Entsetzen verfolgte sie, wie Filipe die beschädigten von den unversehrten Bildern trennte und die Stoffreste mit einer kleinen Zange von den Leinwänden löste. Die Behutsamkeit, mit der er dabei vorging, trieb ihr Tränen in die Augen.

»Hast du etwas zu schreiben dabei?«, wollte Filipe irgendwann wissen.

»Ja, habe ich.«

»Hermigo hat seine Bilder gekennzeichnet. Ich diktiere dir die Nummern, dann weiß er wenigstens, welche Werke betroffen sind.«

Wenig später hatten sie Gewissheit: Vier Gemälde waren komplett zerstört, einige weitere ließen sich mit etwas Geschicklichkeit vielleicht wiederherstellen.

Schweigend verließen sie Hermigos Zuhause. Inzwischen war es hell geworden.

»Moment!«, rief Lisa auf der Treppe. »Hier habe ich

Hermigos Ledertasche verloren. Ich glaube, sie war braun. Vielleicht finde ich sie jetzt bei Licht.«

Die beiden suchten die Umgebung ab. »Zwischen den Bäumen und Büschen eine braune Tasche zu entdecken, ist eher unwahrscheinlich«, meinte Filipe. »Komm, wir haben Wichtigeres zu tun. Hermigo wird es schon verschmerzen.«

Schweren Herzens gab sich Lisa geschlagen. Hermigos Trauer über den Verlust machte ihr noch immer zu schaffen, aber was war eine alte Tasche gegen das Flammenmeer?

Danach fuhren sie zu Filipes Haus. Er und Elvira Gomes hatten mehr Glück gehabt, ihre Häuser und Grundstücke waren unversehrt geblieben. Lisa traf ihre Vermieterin im Garten. Die junge Frau machte einen erleichterten Eindruck, als sie ihre Mieterin entdeckte. Sie wusste zu berichten, dass die ersten Familien bereits in ihre Häuser zurückkehren durften.

Filipe warf einen schnellen Blick auf seine Uhr. »Wir müssen los, Elvira. Bis bald.«

Die Fahrt bis zum *Parque Natural* schien kein Ende nehmen zu wollen. Dann endlich lag er vor ihnen. Polizisten patrouillierten vor der Absperrung und gaben mit ihren strengen Mienen unmissverständlich zu verstehen, dass jede Diskussion überflüssig war.

Während Filipe den Wagen auf einer Anhöhe in unmittelbarer Nähe des *Parques* abstellte, legte sich Lisa die Kamera um den Hals. Die Züge des Rangers waren wie eingefroren, und sie fragte sich insgeheim, wie sie die nächsten Stunden der Ungewissheit aushalten sollten.

Wortlos legte ihr Filipe ein Seil über die Schulter

und reichte ihr eine Tasche mit der Kletterausrüstung, danach tat er es ihr gleich.

Schon von ferne sah sie die mehrere Meter hohen Stämme der Kiefern in den Himmel ragen. Sie leuchteten in einem warmen Rotbraun und wirkten auf der Ebene wie ein glühendes Mahnmal inmitten einer riesigen verkohlten Fläche. Die geschwärzten Zweige der vorher so üppig blühenden Büsche hatten die Form von langen, schlanken Fingern, die sich wie in stummer Verzweiflung der Sonne entgegenreckten. Selbst im verbrannten Zustand waren sie noch herzzerreißend schön. Lisa konnte kaum fassen, dass es derselbe Ort war, dessen Farbenpracht sie bei ihrem ersten Besuch schier sprachlos zurückgelassen hatte.

Stumm schritten sie nebeneinander her. Der seichte Wind schien noch den Geruch von Rauch mit sich zu tragen, aber vielleicht waren es auch Lisas überreizte Nerven, die ihr diese Wahrnehmung vorgaukelten.

Ihre Schultern schmerzten unter der ungewohnten Last. Mit starrem Blick betrachtete Filipe die Landschaft, die einem Friedhof aus Pflanzen und Bäumen glich. Inmitten einer Reihe von Ginsterbüschen entdeckte sie verendete Singvögel und Eidechsen sowie einen von einem herabfallenden Ast erschlagenen Hasen. Der Boden knirschte unter ihren Tritten, als würden sie über einen herbstlichen Waldweg laufen.

Abseits der Pfade führte Filipe sie auf einen Felsen zu, der hoch vor ihnen aufragte.

»Du bist dir sicher, dass du das tun willst, Lisa?«, fragte er mit einem vielsagenden Blick auf die etwa fünf Meter hohe Felsnase.

»Ganz sicher«, erklärte sie mit Nachdruck, obwohl ihr Körper bei der bloßen Vorstellung kribbelte.

»Gut, dann zeig mir mal, was du gelernt hast.«

Lisa biss sich auf die Lippen und band sich das Kletterseil, das sie auf dem Rücken trug, um die Taille.

»Hast du nicht etwas vergessen?«, fragte er gedehnt.

Gedanklich ging sie die Ausrüstung erneut durch – und errötete. »Ja, natürlich.« Mit zusammengebissenen Zähnen kramte sie den Klettergurt aus ihrer Tasche und legte ihn an.

Filipe beäugte sie skeptisch und korrigierte den Sitz des Gurtes. »Du darfst ihn nicht zu eng schnallen, glaub mir, das bereust du, wenn du eine Weile darin sitzen musst.«

Lisa zog es vor, nur zu nicken, und verband mit unsicheren Handgriffen einen Verschlusskarabiner mit Gurt und Seil.

Filipe zog eine Braue hoch. »Sag mal, wie lange ist es genau her, seit du zuletzt geklettert bist?«

Lisa zerbiss einen Fluch zwischen den Zähnen. »Vier Jahre ungefähr«, schwindelte sie. In Wahrheit waren es eher sieben, aber wenn sie sich nicht seinem Spott aussetzen wollte, musste sie zu einer Notlüge greifen.

Bald darauf waren die Vorbereitungen abgeschlossen. Filipe wies nach oben. »Siehst du die dicken Kiefernwurzeln rechter Hand?«

»Sie sind nicht zu übersehen«, antwortete sie trocken und starrte hinauf. Mindestens vier Meter, schätzte sie die Entfernung. Ihr Puls beschleunigte sich jäh.

»Für den Anfang kletterst du bis zum Wurzelansatz«, wies er sie an. »Ich sichere dich.«

Vielleicht hätte sie ihm doch gestehen sollen, dass sie bisher nur Indoor-Klettern probiert hatte. Sei's drum, jetzt war es zu spät. An der Kletterwand hatte es gut sichtbare Haltegriffe gegeben. Hier hingegen …

Lisa zog sich hoch und fand an einer scharfzackigen Kante Halt. Wenn nur ihre Finger nicht andauernd abrutschen würden. Beim nächsten Schritt ging es etwas leichter, denn im Fels waren kleine Einkerbungen und Löcher. Dort sicherte sie sich und atmete auf. Nur nicht nach unten schauen, war die erste Lektion gewesen, die Elda ihr damals eingeschärft hatte. Beim nächsten Hochziehen fuhr ein scharfer Schmerz durch ihre Waden. Lisa spähte nach oben, bis zu ihrem ersten Etappenziel waren es noch gut zwei Meter.

»Alles klar, Lisa?«, klang es von unten zu ihr.

»Alles … okay.« Mit geschlossenen Lidern versuchte sie sämtliche Eindrücke auszublenden, so wie sie es vor … Urzeiten gelernt hatte. Konzentrier dich, sprach sie sich selbst Mut zu und stieg weiter auf. Dann hatte sie es geschafft, mit zittrigen Knien sicherte sie sich nahe der Kiefernwurzel.

»Sehr gut, jetzt komm wieder runter.«

Abwärtszuklettern kam ihr weitaus schwieriger vor, nur die Gewissheit, mit Filipe einen erfahrenen Begleiter an der Seite zu haben, half ihr. Als sie wieder festen Boden unter den Füßen hatte, nickte Filipe.

»Trink etwas und geh wieder hoch, diesmal bis zum Stamm bitte.«

Beim nächsten Versuch war Lisa schon etwas trittsicherer. Sie ignorierte den Schwindel, der sie ergriff, als sie sich auf halber Höhe befand, und atmete tief durch, um Kraft zu sammeln.

Nachdem sie auch die zweite Aufgabe bewältigt hatte, dehnte sie unauffällig ihre verkrampften Muskeln. Wenn Filipe mit ihr zufrieden war, ließ er es sie mit keiner Geste spüren.

»Zeit für die nächste Übung«, eröffnete er sachlich. »Wenn du mit mir zum Pico willst, musst du lernen, mit mir zusammenzuarbeiten. Komm!«

Lisa folgte ihm stumm. Nicht, dass ihr keine Antwort eingefallen wäre, aber ihr schwerer Atem machte das Reden unmöglich. Filipe führte sie um die Felsnase herum, und sie warf einen schnellen Blick auf ihre Uhr. Erst elf. Ihm blieben also noch gut ein bis zwei Stunden, um sie zu testen. Und wie sie Filipe einschätzte, kannte er keine Gnade.

Vor einem weitaus höheren und breiteren Felsen blieben sie stehen. »Der hier hat oben eine kleine Plattform. Kannst du sie erkennen?«

»Ja, natürlich.«

»Ich möchte, dass du da hochkletterst, mich sicherst und meinen Aufstieg fotografierst.«

»Ich soll fotografieren?«, konnte sie nur tonlos wiederholen.

»Ja, klar. Schließlich willst du doch alles dokumentieren«, erklärte er lässig, wobei sich ein Funkeln in seine Augen stahl. »Waren das nicht deine Worte?«

Er forderte sie also heraus. Aber wenn er glaubte, sie würde sich jetzt geschlagen geben, dann hatte er sich geirrt.

Lisa reckte das Kinn. »Stimmt. Also schön.« Sie betrachtete sein Seil, zögerte kurz und verknotete es an dem Verschlusskarabiner ihres Sicherungsgeräts, das sie am Klettergurt trug.

»Der Knoten sitzt noch nicht«, kommentierte Filipe und korrigierte mit geübtem Griff.

Während sich Lisa an den Aufstieg machte, spürte sie seinen aufmerksamen Blick im Rücken. Wahrscheinlich sah sie total lächerlich aus, wie sie sich mit vor Anstrengung zitternden Muskeln und Schweißperlen auf der Stirn Schritt für Schritt in die Höhe zog. Außerdem hatten sich ein paar Haarsträhnen aus ihrem Zopf gelöst und behinderten ihre Sicht. Auf halber Strecke nutzte sie eine geeignete Felskante, um sie beide zu sichern. Ihr Atem ging rasselnd. Wenn sie sich jetzt nur nicht blamierte! Nach einer kurzen Verschnaufpause schob sie sich langsam höher. Nur noch drei Kletterzüge, dann war sie am Ziel. Vorsichtig überprüfte sie ihren Halt und arbeitete sich weiter voran. Oben angekommen, verknotete sie ihr Seil an einem Haken. Offenbar wurde dieser Felsen öfter zum Üben genutzt.

»Alles klar, gesichert!«, rief sie nach unten.

Am besten legte sie sich auf den Bauch. Das war zwar durch das Sicherungsgerät eine etwas unbequeme Position, aber so fixierte sie das Seil und hatte beide Hände zum Fotografieren frei.

Lisa blickte in die Tiefe. Just in diesem Moment wollte sie der Mut verlassen. Nur wenige Zentimeter vom Abgrund entfernt, versagten ihre Beine ihr plötzlich den Dienst. Ein Frösteln überlief sie, als sie in die Hocke ging, den Blick starr geradeaus gerichtet, und sich bäuchlings ausstreckte. Sie zückte ihre Kamera, richtete sie bergab und ließ sie keuchend wieder sinken. Alles drehte sich. Lisa fühlte ihre flachen Atemzüge, den Wind, der ihr über die erhitzten Wangen strich. Mit einem Stöhnen auf den Lippen presste sie die Stirn gegen das Gestein und blieb regungslos liegen. Sie musste sich wieder aufsetzen, denn ein Kletterpartner hatte jederzeit achtsam zu sein. Mühsam rappelte sie sich auf.

»Du kannst kommen!«, rief sie ihm schließlich mit einer Stimme zu, die an das heisere Krächzen einer Krähe erinnerte.

Gleich darauf beobachtete sie, wie er sich ohne sichtbare Anstrengung an den Aufstieg machte. Erneut versuchte Lisa, ihm mit der Kamera zu folgen, ließ sie jedoch im nächsten Moment resigniert sinken. Ihre Wangen wurden heiß vor Scham.

Filipe erreichte die Plattform, setzte sich zu ihr und maß sie eingehend. »Hast du ein paar Fotos geschossen?«

»Nein, habe ich nicht. Das muss ich noch üben. Ich …«

Er legte ihr einen Finger auf den Mund. »Schon gut.«

»Eben nicht«, entgegnete sie heftig. »Ich wollte es unbedingt schaffen, aber mir ist total schwindelig geworden.«

Filipe strich ihr übers Haar. »Das gelingt nur routinierten Kletterern«, sagte er, und die Weichheit in seiner Stimme legte sich wie Balsam auf ihre aufgewühlte Seele.

Dann stutzte sie jedoch. »Moment mal! Wieso erwartest du dann von mir, dass ich dich fotografiere?«

Um seine Mundwinkel zuckte ein schmales Lächeln. »Weil es die einzige Möglichkeit ist, deinem Ehrgeiz Grenzen zu setzen.«

Fassungslos saß sie da und keuchte. »Wie bitte?«

»Lisa, wenn ich dir von vornherein gesagt hätte, dass es ungeheuer schwer ist, beim Klettern zu fotografieren, hättest du alles darangesetzt, um mich eines Besseren zu belehren. Das nenne ich nicht Ehrgeiz, sondern puren, gefährlichen Leichtsinn.« Er zog sie näher. »Hast du eine Ahnung, wie viele Menschen ihr Leben schon durch Selbstüberschätzung verloren haben?«

Peinlich berührt machte sie sich von ihm los. »Das war gemein, Filipe!«

»Mag sein, aber ich hoffe, es hat dir die Augen geöffnet.«

Widersprechen konnte Lisa ihm nicht, wobei sie genau das maßlos ärgerte. »Okay, ich gebe auf«, erwiderte sie zähneknirschend. »Du hast recht, ich bin viel zu ungeübt und unsicher und würde euch bei der Arbeit nur behindern.« Sie lehnte sich gegen seine Schulter. Das war nun schon ihre zweite große Niederlage. Offenbar hatte sie sich gnadenlos überschätzt. Hermigo und Filipe schienen in ihr Leben getreten zu sein, um sie an ihre Grenzen zu führen. Dennoch kränkte sie die bittere Einsicht, dass ihr nicht alles gelang, was sie sich in den Kopf gesetzt hatte. »Aber ich hätte dir so gern geholfen«, gestand sie kleinlaut.

Filipe pustete sich Luft zu und lächelte. »Entspann dich, Lisa. Es ist keine Schande, nicht alles perfekt zu beherrschen. Niemand kann das. Ich bin froh über deine Einsicht.«

»Aber eine Reportage ohne gute Fotos ist wie eine Suppe ohne Salz. Hast du etwas dagegen, wenn ich euch bei der Arbeit fotografiere?«

»Nein, wenn du mir versprichst, vorsichtig zu sein.«

»Gebongt.«

»Wir sollten uns allmählich auf den Rückweg machen«, sagte er nach einem Blick auf die Uhr.

Der Abstieg gelang ihr mühelos, was kein Wunder war, da ihr Filipes Nähe Sicherheit gab. Das Gewicht des Kletterseils drückte unangenehm auf ihre Schulter, während sie zum Ausgangspunkt zurückgingen. Filipes Miene verriet seine wachsende Anspannung. Was würde sie erwarten?

Schäfchenwolken zogen träge über den azurblauen Himmel hinweg. Das lebendige Blau bildete einen zynischen Kontrast zu den schwarzen, blattlosen Sträuchern. Nur einen Steinwurf entfernt entdeckte Lisa eine Anzahl schwarz glänzender Krähen, die sich um eine Beute zankten. Ihr Krächzen war das einzige Geräusch in dem *Parque*. Von ihnen aufgescheucht, flogen sie auf eine der Kiefern. Offenbar hatten sie sich über den Hasenkadaver hergemacht. Lisa schauderte und wandte sich ab.

Wenig später geriet die Ebene in ihr Sichtfeld, auf der ihr Wagen stand, gleich dahinter die Absperrung, vor der sich eine Traube Neugieriger eingefunden hatte. Zwischen den Wartenden befand sich auch ein kräftiger, glatzköpfiger Mann, der mit einem Polizisten sprach und dabei wild gestikulierte.

»Der Typ, der sich da gerade so aufregt, ist mein Kollege Pablo Coelho«, sagte Filipe.

Sie wechselten einen verwirrten Blick und beschleunigten ihre Schritte. Kurz darauf hatten sie die Absperrung erreicht.

»Was ist passiert?«, fragte Filipe seinen Kollegen, nachdem er Lisa vorgestellt hatte.

Das rundliche Gesicht des Madeirers war gerötet. »Aber das ist es ja! Es passiert nichts. Rein gar nichts! Die Polizei denkt nicht daran, den *Parque* wieder freizugeben!«

»Nun seien Sie doch vernünftig«, mischte sich der Mann in Uniform ein. »Leider flackern immer wieder kleinere Brände auf. Deshalb bleibt das Gebiet vorläufig gesperrt.«

Jetzt verfinsterte sich auch Filipes Miene. »Gerade deshalb müssen wir unsere Arbeit dringend aufnehmen, verstehen Sie denn nicht? Das Leben vieler seltener Tiere hängt davon ab.«

Der Polizist verschränkte die Arme vor der Brust. »Beruhigen Sie sich endlich. Wenn alles nach Plan läuft, können Sie Ihre Arbeit morgen früh fortsetzen. Und jetzt gehen Sie bitte.«

Filipe hob frustriert die Hände und wollte schon zu einer Antwort ansetzen, aber Lisa hielt ihn zurück.

»Das hat keinen Zweck. Wollt ihr etwa euer Leben riskieren?«

Pablo klopfte dem Jüngeren auf die Schulter. »Kommt ihr noch mit? Ich lade euch auf einen *poncha* ein.«

»Danke, ein andermal gern. Unser blinder Freund wartet in der Jugendherberge auf uns. Wir sehen uns dann morgen.«

Daraufhin kehrten Filipe und Lisa zum Auto zurück.

»Mach dir keine Sorgen«, sagte er. »Ich hole Hermigo zu mir nach Hause, sobald die Tiere im *Parque* außer Gefahr sind. Er kennt sich bei mir aus und kann das Gästezimmer beziehen, das ich für meine Eltern eingerichtet habe.«

»Das klingt gut.« Lisa versuchte ein Lächeln. Vor sich sah sie wieder Hermigos Haus, die beschädigte Decke, die Pfützen aus Löschwasser auf dem Bett und auf dem Boden.

»Wann fährst du?«, verscheuchte Filipes Stimme ihre traurige Erinnerung.

»In drei Tagen.«

Das Schweigen, das sich zwischen ihnen ausbreitete, legte sich dumpf auf Lisa und nahm ihr beinahe den Atem. Sie fuhren los. Doch das verschwenderische Grün der Landschaft, auf die sie während der Rückfahrt immer wieder einen Blick erhaschen konnte, hatte für sie jede Farbe verloren.

KAPITEL 24

Wie eine Statue saß Hermigo auf der Bank vor dem Eingang, die Augen von seinem Sonnenhut verborgen, während Lisa ihm die Wahrheit so schonend wie möglich beibrachte.

»Nennt mir die Nummern der verbrannten Bilder«, stieß er hastig hervor. Den kleinen Kasten mit seinen Erinnerungsstücken hielt er wieder auf dem Schoß. »Los, macht schon!«

Auf dem ersten Bild hatte er seine kleinen Schüler beim Korbflechten dargestellt. Das zweite war eine Bleistiftzeichnung von dem Akazienbaum in seinem Garten, auf der Bank davor eine Taube. Die letzten beiden Zeichnungen zeigten Meeresmotive. Hermigo trug die schlimme Nachricht mit Fassung. Erst als Filipe ihm die Liste der Bilder vorlas, die möglicherweise wiederhergestellt werden konnten, zuckte der Maler merklich zusammen. Der klagende Laut, der ihm dabei entwich, fuhr Lisa durch Mark und Bein.

»Zwei ... zwei der Werke sind von meinem Vater«, meinte sie zu verstehen.

Der alte Maler schlug die Hände vors Gesicht und schluchzte laut auf. Seine Schultern zuckten. Auch Filipe wendete sich einen Moment ab. Lisa setzte sich zu Hermigo und strich ihm besänftigend über den Rücken. Was blieb ihr sonst zu tun? Wo waren die Worte, die auch nur annähernd ausdrückten, was sie empfand?

»Wir sollten dankbar sein, mein Freund«, hörte sie Filipes Stimme neben sich. »Andere haben ihr Zuhause verloren oder wurden verletzt.«

Da kam Leben in den Korbflechter. Er schlug sich mit der flachen Hand gegen die Brust. »Ich weiß! Aber du … ihr versteht nicht. Ich habe das alles verdient.«

»Was redest du denn da?«, entschlüpfte es Lisa entsetzt.

Hermigo blieb ihr eine Antwort schuldig.

»Komm, ich bringe dich aufs Zimmer. Du solltest dich ein bisschen ausruhen«, wirkte sie beruhigend auf ihn ein.

Schwer stützte er sich auf sie und ließ sich widerspruchslos nach drinnen begleiten.

»Hast du eine Ahnung, was er damit gemeint hat?«, fragte Lisa Filipe, als sie sich wieder zu ihm setzte.

In einer Geste der Hilflosigkeit hob er die Schultern. »Genauso wenig wie du«, erwiderte er. »Wir sollten ihm Zeit lassen, um den Schock zu verarbeiten.«

Wenn Lisa gehofft hatte, dass sich Hermigo bald wieder zu ihnen gesellen würde, hatte sie sich getäuscht. Besorgt beobachtete sie mit Filipe, wie sich der Tag allmählich seinem Ende zuneigte. Dunkle Wolken zogen über den Bergen auf. Wenig später fielen die ersten Regentropfen, und auf der Miene des Rangers zeigte sich so viel Hoffnung, dass sich alles in ihr zusammenzog.

»Endlich Regen«, sprach er aus, was auch sie dachte.

Statt einer Antwort drückte sie seine Hand. »Wir sehen uns später. Ich habe noch einiges zu erledigen. Bis zum Abendessen?«

»Ja, geh nur. Du findest mich hier.«

Aufatmend schloss Lisa keine Minute später ihre Zimmertür. Sie legte sich aufs Bett und zog sich die Decke bis zum Kinn. In ihrem Kopf schwirrte es wie in einem Bienenstock, während sie mit geschlossenen Lidern vergeblich versuchte, ihre Gedanken zu entwirren. Hilflos trieb sie auf einer Welle aus Gedanken und widersprüchlichen Gefühlen. Trauer, Angst und ein überschäumendes Glücksgefühl wechselten sich in rascher Folge ab. Eldas Worte kamen ihr wieder in den Sinn, als die Freundin ihr von der Kraft einer Meditation vorgeschwärmt hatte. Lisa verzog das Gesicht, sie hatte keine Ahnung, wie das funktionieren sollte. Du musst lernen, dich zu entspannen, hatte Elda ihr oft geraten.

Nach den ersten erfolglosen Versuchen wollte Lisa aufgeben, das Ganze erschien ihr einfach lächerlich. Aber je länger sie sich auf ihren ruhigen Atem konzentrierte, umso leichter wurde ihr.

Dann war ihr auf einmal, als würde jemand einen Schleier vor ihren Augen lüften, wie im Theater, wenn sich der Vorhang zu Beginn der Vorstellung wie von Zauberhand teilte. Vielleicht gab es ja doch einen Weg. Entschlossen und von innerer Erregung erfasst griff sie zum Telefon.

»Senhora Gomes? *Bom dia.* Lisa Freiberg hier. Ich hoffe, ich störe nicht?«

Im Hintergrund waren ausgelassene Kinderstimmen zu hören.

»Kein Problem. Wie geht es Ihnen?«, erkundigte sich die nette Vermieterin.

Lisa schilderte kurz, was geschehen war.

»Das tut mir sehr leid für Hermigo. Ich hoffe, er kann bald wieder nach Hause zurück. Was kann ich denn für Sie tun?«

»Sagen Sie, ist das Apartment für die nächste Zeit schon belegt?«, fragte Lisa vorsichtig an.

»Nein, leider haben die Gäste, die nach Ihnen gebucht haben, wegen der Brandkatastrophe storniert. Die nächsten Urlauber erwarte ich erst Anfang Oktober. Wieso, haben Sie einen Bekannten, der sich für die Ferienwohnung interessiert?«

»Es ist vielmehr so, dass ich meinen Aufenthalt um drei Wochen verlängern möchte. Wäre das möglich?«

»Ach so. Warten Sie, Frau Freiberg, ich schaue kurz mal in meinem Terminplan nach.« Es knackte in der Leitung, Lisa hörte Papier rascheln. »Übernächste Woche habe ich in der unteren Wohnung Handwerker, aber wenn Sie das nicht stört? Also von meiner Seite steht Ihrem Wunsch nichts im Wege.«

Die beiden besprachen noch ein paar Einzelheiten, dann beendete Lisa das Telefonat. Bis zum Abendessen blieb ihr noch etwas Zeit. Sie rief Tim an und erzählte ihm von dem verlängerten Urlaub. Er freute sich für sie und wünschte ihr noch eine schöne Zeit. Gleich darauf wählte sie eine neue Nummer.

»Frau Freiberg, wenn das mal keine Überraschung ist! Da haben Sie aber Glück, ich wollte gerade den Laden schließen«, begrüßte Michael Hollmann sie. »Wohnen Sie nicht im Landesinneren? Ich hoffe, die Brände haben Sie verschont?«

»Danke, ja. Genau auf diesen Punkt möchte ich zu sprechen kommen.«

»Da bin ich aber gespannt.«

Lisa und der Fotograf aus Funchal unterhielten sich eine Weile, und er war für ihren Vorschlag sehr aufgeschlossen.

»Danke, dass Sie sich an mich gewendet haben«, endete er. »Sobald ich etwas erreicht habe, melde ich mich. Die Idee sollten wir unbedingt weiterverfolgen.«

Mit einem leisen Lächeln blickte Lisa in den sanft fallenden Regen hinaus.

Da von Hermigo noch immer nichts zu sehen war, setzte sie sich zu Filipe ins Freie. Sie ließ sich gerade auf den Gartenstuhl sinken, da vibrierte sein Handy, und er las die Kurznachricht.

»Gibt es etwas Neues?«

»Ja, Pablo war eben noch an der Absperrung. Offenbar haben sie vor wenigen Minuten einen Teil der *bombeiros* vom *Parque* abgezogen.«

Lisa nickte. »Gut. Wenn doch nur endlich morgen wäre.«

»Unten im Ort gibt es eine nette Patisserie. Wir könnten dort eine Kleinigkeit essen, wenn du magst.«

Die Vorstellung, sich heute noch bewegen zu müssen, gefiel Lisa gar nicht, denn sie spürte schon den Muskelkater von ihren Kletterversuchen, weshalb sie dankend ablehnte.

Filipe ahnte wohl den wahren Grund, war jedoch taktvoll genug zu schweigen. »Bleib einfach hier sitzen und mach es dir gemütlich. Ich komme gleich wieder.«

Die mit Lampions hübsch beleuchtete Terrasse war von Stimmengewirr erfüllt. Ein junges Paar mit zwei kleinen Kindern und einem Säugling saß ihr gegenüber. Den leisen Gesprächsfetzen nach zu urteilen, waren auch sie vor dem Feuer geflohen und sorgten sich um ihr Zuhause.

Kurze Zeit später kam Filipe mit einem Tablett zurück. »Ich dachte, ein paar Vorspeisen und frisches Brot wären jetzt genau das Richtige.«

Verblüfft beobachtete Lisa, wie er Essen und Getränke vor ihr abstellte. Am liebsten hätte sie ihn geküsst und ihm gesagt, was er ihr bedeutete. Einen Moment lang war sie versucht, ihm von ihrem verlängerten Urlaub und den Plänen zu erzählen, die sie mit dem Fotografen aus Funchal schmiedete, aber ein unbestimmtes Gefühl hielt sie zurück. Gedankenverloren tastete sie über den Tisch hinweg nach seiner Hand.

Als er kurz darauf von dem zweiten Platz bei dem Fotowettbewerb hörte, war ihm die Überraschung von der Miene abzulesen.

»Ich habe die Adresse von der Ferienwohnung angegeben. Vielleicht liegen der Vertrag und mein Gewinn inzwischen schon in der Post«, schloss sie und betrachtete ihn zärtlich.

»Also wirst du für unsere Insel arbeiten, wenn du wieder zu Hause bist. Das macht mich stolz.«

»Das ist erst der Anfang, Filipe.« Ihr Blick wanderte zu den Bergmassiven, die nur noch als Silhouetten auszumachen waren. »Heute Nacht werde ich bestimmt kein Auge zu tun. Es gibt so vieles, das mich beschäftigt und das mir Sorgen macht.«

Er strich ihr über den Handrücken. »Ich wüsste da eine Medizin.«

»Die da wäre?«

Filipe legte ihr einen Finger auf die Lippen. Seine Berührung genügte, um ihr Blut in Wallung zu bringen, gleichzeitig fühlte sie eine bleierne Schwere in sich, verbunden mit dem Wunsch, sich wie ein kleines Kind zusammenzurollen und eine Zeit lang einfach alles zu vergessen.

»Lass uns gehen«, formte er langsam mit den Lippen.

KAPITEL 25

Der Himmel lichtete sich allmählich, als sie vor sechs Uhr die Jugendherberge verließen. Filipe war an diesem Morgen ungewöhnlich blass, die Anspannung hatte feine Fältchen in seine Mundwinkel gegraben. Die Straßen waren noch wie leer gefegt, und der feine Bodennebel legte sich wie ein zarter Schleier über die Täler, während die Bergspitzen schon vom ersten Morgenlicht gestreichelt wurden.

Zunächst fuhren sie zu Filipes Haus. Während Lisa im Wagen wartete, brachte er Hermigo hinein und erklärte ihm sein Zimmer. Danach nahmen sie die Route hinauf zum Pico.

Je weiter sie sich dem Zentralmassiv näherten, umso unwirklicher und gespenstischer wurde die Landschaft. Beim genaueren Hinsehen entdeckte Lisa an einigen windgeschützten Ecken kleine Flächen Grün, die vom Feuer verschont geblieben waren. Wie auf einer Kohlezeichnung, auf der versehentlich einige Farbkleckse gelandet sind, dachte Lisa. Ihre Beklommenheit wuchs, bis sie begriff, was genau ihr die Gänsehaut bescherte: Es war totenstill, kein Vogelgezwitscher war zu hören, kein Rascheln im Unterholz, kein Wind in den Baumkronen.

Hand in Hand eilten sie auf den Eingangsbereich

des *Parque Natural* zu. Einige Polizisten sorgten dafür, dass kein Unbefugter das Gebiet betrat. Pablo Coelho wartete bereits zusammen mit sechs weiteren Kollegen auf sie, alle in die Uniform der *Parque*-Ranger gekleidet. Mit den Männern hatte sich ein ganzer Pulk Reporter mit Kameras und überdimensionalen Mikrofonen eingefunden, die nur darauf lauerten, der Polizei ein Statement zur aktuellen Lage zu entlocken. So unauffällig wie möglich schoss Lisa ein paar Fotos.

Nachdem man sie durchgewinkt hatte, stellte Filipe sie seinen Kollegen vor. Lisa blieb die Skepsis auf den Gesichtern der Männer nicht verborgen, als Filipe ihnen mitteilte, dass sie die Ranger bei der Begutachtung der Nester fotografieren würde.

»Ich schlage vor, wir teilen uns in drei Gruppen auf, von denen jede ein Gebiet übernimmt«, schloss Filipe.

Die Ranger steckten die Köpfe zusammen und beratschlagten mit ernsten Mienen ihre Vorgehensweise. Kurz darauf hatten sie drei Teams gebildet. Pablo, Filipe und Lisa machten sich auf den Weg zu ihrem zugeteilten Revier. Schweigend legten sie die steil ansteigende Wegstrecke zurück, und Lisa hatte Mühe, sich den Wadenkrampf nicht anmerken zu lassen. Der Tag versprach klar und freundlich zu werden, in der Luft hing bereits eine Ahnung von Hitze. Sie bogen noch um eine zerklüftete Felswand, dann hatten sie ihren ersten Kontrollpunkt erreicht.

»Nesthöhle Nummer dreiundsiebzig mit einem Küken. Schlüpftag zehnter Mai zweitausendzehn. Nistplatz am zweiundzwanzigsten Mai nach den Regengüssen ausgebessert«, schilderte Filipe sachlich. Danach wandte er sich Lisa zu und wies nach oben.

»Die Nesthöhle befindet sich von hier aus in etwa zwanzig Metern Höhe, und zwar ungefähr dort, wo die Felsspalte zu erkennen ist.«

»Okay, verstanden.«

»Ich gehe vor und inspiziere die Lage«, entschied Pablo. »Den Rucksack mit dem Werkzeug nehme ich gleich mit, falls der Eingang von Ästen oder Zweigen versperrt ist. Filipe nimmt den zweiten Rucksack mit.«

»Was befindet sich in dem zweiten?«, fragte sie Pablo.

»Unter anderem ein Transportkorb, falls wir ein verletztes Tier auffinden, das behandelt werden muss.«

Filipe nickte ihr zu und machte sich routiniert an den Aufstieg, und auch Pablo schien den Felsen wie seine Westentasche zu kennen. Lisa konnte nicht umhin, ihre geschmeidigen Bewegungen zu bewundern. Sie beobachtete, wie Filipe sich und Pablo sicherte.

Von den Moosen und anderen Pflanzen, die sonst in den Felsspalten wuchsen, waren nur noch einige dürre Verästelungen und eine Ahnung der einstigen Blätter zu erkennen, die beim nächsten Windhauch zu Staub zerfallen würden.

Die Sonne gewann weiter an Kraft. Lisa zückte ihre Kamera und hielt fest, wie Pablo auf einem kaum zwanzig Zentimeter breiten Felsvorsprung in die Hocke ging und sich das Nachtsichtgerät um die Stirn band. Gleich darauf befreite der Mittvierziger den Höhleneingang von Unrat und leuchtete hinein. Lisa sah, wie er kurz in der Bewegung innehielt, dann griff er hinein und beförderte ein dunkles, flauschiges Etwas ans Tageslicht, während Filipe ihm assistierte und ihren Fund in einen Tragekorb legte. Gebannt verfolgte Lisa, wie die beiden wieder abwärtskletterten. Ihre Mienen hatten sich verfinstert.

»Das Küken hatte keine Chance«, brummte Filipe. »Leg das arme Ding in eine Tüte. Beeil dich. Wir haben noch eine Menge Arbeit vor uns. Unten müssen wir die Tüte beschriften und kennzeichnen.« Damit reichte er ihr den Kadaver. Erschüttert registrierte Lisa die verbrannten Flügel, den kleinen, aufgerissenen Schnabel, das verfärbte Gefieder und schoss ein paar Bilder.

»Das Gestein ist extrem rutschig. Wir dürfen kein Risiko eingehen«, gab Pablo seinem Kollegen zu verstehen.

Es ging wieder aufwärts, als sie den nächsten Kontrollpunkt ansteuerten. Pablo eilte zügig voraus. Filipe schritt langsamer neben Lisa her, und sie warf ihm einen dankbaren Blick zu.

Am Ziel angekommen, stellte sich die Situation völlig anders dar. Die Ranger mussten sich von dem Ausläufer der Bergkette abseilen, um an die Brutstätte der *Freiras* zu gelangen. Kurz darauf reichte Filipe ihr den Transportkorb mit den Kadavern von einem ausgewachsenen Tier samt seinem Küken. Gequält schloss Lisa ein paar Herzschläge lang die Augen, bevor sie die Kraft fand, auf den Auslöser der Kamera zu drücken.

Verbissen kämpften sich die Ranger von einem Kontrollpunkt zum nächsten. Die Stimmung sank auf den Nullpunkt. Zur Mittagszeit hatten sie fünfhundert weitere Höhenmeter bewältigt und neben einem erwachsenen Tier sechs verendete Küken zu verzeichnen.

Jeder in seine eigenen Gedanken verstrickt, legten

sie eine Pause ein. Lisa fürchtete sich vor dem, was sie möglicherweise noch erwartete. Ihre Angst erschien ihr sogar schlimmer als der Schmerz in ihren Gliedern. Ihre Schultern brannten von der Last der Kletterseile, und sie war verschwitzt, aber das war nichts gegen die niederschmetternde Gewissheit, bisher nur tote Sturmvögel geborgen zu haben.

Im Laufe der nächsten Stunde sprachen sie kaum. Lisa nutzte die Zeit, um die Ergebnisse zu notieren und die atemberaubende Berglandschaft mit der Kamera festzuhalten. Das gab ihr die Gelegenheit, ihre überanstrengten Muskeln zu lockern. Ihr war heiß, die Sonne brannte auf ihren bloßen Armen. Zum Glück wehte inzwischen ein kräftiger Wind, der ihre erhitzten Wangen kühlte. Lisa spürte, wie ihre Kräfte allmählich nachließen. Dennoch hatte es etwas ungemein Befriedigendes, sich ihrer Höhenangst zu stellen. Den Blick auf die Ranger gerichtet, die gerade zum nächsten Nistplatz kletterten, beobachtete sie jede ihrer Bewegungen. Als sie wenig später sah, wie sich die beiden lächelnd abklatschten, schossen Lisa Tränen der Erleichterung in die Augen. Dieses Küken befand sich offenbar in Sicherheit.

»Das Tier ist noch sehr klein und hungrig, macht aber einen gesunden Eindruck«, erklärte ihr Filipe wenig später. »Wir haben es mit Ersatznahrung versorgt, denn wir müssen damit rechnen, dass seine Eltern entweder verletzt oder im Feuer umgekommen sind. Wenn wir es nicht gefunden hätten, wäre es heute Abend tot gewesen.« Seine tiefen Augenringe zeugten von Erschöpfung, die Neuigkeit brachte jedoch einen Funken Hoffnung auf seine Miene zurück.

In der Zwischenzeit verständigte sich Pablo mit den Kollegen aus den anderen Gruppen. Auch von dort gab es erschütternde Nachrichten: Bislang hatten sie drei erwachsene Vögel und fünfundzwanzig Küken tot aufgefunden. Lediglich zwölf von achtunddreißig Küken hatten bisher überlebt. Das komme einer Katastrophe gleich, erklärte ihr Filipe, demzufolge waren zwei Drittel der neuen Generation umgekommen.

»Haben die *Freiras* jetzt überhaupt noch eine Chance?«, traute sich Lisa irgendwann zu fragen, nachdem die beiden Männer in ein brütendes Schweigen versunken waren.

»Es wird verflucht eng. Ich weiß es nicht«, gestand Pablo.

Bald darauf stand Filipes und Pablos letzter Aufstieg bevor. Die Nesthöhle befand sich fünfzehn Meter über ihnen an einem Felsvorsprung.

Schwer atmend schloss Lisa bis zu dem kaum drei Meter breiten Plateau auf, von wo aus die beiden Ranger starten wollten.

»Setz dich beim Fotografieren am besten hin. Wenn das nicht funktioniert, hältst du dich an den Felssteinen in Augenhöhe fest«, mahnte Filipe.

»Gut. Ich wünsche euch viel Glück.« Sie wandte dem Abgrund den Rücken zu und ließ sich auf den erwärmten Stein sinken. Gebannt filmte sie Filipes und Pablos Aufstieg. Doch just als die beiden die Höhle erreichten, wurde Lisa vom Sonnenlicht geblendet. Mit einem leisen Fluch auf den Lippen stand sie auf und hielt fest, wie Pablo bald darauf den Höhleneingang von einer Handvoll kleinerer Steine befreite.

Da trug der Wind ein aufgeregtes Piepen zu ihr herüber.

»Ein wohlgenährtes Küken!«, rief Filipe ihr von oben zu.

Lisa jubelte, ohne die Kamera sinken zu lassen. Ein dreizehnter Jungvogel, der überlebt hatte.

Lisa verfolgte, wie das Tier gewogen, gemessen und schließlich wieder in die Nesthöhle gesetzt wurde. Offenbar war es groß und stark genug, um nicht mit Ersatznahrung gefüttert werden zu müssen. Mit strahlenden Gesichtern kletterten die Ranger wieder zu ihr auf das Plateau.

Die beiden hatten bereits einen Großteil der Strecke bewältigt, als Lisa etwas am Rücken traf. Ein heftiger Schmerz durchzuckte sie. Unwillkürlich fasste sie sich an die Stelle, schwankte und geriet ins Straucheln. Sie verlor den Halt und schrie gellend auf.

»Lisa!« Wie ein Donnergrollen dröhnte Filipes Stimme in ihren Ohren.

Wie in Zeitlupe fiel sie und ruderte dabei mit den Armen. Schwindel erfasste sie jäh. Die Farben der Umgebung verschwammen. Sie spürte den harten Aufprall, ein Gewicht auf ihren Beinen. Hände, die nach ihr griffen. Dann nichts mehr.

Ein scharfer Schmerz holte Lisa in die Wirklichkeit zurück. Sie blinzelte, doch die Konturen um sie herum waren so unscharf wie im wabernden Nebel, weshalb sie die Lider schloss. Eine Berührung an der Wange riss sie schließlich aus dem Gefühl der Schwerelosigkeit und weckte ihre Lebensgeister. Filipes ausdrucksvolles Gesicht war dicht über ihrem. Sie lag auf der Seite, den Kopf auf Filipes Schoß gebettet. Hatte sie ihm eigentlich je gesagt, wie gut ihr seine gerade Nase und die Linien seines Mundes gefielen? Lisa machte Anstalten, sich aufzusetzen, sank aber sofort wieder stöhnend zurück.

Er strich ihr übers Haar. »Bleib ganz still liegen, mein Herz. Uns trennen höchstens fünf Zentimeter vom Abgrund.«

Sie öffnete den Mund, doch er brachte sie mit einer Handbewegung zum Schweigen. »Du musst ganze Scharen von Schutzengeln bei dir gehabt haben. Bist du verletzt?«

»Mein Oberschenkel tut höllisch weh, und meine Hand …«

»Das auch?« Er bewegte ihr Handgelenk.

Lisa schüttelte den Kopf.

»Gebrochen ist es nicht. Wie ist das hier?«

Filipe drückte auf einige Punkte an ihrem Oberschenkel, und Lisa stöhnte auf.

»Sieht so aus, als wärst du mit einem verstauchten Oberschenkel und ein paar blauen Flecken und Abschürfungen davongekommen«, meinte Filipe ernst, nachdem er ihren Körper abgetastet hatte.

Lisa beobachtete, wie er Verbandszeug aus seinem Rucksack holte, um ihre aufgeschürfte, blutige Handinnenfläche zu desinfizieren und zu verbinden.

»Wenn Filipe nicht abgesprungen wäre und dich mit seinem Körper abgefangen hätte … Du hättest tot sein können«, hörte sie Pablos Stimme neben sich.

»Du hast … du bist runtergesprungen? Oh mein Gott. Ist dir was passiert?«

Er winkte ab. »Mach dir keine Sorgen. Dafür habe

ich dir den Oberschenkel gestaucht, als ich beim Absprung auf dir gelandet bin.«

Doch hinter der dünnen Fassade aus Beherrschtheit konnte sie das erregte Blitzen in seinen Augen erkennen. »Ich bringe dich jetzt nach Hause.« Filipe wandte sich Pablo zu. »Kann ich dich allein lassen?«

»Klar, wir waren ja ohnehin fast fertig. Man sieht sich. Gute Besserung, Lisa.«

»Danke, Pablo.« Sie konnte dem Ranger nicht in die Augen sehen.

Noch etwas wackelig auf den Beinen ließ sie sich von Filipe stützen, als sie den viertelstündigen Weg zu seinem Jeep zurücklegten. Lisa biss die Zähne zusammen, jeder Schritt bereitete ihr Schmerzen. Er stellte keine Fragen, aber sie konnte sehen, wie es hinter seiner Stirn arbeitete. Ihre Wangen röteten sich vor Anstrengung, sie betrachtete den Verband und kämpfte gegen die aufsteigenden Tränen an.

»Vielen Dank für alles«, brachte sie endlich hervor. »Du hast dich meinetwegen in Gefahr gebracht.«

»Stimmt. Aber die Hauptsache ist, dass dir nichts weiter zugestoßen ist«, erwiderte er ernst. Den Rest der Fahrt schwieg er, was Lisa noch mehr beschämte.

Wenig später schlängelte sich Filipe durch den zähflüssigen Verkehr von Serra de Água. Als sie endlich vor dem Ferienhaus ankamen, schob sich die Sonne zwischen das lockere Wolkenband.

»Espresso?«, fragte Lisa, nachdem sie ihre Jacken abgelegt hatten.

»Gern. Ich übernehme das. Mach du es dir gemütlich.« Damit schob er sie sanft zum Sofa hinüber.

Lisas Koffer, der Rucksack und ihre Laptoptasche

standen schon neben der Tür, wo sie darauf warteten, für die Abreise gepackt zu werden. Die Gewissheit, sie noch eine Weile unbeachtet lassen zu können, machte Lisa glücklich. Wie Relikte aus einer früheren Zeit wirkten sie mit den vielen bunten Aufklebern aus aller Welt, die sie früher voller Stolz gesammelt hatte. Tokio, New York, Sydney, Mailand, Paris. Und Berlin.

Filipe war ihrem Blick gefolgt. Wenn er den Mund kräuselte wie jetzt, führte er meistens etwas im Schilde. »Spuck schon aus, was dir im Kopf herumgeht«, sagte Lisa.

»Ich möchte, dass du das Nötigste einpackst und bei mir und Hermigo wohnst.«

Sie verschluckte sich und hustete. »Ach ja? Und wann hattest du vor, mich zu fragen, was ich davon halte?«

»Gar nicht«, erklärte Filipe im Brustton der Überzeugung.

Sie versteifte sich. »Ich höre wohl nicht richtig! Du hast entschieden und erwartest, dass ich tue, was du sagst? So geht das nicht, Filipe!«

»Moment mal! Hör mir doch erst mal zu, bevor du dich aufregst.« Beide Hände in ihren Haaren vergraben, zog er sie näher, ohne auf ihren Protest zu achten. »In diesem Fall lasse ich sowieso keinen Widerspruch gelten. Du hast nämlich vorhin eindrücklich bewiesen, dass du nicht auf dich achtest.« Sein Blick hielt ihren eisern fest. »Solange du auf unserer Insel bist, bleibst du bei Hermigo und mir. Elvira weiß übrigens Bescheid.«

»Na wunderbar!« Ihre Augen wurden feucht. Sie konnte es nicht ausstehen, hilflos zu sein. Aber was noch schwerer auf ihr lastete, war das sichere Empfinden, die Situation selbst heraufbeschworen zu haben. Sie senkte den Kopf, weil sie den Ausdruck in Filipes Augen nicht mehr ertrug. »Wieso tust du das alles für mich?«

»Das weißt du ganz genau.«

»Ich habe mich total dämlich benommen«, gestand sie leise.

»Ach ja? Das ist spannend. Inwiefern denn?«

Lisa versuchte, seinem Blick wieder standzuhalten, was schwer genug war angesichts der Tatsache, dass er offensichtlich nicht daran dachte, es ihr leicht zu machen. »Zum Beispiel, weil ich mich einfach über Regeln hinwegsetze, wenn sie mir im Weg stehen.«

»Aha, ich weiß. Du meinst die Fotos, die du von den Urkunden geschossen hast«, kommentierte er trocken, ohne sie loszulassen.

»Zum Beispiel.« Das Geständnis fiel ihr ohnehin schwer, aber musste sie unter seinem aufmerksamen Blick auch noch rot werden wie ein Teenager? »Manchmal war ich in meiner Neugierde ziemlich rücksichtslos. Glaub mir, damit habe ich mir unter meinen Kollegen nicht nur Freunde gemacht.«

Filipe nickte. »Das kann ich mir gut vorstellen.«

»Genau deshalb war ich als Sensationsreporterin auch so erfolgreich!« Lisas Sicht verschwamm, ihre Tränen zogen eine feuchte Spur über ihre Wangen. Eldas Gesicht tauchte plötzlich vor ihr auf. *Du musst erst noch lernen, für das, was dir wichtig ist, zu kämpfen. Ich helfe dir dabei.*

»Erzähl mir, was vorhin passiert ist«, forderte Filipe sie auf.

Lisa rang um Fassung, ihre Lippen bebten. »Ich … habe euch beim Aufstieg gefilmt. Aber die Sonne, sie hat geblendet … Und ich wollte unbedingt die ganze Szene festhalten. Deshalb bin ich aufgestanden und ein Stück zurückgegangen. Dann hat mich dieser blöde Stein getroffen.« Lisa strich ihm über die Wange. »Du hast mich gewarnt, vorsichtig zu sein. Aber ich hatte nur meine Reportage im Kopf. Das war ein großer Fehler. Ich habe dein Leben aufs Spiel gesetzt, eure Arbeit behindert und euch aufgehalten.« Lisa holte tief Luft. Noch nie hatte sie so gnadenlos ehrlich sein müssen. Doch Filipe war all das wert. »Kannst du mir bitte verzeihen? Ich habe meine Lektion gelernt. Ich hoffe, du glaubst mir, denn ich will dich nicht verlieren.«

Da senkten sich seine Lippen auf ihre, und sie schmiegte sich mit einem unterdrückten Schluchzen an ihn. So von ihm gehalten zu werden, war ein ganz neues Gefühl und stellte ihre selbst gewählten Grenzen auf eine harte Probe.

»Es wird alles gut, mein Herz«, flüsterte er dicht an ihrem Ohr.

Seine Worte hallten in ihr nach.

»Wenn du erst zurück in Berlin bist, kannst du wieder allein für dich sorgen. Aber bis dahin werde ich auf dich aufpassen.«

Glücklich sog Lisa seinen vertrauten Duft ein. Ganz langsam wanderten seine Hände unter ihre Bluse, fuhren die Linien ihrer Wirbelsäule nach und verweilten an dem Verschluss ihres Büstenhalters. Er küsste ihren Hals, ihr Schlüsselbein, verharrte an ihrem Brustansatz.

Ihr Herz schlug schneller, sie zuckte unter seinen Berührungen zusammen. »Es ist … ziemlich schwierig, sich mit einer verbundenen Hand und einem verletzten Oberschenkel zu wehren«, protestierte sie leise lachend.

»Dann lass es.« Er presste seine Lippen mit einer Leidenschaft auf ihre, dass sie nichts mehr wahrnehmen konnte als seinen Körper dicht an ihrem. Sie erwiderte seine Zärtlichkeiten, als hätte sie nie etwas anderes getan, als hätte sie eine unendliche Zeit auf diesen Augenblick gewartet. Wortlos hob er sie hoch und trug sie ins Schlafzimmer, ohne sie aus den Augen zu lassen. Bei dem Versuch, sich auf dem Bett auszustrecken, verzog Lisa gequält das Gesicht. Sie bemerkte, wie es um Filipes Mundwinkel zuckte. »Genießt du etwa, wie dumm ich mich gerade anstelle?«

Er grinste und legte sich zu ihr. »Ein bisschen. Ich finde, das geschieht dir ganz recht, wenn ich das mal so sagen darf.«

Lisa warf mit einem Kissen nach ihm. Filipe lachte, als er sie an sich zog und behutsam über ihre verletzten Stellen strich, die sich bereits leicht violett verfärbten.

»Du bist so hübsch wie eine Amazone nach einem Kampf«, sagte er, überhörte ihr Schnauben und verschloss ihren Mund mit einem Kuss, der in ihrem ganzen Körper widerhallte.

Lisa wollte sich enger an ihn schmiegen, aber der Schmerz im Bein ließ sie innehalten.

»Bleib ganz still liegen«, murmelte Filipe. »Ich mag hilflose Frauen.«

»Du bist unmöglich.« Sie kicherte. »Dabei hast du offensichtlich total vergessen, dass ich noch eine Hand und einen Großteil vom Rest zur Verfügung habe.« Sie ließ ihren Worten Taten folgen, indem sie jeden einzelnen Muskelstrang seines Rückens nachfuhr. Zufrieden sah sie, wie sich sein Mund leicht öffnete und er die Augen schloss. Den Schmerz ignorierend, setzte sich Lisa auf und ließ den Blick über seine Nacktheit wandern.

Unvermittelt öffnete er die Lider, warf sie auf den Rücken, liebkoste ihren Bauchnabel, bis sie leise aufstöhnte und sein fordernder Mund auf ihrer Haut das Einzige war, was sie noch wahrnehmen konnte. Sie murmelte seinen Namen, zog ihn zu sich herab.

»Wie soll es mit uns weitergehen?«, flüsterte sie später an seiner Brust.

Filipe deckte ihren nackten Körper zu. »Da fallen mir verschiedene Möglichkeiten ein: Du fliegst nach Hause, und wir vergessen, was zwischen uns gewesen ist. Oder wir besuchen uns eben so oft wie möglich und geben uns damit zufrieden. Vermutlich funktioniert das eine gewisse Zeit, aber eines Tages werden sich unsere Wege wieder trennen.«

»Warum? Es muss nicht zwangsläufig so enden«, widersprach Lisa träge und beobachtete dabei das Spiel seiner Muskeln, während er ihre weiblichen Formen nachzeichnete.

»Doch, ich fürchte schon, denn wenn wir keinen Abstand zueinander aufbauen, werden wir unglücklich. Niemand mag auf Dauer allein sein und von einer Zukunft träumen, die es nicht geben kann.«

»Hast du eine weitere Alternative?«, wollte sie leise wissen.

»Die kennst du.« Mit einem genüsslichen Seufzen zog er sie näher. »Warum freuen wir uns nicht einfach über die Zeit, die uns noch bleibt?«

»Du hast recht«, sagte Lisa und schloss die Augen.

Eng umschlungen verharrten sie, eingehüllt in der Wärme des anderen, bis Filipe sie wortlos auf die Stirn küsste und sich erhob. Mit Bedauern beobachtete sie, wie er sich die Hose überstreifte.

»Hermigo wartet bestimmt längst auf uns, Lisa.«

»Ich weiß.«

Wenig später standen sie vor Filipes Haus, und er schloss auf.

»Ich hab deinen Wagen schon gehört, Filipe. Mädchen, was machst du denn für Sachen!«, empfing Hermigo sie im Flur. »Du hast uns einen mächtigen Schrecken eingejagt.«

Lisa umarmte ihn. »Ich weiß. Tut mir leid.«

»Der Junge hat mir gesagt, du wohnst jetzt bei uns?«

»Ja, er hat mich dazu überredet«, erwiderte Lisa.

Filipe warf ihr einen liebevollen Blick zu.

Er wies mit dem Kopf zum Schlafzimmer. »Du kannst in meinem Bett schlafen, ich nehme die Couch.« Mit den Worten stellte er ihr Gepäck ab, ohne ihre Antwort abzuwarten. »Wann genau fliegst du noch mal zurück?«

»Ich bleibe drei Wochen länger als geplant.«

Filipes Augen wurden groß. »Ehrlich? Wenn das keine gute Nachricht ist! Wann hast du das entschieden?«

»Gestern.«

»Und das sagst du uns jetzt erst?«, polterte Hermigo gutmütig los. »Wie schön! Dann brauchen wir noch nicht so schnell Abschied zu nehmen.« Er tastete nach ihrer Hand. »Ruh dich ein wenig aus. Wir sind nebenan.«

Nachdem sie sich auf Filipes Bett ausgestreckt hatte, lauschte sie den beiden Männerstimmen, die sie wie in einen sicheren Kokon hüllten. Ihre linke Seite schmerzte noch von dem Aufprall, aber das tat ihrer überschäumenden Freude keinen Abbruch. Diesen Tag würde sie ihr Leben lang nicht vergessen. Mit einem wohligen Seufzen schmiegte sie sich in das Kissen und fiel augenblicklich in einen Dämmerschlaf.

Sie erwachte, als ihr Telefon klingelte.

»Bom dia, Frau Freiberg. Michael Hollmann hier.«

»Hallo, Herr Hollmann«, begrüßte sie ihn noch leicht benommen.

»Es gibt gute Nachrichten. Ab dem ersten Oktober wird es an verschiedenen Locations in Funchal und etwas später auf der gesamten Insel Ausstellungen geben. Der Erlös soll, wie Sie es vorgeschlagen haben, jenen Familien zugutekommen, die durch das Feuer ihr Zuhause verloren oder nicht die Möglichkeiten haben, es mit eigenen Mitteln instand zu setzen.«

Ihre Müdigkeit war wie weggeblasen. »Oh, wie schön! Das freut mich wirklich sehr.«

»Ich hoffe, ich kann auf Sie zählen?«

»Selbstverständlich!«, erwiderte Lisa, ehe Hollmann sie über die Details informierte.

Als sie das Gespräch schließlich beendeten, schlich sich ein zufriedenes Lächeln in ihre Mundwinkel.

Filipe und Hermigo waren schon schlafen gegangen, als sich Lisa aufs Bett setzte und die ersten Zeilen ihrer Reportage über die *Freiras* in die Tastatur ihres Laptops tippte. Sie erinnerte sich wieder an ihre Begegnung mit dem Sturmvogel im Lorbeerwald. Seit der Brandkatastrophe hatte Filipes Optimismus, die Tiere doch noch retten zu können, einen heftigen Dämpfer erhalten. In dieser Nacht hielten zwei Kollegen von ihnen Wache, um zu beobachten, ob die beiden Küken, die sie lebend aufgefunden hatten, von ihren Eltern versorgt wurden. In der nächsten Nacht waren Pablo und Filipe an der Reihe. Falls die Tiere jedoch ebenfalls beim Brand ums Leben gekommen waren, sollten die Jungvögel von Hand aufgezogen werden. Dann bliebe den beiden *Freiras* nur die Möglichkeit, ihr Dasein im Zoo zu fristen.

Der Gedanke ließ sie schaudern. Nicht nur deshalb tat es Lisa gut, ihre Erlebnisse mit den Rangern und die schwierige Lage nach der Katastrophe niederzuschreiben. Die Stunden vergingen wie im Flug, und als sie mit Schrecken feststellte, dass es bereits nach eins war, legte sie ihren Laptop zufrieden beiseite. Mehr als die Hälfte ihrer Arbeit hatte sie erledigt.

KAPITEL 26

Lisa hatte einen Großteil des folgenden Vormittags schreibend im Bett verbracht. Ihr Oberschenkel war tiefviolett verfärbt, schmerzte aber zum Glück nur noch beim Laufen. Irgendwann hörte sie, wie Filipe wegfuhr. Hermigo hatte sich in sein Zimmer zurückgezogen und malte. Es war früher Nachmittag, als der Ranger schwer bepackt sein Schlafzimmer betrat und ihre Koffer am Schrank abstellte.

Lisa stand auf und küsste ihn. »Du hast meine Sachen gepackt? Wieso hast du nichts gesagt?«

»Mit deinen Verletzungen wärst du mir keine große Hilfe gewesen.« Er reichte ihr einen Briefumschlag.

»Vielen Dank, Filipe.« Es war das Glückwunschschreiben vom Tourismusbüro aus Funchal.

»Ich fahre heute früher los. Pablo und ich treffen uns nachher am Eingang vom *Parque.* Bevor es dunkel wird, wollen wir noch ein paar beschädigte Nesthöhlen ausbessern«, klärte Filipe sie auf. »Laut unserer Kollegen sind manche leider völlig zerstört und müssen durch künstliche ersetzt werden. Danach halten wir Wache am letzten Fundort, zwei Kollegen beobachten das kleine Küken, das wir füttern mussten. Drück uns die Daumen, dass wir die kleinen nicht in die Tierklinik bringen müssen.«

»Natürlich. Am liebsten würde ich euch begleiten.«

Er wies auf den Laptop auf dem Bett. »Was machst du da? Du arbeitest doch nicht etwa an deiner Biografie?«

»Sehr witzig, Filipe. Ich bereite die Reportage vor.«

Kaum hatte er das Haus verlassen, schälte sie sich aus dem Bett und humpelte in die Küche.

Als Hermigo sie hantieren hörte, rief er aus seinem Zimmer: »Was machst du da, Mädchen? Kann ich dir helfen?«

»Nein, bleib, wo du bist. Das soll eine Überraschung sein.«

Später, als sie ihr Werk beendet hatte, machte sie mit Hermigo einen kleinen Spaziergang und freute sich, dass ihre Beschwerden im Bein allmählich nachließen. In dieser Nacht ging Lisa früh ins Bett.

Filipe kehrte erst am nächsten Vormittag von der Arbeit zurück und legte sich ein paar Stunden schlafen.

Als sie hörte, dass er wach wurde, deckte sie den Küchentisch, sogar ein paar Kerzen hatte sie in der Vorratskammer neben dem Gästezimmer gefunden.

»Setzt euch«, bat Lisa die beiden Männer, holte etwas aus dem Kühlschrank und stellte es vor ihnen auf den Tisch.

»Du hast einen Kuchen gebacken?«, entschlüpfte es Filipe entgeistert.

»Das ist eine Torte, wie die Sahneschicht obendrauf verrät.« Als sie sein verdutztes Gesicht sah, lächelte sie. »Zugegeben, ich bin keine begnadete Köchin, aber das heißt nicht, dass ich nicht über andere Talente verfüge, oder? Das ist übrigens eine Zitronen-Mandel-Torte.« Sie legte ihnen jeweils ein großzügiges Stück auf die Teller.

»Unfassbar«, flüsterte Filipe und leckte sich über die Lippen.

Während sich Hermigo bei ihm nach den weiteren Rettungsmaßnahmen für die Sturmvögel erkundigte, ließ Lisa den Anblick der beiden Männer auf sich wirken. Die Köpfe einander zugeneigt, war ihre Verbundenheit deutlich spürbar. Der Schein der brennenden Teelichter, die helle Flecken an die Wände warfen, der gedeckte Tisch. Wie anheimelnd es war, Teil davon zu sein. Wärme durchflutete Lisa. Hermigo, den sie eine Weile beobachtete, machte einen gefassten Eindruck, die Gesellschaft tat ihm offenbar gut.

»Lisa will eine große Reportage schreiben«, beendete Filipe gerade seinen Bericht.

Der Maler schien tatsächlich nichts von dem zu ahnen, was gestern vorgefallen war. Daraufhin erzählte ihm Lisa von ihren Plänen. »Filipe und ich erhoffen uns mehr Aufmerksamkeit für den Schutz der *Freiras.*«

»Der Bericht bekommt nach dem Feuer Brisanz«, erwiderte Hermigo nachdenklich. »Ich wünsche euch viel Erfolg.«

»Danke. Wo wir gerade beim Thema sind: Ich möchte gerne etwas mit euch besprechen«, nutzte Lisa eine kleine Pause.

Hermigo bat um ein zweites Tortenstück und wandte ihr das Gesicht zu. »Was gibt es, Mädchen?«

Sie wusste, dass sie ihre Worte klug wählen musste. Also berichtete sie zunächst ausführlich von den Plänen, die sie mit dem Fotografen aus Funchal geschmiedet hatte. »Herrn Hollmann ist es gelungen, eine Reihe von Sponsoren zu finden, die bereit sind, unsere Spendenaktion tatkräftig zu unterstützen.«

»Interessant«, warf Hermigo ein. »Wie genau stellt ihr euch das vor?«

Filipe beugte sich über den Tisch und lauschte aufmerksam.

»Für die Spendenaktion suchen wir noch Künstler, egal, ob Bildhauer, Fotografen, Straßenkünstler oder Maler, die bereit sind, ihre Werke auszustellen. Verteilt über die ganze Insel haben wir passende Orte für die Ausstellungen ausfindig gemacht. Sogar das Tourismusbüro in der Hauptstadt wird uns einen Raum zur Verfügung stellen, in dem auch ich mit einigen Fotografien vertreten sein werde.«

Hermigo klatschte begeistert in die Hände. »Glückwunsch! Ich bin stolz auf dich.«

Seine Reaktion entlockte ihr ein Schmunzeln. »Danke.«

»Das hast du mir noch gar nicht erzählt«, tadelte Filipe, wobei der Blick, den er ihr zuwarf, seine strengen Worte Lügen strafte.

»Ich wollte warten, bis die Vorbereitungen abgeschlossen sind.« Lisa tastete über den Tisch hinweg nach Hermigos Hand. »Hättest du nicht Lust, dich an der Aktion zu beteiligen?«

»Ich? Aber ich male doch nur zu meinem Privatvergnügen. Meine Bilder sind außerdem nicht gut genug …«

»Das sehen wir aber anders«, warf Filipe ein. »Du bist ein ganz besonderer Künstler. Ich finde Lisas Idee hervorragend.«

»Ihr beide steckt doch sowieso unter einer Decke«,

brummte der Korbflechter und stellte seinen Kaffeebecher hart auf den Tisch. »Meine Bilder gehören mir allein.«

»Das verstehe ich gut«, entgegnete Lisa sanft. »Ich meine auch keineswegs deine Familienbilder, sondern die Landschaftsmotive oder die mit den Tieren, die zum Teil schon ausgestorben sind.«

Hermigos abweisende Körperhaltung war Antwort genug.

Doch so leicht gab Lisa nicht auf. »Bitte vergiss nicht«, setzte sie nach, »dass es eine Menge Madeirer gibt, die kein Dach mehr über dem Kopf haben.«

»Denkst du, das weiß ich nicht, Lisa?«, erwiderte er steif.

Sie kämpfte ihre aufkeimende Ungeduld nieder. »Herr Hollmann hat mir zugesichert, dass er dir einen eigenen Raum in seinem Atelier zur Verfügung stellt. Von jedem Verkauf geht ein gewisser Anteil auf das Spendenkonto. Obendrein könntest du dir ein bisschen Geld für die Renovierung deines Hauses verdienen. Somit hätte jeder etwas davon.«

Einen Moment lang war nur das Ticken der Küchenuhr zu hören.

»Junge, zeigst du mir bitte, wo du die Weidenruten untergebracht hast?«, fragte der Maler völlig unvermittelt.

»Sicher, Hermigo.«

Filipe gab Lisa ein Zeichen, in der Küche sitzen zu bleiben, während sie fassungslos verfolgte, wie die beiden das Haus über die Terrasse verließen.

Wenig später kehrte Filipe zu ihr zurück.

»Er ist jetzt in seinem Zimmer. Er will arbeiten.«

Lisa sah zu ihm auf. »War ich zu forsch?«

»Nein, du warst so einfühlsam, wie man nur sein kann. Aber bei diesem Thema ist es schwer, an ihn heranzukommen. Nimm dir seine Reaktion nicht zu sehr zu Herzen.«

Sie stand auf und küsste ihn auf die Nasenspitze. »Hast du etwas dagegen, wenn ich noch ein bisschen weiterarbeite? Mir fehlt noch geeignetes Fotomaterial.«

»Nur zu. Ich bin hier.«

Lisa ging ins Wohnzimmer und vertiefte sich in die Auswahl der Fotos, während Filipe in der Küche hantierte. Sie schnaubte, er hatte sie doch tatsächlich bei einem ihrer ersten Kletterversuche fotografiert. Schnell wechselte sie zum nächsten Bild. Da war die Traube der aufgeregten Reporter an der Absperrung. Verkohlte Ginsterbüsche, die rostbraunen Kiefern in der verbrannten Ödnis. Pablo, der sich von einem schwindelerregenden Abhang abseilte. Er und Filipe an einem Felsvorsprung, wie sie in eine Nesthöhle hineinleuchteten. Das erste verendete Küken in einer beschrifteten Tüte. Die sorgenvollen, von Erschöpfung gezeichneten Gesichter der beiden Ranger. Danach fertigte sie mit Filipes Hilfe noch eine portugiesische Übersetzung ihrer Texte an.

Als sie fertig waren, nickte er anerkennend. »Gute Arbeit, Lisa. Wem willst du den Bericht anbieten?«

»Ich bewerbe mich einfach bei allen Medien, die sich dem Thema Naturschutz widmen.«

Sein Blick wurde nachdenklich. »Als wir uns das erste Mal getroffen haben, dachte ich, vor mir steht eine modebewusste Großstadtpflanze, nervtötend neugierig und ein wenig oberflächlich.« Er zog sie an sich. »Aber ich habe mich getäuscht. Du bist viel mehr, du bist etwas ganz Besonderes, und du bist gewitzt. Genau deshalb liebe ich dich.«

Von seinem Geständnis überwältigt, schmiegte sie sich an ihn und verharrte einen Moment. Sein Herz pochte an ihrem Ohr. Sie wollte ihm so vieles sagen, doch nichts davon kam ihr über die Lippen. »Wünsch mir Glück«, flüsterte sie daher nur.

»Sowieso«, sagte er, zwinkerte ihr zu und ging in die Küche.

Lisas Gedanken wanderten nach Berlin. Glück konnte sie tatsächlich gleich in mehrfacher Hinsicht gebrauchen, denn sie hatte noch immer keine neue Bleibe gefunden. Eine Einzimmerwohnung würde ihr fürs Erste genügen, bis das Penthouse verkauft war. Entschlossen begutachtete sie die Immobilienangebote im Internet. Einige hörten sich interessant an, weshalb sie sich in die Details vertiefte. Eine Wohnung lag direkt in der City, eine weitere im vierten Stock ohne Fahrstuhl, während eine dritte ihr zwar gefiel, jedoch zu weit abseits gelegen war. Eine vierte sollte sofort bezogen werden. Frustriert gab sie eine Suchanzeige auf und wählte Tims Nummer.

»Hi, Lisa«, begrüßt er sie wie immer gut gelaunt. »Schön, deine Stimme zu hören. Ich war nach deiner Nachricht echt erschrocken, sie war so knapp. Alles okay bei dir? Du hast doch hoffentlich nichts abbekommen?«

»Nein, mir ist nichts passiert. Aber ganz in meiner Nähe sind mehrere Dächer beschädigt, Gärten verbrannt, und im Ort selbst gibt es einige Familien, deren Häuser bis auf die Grundmauern niedergebrannt sind. Inzwischen hat man die Brände aber gelöscht.«

»Warum hast du mir nicht Näheres darüber erzählt?«, tadelte Tim sie.

»Weshalb hätte ich dich aufscheuchen sollen?« Lisa räusperte sich. »Es gibt da übrigens noch etwas, das ich mit dir besprechen möchte.«

»Schieß los.«

»Die Wohnungssuche ist zum Verrücktwerden. Steht dein Angebot noch, dass ich in dein drittes Zimmer ziehen kann? Es wäre nur vorübergehend, bis ich etwas Geeignetes gefunden habe.«

»Klar, hab ich dir doch versprochen. Du willst deine alte Wohnung echt leer stehen lassen?«

»Ich kann da nicht sein, ohne dass die Erinnerungen sofort wieder hochkommen.«

»Das würde mir wohl ähnlich gehen. Wann kommst du überhaupt zurück nach Berlin?«

»Bald, Tim. Ich habe hier noch einiges zu erledigen, aber das erzähle ich dir alles bei Gelegenheit.«

»Das will ich auch hoffen, du bist die letzte Zeit nämlich ziemlich verschlossen. Sorry, aber ich muss zurück in die Redaktion. Mach's gut, Kleines.«

Nachdenklich blickte Lisa auf ihr Telefon. Tim spürte, dass sie ihm einiges verschwieg. Aber sie wollte ihr Leben allein regeln.

Aus der Küche drang der verlockende Duft nach Kaffee. Als Filipe kurz darauf einen dampfenden Becher vor ihr abstellte, lächelte sie dankbar.

»Übrigens – das Bild, das du von mir geschossen hast, zeigt sehr anschaulich, wie ungeschickt ich mich beim Klettern angestellt habe.«

»Glaub ich nicht. Darf ich mir das Foto mal ansehen?«

Wortlos schob sie ihm die Kamera hin.

»Ist doch niedlich, wie du deinen Hintern ausstreckst«, erwiderte er um Ernsthaftigkeit bemüht, was ihm jedoch misslang.

Lisa warf ihm nur einen dusteren Blick zu.

Filipe klickte sich langsam durch die ersten digitalen Bilder. »Die Aufnahme von dem toten Küken finde ich besonders eindringlich. Auch die Schnappschüsse von Pablo und mir sind sehr gelungen. Es überrascht mich nicht, dass sich Senhor Hollmann für deine Arbeiten interessiert.«

Sein Lob erfüllte Lisa mit Stolz, ließ sie jedoch auch ein wenig nachdenklich zurück. Wie eigenartig. Seit vielen Jahren fotografierte sie leidenschaftlich gern und verfasste Texte. Dennoch beschlich sie das untrügliche Gefühl, dass sich etwas verändert hatte, dass ihre Arbeiten intensiver und besser geworden waren. Jäh erinnerte sie sich an Eldas Worte. »Warum genießt du nicht den Augenblick, statt ihn mit der Suche nach dem richtigen Weitwinkel oder einem passenden Objektiv zu vergeuden?«, hatte die Freundin sie bei einem ihrer Urlaube gefragt. Weil ich erst lernen musste, die Welt mit allen Sinnen zu erleben und ihre Schönheit zu entdecken, gab sie sich selbst die Antwort und lächelte.

Filipe blickte auf seine Uhr. »Ich muss los. Wir sehen uns spätestens morgen früh. Wenn alles gut läuft, brauchen wir bald keine Nachtschichten mehr zu machen.« Er küsste sie zärtlich, warf sich seine Jacke über die Schulter und verließ das Haus.

Lisa wendete sich wieder ihrer Arbeit zu, wählte einige aussagekräftige Fotos aus und versendete ihre Reportage. Nachdem Hermigo keine Anstalten machte, sein Zimmer zu verlassen, schlüpfte Lisa in Jeans, Shirt und Wanderstiefel.

»Hermigo, ich sehe in deinem Haus mal nach dem Rechten, okay?«, rief sie ihm durch die geschlossene Tür zu.

»Meinetwegen«, antwortete er von drinnen.

Lisa griff nach seinem Haustürschlüssel, der im Flur auf einer Kommode lag, und schlug zielstrebig den Weg zu seinem Zuhause ein. Die Stufen bereiteten ihr noch etwas Mühe, und sie hielt sich den Oberschenkel, als sie oben angekommen war.

Die Pfützen auf dem Fußboden waren inzwischen getrocknet, der Rauchgeruch nur noch als Hauch wahrzunehmen. In einem Schrank im Wohnraum fand sie einen Besen und machte sich an die Arbeit, um die kümmerlichen Überreste von Stoffen, Geschirr und Dachziegeln zu beseitigen.

Zwei Stunden später beäugte sie zufrieden ihr Werk. Der Abfall stand in verschnürten Säcken hinter dem Haus. Die Möbel hatte sie von Asche und Dreck befreit, den Fußboden geschrubbt. Natürlich waren die Wände verrußt, und das Sofa wies einige Brandlöcher auf. Aber Hermigo freute sich bestimmt, dass die Arbeiten an seinem Haus einen Anfang genommen hatten.

Als Lisa den Schlüssel im Schloss drehte, stand die Sonne zwar schon tief am wolkenlosen Himmel, dennoch war es wunderbar warm. Auf dem Rückweg musste sie den tief hängenden Zweigen des Jacarandabaumes auf den Stufen ausweichen, die im böigen Wind auf und ab tanzten.

Lisas Blick schweifte zum Abgrund und zu den hochgewachsenen, blühenden Sträuchern, die sich ans felsige Gestein klammerten. Plötzlich stutzte sie. Einen guten Meter unter ihr hatte sich ein brauner Gegenstand zwischen den Befestigungssteinen der Treppe und dem Stamm einer Baumheide verfangen. Aufmerksam lugte Lisa ein zweites Mal abwärts. Es war eine lederne Tasche, die genauso aussah wie das Exemplar, das sie auf der Flucht vor dem Feuer verloren hatte. Der Schulterriemen war noch intakt, aber der Henkel war gerissen, deshalb war ihr die Tasche also entglitten.

Stirnrunzelnd maß Lisa die Entfernung ab und überlegte. Wenn sie einen Gegenstand fand, der durch den Metallring an den Henkeln passte, hatte sie vielleicht eine Chance, die Tasche zu sich heranzuziehen. Eilig ging sie noch mal zurück, suchte Hermigos Haus ab und kehrte mit einem Besenstil zurück. Die Länge erschien ihr genau richtig, doch er war zu dick. Beim nächsten Sturm würde sich die Tasche garantiert von dem Ast der Baumheide lösen und den Abhang hinunterfallen. Sie musste es jetzt probieren!

Schließlich entdeckte sie zwischen dem verbrannten Gestrüpp den Setzling eines jungen Akazienbaumes. Kurz entschlossen grub Lisa ihn aus und rieb sich ihre verbundene Hand. Bäuchlings streckte sie sich auf einer der Treppenstufen aus und ließ den Stamm abwärtssinken. Die Länge passte tatsächlich, aber es kostete Lisa mehrere Versuche, bevor es ihr gelang, den Stamm durch den Metallring zu schieben.

Als sie die Tasche endlich heraufbeförderte, wischte sie sich mit einem breiten Lächeln den Schweiß von der Stirn.

Das Rindsleder war von langem Gebrauch nachgedunkelt, einige Nähte waren porös. Die Tasche erinnerte Lisa an die Schulranzen der sechziger Jahre. Zufrieden schob sie sich den Riemen über die Schulter und machte sich auf den Heimweg.

Als sie Filipes Haus betrat, hörte sie Hermigo singen, auf ihre Bitte zu öffnen, reagierte er jedoch nicht. Auf dem Küchentisch stand ein Teller mit Brotkrumen. Einen Imbiss hatte er sich zumindest zubereitet. Sie verstaute Hermigos Tasche in dem Schlafzimmerschrank und freute sich auf den Moment, wenn sie ihm das Fundstück bei einer passenden Gelegenheit zurückgeben würde.

Lisa verstand den alten Mann nur zu gut, sie war selbst hoffnungslos sentimental und hing an scheinbar alltäglichen Dingen, mit denen sie besondere Erinnerungen verknüpfte. Vielleicht tröstete ihn die alte Tasche ein wenig über den Schock der letzten Tage hinweg. Nur müsste er dafür endlich mal sein Zimmer verlassen. Sie wartete noch den ganzen Abend. Aber als der Spätfilm zu Ende war, ging sie schlafen.

Eine Bewegung ließ sie mitten in der Nacht hochschrecken. Sie fuhr zusammen, als Filipes kalte Füße die ihren berührten. Schlaftrunken schlang sie die Arme um seinen Hals.

»Wie geht es den Küken?«, murmelte sie.

Träge strich er ihr über den Rücken. »Es geht ihnen gut. Pablo und ich konnten ihre Eltern dabei beobachten, wie sie die Nesthöhlen angeflogen haben.«

»Wie schön«, erwiderte sie und küsste ihn voller Freude. »Schlaf jetzt, du hast eine lange Nacht hinter dir.«

Filipe lachte leise. »Sag mir bitte, wie ich das anstellen soll, wenn eine halb nackte, verführerische Frau neben mir liegt und mich küsst.«

»Du hast es wirklich nicht leicht«, erwiderte sie in gespieltem Ernst. »Aber ich wüsste da etwas. Wir verschieben den Schlaf einfach auf später.«

Lisa setzte sich auf, genoss es, wie Filipe sie mit seinen Blicken streichelte, und zog sich ihr seidenes Nachthemd über den Kopf.

KAPITEL 27

Als Lisa die Augen aufschlug, war das Kissen neben ihr leer. Beim Blick auf den Wecker erschrak sie: schon nach zehn.

Hermigo und Filipe saßen am Frühstückstisch, als sie in die Küche kam. Frisch rasiert, beide in karierten Hemden, die Haare sorgfältig nach hinten gekämmt, aßen sie gemeinsam wie Vater und Sohn.

Sie küsste beide auf die Wange und ließ sich von Filipe einen Pfannkuchen auf den Teller legen.

»Gut geschlafen?«, fragte er sie weich.

»Oh ja, danke.«

Hermigo wirkte an diesem Morgen ausgeruht und fröhlich. Offenbar gehörte er zu jenen Menschen, die sich zurückziehen mussten, um wieder mit sich ins Reine zu kommen. Gut gelaunt plauderte er von dem Korbstuhl mit der überdimensionalen, verzierten Lehne, an dem er gerade arbeitete.

»Dieses Modell habe ich schon lange nicht mehr angefertigt. Ihr jungen Leute wollt ja immer nur was Praktisches. Aber es macht mir Spaß, mich endlich mal wieder an etwas Ausgefallenem zu versuchen.«

»Kann ich dir später beim Flechten zusehen, Hermigo?«, bat Lisa und schob sich ein Stück von dem mit Mangomus und Mandeln gefüllten Teigfladen in den Mund.

»Nein, du darfst erst gucken, wenn er fertig ist«, erwiderte Hermigo.

Ihr Smartphone in der Westentasche vibrierte. Sie hatte eine E-Mail mit dem Betreff »Dores Santos« erhalten. Lisa hielt in der Bewegung inne. Dores Santos?

»Bitte entschuldigt mich einen Moment«, sagte sie hastig, warf Filipe einen verwirrten Blick zu und eilte auf die Terrasse. Wie betäubt las sie die Nachricht.

Wenig später trat Filipe zu ihr. »Was ist denn los?«

Stockend berichtete sie ihm von der Mail.

»Wer hat sie dir geschickt?«

»Sofia Costa.«

Filipes Miene nahm einen ungläubigen Ausdruck an. »Dom Geovanes Haushälterin? Worauf wartest du denn noch? Lies sie endlich vor.«

»Marias Restaurante, Caramanchao, Estrada D. Manuel, um 17 Uhr. Gruß, Sofia.«

Mit wachsender Erregung hielt Lisa ihm das Handy entgegen, damit er die Nachricht selbst lesen konnte. »Was kann sie von uns wollen?«

»Heute um fünf werden wir es erfahren. Ich kenne das Lokal, es liegt nur wenige Minuten Fußweg von der Pfarrei entfernt.«

Die Stunden, bis sie nach Machico aufbrachen, hatten sich endlos in die Länge gezogen. Endlich saßen sie im Wagen und nahmen die Schnellstraße über Funchal und Santa Cruz.

Eine gute Stunde später hatten sie das hübsche, in warmen Tönen eingerichtete Restaurant erreicht und wählten einen Tisch am Fenster, von wo aus sie einen atemberaubenden Blick auf die Stadt, die grün bewachsenen Berge und den Atlantik hatten. Kaum waren die Getränke bestellt, steuerte Sofia Costa auf ihren Tisch zu.

»Vielen Dank für Ihre Nachricht«, sagte Lisa, nachdem die Frau sich gesetzt hatte.

Dom Geovanes Haushälterin nahm ihr Kopftuch ab und zeigte dabei ihr wundervolles dickes Haar, um das sie die meisten Frauen sicher beneideten. »Seit Ihrem Besuch muss ich immerzu an Senhora Santos denken«, eröffnete sie das Gespräch und suchte Lisas Blick. »Offen gestanden war ich unschlüssig, ob ich mich bei Ihnen melden soll. Die Angelegenheit ist etwas heikel für mich, müssen Sie wissen.«

»Umso mehr freuen wir uns, dass Sie sich Zeit für uns nehmen«, erklärte Filipe, und Lisa nickte ihr aufmunternd zu.

»Gestern habe ich mir heimlich Ihre Kontaktdaten von der Visitenkarte abgeschrieben, die auf Dom Geovanes Schreibtisch liegt. Ich trage die Erlebnisse schon viel zu lange mit mir herum. Außerdem ist mein Mann heute Abend nicht zu Hause, und der Pater besucht einige Gemeindemitglieder im Altenheim.«

Lisa schob ihr einen Korb mit frischem Knoblauchbrot hin. »Sie wohnen im Haus von Dom Geovane?«

Sofia lehnte dankend ab. »Nein, mein Mann und ich leben in einer kleinen Einliegerwohnung neben dem Pfarrhaus.« Nachdem sie ebenfalls bestellt hatte, blickte sie sich um. »Das Restaurant ist um diese Zeit kaum besucht, deshalb schien es mir für ein vertrauliches Gespräch geeignet.« Sie bekreuzigte sich. »Wissen Sie, es fällt mir nicht leicht, über die Vorfälle von damals zu sprechen.« Sofia knetete ihre Hände, während sie erzählte.

»Wir wären Ihnen für jeden Hinweis dankbar«, entgegnete Lisa sanft. Sie durfte sich nicht anmerken lassen, wie sehr Sofias Worte sie aufwühlten.

»Was ich Ihnen jetzt erzähle, muss unbedingt unter uns bleiben. Zwar bin ich an keinen Schwur gebunden, dennoch fühle ich mich Dom Geovane verpflichtet.« Der Ober brachte ihr Getränk.

»Selbstverständlich«, erwiderte Filipe.

Sofias überraschend glattes Gesicht nahm einen abwesenden Ausdruck an. »Damals lag unsere Älteste noch im Kinderwagen. Es war noch früh am Morgen, und ich bin mit unserer Tochter nach Caniçal gefahren.«

»Der Ort liegt nur zwanzig Minuten Fahrtzeit von Machico entfernt«, erläuterte Filipe Lisa.

»Danke, Senhor Carvalho. Oben an der Steilküste gibt es einen durch Bäume und Kakteen versteckt gelegenen Aussichtspunkt mit Blick auf einen Strand, den selbst viele Einheimische nicht kennen. Bei gutem Wetter kann man von dort aus die Pottwale und Delfine beobachten, die unsere Küste das ganze Jahr über besuchen. Der Ausblick ist einfach nur zauberhaft. Es war immer mein Lieblingsplatz. Bis zu jenem Morgen …« Sie trank einen großen Schluck Coca-Cola.

Währenddessen hatte Lisa Mühe, ihre Neugier im Zaum zu halten.

»Damals hatten wir noch einen Labrador«, fuhr Sofia nach einer kleinen Pause fort. »Bruno war gut erzogen und hörte aufs Wort. An jenem Morgen war der Wind schwach, was ungewöhnlich für die Ostküste ist. Jedenfalls fuhr ich mit Bruno und der Kleinen zur Steilküste. Ich hatte den Aussichtspunkt fast erreicht, da lief mir der Hund plötzlich weg. Anders als sonst kam er auf mein Rufen nicht zurück. Er jaulte, und ich dachte erst, er hätte sich einen Stein in die Pfote getreten. Schließlich habe ich …« Sofia wandte das Gesicht ab. »… habe ich ihn zwischen blühenden Sträuchern neben einer Frauenleiche mit langen blonden Haaren gefunden.«

Lisa unterdrückte einen entsetzten Laut. Ihr Puls beschleunigte sich.

»Der Anblick war schauderhaft. Sie lag in gekrümmter Haltung auf dem Bauch, sodass ich ihr Gesicht nicht erkennen konnte. Auf ihrem Kleid, den Armen und im Haar war getrocknetes Blut. Viel Blut.«

»Mein Gott«, entfuhr es Lisa heiser. »Wie ging es weiter?«

»Sie können sich sicher vorstellen, wie schockiert ich war. Ich bin so schnell wie möglich nach Hause und habe die Polizei verständigt. Damals hatten wir ja noch keine Handys.«

Filipe, der aufmerksam zugehört hatte und dem die Bestürzung deutlich vom Gesicht abzulesen war, bat Sofia fortzufahren.

»Natürlich habe ich sofort Dom Geovane informiert. Am nächsten Tag machte ich meine Zeugenaussage. Die Polizei erzählte uns, dass die Tote aus Serra de Água sei und sich die Pulsadern aufgeschnitten habe. Zu dem Zeitpunkt, als ich sie gefunden habe, muss sie bereits zwei Tage tot gewesen sein. Bitte ersparen Sie mir weitere Details.«

Filipe erbleichte, und Lisa tastete in stummem Verständnis nach seiner Hand.

Hermigo hat sich in Sicherheit gewähnt, er hat geglaubt, Dores sei nach Camacha zurückgegangen, durchzuckte es Lisa. Das Grauen griff nach ihr und jagte ihr eine Gänsehaut über den Rücken. Während er vor seinem Haus gesessen und vielleicht gehofft hatte, noch mal ihre Schritte auf der Treppe zu hören, hatte sie längst verborgen im Gestrüpp nahe den Felsen gelegen, während sich Getier … Gewaltsam verscheuchte Lisa den Gedanken.

»Seither war ich nie wieder an diesem Ort«, bekannte Sofia leise. »Die Bilder haben mich noch jahrelang verfolgt.«

»Wie ist es Dom Geovane eigentlich gelungen, den Fall vor der Presse zu verbergen?«, wagte sich Filipe vor. »Dores hatte doch bestimmt Verwandte. Obendrein erregt eine Tote an den Klippen doch sicher eine Menge Aufsehen.«

»Im Gespräch mit der Polizei habe ich mitbekommen, dass Senhor Santos der einzige Verwandte war. Zu ihrer zweiten Frage: Natürlich ist der Vorfall nicht unbemerkt geblieben, Senhor Carvalho. Vermutlich hat Dom Geovane die Polizei wie auch die Gemeindemitglieder, die bei der Presse arbeiten, um Stillschweigen gebeten.«

»Offensichtlich haben sie seinem Wunsch entsprochen. Das zeugt von seinem ausgezeichneten Ruf«, warf Filipe nachdenklich ein.

»Richtig«, räumte Sofia ein. »Bitte bedenken sie,

dass die junge Frau nicht als vermisst gemeldet war, daher wurde der Leichnam sofort in die Gerichtsmedizin überführt. Die Einwohner von Machico hatten also keine Ahnung, um wen es sich bei der Toten handelte. Jedenfalls hat die Polizei den Witwer verständigt. Mehr wurde uns auch nicht mitgeteilt. Als ich am folgenden Tag den Briefkasten leeren wollte, beobachtete ich, wie ein Fremder mit einem Blindenstock vor Dom Geovanes Büro aus einem Taxi stieg. Ich habe nie erfahren, was die beiden miteinander besprochen haben.«

»Woher kennen Sie eigentlich den Namen der Toten?«, fragte Lisa vorsichtig.

Sofia Costa errötete leicht. »Nun ja, ich muss zugeben, dass mich der Mann mit dem Blindenstock neugierig gemacht hatte. Die meisten Gemeindemitglieder in Machico sind mir bekannt, zwar nicht alle persönlich, aber man begegnet sich hier und da auf dem Markt oder beim Sonntagsgottesdienst. Diesen Mann jedoch hatte ich nie zuvor gesehen. Es lag also nahe, dass er zu der Toten gehörte.«

Lisa schmunzelte. »Sie haben im Kirchenarchiv nachgesehen, ob es einen Eintrag über Dores Santos gab.«

»Ja, genau«, gestand Sofia verlegen. »Ich hatte Glück. Wäre Senhora Santos in Serra de Água beigesetzt worden, hätte ich nichts gefunden.« Nachdenklich wanderte ihr Blick in die Ferne. »Was treibt einen jungen Menschen von gerade mal Mitte zwanzig dazu, freiwillig aus dem Leben zu scheiden?«

Lisa konnte nicht antworten, denn Hermigos Worte kamen ihr wieder in den Sinn, als er ihr Nunos Geschichte erzählt hatte. *Seine Frau Jovita fand ihn nach langer Suche zerschmettert am Fuß eines mächtigen Felsens. Die Gitarre hielt er noch im Tod umklammert.*

Damit wäre Dores das zweite Familienmitglied von Hermigo, das wahrscheinlich Selbstmord begangen hatte. Konnte die gescheiterte Ehe die junge Frau in derart großes Leid gestürzt haben, dass sie keinen anderen Ausweg als den Freitod gesehen hatte? Zumal sich Dores selbst von den Fesseln ihrer Ehe befreit hatte.

Lisa sah ihrem Gegenüber offen ins Gesicht. »Können Sie uns die Stelle zeigen, an der Sie die Leiche gefunden haben, Senhora Costa?«

»Das würde ich gern, aber leider haben wir ab morgen Verwandte zu Besuch. Haben Sie vielleicht etwas zu schreiben dabei, Senhora?«

»Klar.«

Lisa gab ihr den Notizblock, den sie immer bei sich trug, und beobachtete, wie Sofia eine Skizze anfertigte. »Ich hoffe, Sie können etwas damit anfangen. Schauen Sie.«

Die beiden ließen sich von der Madeirerin den Weg beschreiben.

Lisa steckte den Zettel in ihre Tasche. »Vielen Dank für Ihre Offenheit, Senhora Costa.« Sie nahm einen hastigen Schluck Limonade. »Ich muss mich bei Ihnen entschuldigen. Ich war nicht ganz ehrlich zu Ihnen.«

Sofia wirkte verwirrt.

Filipe wollte bereits das Wort ergreifen, aber Lisa hob die Hand. »Nein, ist schon gut.« Sie sah der Älteren ins Gesicht. »Sie haben uns Ihr Geheimnis anvertraut und uns damit unglaublich geholfen. Und ich … habe Sie belogen. Ich bin zwar Journalistin, aber eine

Reportage über Altersforschung wird es nicht geben. In Wahrheit ist Hermigo Santos mein Freund. Nur über seine Dores hat er nie mit mir gesprochen. Da dachte ich, ich könnte auf eigene Faust etwas in Erfahrung bringen. Ich habe es wirklich nur aus echtem Interesse an Hermigo getan.« Lisa befeuchtete ihre Lippen. »Sie haben mich beschämt, Senhora Costa. Wenn Sie möchten, werfe ich die Wegbeschreibung weg und lasse die Angelegenheit auf sich beruhen.«

Sofias dunkle Augen ruhten forschend auf ihr. »Entschuldigung angenommen. Sie müssen den Zettel nicht vernichten, Senhora Freiberg. Ich habe Sie beide beobachtet – man entwickelt im Laufe der Jahre eine gewisse Menschenkenntnis. Sie meinen es ehrlich, das spüre ich.« Sie lugte auf ihre Armbanduhr. »Oje, ich muss los, mein Mann kommt bald nach Hause. Ich wünsche Ihnen für Ihre Recherchen viel Erfolg.« Damit erhob sie sich und griff nach ihrem Portemonnaie, doch Lisa winkte ab.

»Vielen Dank für Ihre Hilfsbereitschaft. Einen schönen Abend noch.«

Nachdem Dom Geovanes Haushälterin gegangen war, wurde es eine Weile still zwischen den beiden. Lisa blickte gedankenverloren aus dem Fenster. Allmählich füllte sich das Restaurant, und als eine Reisegruppe am Nebentisch Platz nahm, machten auch sie sich auf den Rückweg.

»Du überraschst mich immer wieder«, meinte Filipe, als sie im Wagen saßen.

»Das musste sein«, sagte Lisa nur.

»Warum wolltest du eigentlich den Fundort wissen? Was versprichst du dir davon?«

»Ist nur so ein Gefühl.« Sie warf ihm einen kurzen Seitenblick zu. »Übrigens, du brauchst morgen nicht mit mir zur Steilküste zu fahren.«

Sein leichtes Lächeln und die vom Fahrtwind zerzausten Haare verliehen ihm etwas Jungenhaftes. »Ach, weißt du, morgen ist Samstag. Außerdem entdecke ich gern verschwiegene Plätze, die kaum jemand kennt.«

»Na schön, weil du es bist«, ging sie auf seinen lockeren Tonfall ein.

Ihn so dicht neben sich zu spüren, war tröstlich. Sie schielte auf seine feingliedrigen Hände, die sensibel genug fürs Klavierspiel waren und dennoch kräftig zupacken konnten. Die in der Lage waren, künstliche Nester für die *Freiras* zu bauen und gleichzeitig ihre Räuber mit Hilfe von Fallen zu töten. Hände, die mal zärtlich und dann wieder voller Leidenschaft berühren konnten.

Wenig später tauchte der erste Wegweiser nach Serra de Água vor ihnen auf.

»Ich mag noch nicht zurück, Filipe«, gestand Lisa. »Es mag komisch klingen, aber ich weiß nicht, wie ich Hermigo gegenübertreten soll, nach allem, was wir heute über Dores erfahren haben. Er wird spüren, dass etwas nicht stimmt.«

Doch ihre Sorge war unbegründet. Aus dem Zimmer des Malers drangen Stimmen und Geräusche, als sie daran vorbeiliefen. Hermigo hatte es sich offenbar mit einem Hörbuch von einem alten Western gemütlich gemacht.

KAPITEL 28

Sie waren gerade im Begriff, das Haus zu verlassen, als Filipes Telefon klingelte. Lisa ging schon hinaus und lief auf und ab. Die innere Unruhe hatte sie bereits in der Nacht und am Morgen begleitet. Hermigo war ihr nur kurz begegnet, seit Sonnenaufgang arbeitete er wieder an seinem Korbstuhl. Die neue Aufgabe schien ihm gutzutun, er wirkte munter und voller Tatendrang.

Wenig später zog Filipe die Tür hinter sich ins Schloss. »Mein Kollege von der Forschungsstation hat eben angerufen und gefragt, ob wir ihn noch zu den *Ilhas Desertas* begleiten wollen, um die *Freiras* auf See zu beobachten. Wir müssen nur einen neuen Termin mit ihm absprechen.«

»Oh, das ist ja wundervoll«, freute sich Lisa und umarmte ihn überschwänglich, was ihm ein Schmunzeln entlockte.

Er nickte und nahm sie am Arm. »Finde ich auch. Aber wenn ich dir einen Tipp geben darf«, er wies auf ihren Rock, »zieh dir für unseren Ausflug lieber etwas Wetterfestes an.«

Sie zog es vor, den Hinweis nicht zu kommentieren. Während Filipe den Jeep durch den lebhaften Verkehr lenkte, lotste ihn Lisa mit Hilfe von Sofias

Wegbeschreibung zu dem angegebenen Landstrich an der Steilküste.

Ein von blühenden Natternkopfgewächsen gesäumter Sandweg führte sanft den Felsen hinauf. Sie entdeckten Stechginster, Wolfsmilchgewächse und eine Gruppe von Wacholderbäumen mit Stämmen, die aufgrund der vielen Stürme ganz schief gewachsen waren. Kurz bevor sie die Felsspitze erreichten, konnten sie keine hundert Meter weiter einen hübsch bepflanzten *mirador* ausmachen, auf dem Holzbänke zum Verschnaufen einluden. Eine Familie mit zwei kleinen Kindern saß dort fröhlich schwatzend und picknickte.

»Wo soll die Fundstelle denn genau sein, Lisa?«, fragte Filipe, die Hände in die Hüften gestemmt.

»Auf der Beschreibung hat Senhora Costa am Fundort ein paar kakteenartige Pflanzen mit hohen Stängeln eingezeichnet.«

Er warf einen Blick auf den Zettel. »Wahrscheinlich Agaven.«

»Dazwischen sollen hohe Sträucher stehen.«

Er wies in westliche Richtung. »Ja, ich hab's gefunden! Ungefähr fünfzig Meter links. Siehst du die langen, krummen Blütenstängel da vorne?«

»Ja, ich sehe sie.«

Beklemmung machte sich in Lisa breit, als sie wenig später den mit Kieselsteinen bedeckten Boden betrachtete. »Hier, Filipe«, flüsterte sie.

Einen Moment lang war nur das Rauschen der Bäume im Wind zu hören.

»Sie hat sich ein wunderschönes Fleckchen zum Sterben ausgesucht, nicht wahr?«, meinte er endlich und machte eine weitschweifende Handbewegung.

Lisa setzte sich auf einen der größeren Steine und ließ den Blick über den Atlantik schweifen, der sich bis zum Horizont erstreckte. Ozean und Himmel schimmerten gleichermaßen in reinstem Blau, als wären sie eine Einheit, untrennbar miteinander verbunden. Dann stutzte sie und schirmte die Augen vor dem gleißenden Sonnenlicht ab.

Filipe stellte sich neben sie. »Was ist denn? Du siehst aus, als hättest du da draußen ein Meeresungeheuer entdeckt.«

Doch Lisa konnte nur völlig perplex auf den vor ihr liegenden Küstenabschnitt starren. Die Felsen, der Abgrund, unter ihnen das Meer. Die Brandung.

»Hat es dir die Sprache verschlagen?« Er rüttelte sie sacht an der Schulter. »Lisa, was ist los?«

Langsam wandte sie sich ihm zu. »Hermigos Werk *Tag am Meer* ist ja inzwischen fertig. Hast du es schon gesehen?«

Verwirrung machte sich auf Filipes Miene breit. »Nein, wieso?«

»Erinnerst du dich noch an das Motiv?«

»Klar. Ein Vogel mit ausgebreiteten Schwingen. In der Mitte sind zwei Figuren zu erkennen.«

»Genau«, antwortete sie mit belegter Stimme. »Diese beiden Personen sind wirklich Dores und Hermigo.«

»Mal langsam. Wie kommst du denn darauf?«

Lisa fächelte sich Luft zu. Wie bei einem Puzzlespiel fügte sich Teil für Teil ineinander und alles ergab allmählich einen Sinn. »Dom Tiago hat mir erzählt, dass er die beiden damals getraut hat. Er sagte, sie hätten in ihrer Tracht großartig ausgesehen. Dores trug einen hüftlangen Schleier und einen gestreiften Rock, Hermigo ein festliches Hemd und einen Hut.«

»Wenn ich mich nicht irre, waren die Figuren auf dem Bild auch in eine Festtagstracht gekleidet«, erwiderte er nachdenklich.

»Richtig! Aber nicht nur das.« Lisa nahm einen tiefen Atemzug. »Schau dir den Ausblick an. Auf Hermigos Motiv sitzt das Paar genau hier, Filipe. Hier, auf dem großen Felsen vor uns, den Blick aufs Meer gerichtet.«

»Gut möglich. Ich habe ihm nur bei der Farbgestaltung von Figuren und Vogel geholfen.« Er strich ihr übers Haar. »Wenn du das sagst, wird es schon stimmen.«

Für eine Weile überließen sie sich ihren Gedanken.

»Die Figuren stellen eine Erinnerung dar, hat mir Hermigo erklärt«, setzte Lisa schließlich nach.

Filipe sah sie an. »Und der Sturmvogel beschützt sie mit seinen ausgebreiteten Schwingen.«

»Genau so interpretiere ich es auch. Die Frage ist nur: Wieso hat er gerade diesen Küstenabschnitt gewählt?«

»Weil Dores hier gestorben ist?«, warf Filipe ein. »Nein«, berichtigte er sich gleich darauf. »Das ist Unsinn, er hat sie ja gar nicht gefunden. Demzufolge muss die Ähnlichkeit zufällig sein.«

»Wer weiß.« Lisa stand auf, schlang die Arme um den Körper und beobachtete, wie sich die Wellen an den Felsbrocken nahe der Küste donnernd brachen. »Wieso erfahren wir ausgerechnet jetzt, wie Dores gestorben ist, da ich endlich begriffen habe, dass Hermigo ein Recht auf seine Geheimnisse hat? Ist das nicht verrückt?«

»Ja, ein bisschen.«

Lisa suchte seinen Blick. »Erinnerst du dich noch daran, wie du mich gewarnt hast? ›Warum rüttelst du an Ereignissen, die seit Jahrzehnten der Vergangenheit angehören?‹, hast du mich gefragt. Du hattest in allen Punkten recht. Ich hätte das Thema nie berühren dürfen. Jetzt müssen wir mit unserem Wissen leben und werden nie die ganze Wahrheit erfahren.«

Eine ganze Weile standen die beiden stumm am Felsen und sogen die Szenerie in sich auf.

»Bald bin ich wieder in Berlin«, unterbrach Lisa endlich die Stille, die sich zwischen ihnen ausgebreitet hatte. »Wie soll ich weiterleben, ohne all das hier zu vermissen?«

Wortlos zog Filipe sie an sich und wiegte sie in den Armen. Seine Lippen waren weich, und sie schmiegte sich an ihn.

Dann hielt er sie ein Stück von sich weg. »In den ersten Tagen ist es vielleicht noch schwierig«, presste er heiser hervor. »Aber du wirst dich schnell wieder eingewöhnen, wenn du erst deinen alten Freund triffst und mit ihm durch die Bars ziehst.« Auf seinem Gesicht lagen Schatten. »Ich bin kein Holzklotz, Lisa. Denkst du, ich kann dich küssen und im Arm halten, ohne daran zu denken, dass ich dich bald gehen lassen muss?« Er machte eine Pause, ehe er hinzufügte: »Aber noch bist du hier, hier bei mir. Erzähl mir von Berlin.«

»Berlin ist mit Funchal nicht zu vergleichen, immerhin ist es eine Millionenstadt«, antwortete sie nach kurzem Zögern.

»Schon klar. Ich kenne die Stadt aus dem Fernsehen. Ein Studienkollege von mir war ein Jahr in Berlin. Das meine ich nicht. Erzähl mir, was du mit deiner Heimat verbindest.«

Lisa machte sich von ihm frei und beobachtete einen Schwarm Seevögel, der im feuchten Sand nach kleinen Fischen oder Krebsen suchte. »Berlin ist weltoffen und vielschichtig. Wahrscheinlich braucht ein Tourist einen ganzen Tag, um die komplette Stadt mit der S-Bahn abzufahren. Wer will, kann jeden Abend etwas Neues erleben. Ein bisschen verrückt ist es, unkonventionell.« Sie blickte auf ihren mit Smileys bedruckten Rock. »Dort falle ich mit meinen Klamotten jedenfalls nicht auf.«

Filipe lächelte, doch auf seinen Zügen lag ein Hauch von Wehmut.

»In Berlin ist mir alles vertraut. Ich weiß, wo es die besten Restaurants gibt oder wo man einen Sommertag im Freien verbringen kann. Ich mag meine Wohnung, die Spree, die Weihnachtsmärkte und Tim.« Lisa drehte sich zu ihm um und hob in einer Geste der Hilflosigkeit die Arme. Dann lehnte sie ihren Kopf gegen seine Brust.

»An Ostern komme ich dich besuchen. Dann zeigst du mir alles«, sagte Filipe. »Im April und Mai muss ich hier vor Ort sein, um die *Freiras* beim Brüten zu beobachten.«

»Na gut, dann besuche ich euch im Sommer. Bis dahin werde ich das Klettern trainieren. Nächstes Mal möchte ich nämlich mit dir zusammen die Nester kontrollieren.« Der Schmerz in ihrem Inneren wurde unerträglich. »Du musst mir versprechen, dass du mich über die Sturmvögel auf dem Laufenden hältst«, flüsterte sie mit erstickter Stimme.

»Sicher.«

Sie blieben noch eine Weile eng aneinandergeschmiegt stehen, ehe sie sich auf den Rückweg machten. Der Ort hatte Lisas Seele berührt.

Zurück in Filipes Haus lies sich Lisa ein entspannendes Schaumbad ein.

Ein Tuch um den Kopf geschlungen, die Wangen vom heißen Wasser gerötet, betrat sie schließlich die Küche.

Hermigo stellte gerade den Wasserkocher an und pfiff dabei ein Lied. »Hallo, Mädchen. Ihr wart aber lange unterwegs. Ich dachte, ich koche uns eine Kanne Tee.«

»Hallo, Hermigo. Tee klingt toll«, antwortete sie so ruhig, wie es ihr möglich war.

Es war immer wieder faszinierend, wie geschickt er zu hantieren verstand.

Wenig später saßen sie zu dritt am Tisch und tranken Earl Grey mit Zitrone. Unvermittelt wandte sich Hermigo ihr zu. »Ich hab noch mal nachgedacht. Die Nummern dreihundertfünfundsechzig, einhundertzweiundzwanzig, fünfundsechzig und die dreizehn kannst du meinetwegen haben.«

Es dauerte einen Augenblick, bis Lisa begriff, was er ihr eben angeboten hatte. »Du meinst die Nummern auf deinen Bildern?«

»Ja, sag ich doch. Schenkst du mir bitte nach?«

Lisa tat, worum er sie gebeten hatte, und wechselte mit Filipe einen bedeutungsvollen Blick.

Hermigo raufte sich die Haare. »Weißt du, ich bin mir gar nicht sicher, ob mir die Vorstellung gefällt, meine Bilder in der Ausstellung zu wissen. Andererseits war es höchste Zeit, dass mir endlich jemand die Hörner zurechtrückt. In meinem Alter verliert man schnell die Objektivität.«

Die Schonungslosigkeit, mit der er sich ihnen anvertraute, ließ Lisa und Filipe sprachlos zurück.

»Ich gebe zu, du hast mich ziemlich durcheinandergebracht. Aber jetzt sehe ich klarer: Ich habe mich nur zu gern in den Gedanken geflüchtet, die Bilder seien mein Eigentum. Dabei habe ich etwas Wichtiges außer Acht gelassen.« Hermigos Stimme klang belegt, als er fortfuhr. »Mein Leben lang habe ich mir gewünscht, dass etwas von mir bleibt, wenn ich eines Tages in die Ewigkeit heimkehre.«

»Hermigo!«, stammelte Lisa.

»Ist doch wahr!«, bekräftigte er. »Hört mir zu, ihr beiden. Jetzt habe ich endlich die Möglichkeit, den Menschen meine Welt zu zeigen. Ich wäre dumm, die Gelegenheit nicht beim Schopf zu packen. Allerdings nur unter einer Bedingung.«

Ob er ahnte, was ihr seine Worte bedeuteten? Lisa betrachtete sein aufgewühltes, liebes Gesicht. »Alles, was du willst«, antwortete sie beschwingt.

»Ich möchte, dass meine Bilder mit dem Vermerk ›Unbekannter Künstler‹ ausgestellt werden. Jegliche Aufmerksamkeit ist mir ein Graus. Bist du damit einverstanden?«

»Natürlich.«

»Die restlichen Werke bleiben in meinem Besitz, Lisa. Es ist schwer genug für mich, dass ich zwei Bilder von meinem Vater verloren habe, verstehst du?«

»Und ob!« Sie sprang auf und umarmte ihren Freund stürmisch. »Danke, Hermigo.«

»Es sind nicht viele, aber vielleicht kann ich noch eins malen, bevor die Ausstellung beginnt.«

»Das wäre wunderbar«, erklärte Lisa warm.

»Wollen wir die Bilder gemeinsam heraussuchen?«, bot sich Filipe an. »Dann bringe ich sie heute noch zu Herrn Hollmann ins Atelier.«

»Das machen wir, mein Junge.«

Hermigo hatte darauf bestanden, seine Lieblingsstücke neben seinem Bett aufzubewahren. Seine anderen Werke hatten in einer großen Truhe in der Vorratskammer einen sicheren Platz gefunden. Der großzügige Raum, von dem aus eine Tür ins Freie führte, diente unter anderem zum Lagern von Kaminholz. Eine stille Freude ergriff Lisa, während sie Hermigo und Filipe beim Sortieren beobachtete. Augenscheinlich fiel es dem Korbmacher weniger schwer als erwartet, sich von den Bildern zu trennen.

Nachdem das erledigt war, machte sich Filipe auf den Weg nach Funchal, und Hermigo zog sich in sein Zimmer zurück. Als es still im Haus wurde, setzte sich Lisa auf die Terrasse und ließ den Tag Revue passieren. Filipes Worte kamen ihr wieder in den Sinn. *Erzähl mir, was du mit deiner Heimat verbindest.* Ohne es zu wissen, hatte er damit zielsicher den Punkt getroffen, um den ihre Gedanken ständig kreisten. Sie musste endlich ein paar Entscheidungen treffen und sich um den Verkauf ihrer Eigentumswohnung kümmern. Viel zu lange hatte sie ihre Angelegenheiten vor sich hergeschoben. Die Vorstellung, Eldas liebevoll gesammelte Erinnerungsstücke wegzugeben, tat weh. Aber es musste sein.

Lisa schloss die Augen und wartete, bis sich der

Sturm in ihrem Inneren ein wenig gelegt hatte. Dann rief sie den Makler an, der ihnen damals das Penthouse verkauft hatte, und setzte sich mit einem Antiquitätenhändler in Verbindung. Als alles Notwendige veranlasst und mit Tim abgesprochen war, stellte sie verblüfft fest, dass ihre Anspannung allmählich nachließ.

Mit Einbruch der Dunkelheit kehrte Filipe zurück und setzte sich zu ihr. Wenige Minuten später tat sich die Nacht wie eine tiefschwarze Wand vor ihnen auf. Es erstaunte Lisa jedes Mal aufs Neue, wie rasch es auf Madeira dunkel wurde. Filipe zündete ein paar dickbauchige Kerzen an, um die lästigen Mücken fernzuhalten.

Er wies nach oben. »Schau mal, wie viele Sterne heute am Himmel zu erkennen sind. So könnte ich jeden Abend ausklingen lassen.«

Sie küsste ihn sanft und ließ ihre Finger durch seine lockigen Haare gleiten. Wie konnte es sein, dass in diesem Kraftpaket mit dem Aussehen eines Abenteurers eine derart romantische Seele steckte? Seine Bartstoppeln kitzelten ihre Wange, doch das war ihr gleichgültig, mit Filipe erschien ihr selbst die Dunkelheit warm und anheimelnd. Nachdenklich lauschte sie dem sanften Rauschen der Bäume. Ein Hauch von Eukalyptus hing in der klaren Luft.

KAPITEL 29

In der Nacht fand Lisa keinen Schlaf. Hellwach starrte sie aus dem geöffneten Fenster und verfolgte, wie sich die Dunkelheit allmählich lichtete. Erleichterung darüber, den Grundstein für ihr neues Leben gelegt zu haben, und Furcht vor dem, was ihr bevorstand, lösten sich in raschem Wechsel in ihr ab. Für Filipe hatte das Wochenende begonnen, und wenn sie ganz still dalag und lauschte, konnte sie seinen tiefen Atem aus dem Wohnzimmer hören. Trotz der durchwachten Nacht fühlte sie sich frisch und lächelte, als sie durchs Wohnzimmer schlich und Filipes im Schlaf entspanntes Gesicht betrachtete. Sie schrieb ihm eine kurze Nachricht und verließ leise das Haus.

Als sie zurückkehrte, hatte die Sonne ihren höchsten Stand erreicht.

»Wo warst du nur so lange, Mädchen?«, wollte Hermigo mit einem besorgten Unterton in der Stimme wissen.

»Das ist mein Geheimnis.« Lisa begegnete Filipes verständnislosem Blick. »Jedenfalls möchte ich, dass ihr mit mir kommt. Wir machen einen Ausflug.«

Hermigo brummte etwas Unverständliches, folgte ihr jedoch ohne weiteren Protest. Sein Stock klapperte auf den Fliesen.

Filipe formte mit den Lippen ein Wohin?, aber Lisa schüttelte nur den Kopf und stürmte nach draußen.

Auf dem Kirchplatz blieb Hermigo ruckartig stehen und tastete umher, bis sein Langstock die Mauern des Gotteshauses berührte.

»Willst du mit uns etwa die Messe besuchen, Lisa? Dann hast du dich in der Uhrzeit geirrt.«

Sie blieb ihm die Antwort schuldig, hakte sich bei ihm ein und führte ihn zur Treppe.

Hermigo drehte sich zu ihr um. »Du bringst mich nach Hause? Mädchen, das ist lieb von dir, aber …« Er zupfte Filipe am Hemdsärmel. »Weißt du, was sie vorhat?«

»Ich habe keine Ahnung«, gab er dem Älteren zu verstehen.

Oben angekommen, hielt Hermigo inne. »Steht der Akazienbaum noch?«

»Ja, einige Äste sind geschwärzt, aber er ist stark und wird sich erholen«, erklärte Filipe.

Lisa beschrieb Hermigo, was sie vor sich sah. »Komm, ich möchte dir etwas zeigen.« Mit diesen Worten zog sie ihn in seinen Garten.

Der Korbmacher befühlte karge Stämme und vertrocknete Äste. Plötzlich stutzte er. »Du hast … du hast neue Maracujapflanzen gesetzt.«

Lisa begegnete Filipes Blick. In seinen Augen schimmerte es feucht. Im nächsten Moment versank sie in Hermigos weicher Umarmung.

»Danke, mein Mädchen.«

Wenig später saßen sie auf der Bank unterm Akazienbaum. »Ich habe etwas gutzumachen«, bekannte Lisa. Dann begann sie mit fester Stimme von den

Umständen zu erzählen, die zu ihrem Unfall geführt hatten. »Ich hätte es dir sagen sollen, aber ich war zu feige, Hermigo. Mit meinem Leichtsinn hätte ich beinahe eine Katastrophe angerichtet.« Sie blickte zu Boden und hörte, wie Hermigo scharf die Luft einsog. »Ich habe hin und her überlegt, wie ich das wiedergutmachen kann. Vor ein paar Tagen ist mir dann das Schicksal zu Hilfe gekommen.« Lisa griff unter die Bank und reichte ihm ein Paket, das sie in Geschenkpapier gewickelt hatte.

Hermigo strich darüber.

»Nun pack es schon aus«, forderte sie ihn auf.

Filipe hatte den Arm um ihre Schultern gelegt und verfolgte gebannt, wie der Freund die braune Ledertasche auswickelte.

Der Korbmacher verlor jede Farbe, als er sie erkannte. »Das ist doch meine. Woher hast du sie?«

Lisa berichtete ihm, wie sie die Tasche entdeckt und aus den Büschen befreit hatte.

Mit fassungsloser Miene saß er neben ihr. »Du ahnst nicht, was mir dieses alte Ding bedeutet. Damit hast du mir ein Stück Vergangenheit zurückgebracht.« Er drückte ihre Hand, seine Züge waren in stummem Schmerz verzogen. »Sei nicht so hart mit dir, Lisa. Wir machen alle Fehler und lernen daraus. Glaub mir, meine wiegen weitaus schwerer und sind nicht wiedergutzumachen. Ich habe das alles verdient. Jeden Verlust und jeden Kummer.«

Filipe und Lisa wechselten einen bestürzten Blick. Sie umarmte den Maler. »Können wir dir irgendwie helfen?«

Langsam wandte er ihr sein Gesicht zu. »Kannst du

die Zeit zurückdrehen? Wenn ja, nehme ich deine Hilfe mit Freuden an.«

Lisa holte tief Luft. »Wünschen wir uns das nicht alle zuweilen?« Sie strich ihm über die eingefallenen Wangen.

»Warum glaubst du, hast du das alles verdient?«, fragte Filipe vorsichtig.

Lange Zeit blickte der Maler ins Nichts, und Lisa überlegte schon, ob sie besser wieder umkehren sollten.

»Weil ich an so etwas wie ausgleichende Gerechtigkeit glaube«, antwortete Hermigo spröde.

Tausend Fragen schwirrten ihr durch den Kopf. »Was auch immer geschehen sein mag, ich wünsche mir, dass du dir eines Tages verzeihen kannst.«

Hermigos schöne, helle Augen blickten an ihr vorbei. »Wie kommst du darauf?«

»Nun ja, wer die Zeit zurückdrehen möchte und glaubt, Kummer verdient zu haben, der leidet vermutlich unter Selbstvorwürfen.«

Auf einmal kam es ihr vor, als würde dieser eigenständige und drahtige Mann förmlich in sich zusammenfallen.

Hermigos Atem ging schwer, als er die Hände faltete und ein Gebet murmelte. »Ich habe den Menschen auf dem Gewissen, den ich am meisten geliebt habe.«

»Du sprichst von Dores?«, hakte sie behutsam nach.

Hermigo erstarrte. »Woher weißt du von ihr?«

»Ein paar Leute aus dem Dorf haben mir von ihr erzählt. Sie soll eine schöne und lebenslustige Frau gewesen sein.«

»Sie war mein Licht, mein Leben.« Er brach in haltloses Weinen aus. »Es ist … so viele Jahre her, trotzdem vergeht kein Tag, an dem ich nicht an sie denke.«

»Liebe ist ewig, das hat mir vor Kurzem ein weiser Mann mit auf den Weg gegeben.«

»Nichts von alledem kann ich rückgängig machen. Deshalb versuche ich zu vergessen. Aber auch das gelingt mir nicht. Warum also sollte ich euch die ganze Geschichte erzählen und den alten Schmerz wieder aufwühlen?«

»Warum?«, warf Lisa sanft ein. »Weil es erleichtert. Ich weiß nur zu gut, wie das ist, wenn die Gedanken immerzu um denselben Punkt kreisen und nicht zur Ruhe kommen.« Sie strich ihm über den Rücken. »Manchmal reicht schon ein Gespräch, um die Vergangenheit aus einem anderen Blickwinkel zu betrachten. Wenn du nicht mit uns reden möchtest, dann sprich mit einem Pfarrer. Aber bitte lass nicht zu, dass die Vergangenheit dich zerfrisst.«

Ihre Worte schienen ihn erreicht zu haben, denn er tastete mit fahrigen Bewegungen die Riemen der Ledertasche ab.

»Zu der Zeit, als ich mich besonders einsam gefühlt habe, lernte ich Elda kennen«, setzte Lisa erneut an, und die Erinnerungen spulten sich wie ein Film vor ihr ab. »Wir wurden zu Verbündeten und haben uns geliebt wie Schwestern. Durch sie habe ich die Kraft gefunden, mich aus meinem Schneckenhaus zu befreien. Ohne sie wäre ich vermutlich innerlich verkümmert.«

Filipe hörte aufmerksam zu.

Hermigo nickte. »Verstehe. Manche Menschen können wie Sonnenstrahlen sein und uns ein neues Leben schenken.« Lisa reichte ihm ein Taschentuch, und er schnäuzte sich geräuschvoll. »Dores … Dores war auch so jemand, weißt du?«

»Das denke ich mir«, erwiderte sie warm.

»Sie ist auf dem Festland aufgewachsen, ihre Familie stammt jedoch aus Madeira. Zu ihren Eltern hatte Dores keine gute Beziehung, und als sie ihnen mit siebzehn eröffnete, dass sie nach Camacha zurückkehren wollte, kam es zum endgültigen Bruch«, begann er stockend zu erzählen. »Sie hat ihre Eltern nie wiedergesehen. Ihre Tante Gabriela, Gott habe sie selig, nahm sie bei sich auf. Dores war eine kluge, junge Frau voller Herzenswärme.«

Lisa spürte, wie schwer ihm das Sprechen fiel, aber sie durfte ihn jetzt nicht unterbrechen.

»Gleich bei unserer ersten Begegnung habe ich mich in Dores verliebt«, fuhr er leise fort. »Weil ich ihr Vater hätte sein können, habe ich mich von ihr ferngehalten. Sie sollte sich einen jungen Mann suchen, einen gesunden. Aber Dores erwiderte meine Gefühle und ging völlig unbekümmert mit meinen Bedenken um. Mein Alter interessiere sie ebenso wenig wie meine Behinderung, sagte sie. Ich habe mich lange gegen meine Gefühle gewehrt. Drei Jahre später – sie hatte inzwischen eine Anstellung in einem Kindergarten – wurden wir ein Paar. Wie du dir vorstellen kannst, haben sich die Dorfbewohner die Mäuler über uns zerrissen. Darüber hat Dores nur gelacht.«

»Und du? War es dir auch gleichgültig?«, mischte sich Filipe ins Gespräch ein.

Hermigo zog die Stirn in Falten. »Ja, wieso auch

nicht? Dores hat mir eine völlig neue Welt offenbart. Bevor sie in mein Leben trat, kannte ich nichts außer meinem Heimatdorf. Ihr dagegen hat es Freude bereitet, wenn wir ans Meer gefahren oder auf einer der *levadas* gewandert sind. Sie zeigte mir den Lorbeerwald und beschrieb detailliert, was sie sah.«

Hermigos Züge verklärten sich, und auf einmal hatte Lisa ein beinahe plastisches Bild vor Augen, wie er vor fünfundzwanzig Jahren ausgesehen haben könnte.

»Wie wunderbar!«, warf sie ergriffen ein.

»Ja, das war sie.« Er lächelte. »Ich lernte, mich außerhalb der vertrauten Umgebung zu orientieren. Damit hat Dores mir wohl das größte Geschenk meines Lebens gemacht.« Mit zitternden Fingern öffnete er die Tasche.

Verblüfft beobachtete Lisa, wie der Maler ein altes Foto herauszog. »Schaut mal, das ist … meine Dores.«

Sie saß zwischen einer Horde Jungen auf einer Wiese. Hellblonde Locken umrahmten ihr Gesicht, das von ausdrucksvollen Augen beherrscht wurde. Ihre Kleidung war schlicht, aber Lisa fand, dass die junge Frau selbst in einem Ballkleid nicht hätte hübscher aussehen können. Lachend hatte sie die Arme um zwei höchstens Zehnjährige gelegt. Offenbar Schüler von Hermigo, denn sie hielten Körbe zwischen den Beinen. Lisa reichte Filipe das Foto weiter.

»Dies und noch ein weiteres Bild hat ihre Tante Gabriela gemacht. Dores mochte die Aufnahmen, ich hatte später nicht die Kraft, sie wegzuwerfen.« Hermigo rang sichtlich um Fassung. »Das hier ist unser Hochzeitsbild.«

Vorsichtig nahm Lisa es entgegen. Die Aufnahme

zeigte das strahlende Paar vor der Kirche. Dores und Hermigo hatten sich einander zugewandt, und er küsste voller Inbrunst die Hand seiner Braut. Dores, mit gehobenem Schleier, lächelte liebevoll.

Als Nächstes holte Hermigo ein sorgfältig in Seidenpapier verschnürtes Päckchen hervor. »Das ist ihr Schleier. Er ist für mich ein ganz besonderer Schatz. Wenn ich mal wieder am Verzweifeln bin, packe ich ihn aus und rufe mir unseren Hochzeitstag in Erinnerung. Wir waren sehr glücklich«, sagte er leise. »Während meine Frau arbeitete, unterrichtete ich die Kinder im Korbflechten oder malte. Mein Wunsch nach einem Leben abseits von Serra de Água wurde mit der Zeit immer stärker. Dann starb meine Mutter, und wir beschlossen, in das Haus in den Bergen zu ziehen.«

Filipe sah Lisa vielsagend an. Die alte Maria war davon überzeugt gewesen, dass Dores die Einsamkeit nicht behagt hatte.

»War denn deine Frau mit dem Umzug einverstanden, Hermigo?«, hakte Lisa vorsichtig nach.

»Anfangs nicht, wie ihr euch bestimmt vorstellen könnt. Sie warf mir vor, ein verbitterter Einsiedler zu sein, der nichts und niemanden an sich heranlässt. Aber sie wusste auch, wie sehr ich unter der Situation litt, also willigte sie ein. Die erste Zeit war wunderschön, endlich konnten wir unsere Zweisamkeit ungestört genießen.« Wehmut lag in seiner Stimme. »Doch das Blatt wendete sich. Mir war vorher nicht bewusst, was ich ihr zumutete und um wie viel beschwerlicher ihr Alltag dadurch wurde. Obwohl sie sich nie beschwert hat, konnte ich spüren, wie aus meiner fröhlichen Frau allmählich eine in sich gekehrte Person wurde.«

Sie schwiegen betreten.

Er schloss die Augen, rang sichtlich nach Worten. »Eines Abends gestand sie mir, dass sie sich ein Kind wünschte. Dores wollte für unseren Nachwuchs das Haus anbauen lassen, voller Begeisterung berichtete sie mir von ihren Plänen von einem glücklichen Familienleben zu dritt.«

»Ich finde, das hört sich nach einer wunderbaren Zukunft an«, antwortete Lisa.

»Nein! Hätte ich etwa das Risiko eingehen sollen, meinem Kind die verflixte Krankheit zu vererben? Nein, das stand für mich außer Frage.«

»Wie ist es dann weitergegangen?«, fragte Filipe.

»Wir haben uns fürchterlich gestritten«, antwortete Hermigo bitter. »Dores fing an zu weinen und argumentierte, dass nach Meinung der Ärzte nur fünfundzwanzig Prozent meiner Nachkommen die Amaurose erben würden. Sie hat mich nicht verstanden.«

»Wie sollte sie auch?«, warf Lisa ein. »Sie hat dich zu einer Zeit kennengelernt, in der du dich mit deinem Schicksal bereits ausgesöhnt hattest. Für sie warst du ein liebenswerter Mann mit ganz besonderen Talenten. Sie konnte sich wahrscheinlich einfach nicht vorstellen, wie sehr du in deiner Kindheit gelitten hast.«

»Genau«, fügte Filipe an. »Außerdem macht die Forschung ständig Fortschritte. Ich kann ihre Einstellung durchaus verstehen.«

»Ihr habt ja recht«, sagte Hermigo und seufzte. »Trotzdem wollte ich nicht einlenken. Allein die Vorstellung, meine Dores müsste sich auch noch um unser sehbehindertes oder blindes Kind kümmern, war für mich inakzeptabel.«

Lisa schluckte. »Sie hat sich also gefügt?«

»Ja. Rückblickend war das der Anfang vom Ende. Eine junge Frau von Mitte zwanzig sehnt sich nach einer Familie und einem abwechslungsreichen Leben, vielleicht sogar nach einer Karriere. Nichts davon konnte ich ihr bieten. Sie war todunglücklich, obwohl ich jeden Tag versuchte, sie aufzumuntern und ihr zu zeigen, wie sehr ich sie liebte. Ich machte ihr sogar den Vorschlag, ein Kind zu adoptieren.« Er schüttelte den Kopf. »Aber welche Behörde genehmigt schon den Antrag eines Behinderten? Die Situation setzte Dores zu, sie kränkelte und verlor an Gewicht, dabei war sie auch vorher schon sehr schlank gewesen. Eines Tages eröffnete sie mir dann, dass sie nach Camacha zurückkehren und sich von mir trennen wolle. Sie sagte, sie liebe mich, könne sich ein Leben ohne Kinder aber nicht vorstellen.«

»Wie schade!«, entfuhr es Lisa. »Ihr habt euch geliebt und konntet dennoch eure Ehe nicht retten.«

»Wie konnte ich nur der Illusion verfallen, die Liebe allein würde genügen, um ein erfülltes Leben zu führen! Meine Schwester hat mich damals gewarnt, dass der Altersunterschied zwischen Dores und mir eines Tages zum Problem werden könnte. Aber verliebt wie ich war, schlug ich alle Warnungen in den Wind.«

Auf Hermigos Stirn glänzten Schweißperlen, und einen flüchtigen Augenblick fragte sich Lisa, ob sein Geständnis ihn überforderte.

Seine Hände zitterten, als er die Erinnerungsstücke

wieder in der Tasche verstaute. »Am nächsten Morgen war Dores fort, ohne ein Abschiedswort. Ich war am Boden zerstört und dachte erst, sie brauchte sicher nur ein wenig Abstand. Trotz allem hoffte ich Tag für Tag, dass sich alles noch zum Guten wenden würde. Aber dann …« Hermigo schnappte nach Luft, Filipe und Lisa erstarrten.

»Wenige Tage später standen zwei Polizisten vor meiner Tür. Sie sagten, sie hätten den Leichnam von Dores in der Nähe von Machico aufgefunden. Da ihre Tante nicht mehr lebte, kamen sie, um mich zu bitten, dass ich sie identifiziere.«

Der Laut, den er ausstieß, glich einem hysterischen Lachen, und ließ Lisa einen Schauer über den Rücken laufen.

»Ich, ausgerechnet ich!« Hermigo schlug die Hände vors Gesicht.

»Sie konnten nichts von deiner Blindheit wissen, mein Freund«, redete Filipe beruhigend auf ihn ein.

»Natürlich nicht, trotzdem fand ich das ziemlich makaber. Als sie meine Lage erkannten, war es ihnen sehr unangenehm. Sie … fragten nach besonderen Erkennungsmerkmalen. Dores hatte ein herzförmiges Muttermal am rechten Oberarm. Außerdem hatte sie Ausweis und Führerschein bei sich.«

Filipe sah Lisa beschwörend an und bedeutete ihr so, ihr Wissen für sich zu behalten.

»Sie hat sich die Pulsadern aufgeschnitten.« Hermigo sammelte sich, doch den Tränen, die ihm über die Wangen liefen, konnte er keinen Einhalt gebieten. »Die Polizisten baten mich, sie in die Gerichtsmedizin zu begleiten. Dort sollte mir ein Arzt Näheres berichten.« Er verstummte und schlang die Arme um die Brust, als könne er sich so vor der Wahrheit schützen. »Der Doktor hat sich bemüht, mir die Fakten so schonend wie möglich beizubringen.« Verzweifelt rang er die Hände. »Meine Dores war im dritten Monat schwanger.«

»Mein Gott!«, stammelte Lisa.

»Meinst du, sie hat von der Schwangerschaft gewusst, als sie dich verließ?«, fragte Filipe nach einer kurzen Pause.

»Ich vermute es, mein Junge. Sie hat es mir bestimmt verschwiegen, mit der Absicht, das Kind ohne mich großzuziehen. Doch das ist leider noch nicht alles. Die Obduktion ergab, dass der Embryo schon einige Tage vorher gestorben war. Er sei nicht lebensfähig gewesen, sagte der Arzt.« In seinen Augen stand das nackte Grauen. »Bei ihren Papieren befand sich auch eine Einweisung ins Krankenhaus.«

»Demzufolge hat Dores von ihrem toten Baby gewusst«, warf Lisa nachdenklich ein.

»So ist es, und ich bin mir sicher, dass sie diese Nachricht nicht verkraftet hat.« Hermigo schluchzte auf. »Versteht ihr jetzt? Ich bin schuld an ihrem Tod! Was glaubt ihr, was sie damals empfunden haben mag? Dass ihr Hermigo Santos nur Unglück gebracht hat. Dass er nicht mal fähig ist, ein gesundes Kind zu zeugen.«

Lisa wurde eiskalt.

Filipe sprang auf und rüttelte seinen Freund. »Hermigo, Dores hat dich geliebt! So darfst du nicht denken, hörst du?«

»Oh doch!«, widersprach er heftig und wehrte Filipe ab. »Wenn ich damals nicht so stur auf meinem Standpunkt beharrt hätte, könnte sie heute noch leben.«

»Filipe hat recht«, meldete sich Lisa zu Wort. »Betrachte es mal aus ihrer Perspektive. Dores kann sich ebenso schuldig gefühlt haben. Du wolltest kein Kind, dennoch war sie schwanger. Sie hat dich verlassen, obwohl du auf ihre Hilfe angewiesen warst. Und als das Kleine in ihrem Bauch gestorben ist, hat sie möglicherweise geglaubt, dies wäre die gerechte Strafe für ihr Verhalten.«

Hermigo schüttelte heftig den Kopf. »Das ist doch Unsinn! An dem Tod des Kleinen trifft Dores nicht die geringste Schuld.«

»Ganz richtig.« Lisa schloss ihn in die Arme, bis sein Tränenfluss allmählich versiegte.

Filipes Miene spiegelte Betroffenheit wider. »Ihr konntet beide nichts dafür. Das war Schicksal.«

»Vielleicht«, erwiderte der Maler nach einer gefühlten Ewigkeit. »Wie auch immer.« Er wies auf die Ledertasche. »Die beiden Fotos hat meine Dores übrigens bei sich getragen, als man sie gefunden hat.«

Lisa räusperte sich. »Filipe und ich haben uns neulich über das Bild mit dem Vogel und den beiden Gestalten am Meer unterhalten.«

Hermigo hob den Kopf. »Es ist doch hier, oder?«

»Ja, es ist in Sicherheit«, beruhigte sie ihn. »Kann es sein, dass du mit den beiden Figuren in der Mitte Dores und dich dargestellt hast?«

»Gut erkannt, Mädchen«, erwiderte er kaum hörbar.

»Auf dem Bild tragt ihr eure Hochzeitstracht. Warum hast du euch dort oben auf den Felsen gemalt?«

Im Garten wurde es mucksmäuschenstill, die Luft kam Lisa plötzlich dumpf und schwer vor, wie vor einem drohenden Unwetter.

»Weil ich Dores dort gefragt habe, ob sie meine Frau werden will.«

Die Lippen aufeinandergepresst versuchte Lisa dem Ansturm ihrer Gedanken Herr zu werden. Sie tastete nach Filipes Hand. Als er ihre Finger mit seinen umschloss, atmete sie tief durch. »Sie wollte also an dem Ort sterben, an dem …«

Hermigo nickte nur, und die beiden schwiegen.

Auf seinem Gesicht zeigten sich Spuren der Erschöpfung, während er gedankenversunken und mit geschlossenen Lidern still dasaß. »Ich fühle mich auf einmal ganz leer, Lisa. Kennst du das?«

»Oh ja, aber ich finde, das ist ein gutes Zeichen.« Sie strich ihm über den Handrücken. »Möchtest du noch ins Haus?«

Wenig später tastete sich Hermigo durch die vertrauten Räume, und Lisa konnte fühlen, wie sich seine Anspannung löste.

»Du brauchst ein neues Fenster im Malzimmer und ein paar Vorhänge. Aber das sind alles nur Kleinigkeiten«, sagte sie.

Hermigos Lippen verzogen sich zu einem Lächeln. »Das ist wahr.«

Kurz darauf kehrten die drei um. Hermigo gab vor, sich ein wenig ausruhen zu wollen, und zog sich in sein Zimmer zurück.

Lisa und Filipe traten hinaus in die Mittagssonne. Sinnierend blickte Lisa zu den Lorbeerbäumen hinter der Terrasse, die einen würzigen Duft verströmten. »Eins verstehe ich nicht. Marianas Mutter Maria hat bei meinem Besuch doch so eine seltsame Andeutung gemacht. Sinngemäß sagte sie: ›Ihr jungen Leute wollt immer alles genau wissen. Aber es gibt Dinge, die besser unangetastet bleiben.‹ Was hat sie wohl damit gemeint?«

Filipe streckte seine langen Beine aus. Da war sie wieder, die Ernsthaftigkeit auf seinen Zügen, die sie so gut kannte und die seine Brille noch unterstrich. »Ich vermute, dass damals doch das eine oder andere bis nach Serra de Água durchgesickert ist. Als Hebamme hatte Maria außerdem einen geschulten Blick.«

»Sie war Hebamme?«

»Hat sie dir das denn nicht erzählt? Jedenfalls ist es durchaus möglich, dass sie die Anzeichen von Dores' Schwangerschaft bemerkt hat. Frauen, besonders Mütter, haben da ja einen besonderen Instinkt. Du weißt schon, rosige Wangen, strahlende Augen, eine fülliger werdende Figur.«

Lisa lächelte. »Davon habe ich auch schon mal gehört. Aber was ist an dem Verhalten von Dores eigentlich so verwerflich? Ehen werden geschlossen und wieder geschieden. Sie ist nicht die einzige Schwangere, die ihren Mann verlassen hat.«

»Klar. Aber hier bei uns ist der katholische Glaube eben noch sehr tief verwurzelt. Die Ehe ist den Madeirern heilig. Sollte Maria zu guter Letzt noch etwas von dem Selbstmord erfahren haben, wird sie es als Sünde betrachten.«

»Das wäre möglich«, räumte sie ein und lehnte den Kopf an seine Schulter.

Jetzt, da die ganze Wahrheit klar und deutlich vor

ihnen lag, hatten sie alle die Chance, endgültig mit der Vergangenheit abzuschließen. Der Gedanke legte sich wie Balsam auf Lisas Seele. Als sie Filipe küsste, fühlte sie Hoffnung und ein wenig Aufregung vor dem, was noch vor ihr lag.

KAPITEL 30

Die drei kochten gemeinsam. Eine simple Alltagssituation nur, dennoch war es für Lisa ein kostbarer Moment. In den Gesichtern der beiden Männer standen Heiterkeit und stummes Verständnis. Lisa lächelte, als sie Hermigo dabei beobachtete, wie er ihren Eintopf mit frisch geschnittenen Kräutern würzte.

»Es gibt übrigens noch etwas Neues zu berichten«, eröffnete Lisa, während Filipe eine Flasche Wein öffnete.

»Raus damit, Lisa.«

»Nein, ihr müsst euch leider bis nach dem Essen gedulden.«

Filipes Miene nahm einen nachdenklichen Zug an, dennoch schwieg er. Mit Schwung stellte Lisa eine Schüssel auf den Tisch und ignorierte das unwirsche Grummeln der beiden.

Nach dem Essen war der richtige Moment gekommen. Der Schein der Kerzen auf dem Klavier tauchte das Wohnzimmer in weiches Licht.

»Dieser Tag ist für mich schicksalhaft«, begann sie.

»Mach es nicht so spannend, Mädchen«, brummte Hermigo.

Filipe sah sie nur reglos an.

»Ich muss sehr bald nach Berlin zurück.«

»Was? Wieso? Du wolltest doch drei Wochen länger bleiben«, entgegnete Filipe steif.

»Meine Wohnung muss geräumt werden, und ich habe einige Termine wegen der Erbschaft. Außerdem gibt es Neuigkeiten von meinem Makler. Er hat bereits ein paar Kaufinteressenten gefunden. Für mich wird es Zeit, mir eine neue Bleibe zu suchen.«

Filipes Miene gefror, er schien nach Worten zu ringen. »Das ist natürlich verständlich. Wann fliegst du?« Seine Stimme klang hohl, als ob er seine Gefühle nur mit Mühe unterdrückte.

»Übermorgen.«

»Wie schade!«, stieß Hermigo aus, und um seine Mundwinkel grub sich eine steile Falte. »Dann bist du bei der Ausstellung im Oktober ja gar nicht dabei. Aber uns allen war klar, dass wir uns irgendwann voneinander verabschieden müssen. Zum Glück habe ich mein Sprachhandy, damit können wir jederzeit … Wir sehen uns bestimmt bald wieder, nicht wahr?«

»Moment mal, Hermigo«, unterbrach sie ihn sanft, aber bestimmt. Liebevoll betrachtete sie Filipes Profil, seine kerzengerade Haltung, die feingliedrigen Hände, in denen er das Weinglas drehte. »Sieh mich an«, bat sie ihn. »Hört mir bitte beide genau zu. Ich … habe immer gedacht, Heimat sei der Ort, an dem wir geboren und aufgewachsen sind. Aber das stimmt nicht.« Ihr Herz schlug schneller, als sie das Wechselspiel auf den Mienen der beiden Männer beobachtete. »Heimat ist dort, wo die Menschen sind, die wir lieben.«

Filipes Gesicht war ihrem auf einmal ganz nah. »Was soll das heißen, Lisa?«

»Dass ich wiederkomme, sobald ich in Berlin alles

geregelt habe. Dass ich hier bei euch ein neues Leben beginnen möchte. Die Sturmvögel haben sich in mein Herz geschlichen. Ich möchte dich und deine Kollegen bei den Rettungsmaßnahmen unterstützen, Filipe. Wir stehen erst ganz am Anfang, ich weiß. Aber als Journalistin kann ich überall arbeiten. Warum also sollte ich nach Berlin zurückkehren, wenn mir hier auf Madeira alles geschenkt wurde, was ich mir jemals erträumt habe?«

Einen Moment lang war nur das Rauschen der Bäume vor dem geöffneten Wohnzimmerfenster zu hören. Dann riss Filipe sie an sich und bedeckte ihr Gesicht mit Küssen. Seine Augen strahlten, als er sie widerwillig freigab, weil Hermigo ihn lachend beiseiteschob, und Lisa sich gleich darauf in seiner Umarmung wiederfand.

»Wie ich mich freue, Mädchen! Ich finde, das ist der schönste Grund, um miteinander anzustoßen.«

»Wir recht du hast, mein Freund«, erwiderte Filipe. Er schenkte ihnen ein, reichte jedem sein Glas und blickte Lisa tief in die Augen. »Auf die Liebe.«

»Auf das Leben«, ergänzte Hermigo fröhlich.

EPILOG

Am Abend vor meiner Abreise liebten Filipe und ich uns lange und zärtlich. Ich hatte mich ganz bewusst für den Nachmittagsflug entschieden. Ich wollte keinen Abschied, keine Tränen. Das Flugzeug startete pünktlich. Gemischte Gefühle begleiteten mich, während ich halbherzig in einer Zeitschrift blätterte. Wie würde es sein, wieder vertrauten Boden zu betreten?

Bald darauf empfingen mich die unzähligen Lichter des Berliner Flughafens, und ich erlebte die Zeit, bis mir Tim fröhlich zuwinkte, wie im Traum. Er hatte sich verändert, mit dem Bart und den kurz geschnittenen Haaren wirkte er reifer, was ihm ausgesprochen gut stand. Sein Angebot, mich ins Penthouse zu fahren, lehnte ich ab. Ich hatte mir eine nette kleine Pension in der Nähe gesucht. Tim bestand darauf, dabei zu sein, wenn meine Möbel abgeholt wurden, und ich sagte dankbar zu.

Die nächsten Tage kommen mir im Rückblick total unwirklich vor. Wie schillernd, laut und schrill die Stadt doch war, alle schienen nur im Laufschritt unterwegs zu sein, was mich zum ersten Mal befremdete.

Dann brach der Tag an, an dem ich meine Wohnung betrat, und schlagartig holte mich die Vergangenheit wieder ein. Nichtsdestotrotz war ich fest entschlossen, nur das Nötigste mitzunehmen. Ich weinte, als sich eine Kiste nach der anderen mit all den lieb gewonnenen Sachen füllte, die eine Wohnung erst heimelig machen. Lediglich ein kleiner Karton mit Fotos und einigen Urlaubssouvenirs sollte mir nach Madeira folgen. Obenauf legte ich das gerahmte Foto von Elda und mir, das immer in der Küche hing.

Nach einigen Bemühungen konnte ich tatsächlich einen Auktionator für Eldas Antiquitäten gewinnen. Wir handelten einen guten Preis aus, und bald leerte sich die Wohnung zusehends.

Als ich am folgenden Nachmittag auf den Makler und die ersten Kaufinteressenten wartete, waren meine Hände feucht vor Aufregung. Ein Geschäftsmann mit seiner jungen Frau, ein Rentnerehepaar und ein US-amerikanischer Künstler besahen sich die Räume, in denen ich jahrelang glücklich gewesen war. Zum letzten Termin begrüßte ich schließlich zwei ältere, lebenslustige Witwen. Sie eröffneten mir, dass sie seit Kindertagen miteinander befreundet seien und eine Wohngemeinschaft gründen wollten, weil sie das Alleinsein satthatten. Während die eine mit lebhafter Mimik Anekdoten aus ihrem Leben erzählte, betrachtete sie die andere auf eine Weise, die von Vertrautheit und Zuneigung zeugte.

Auf einmal kam es mir vor, als würde sich genau in diesem Augenblick, in Gegenwart der beiden Freundinnen, ein Kreis für mich schließen. Ich sagte ihnen das Penthouse spontan zu, und ihre überschwängliche Freude gab meinem inneren Impuls recht.

Schlussendlich kam noch der Gebrauchtwarenhändler. Die letzten Möbelstücke wurden herausgetragen. Tim beobachtete mich besorgt, doch ich versicherte ihm, dass ich schon klarkäme. Ich spürte seine Neugier, immerhin wusste er kaum etwas von meinem Leben auf Madeira, aber er hielt sich mit seinen Fragen zurück. Bald darauf schloss ich zum letzten Mal die Wohnung hinter mir ab.

Tim lud mich zum Italiener ein. Nach dem zweiten Glas Rotwein erzählte ich ihm von Hermigo, der üppigen, ständig duftgeschwängerten Luft Madeiras, der Katastrophe um die Sturmvögel, der Spendenaktion – und von Filipe.

Wir wurden etwas wehmütig. Ich sagte ihm, er sei ein großartiger Reporter, der sicher noch viele Geheimnisse ans Licht bringen würde. Wir lächelten einander zu, leerten auch noch die zweite Flasche Wein, und als wir uns voneinander verabschiedeten, versprach er, uns bald in Serra de Água zu besuchen.

Wenig später erhielt ich gute Nachrichten. Eine von einer portugiesischen Zeitung und eine von einem britischen Fernsehsender, die beide Interesse an meiner Dokumentation über die Sturmvögel äußerten.

Dann war mein letzter Tag in Berlin gekommen. Früh am Morgen telefonierte ich mit Filipe. Der Klang seiner Stimme genügte, um mein Herz schneller schlagen zu lassen. Filipe erzählte mir, dass Hermigos Dach inzwischen repariert worden sei, in der nächsten Woche könne der Maler heimkehren in sein Haus in den Bergen. Am liebsten hätte ich ihm von den aufregenden Mails erzählt, aber das wollte ich mir für den Moment aufsparen, wenn ich wieder mit Filipe und Hermigo vereint war. Ich konnte es kaum noch erwarten, endlich nach Hause zu kommen. Für mich gab es in Deutschland nichts mehr zu erledigen.

Mit Berlin werden mich auf ewig die Erinnerungen verbinden, meine Gegenwart und Zukunft jedoch liegen dort, wo die Sturmvögel ihre Kreise ziehen und wo die Abendluft von dem Duft von Lorbeer und Eukalyptus erfüllt ist. Wenn ich die Augen schließe, kann ich ihn bereits riechen.

GLOSSAR

Bombeiros: portugiesisch für Feuerwehr

Camacha: Gemeinde im Kreis Santa Cruz auf Madeira, die im Süden an den Atlantik grenzt und auf etwa siebenhundert Höhenmetern liegt

Caniçal: Gemeinde im Kreis von Machico im Nordosten Madeiras

Chinesa: Milchkaffee, mehr Kaffee als Milch

Ilhas Desertas: portugiesisch für »Verlassene Inseln«; unbewohnte Inselgruppe, die von der Südküste Madeiras aus gut zu sehen und seit 1995 Naturreservat ist. Auf der Deserta Grande, der größten der Inseln, befindet sich eine biologische Forschungsstation.

Mirador: Aussichtspunkt

Pico de Arieiro: auch Pico do Areeiro; mit seinen 1818 Höhenmetern der dritthöchste und meistbesuchte Berg Madeiras

Ribeira Brava: Kleinstadt auf Madeira, die etwa fünfzehn Kilometer westlich von Funchal im Süden liegt

Serra de Água: Gemeinde im Kreis Ribeira Brava

NACHWORT

Zunächst ein paar Worte zu der Feuerkatastrophe: Den verheerenden Brand im August 2010 hat es tatsächlich gegeben, allerdings habe ich ihn aus dramaturgischen Gründen zeitlich verkürzt. Damals wurden zweihundertfünfzig Hektar Natur verwüstet. Seither engagieren sich Naturschützer und Inselregierung, indem sie die verbrannten Regionen gezielt aufforsten. Hunderttausende Stecklinge sind bereits gepflanzt, mit Flugzeugen hat man Samen abgeworfen, um die Ödnis wieder zu begrünen. Dennoch wird es mindestens fünfundzwanzig Jahre dauern, bis sich die Naturparks von Madeira vollends von der Feuersbrunst erholt haben.

Durch die Brände ist der Madeira-Sturmvogel der Ausrottung gefährlich nah gekommen. Die Zahlen im Roman sind leider traurige Realität: Nur dreizehn von achtunddreißig Küken haben die Katastrophe überlebt. Außerdem hat das Feuer die Bodenerosion unterstützt, viele Nesthöhlen wurden beschädigt und mussten von Hand gesichert werden. Doch die Sorge um die Küken der *Freira da Madeira* nach dem bedrohlichen Ereignis war unbegründet. Alle Jungtiere, die überlebt hatten, wurden nach dem Feuer von den

Elterntieren versorgt. Dank der bewundernswerten und unermüdlichen Arbeit der *Parque Natural*-Ranger und der Organisation SPEA ist die Zahl der Brutpaare mittlerweile wieder auf über achtzig gestiegen. Es besteht also Hoffnung für diesen wunderschönen Vogel – solange keine neue Katastrophe die Insel ereilt. Wer sich näher über die *Freiras da Madeira* informieren möchte, wird hier fündig:

www.beobachter.ch/natur/flora-fauna/tierwelt/artikel/vogelparadies-madeira_geheul-zur-geisterstunde/

Besonders anschaulich ist dieses Video:
www.youtube.com/watch?v=HNmnfXiEPnA

Für diejenigen unter meinen lieben Lesern, die sich fragen, ob es die Legende der Madeira-Sturmvögel und der Nonnen tatsächlich gibt, hier ihre Geschichte:

Im sechzehnten Jahrhundert lebte eine Gruppe Nonnen in einem Kloster in Funchal. Die Zeiten waren extrem hart. Da Madeira schon damals für seinen Wein weltberühmt war und zudem über einen gut ausgebauten Hafen verfügte, wurde die Hauptstadt zu einem erklärten Ziel für Piraten, besonders aber für die Franzosen. Sie attackierten die Bevölkerung und deren Handelsschiffe und versetzten alle in Angst und Schrecken. Als die Piraten brandschatzend und plündernd durch die Straßen zogen, rücksichtslos über Frauen und halbe Kinder herfielen, flüchteten die verängstigten Nonnen eilig in ein Tal, das nur über versteckte Bergpfade zu erreichen war. Es wird *Curral das Freiras,* das Nonnental, genannt. Für ihre Sicherheit zahlten sie jedoch einen hohen Preis. Kaum war ein Piratenschiff wieder auf den Weiten des Atlantiks, näherte sich schon das nächste, um die reiche Beute aus Wein, Silber, Gold und Zucker in aller Welt weiterzuverkaufen.

Als die Nonnen einige Zeit später von einem Boten erfuhren, dass in der Hauptstadt wieder Ruhe eingekehrt sei, beschlossen sie, die beschwerliche Rückreise anzutreten. Im Oktober 1566 wagten sie sich endlich über den steilen Serpentinenweg zurück nach Funchal. Dort mussten sie jedoch voller Entsetzen miterleben, wie ein Hugenotte mit ganzen elf Schiffen und eintausenddreihundert Mann Besatzung über die Stadt herfiel. Verzweifelt erkannten die Ordensschwestern, dass es diesmal keinen Weg zurück für sie gab. Das versteckt gelegene Tal war zu ihrem Gefängnis geworden.

Wann immer sie sich seitdem nach den vertrauten Mauern des Klosters, der frischen Meeresluft und dem geschäftigen Treiben am Hafen sehnten, klagten und jammerten sie, dass es nur so über die Schluchten hinwegschallte. Angeblich klingen die Schreie der *Freiras* wie die Klagelieder der armen Nonnen. So kamen die Sturmvögel zu ihrem Beinamen.

Die Lebersche Kongenitale Amaurose ist eine angeborene Funktionsstörung des Pigmentepithels der Netzhaut mit degenerativen Erscheinungsformen der Aderhaut. Der deutsche Augenarzt und Wissenschaftler Theodor Carl Gustav von Leber schrieb zum ersten Mal im Jahre 1896 darüber. Die Patienten kommen bereits erheblich sehbehindert oder blind zur Welt. Nähere Informationen finden sich hier: www.thelancet.com/journals/lancet/article/PIIS0140-6736(09)61836-5/fulltext

Die Suche nach der Ursache trieb damals kuriose Blüten. So wurde beispielsweise vermutet, ein aufbrausendes Temperament sei der Auslöser für die Amaurose. Einer Logenschließerin in der Oper schrieb man ihre allmähliche Erblindung der Nutzung eines Opernglases sowie der weißen Wäsche zu, die sie tagsüber für eine Wäscherei faltete. Einigen betroffenen Frauen wurde sogar nachgesagt, unterdrückte Monatsblutungen seien die Ursache für die Augenkrankheit.

Am meisten hat es mich aber entsetzt zu erfahren, dass man die Blinden noch vor einhundertfünfzig Jahren wie Tiere angebunden hat und sie zumeist ein trauriges Dasein als Bettler oder Blumenverkäufer fristeten. Niemand fühlte sich für sie verantwortlich, staatliche Zuwendungen gab es nicht, weshalb die Erkrankten ihren zumeist ärmlichen Familien überlassen wurden.

Zur Cholera: Robert Koch entdeckte bereits 1883 den Komma-Bazillus und wies nach, dass die Keimträger die Bakterien ausschieden, die sich daraufhin im Wasser vermehren und weiter verbreiten konnten. Im Jahr 1883 war Hermigos Urahne Nuno bereits siebenundzwanzig und vollends erblindet. Bis sich Kochs Entdeckung samt den neuen Hygieneempfehlungen bis nach Madeira herumgesprochen hatten, dürften weitere Jahre vergangen sein. Zu jener Zeit erblindeten tatsächlich zahlreiche Cholerapatienten. Es handelte sich dabei um die Folgeerscheinung eines Medikamentes, das Koch ihnen zur Behandlung der Cholera verabreichte. Von der Erkenntnis, dass Nunos Form der Amaurose erblich sein könnte, war man zu jener Zeit noch Jahrzehnte entfernt.

DIE WICHTIGSTEN QUELLEN:

Lipps, Susanne, *Madeira – Was hier alles wächst,* Oliver Breda Verlag, Duisburg 2012.

Henß, Rita und Holger Leue, *Dumont Bildatlas Madeira,* Dumont Reiseverlag 2013.

Madeira und Porto Santo, Editorial Fisa Escudo de Oro, S.A.

Wissenschaftliche Abhandlung der Umwelt- und Naturorganisation SPEA über den Madeira-Sturmvogel (*Freira da Madeira*): Menezes, Dilia, Paulo Oliviera und Ivan Ramirez, *Pterodromas do arquipélago da Madeira – Duas espécies em recuperacao,* Funchal 2010.

Klein, Johann Wilhelm, kaiserl. Rath und Direktor des Blinden-Instituts, *Anleitung, den blinden Kindern, ohne sie in einem Blinden-Institute unterzubringen,* die nöthige Bildung in den Schulen ihres Wohnortes und in dem Kreise ihrer Familien zu verschaffen. Wodurch einer weit größeren Anzahl von Blinden, mit geringern Kosten als bisher, die Wohlthat einer zweckmäßigen Bildung zu Theil wird. Verlag bei Pichlers sel. Witwe, Wien 1844.

Herr Gösch-Meldorf, *Blindenbildung in der zweiten Hälfte des 19. Jahrhunderts. Der Blinde in der Volksschule,* in: Der Blindenfreund 7 (1886), S. 81–83.

Zitat: *Reise durch Sud-Brasilien im Jahre 1858: th. Reise von Triest nach Brasilien. Die Provinz Rio-Grande de Sul.* Robert Avè-Lallemant, F.A. Brockhaus, Leipzig 1859. Darin: *Zwischenstation in Madeira 1857 oder 1858,* S. 59–61.

Deval, Ch, Doktor der Medizin, *Abhandlung über die Amaurose oder den schwarzen Staar.* Ins Deutsche übertragen von Dr. Jacob Herzfelder, praktischer Arzt zu Würzburg, Quedlinburg und Leipzig, Druck und Verlag von Gottf. Basse, 1853

DANKSAGUNG

Bevor aus meinem Manuskript ein Buch entstehen konnte, bedurfte es unzähliger Hände und kluger Köpfe, die sich meiner Geschichte gewidmet haben.

Zunächst danke ich meiner Agentin Lianne Kolf, meiner wunderbaren Lektorin und Verlagsleiterin bei Blanvalet, Eléonore Delair, allen Mitarbeitern des Verlags sowie meiner großartigen Redakteurin Angela Troni für ihre Unterstützung.

Vor allem aber danke ich Silja Korn, die mich völlig offen an ihrem Leben als blinde Malerin teilhaben ließ. Sie gewährte mir Einblicke in ihre faszinierende Welt. Ohne sie würde es dieses Buch so nicht geben.

Meiner lieben Kollegin Dr. Barbara Ellermeier. Sie ist ein wahres Recherchewunder. Von ihr habe ich unter anderem die Originalquellen über die Behandlungsmethoden von Blinden im neunzehnten Jahrhundert. Mit ihrem Bildwerk konnte ich mein Buch mit authentischen Szenen würzen. Vielen Dank!

Ein herzliches Dankeschön geht an Herrn Lars Lachmann vom NABU Deutschland für die hilfreichen Informationen über die *Freiras da Madeira.*

Ein herzliches *obrigada* dem *Centro Freira da Madeira* auf dem Pico de Arieiro. Einem der freundlichen Ranger im Informationszentrum habe ich die wissenschaftliche Zeitschrift über die *Freiras da Madeira* zu verdanken.

Vielen Dank auch an meinen Kollegen Ulf Schiewe, der sich spontan bereit erklärte, mir diese aus dem Portugiesischen zu übersetzen.

Ein dickes Dankeschön an meinen Freund und Kollegen Peter Hoeft sowie an Simone Kühlewind fürs Testlesen.

Meiner lieben Kollegin Beate Rottgardt, die mir bei Fragen zur journalistischen Arbeit zur Seite gestanden hat.

Danke an meine lieben Freunde von Nethas Schmökerkiste für eure unermüdliche Unterstützung.

Senhora Rosa Cristo aus Calheta, Madeira, für die gemütliche Unterkunft während meiner Recherchen.

Ein besonderes Dankeschön geht an meine Freunde Claudia und Claus Hermann sowie an Janine, die mich auf meiner Rechercheeise nach Madeira unglaublich unterstützt haben.

Ein großer Dank gebührt meiner Familie, die während meines Schreibprozesses allzu oft auf mich verzichten musste und es mit viel Liebe und Toleranz ertragen hat.

Und last but not least – ein herzliches Danke an alle meine Leser! Euch verdanke ich, dass ich meinen Traum leben darf.

Anna Levin

Das Korallenhaus

978-3-442-38096-1

Eine Liebe, so unendlich wie das Meer …

Als die Meeresbiologin Nina in einem Haus bei Tazacorte ein altes Tagebuch und eine Kette aus schwarzen Korallen findet, ahnt sie nicht, dass dieser Fund ihr Leben für immer verändern wird. Sie kam nach La Palma, um bedrohte Korallenarten zu studieren, doch die Geschichte der Korallentaucherin Serena, die den Freitod im Meer suchte und von dem Hirten Mateo gerettet wurde, schlägt sie in ihren Bann. Denn sie erzählt von einer Liebe, wie Nina selbst sie sich immer erträumt hat. Woher aber kommen die Parallelen im Leben beider Frauen? Und wem ist Ninas Forscherteam ein Dorn im Auge?

Es war neun Uhr abends, und an der U-Bahn-Station wimmelte es von Menschen. Eine Gruppe Teenager strebte dem Ausgang zu, um sich ins Schwabinger Nachtleben zu stürzen, und Geschäftsleute in teuren Mänteln waren nach einem langen Arbeitstag auf dem Weg nach Hause.

Meine Gedanken kreisten um die Neuigkeiten, die mir Professor Dr. Steinbrinck soeben bei dem gemeinsamen Essen in einem italienischen Restaurant eröffnet hatte. Er war der Leiter der Fakultät für Biologie, Abteilung Aquatische Ökologie, und ich seine freie Mitarbeiterin. Für ein Langzeitprojekt, das im vergangenen Jahr begonnen hatte und auf weitere vier Jahre angelegt war, wurde ein Meeresbiologe gesucht. Es gehe um die Bewertung der roten Gorgonie und schwarzen Koralle vor La Palma im Hinblick auf die Folgen des Klimawandels, hatte Steinbrinck mir vor knapp zwei Stunden bei einem Teller Antipasti verraten.

Ich horchte auf, denn Korallen hatten von jeher eine große Faszination auf mich ausgeübt. »La Palma? Das ist doch eine von den Kanarischen Inseln, nicht wahr?«

»Richtig, Doktor Michaelis. Das Projekt findet je-

weils zwischen März und September statt«, erklärte er mir.

Die Zeit für die Forschung war erfreulicherweise großzügig bemessen und ließ sogar Raum für Hilfsmaßnahmen, soweit es den Teammitgliedern möglich wäre.

Ich schloss mich dem Strom der Masse an. Mein Atem hinterließ kleine Dampfwölkchen in der eisigen Luft, während ich die Treppen erklomm und an das Gespräch zurückdachte. Direkt neben mir lief mit schnellen Schritten ein junger Mann meines Alters im Nikolauskostüm, wahrscheinlich war er auf dem Weg zu einer der zahlreichen Weihnachtsfeiern. Oben angekommen, empfing mich der Duft von Bratäpfeln, die eine Frau mit einem Bauchladen anbot. Die Bezahlung war fair. Himmel, sechs Monate pro Jahr und das vier Jahre lang. Jan würde davon sicher nicht begeistert sein. Mein Verlobter arbeitete in der Werbebranche, und wir hatten ohnehin kaum Zeit füreinander. Dieser Auftrag war nicht nur eine einmalige Chance, er würde auch mein Auskommen für die nächsten Jahre sichern. Ich hatte Professor Steinbrinck um Bedenkzeit gebeten, damit ich das mit Jan besprechen konnte. Wir hatten uns die ganze Woche über nicht gesehen, denn seine Firma hatte einen lukrativen Auftrag an Land gezogen, und da waren Überstunden zur Selbstverständlichkeit geworden. Zudem schickte sein Chef ihn immer öfter auf Dienstreise. Aber durfte ich deshalb diese Chance an mir vorüberziehen lassen? Schließlich würde ich mich nicht zum ersten Mal im Ausland aufhalten, nur hatte es sich bisher stets auf wenige Wochen beschränkt.

Mir schwirrte der Kopf. Wenn sich Jans erster Schreck gelegt hatte, würde er sich bestimmt für mich freuen. Ich lächelte, und die Lichter der weihnachtlich geschmückten Straßen hüllten mich für einen Moment warm ein.

Jan rechnete eigentlich erst morgen mit mir, doch so lange konnte ich die Neuigkeiten nicht für mich behalten. Deshalb lenkte ich meine Schritte in Richtung Kaiserstraße, wo er eine gemütliche Wohnung besaß. Eigentlich mochte er keine Überraschungsbesuche, aber diesmal setzte ich mich darüber hinweg. Meine Stiefelabsätze klapperten auf dem Asphalt, aus den Bars und Restaurants drangen gedämpfte Musik und Lachen zu mir herüber. Bald darauf blieb ich vor der Gründerzeitvilla stehen, in der er den zweiten Stock bewohnte. Da wir nicht verabredet waren, hatte ich seine Schlüssel nicht eingesteckt. Deshalb klingelte ich, wartete. Als der Summer stumm blieb, kramte ich mein Handy aus der Tasche und wählte seine Nummer. »Der Teilnehmer ist derzeit nicht erreichbar«, ertönte nur die Stimme vom Band.

Ernüchtert ging ich die Kaiserstraße zurück, meine Wohnung lag nur wenige Minuten Fußweg entfernt in der Georgenstraße. Der Wind frischte auf, ich fröstelte und zog den Wollmantel enger um mich. Schneeflocken fielen träge vom Himmel. Ich passierte gerade eine Bar, als ich vor mir eine Frau kichern hörte, und blickte vorsichtig um die Ecke. Da entdeckte ich zwei Gestalten, die sich eng an eine Häuserwand drückten. Im spärlichen Schein der Laterne war kaum mehr als ihre Silhouetten auszumachen. Die beiden Figuren schienen zu einer zu verschmelzen. Schmunzelnd wollte ich meinen Weg fortsetzen. Genau diese Begrüßung hatte ich mir für diesen Abend gewünscht. Vielleicht sollte ich noch mal umkehren und auf Jan warten. Die Vorstellung war verlockend.

Das Paar redete leise miteinander. Die Frau seufzte.

»Ich muss nächste Woche für ein paar Tage nach London. Warum kommst du nicht mit?«, hörte ich den Mann sagen.

Etwas im Klang der Stimme ließ mich innehalten, und ich schob mich in einen Hauseingang. Die beiden waren jetzt nur noch wenige Schritte von mir entfernt. Für einen Moment beleuchtete der Lichtkegel der Laterne das Paar. Die Form seiner Schultern, diese besitzergreifende Geste, mit der der Mann den Arm um die Taille der langbeinigen Brünetten legte. Sein Gang.

»Das geht doch nicht, Liebling«, antwortete eine helle Frauenstimme. »Was willst du ihr sagen?«

»Wie sollte sie es bemerken? Sie weiß, dass ich nach London fliege. Lass mich nur machen.« Seine Stimme wurde einschmeichelnd. »Lädst du mich noch auf einen Drink zu dir ein?«

Die Frau kicherte. »Wie könnte ich zu einer so verführerischen Aussicht nein sagen?«

Sie küssten sich. Ich presste eine Hand auf den Mund, damit mein entsetztes Keuchen mich nicht verriet. Kurz entschlossen folgte ich den beiden. Mein Innerstes krampfte sich bei dem Anblick des Pärchens zusammen. Wie vertraut sie wirkten. Die Frau blieb stehen und küsste ihn erneut. Er lachte, öffnete ihren Mantel und ließ die Hand unter ihren Pullover wandern, woraufhin die Brünette sich unter seiner Berührung räkelte. Bald darauf entzog sie sich ihm, schloss den Mantel, und die beiden bogen eng umschlungen um eine Ecke.

Ich schnappte nach Luft, weil mir auf einmal die Kehle eng wurde. Ich muss mich täuschen, ich muss mich täuschen, wiederholte ich im Geist ein ums andere Mal. Vor einem weiß getünchten Neubau blieb das Paar stehen. Er sah sich um.

Unsere Blicke begegneten sich.

Für den Bruchteil einer Sekunde weiteten sich seine Augen. Ein Hitzeschwall jagte durch meinen Körper. Jan. Er war es wirklich. Mein Herz machte einen schmerzhaften Satz, und ich wandte mich ruckartig ab.

»Nina, bleib stehen! Verflixt, bleib stehen!«, rief er mir nach, aber ich rannte und rannte, bis die Laute der belebten Straße seine Stimme verschluckt hatten.

Ich lief nach Hause. Schwer atmend schloss ich die Wohnungstür und lehnte mich müde dagegen. Alles, was ich wahrnehmen konnte, war das Gefühl, wie etwas in mir brach. Wie aus weiter Ferne hörte ich das Telefon klingeln, nach dem fünften Anruf zog ich den Stecker. Ich fühlte mich wie eine Marionette, während ich mit steifen Gliedern auf das Schlafzimmer zusteuerte und mich aufs Bett sinken ließ. Alles in mir schrie vor Schmerz. Die vielen Überstunden, die Geschäftsreisen. Jans letzter flüchtiger Kuss, als ich mich am Montagmorgen von ihm verabschiedet hatte. Seine Miene, als er mich vorhin erkannt hatte.

Erinnerungen und bruchstückhafte Szenen unserer zweijährigen Beziehung huschten durch meinen Geist. Wie dumm ich gewesen war, ich hätte längst die Zeichen deuten können. Aber ich hatte ihm vertraut. Der Schmerz in mir wurde unerträglich. Während ich *mir in dieser Nacht schwor, dass es niemandem je wieder gelingen sollte, mich zu verletzen, und an die Decke starrte, begrub ich meine Träume, meine Sehnsüchte, mein bisheriges Leben. Meine Vergangenheit war nicht mehr von Bedeutung.*

Am nächsten Morgen stand mein Entschluss fest. Noch vor dem Frühstück schickte ich Professor Steinbrinck eine Nachricht und teilte ihm mit, dass ich den Auftrag annehmen wolle.

KAPITEL 1

Es gab Turbulenzen, das hatte ihr gerade noch gefehlt. Nina Michaelis befolgte die Ansage des Piloten und ließ den Gurt einschnappen. Die Linienmaschine der Iberia befand sich im Landeanflug auf Santa Cruz de La Palma. Der starke Westwind rüttelte an dem Flugzeug, ließ es hüpfen und taumeln, als wäre es ein Kinderdrachen, hilflos den Naturgewalten ausgesetzt. Mit feuchten Händen lehnte sie sich zurück. Jetzt nur nicht aus dem Fenster blicken.

Während der Airbus 320 in den Sinkflug überging, sprach ihre Nachbarin, deren ausladende Hüften nur knapp in den Sitz passten, sie im besten Oxford-Englisch an. Nina antwortete ihr, während sie versuchte, das flaue Gefühl im Magen und den leichten Schmerz in den Ohren zu ignorieren.

Der Forschungsauftrag kam einer Flucht gleich. Sie hatte die Wochen und schließlich die Tage bis zum Abflug gezählt. Zeit genug, um Abstand zu gewinnen. Abstand von Jan und ihrem bisherigen Leben.

Kurze Zeit später setzte die Maschine unsanft auf, rollte über die Landebahn und kam endlich zum Stehen. Die Fluggäste, hauptsächlich Rucksackreisende und Senioren, drängten dem Ausgang zu. Nina ließ ihnen gern den Vortritt. So blieb ihr Gelegenheit, sich zu sammeln und abzuwarten, bis ihre gummiweichen Beine ihren Dienst wieder aufzunehmen bereit waren. Die Engländerin neben ihr verabschiedete sich mit einem steifen Nicken und wuchtete ihren massigen Körper aus dem Sitz. Nina sah auf ihre Armbanduhr. Trotz der Turbulenzen war die Maschine mit nur wenig Verspätung gelandet. Sie griff nach ihrer Umhängetasche, kramte den Handspiegel hervor, den sie in ein Fach neben ihrem Laptop gelegt hatte, und schnitt ihrem Spiegelbild eine Grimasse.

Eine weitere Stunde verging, bis sie ihr Gepäck vom Laufband nehmen konnte. Die große Tasche mit ihrer Tauchausrüstung hatte sie bereits vor einer Woche aufgegeben. Suchend blickte sie sich um. Am Ausgang des Terminals entdeckte sie einen untersetzten, kaum einen Meter sechzig großen Mann, der ein Schild mit ihrem Namen schwenkte. Mit einem scheuen Lächeln im sonnengebräunten Gesicht trat er ihr entgegen.

»Nina Michaelis? Herzlich willkommen auf La Palma«, begrüßte der junge Mann sie in gebrochenem Englisch. »Pepe Morales. Ich habe den Auftrag, Ihnen beim Dokumentieren der Forschungsergebnisse behilflich zu sein. Aber zunächst bringe ich Sie in die Pension, wenn es Ihnen recht ist.«

Nina lächelte und reichte ihm die Hand, die er mit festem Händedruck ergriff. »Vielen Dank, das ist nett. Ich bin übrigens Nina, wir können gerne Du sagen.«

»Pepe«, wiederholte er seinen Namen, wobei es ihm nicht gelang, seine geröteten Wangen zu verbergen.

Die Züge des Spaniers trugen noch die Weichheit der Jugend, doch der schüttere Haarkranz ließ ihn um Jahre älter erscheinen. Aus ihrer Tasche zog sie eine Schirmmütze hervor und setzte sie auf ihre kurze blonde Fransenfrisur.

»Offen gesagt bin ich ziemlich erleichtert, wieder festen Boden unter den Füßen zu spüren. Wie weit ist es bis zur Unterkunft?«

Er nahm ihr den Koffer ab und wies mit zerknirschter Miene auf einen roten Fiat, der seine besten Tage längst hinter sich hatte und auf dem angrenzenden Parkplatz stand. »In spätestens zwei Stunden sollten wir in Tazacorte sein. Wir sind alle in der Pension Catalina untergekommen. Nichts Besonderes, aber die Küche soll gut sein, und die Zimmer sind sauber.«

Nina nickte und nahm auf dem Beifahrersitz Platz. Ihr Begleiter lenkte den Wagen auf eine Landstraße, die unweit des Flughafens in Richtung Norden abzweigte, einem Örtchen namens Breña Alta zu. Freimütig erzählte der junge Mann, dass er aus Barcelona sei und an der dortigen Universität Meeresbiologie studiere. Im nächsten Jahr wolle er promovieren und sich für die Fachrichtung Fischereibiologie entscheiden. Mit unüberhörbarem Stolz in der Stimme berichtete er, dass man ihn gemeinsam mit einem Kommilitonen für dieses Forschungsprojekt ausgewählt habe. Nina lächelte leicht und gratulierte ihm. Sie wusste, wie sehr sich die Studenten um Jobs wie diesen rissen. Als Pepe leise zu summen begann, ließ sie den Blick schweifen. Malerisch schmiegte sich der Ort in eine üppige, von sattem Grün geprägte Vegetation. Auf einem Hügel thronte ein schlossartiges Gebäude, dessen karminrotes Dach sich majestätisch in den mit dichten Regenwolken bedeckten Himmel erhob.

»Da staunst du, wie?«, grinste Pepe, der sie offenbar beobachtet hatte. »Herrenhäuser wie dieses wirst du auf La Palma noch einige entdecken. Die stammen von den spanischen Eroberern, die sich hier vor einigen Jahrhunderten niedergelassen und ihre Prunkbauten errichtet haben. Die Insel liegt strategisch günstig.«

Die Märzsonne wärmte ihr Gesicht. Nina schaute aus dem Fenster. In München war es bei ihrer Abreise bitterkalt gewesen, am Morgen hatte Raureif auf den Dächern der Stadt gelegen. Sie schlüpfte aus ihrem Parka, ohne den Blick von der Landschaft abzuwenden. Ausgedehnte, ordentlich bestellte Felder breiteten sich um den Hügel rund um das Herrenhaus aus.

»Diese Plantagen dort drüben, was ist das? So etwas habe ich noch nie gesehen.«

»Tabak«, erklärte Pepe. »Er gedeiht in dieser Region besonders gut.«

Der Fiat quälte sich röchelnd die erste Serpentine hinauf, in der Zwischenzeit versorgte Ninas Fahrer sie mit allen nötigen Informationen. Am nächsten Morgen um zehn sollten sich alle Teammitglieder im Büro einfinden, das sich ebenfalls in der Pension befand. Gemeinsam wollten sie dann die weitere Vorgehensweise besprechen und die verschiedenen Arbeitsbereiche zuteilen.

Rechts und links der kurvenreichen Straße ragten die zerklüfteten Felsen eines Bergrückens vor ihnen auf, Lorbeerwälder säumten ihn, so weit das Auge reichte. Zusammen mit den tief hängenden Wolken, die jeden Sonnenstrahl schluckten, bot sich Nina ein beinahe dramatisch anmutendes, düsteres Bild.

»Nicht erschrecken«, riss Pepe sie aus den Beobachtungen. »Gleich fahren wir durch einen Tunnel, um auf die Westseite der Insel zu gelangen. Man hat ihn in den Felsen gegraben, an manchen Stellen Hunderte von Metern tief. Von dort aus ist es dann nicht mehr weit bis Tazacorte.«

Fast im selben Moment konnte die junge Biologin die Hinweisschilder ausmachen. Kaum hatten sie die Tunneleinfahrt erreicht, war es schlagartig stockfinster. Kurz darauf wurde ein heller, sich rasch vergrößernder Punkt sichtbar. Nina schloss die Augen, als gleißendes Sonnenlicht sie am Ende des Tunnels begrüßte. Sie starrte in den wolkenlosen Himmel. Wo war der Passatwind geblieben, wo waren die bedrohlich dunklen Wolken, die von Regen kündeten?

Es kam ihr so vor, als befänden sie sich plötzlich in einer völlig anderen Landschaft. Die Lorbeerwälder waren hoch aufragenden Kakteen gewichen, die der kargen, wüstenähnlichen Flora trotzten und ihre langen Finger gen Himmel reckten. Der Boden war mit einem Teppich aus Wandelröschen bedeckt. Die Luft, die durch das geöffnete Fenster hereindrang, strich ihr warm übers Gesicht.

Der Bergrücken musste der Grund für die Klimaänderung sein. Natürlich kannte Nina das Phänomen der Wetterscheiden, so drastisch jedoch hatte sie bisher keine erlebt. Nach etwa einer halben Stunde Fahrt wandelte sich die Vegetation erneut. Je mehr sie sich der Küste näherten, umso grüner und fruchtbarer wurde das Land. Palmen tanzten in der salzigen Meeresbrise, und terrassenförmig angelegte Bananenplantagen erstreckten sich kilometerweit in der von Vulkanen geprägten Region.

»Beeindruckend, oder?«, meinte Pepe.

»Allerdings«, erwiderte Nina, ohne den Blick von den Vulkanhügeln abwenden zu können, die sich vor ihnen aufbauten.

Während der Fahrt wusste sie oft nicht, wohin sie zuerst schauen sollte. La Palma schien viele Überraschungen zu bergen. Endlich hatten sie den Fischerort Tazacorte erreicht, und Nina blinzelte in das farbenprächtige Bild, das einem fast kitschig schönen Postkartenmotiv glich. Fröhlich bunt getünchte Häuser, zumeist Pensionen, Restaurants und Bars, schmiegten sich auf der Rückseite an steile, bewachsene Felsen, in denen unterschiedlich große Höhlen auszumachen waren. Das Rauschen des Atlantiks und die fröhlichen Stimmen der Menschen, die sich im Sonnenschein auf dem schwarzen Sandstrand ausstreckten oder auf der Promenade spazieren gingen, drangen an ihre Ohren. Vor einem gelben Steinhaus, auf dem der Schriftzug *Pension Catalina* prangte, hielten sie an. Die Wirtin, Señora Diaz, begrüßte sie herzlich und wies der Biologin ihr Zimmer zu.

»Vielen Dank, Pepe. Wir sehen uns«, verabschiedete sich Nina.

»War mir ein Vergnügen. Bis morgen.«

Nina ließ die Tür ihres Zimmers geräuschlos ins Schloss fallen und stellte den Koffer samt der Umhängetasche ab. Die Tasche mit ihren Tauchutensilien hatte die Pensionswirtin schon aufs Zimmer bringen lassen. Die Holzmöbel wirkten abgenutzt, machten jedoch einen robusten Eindruck. Als sie in der angrenzenden Kochnische eine Kaffeemaschine sowie eine angebrochene Packung Kaffee entdeckte, entfuhr ihr ein wohliger Seufzer. Ohne einen Becher des schwarzen Gebräus am Morgen war sie nicht zu gebrauchen. Nina gähnte, sie fühlte sich wie erschlagen.

In der vergangenen Nacht war sie kaum zur Ruhe gekommen, ihre Gedanken waren um die Ereignisse der letzten Wochen gekreist. Nina trat auf den winzigen Balkon hinaus, von wo aus sie einen hübschen Blick auf die Promenade hatte. Palmen wiegten sich im sanften Wind. In der Ferne lagen Fischerboote still im Meer, ihre Masten ragten in den azurblauen Himmel. Kinder spielten ausgelassen im Wasser, das in der Spätnachmittagssonne wie mit Diamantstaub benetzt glitzerte. Von irgendwoher erklang Musik. Nina setzte sich auf einen Klappstuhl, streckte die Beine von sich und beobachtete, wie die Vorboten der Dämmerung den Ozean in weiches Licht zu tauchen begannen.

Trotz aller Erschöpfung hatte sie das erste Mal seit Langem das Gefühl, wieder freier atmen zu können. Was sicherlich auch dem vierstündigen Flug anzurechnen war, der sie von München trennte. Nina schauderte bei der Erinnerung an den Abend vor einigen Monaten, an dem sie Jan mit dieser anderen Frau begegnet war. Niemals hätte sie ihm zugetraut, dass er sie so hintergehen könnte. Wie lange hatte er um sie kämpfen müssen, bis sie schließlich ein Paar geworden waren? Mit ihm war eine gemeinsame Zukunft durchaus vorstellbar gewesen. Bis ihr die Augen schmerzlich geöffnet worden waren und alles, woran sie geglaubt hatte, in Trümmern vor ihr gelegen hatte. Kurz darauf war sie mit ihrer Mutter aneinandergeraten. Ob sie Jan nicht wenigstens eine Chance geben wolle, sich zu erklären, hatte Mama gefragt. Aber was gab es noch zu sagen, wenn ihn seine neue Flamme sogar auf einer Geschäftsreise begleiten sollte?

Bis zu ihrer Abreise nach La Palma hatte sie Jans Telefonanrufe ignoriert und ihm den Verlobungsring zurückgeschickt. Vermutlich war er nicht zum ersten Mal fremdgegangen, sie war nur zu gutgläubig gewesen, ihm seine unzähligen Überstunden und Geschäftsreisen abzukaufen. Aber das war nun endgültig vorbei, und das Forschungsprojekt verschaffte ihr die Möglichkeit, wieder zu sich selbst zu finden.

Nina machte sich einen Kaffee, setzte sich hinaus und nahm den Geruch des wogenden Atlantiks in sich auf. Sie beobachtete die Urlauber am Strand, wie sie Ball spielten oder sich in der Sonne räkelten. Als sie Hunger bekam, ging sie ins Restaurant. Pepe war nicht zu entdecken, nur eine Handvoll Gäste hatten sich dort eingefunden. Nach dem Essen zog sie sich zurück und verbrachte den Rest des Abends damit zuzusehen, wie eine Laterne nach der anderen Tazacorte in gelbliches Licht tauchte.

Nina erwachte früh, jedes noch so kleine Geräusch aus den Nebenräumen war zu ihr durchgedrungen und hatte sie mehrfach aus dem Schlaf gerissen. Sie brühte sich einen Kaffee auf und öffnete ein Fenster. Vogelgezwitscher empfing sie. Bei ihrer Ankunft hatte sie entdeckt, dass direkt an der Rückseite der Pension ein Wanderweg hügelaufwärts verlief. Bis zum Treffen mit den Kollegen blieb ihr noch reichlich Zeit. Also schlüpfte sie in T-Shirt und Sporthose und trat auf den Sandweg, um ein paar Runden zu drehen.

Ein Vogelschwarm zog über den blassblauen Himmel hinweg, während sie in einen leichten Laufschritt fiel. Ginsterbüsche und Kakteen klammerten sich ans felsige Gestein, warfen Schatten, unter denen Flechten wuchsen. Nina beschleunigte das Tempo. Der Sand knirschte unter ihren Laufschuhen, und ihre innere Anspannung löste sich allmählich. Über den Vulkanhügeln hingen dichte Nebelschwaden. Nach einem Blick auf ihre Armbanduhr machte sie kehrt. Als die gelb getünchte Fassade der Pension in ihr Sichtfeld geriet, kam ihr ein Jogger entgegen, dessen hellblondes Haar ihr schon von Weitem auffiel. Er maß sie von oben bis unten und zwinkerte ihr zu. Nina nickte zum Gruß. Zurück auf dem Zimmer duschte sie heiß, schlüpfte in Jeans, Baumwollshirt und Sandalen.

Im Restaurant traf sie auf Pepe, der allein am Tisch saß. »Hast du Lust, dich zu mir zu setzen?«, fragte der junge Spanier. »Der andere Student ist inzwischen auch eingetroffen. Ich bin ihm vorhin kurz begegnet, er heißt Jesper. Keine Ahnung, wo er steckt. Trinkst du Tee oder Kaffee?«

»Kaffee, bitte.« Auf Pepes einladende Geste hin nahm Nina an seinem Tisch Platz.

»Bleibst du in der Pension?«, fragte er.

»Vorerst ja, aber in den nächsten Tagen suche ich mir etwas anderes«, gestand Nina. »Das Zimmer ist ganz nett, allerdings schwebt mir eher eine kleine Ferienwohnung vor. Und du?«

»Ich werde bleiben. Mir gefällt mein Zimmer, außerdem liegt die Pension sehr zentral, was praktisch ist, da ich kein Auto besitze.«

Pünktlich betrat Nina eine Dreiviertelstunde später den Raum, der zum Büro umfunktioniert worden war. Arnulf Ingvison, der Leiter der Naturschutzorganisation, begrüßte sie. Der Isländer hatte prachtvolles silbriges Haar. Wenn Pepe ihr nicht erzählt hätte, dass der Professor bald in Ruhestand ging, hätte sie es nicht geglaubt, denn seine eisblauen Augen strahlten die Lebhaftigkeit der Jugend aus. Als Nina aufsah, um den jungen Mann zu begrüßen, der neben Pepe stand, stutzte sie. Es war der sportliche Typ, der ihr beim Joggen begegnet war. Sein Grinsen verbreiterte sich, als er sich als Jesper Vikström vorstellte. Seine blonde Mähne lag akkurat gegelt um den schmalen Kopf.

»Nina Michaelis. Hallo, Jesper.«

»Freut mich sehr, dich kennenzulernen. Ich habe schon viel von dir gehört«, gab er ihr zu verstehen und hielt ihre Hand einen Moment länger als nötig in der seinen.

Das bezweifelte Nina, dennoch murmelte sie einen Dank und entzog sich ihm.

In diesem Moment betrat ein dunkelhaariger Mann den Raum.

»Fabio, wie schön, dich im Team zu haben!« Mit diesen Worten trat Arnulf Ingvison auf den Ankömmling zu und klopfte ihm auf die Schultern.

»Ich freue mich auch, dass es wieder geklappt hat«, erwiderte dieser.

Obwohl sich die beiden, wie es in internationalen Teams üblich war, auf Englisch unterhielten, meinte Nina bei dem Dunkelhaarigen den melodiösen Akzent eines Spaniers wahrzunehmen.

Ingvison nahm den jungen Mann am Arm und

schob ihn auf die Biologin zu. An dem Neuankömmling schien alles dunkel zu sein. Seine Haut war von einem tiefen Olivton, das dunkelbraune Haar beinahe schulterlang. Die Augen waren in dem fein geschnittenen Gesicht das Ungewöhnlichste, denn sie besaßen die Farbe des Meeres, ein tiefes, strahlendes Blaugrün. Nina wandte den Blick ab.

»Doktor Michaelis? Das hier ist Fabio Guantes, ein ausgezeichneter Unterwasserfotograf. Er wird uns bei unserer Arbeit unterstützen«, stellte der Isländer sie einander lächelnd vor. »Nina Michaelis aus Deutschland. Die Fakultät in München hat sie uns aufs Wärmste empfohlen.«

Fabio Guantes, der sie mindestens um einen Kopf überragte, ergriff ihre ausgestreckte Hand, seine Miene blieb jedoch unbeteiligt.

»Auf eine gute Zusammenarbeit, Doktor«, erwiderte er, nur um ihr im nächsten Moment den Rücken zuzudrehen und eine Frage Pepes zu beantworten.

Ingvison bat die Anwesenden, Platz zu nehmen, und klatschte in die Hände. »Zunächst möchte ich Sie alle herzlich auf La Palma willkommen heißen. Mein Name ist Professor Doktor Arnulf Ingvison, und ich bin Direktor einer Fakultät in Island. Als Leiter unseres Langzeitprojekts stehe ich Ihnen bis September mit Rat und Tat zur Seite. Unsere Aufgabe besteht darin, die Korallengärten und die zunehmende Problematik, der sie weltweit ausgesetzt sind, zu erforschen und damit einen Beitrag zu ihrem Fortbestand zu leisten. Die Mitarbeiter werden bei diesem Forschungsprojekt übrigens jeweils nur für einen Sommer verpflichtet. Sollte jemand von Ihnen auch im Folgejahr dabei sein wollen, richten Sie Ihre Bewerbung bitte direkt an mich. So, das wär's fürs Erste von meiner Seite.«

Damit erteilte er dem vierundzwanzigjährigen Schweden aus Malmö das Wort, der wie der etwas jüngere Pepe in Barcelona Meeresbiologie studierte.

»Wie Sie wissen«, begann Jesper Vikström eifrig, »sind Korallen der Lebensraum für ungefähr ein Drittel aller Arten von Lebewesen der Ozeane. Auch für uns Menschen sind die Korallenriffe von großem Nutzen, ob für die Fischerei, den Tourismus oder den Küstenschutz. Die globale Erwärmung und die zunehmende Versauerung der Meere stellen jedoch eine erhebliche Gefahr für sie dar.«

Der Isländer nickte und blickte in die Runde. »Möchten Sie fortfahren, Herr Morales?«

»Gern«, freute sich der junge Spanier. »Im Zuge der Erwärmung steigt auch die Wassertemperatur. Als Blumentiere leben die Korallen mit der Algenart Zooxanthellen in Symbiose. Sie produzieren bei Wärmestress Giftstoffe, weshalb sie zunehmend unter der Korallenbleiche leiden.«

Jesper hob die Hand. »Und diese Krankheit sorgt dafür, dass die Blumentiere absterben. Durch den Anstieg der Meerestemperatur verringert sich außerdem ihre Fortpflanzungsfähigkeit, und die Korallen können sich nicht mehr schnell genug erholen. Deshalb haben sie es in größeren Tiefen schwer, ihre Stoffwechselprozesse aufrechtzuerhalten, und sterben ab«, erläuterte der Schwede. »Ein Teufelskreis.« Hinter Jespers Stirn arbeitete es. »Derzeit nutzt man vermehrt Schiffswracks für die Ansiedelung von Blumentieren, um ihnen und allen Arten, die von ihnen profitieren, neue Lebensräume zu schaffen.«

»Ganz richtig, Herr Vikström«, antwortete Ingvison. »Auch auf den Kanarischen Inseln wird immer wieder darüber diskutiert. Noch stehen die Entscheidungen aber aus.«

Pepe beugte sich vor. »Das Aussterben der Korallenriffe bedeutet eine ähnliche Katastrophe wie die Abholzung der Regenwälder. Das war meine Motivation, mich zu engagieren und Meeresbiologie zu studieren.«

Ingvison nickte. »Wir benötigen jeden einzelnen Biologen, denn wir stehen vor großen Herausforderungen. Nicht nur die Verschmutzung des Atlantiks durch Fäkalien bereitet uns Sorge, auch der Beifang, die Übernutzung und die Tiefseefischerei tragen zur Gefährdung dieser Arten bei.«

»Unsere größten Probleme sind allerdings die fehlenden Forschungsgelder ... und die Zeit«, ergänzte Nina. »Die Schäden an den Riffen schreiten schneller voran, als die Korallen nachwachsen können.«

»Danke, Doktor Michaelis«, fuhr der Isländer fort. »Deshalb erkläre ich Ihnen jetzt die Verteilung der Aufgaben, damit wir schnellstens mit der Arbeit beginnen können.«

Guantes und Nina sollten anhand der Computeraufzeichnungen des letzten Jahres die Fundorte der Korallen abtauchen, um neue Erkenntnisse über Vermehrung, Ausdehnung und Zustand der Riffe zu sammeln. Fabio bediente die Unterwasserkamera, während Nina für die Beschaffung von Proben zuständig war. Pepe Morales sollte die neuen Daten dokumentieren, Jesper

Vikström für einen reibungslosen technischen Ablauf sorgen. Gemeinsam wollten sie in einem Nebenraum des Büros ein Labor einrichten, in dem der Professor mit Nina die Proben untersuchen und die gewonnenen Ergebnisse mit dem Team sowie einigen Vertretern der Naturschutzorganisation vor Ort auswerten wollte. Bei den abendlichen Besprechungen würden sie dann auf Grundlage ihrer Erkenntnisse Schutzprogramme für bedrohte Arten entwickeln.

»Den ersten Tauchgang habe ich für Montag geplant. Ich schlage vor, wir nutzen den Samstag, um das Labor einzurichten und erste Informationen zu sammeln.«

Kurz zuvor war die Ausstattung des Laboratoriums eingetroffen. Die Pensionswirtin stellte den Wissenschaftlern einen Abstellraum zur Verfügung, in dem sie die Kisten, Kartons und Wasserbecken unterstellen konnten, bis sie alles eingerichtet hatten. Sie machten sich sofort an die Arbeit, indem sie zunächst zwei lange Tische in das zukünftige Labor brachten, auf denen sie unterschiedlich große Wasserbecken, zwei Mikroskope, Mikrosensoren und einen Laptop stellten. Jesper kümmerte sich um die technischen Installationen, während Pepe für mehrere Lichtquellen sorgte. Nina und Fabio brachten Bürostühle, die Tauchausrüstungen und Gerätschaften herein, die sie für ihre Forschungen benötigten. Ingvison richtete mit Jespers Hilfe eine Internetverbindung ein, damit die zuständige Fakultät auf ihre Daten Zugriff hatte und sie jederzeit mit den Kollegen in Verbindung treten konnten.

Bis zum Abend war alles an seinem Platz, und Jesper hatte einen zweiten Laptop auf einem Tisch in einer Nische des Büros angeschlossen. Gemeinsam sahen sich Ingvison und seine vier Mitarbeiter die Unterwasserbilder an. Dem Team vom vergangenen Jahr waren einige beeindruckende Filmaufnahmen von Gorgonien sowie roten und schwarzen Korallen geglückt, die Nina mit Fabio Guantes eingehend betrachtete.

Dann ließ sich die Biologin von Pepe die Zahlen vom vergangenen Jahr zeigen. Während sie dem Isländer konkrete Fragen zu den Computerlisten stellte, studierte der Fotograf die Filmaufnahmen und machte sich dabei immer wieder Notizen. Zwischen seine Augenbrauen grub sich eine schmale Falte. Er spürte, dass er beobachtet wurde, und hob den Kopf. Sein Mund verzog sich spöttisch. Ninas Bedürfnis nach Distanz, das sie ihm gegenüber gleich bei der ersten Begegnung empfunden hatte, wuchs. Etwas an ihm, das sie noch nicht benennen konnte, erinnerte sie an Jan und mahnte sie zur Vorsicht.

Guantes schien ihre innere Abwehr zu erwidern. Sei's drum, dachte Nina. Sie waren einander zugeteilt und mussten zusammenarbeiten. Schließlich war sie Profi genug, um sich von einem derart herablassenden Typen nicht aus dem Konzept bringen zu lassen. Jesper überprüfte in der Zwischenzeit die Kamera und ließ keine Gelegenheit aus, auf sich aufmerksam zu machen. Pepe war aus ganz anderem Holz geschnitzt, er hielt sich stets im Hintergrund. Nina merkte ihm an, wie er begierig jede Information aufsaugte, und lächelte ihm zu. Am besten jedoch gefiel ihr der isländische Projektleiter. Er wirkte kompetent und verlor dabei nie das schelmische Funkeln in den Augen.

Da Nina keine Lust auf Gesellschaft verspürte, hatte sie sich bald zurückgezogen, um es sich auf ihrem Zimmer gemütlich zu machen. Aber selbst der Thriller, der sie anfangs so begeistert hatte, konnte sie nicht fesseln. Ob Jan den Abend mit seiner Neuen verbrachte? Ob er sie in eines der Nobelrestaurants einlud, in die er auch Nina anfangs ausgeführt hatte? Zum Nachtisch gab es dann sicher seinen Adoniskörper zum Vernaschen. Wie hatte sie bloß auf ihn hereinfallen und sich sogar mit ihm verloben können? Nie hätte sie geglaubt, dass ein Mann je in der Lage sein könnte, sie derart zu täuschen. Sie, die toughe Frau, die weder finanziell noch emotional auf einen Partner angewiesen war. Ihr Job als freie Meeresbiologin war aufregend genug, denn immer wieder hatten Aufträge sie für mehrere Wochen in die Ferne geführt. Nina reiste für ihr Leben gern, und sie liebte ihre Arbeit weit mehr, als ihr Freundschaften oder Beziehungen je bedeuten konnten. Endlich befand sie sich in der glücklichen Lage, auf nichts und niemanden Rücksicht nehmen zu müssen.

Der Kakao fiel ihr ein, der sich noch neben einer Tüte Chips im Koffer befand. Sie holte beides heraus und bereitete sich einen heißen Kakao zu. Nachdem sie daran genippt hatte, vertiefte sie sich in die Broschüre einer weltweit operierenden Naturschutzorganisation. Verschiedene Korallenarten, unter anderem die blaue und schwarze Koralle, waren inzwischen per Gesetz geschützt, weshalb die Einfuhr nur mit bestimmten Papieren zulässig war, während die rote Koralle zu den meistbedrohten Tierarten der Welt gehörte. Und das alles nur, um die gierigen Hälse von Damen auf dem ganzen Planeten zu schmücken.

Seufzend legte sie ihre Lektüre beiseite und widmete sich den Flyern mit Ferienwohnungen, die Señora Diaz ihr ausgehändigt hatte. Die meisten Wohnungen, die für sie in Frage kamen, befanden sich in Ferienanlagen, und danach stand ihr überhaupt nicht der Sinn.

»Sollten Sie bei den Angeboten nicht fündig werden, erkunden Sie ruhig die nähere Umgebung, auf die Art werden Sie bestimmt das Passende entdecken«, hatte ihr Señora Diaz geraten.

Da der freie Sonntag vor ihr lag, beschloss Nina, genau das zu tun.

Wenn Sie wissen wollen,
wie es weitergeht, lesen Sie

Anna Levin
Das Korallenhaus

978-3-442-38096-1

Blanvalet